本书系延边大学朝鲜半岛研究协同创新中心的研究成果，国家社会科学基金项目（10BWW012）最终成果，得到延边大学朝鲜半岛研究协同创新中心的基金资助。

朝鲜古典诗学范畴及其批评体系

张振亭 著

人民出版社

序

蔡美花

张振亭的专著《朝鲜古典诗学范畴及其批评体系》,是在其博士毕业论文的基础上修改、充实、完善而成书的。作为其博士导师,我见证了张振亭此书由博士论文到形成专著的整个过程,其间的诸多繁杂与艰辛自不待言。现在终于付梓出版了,衷心地祝贺他。

关于"朝鲜古典诗学范畴"的问题,国内学界一直存有争议,个别学者感性直观地认为,朝鲜古典诗学范畴与中国诗学传统并无二致;亦有学者抱持"影响与被影响"的传统理念,偏执地以为朝鲜古典诗学范畴与中国传统有太多的同质性,至于其独立品格则无从谈起。张振亭此书则以辩证唯物主义的立场,从现象学、阐释学视域出发,把"朝鲜古典诗学范畴"视为朝鲜汉文学史上客观存在的一种文学现象,采取"让事实本身来说话"的方式,彰显出朝鲜古典诗学范畴的样态与特性,并勾勒出其潜隐的诗学体系。其阐释逻辑如下:

首先,认为朝鲜古典诗学范畴及其体系是在中国传统诗学历史语境的辐射下形成与发展起来的,因而具有浓郁的中国情结。但同时,由于朝鲜古典诗学范畴客观地存在于朝鲜古代汉文学之中,它必然也秉承了朝鲜半岛独具的地域文化特质及其民族的历史文化原型,它对中国诗学的接受显然具有"主体间性"的特点。

其次,把朝鲜古典诗学范畴视为朝鲜传统文化中客观存在的现象,进而侧重对其进行现象学的阐释。虽然在论释的过程中无法回避其与中国诗学的亲缘性关联,但将其与中国诗学并论时,并非为了简单而表面地比较孰优孰劣、孰先孰后、孰强孰弱,旨在彰显二者在历史文化上的血脉相连,追味二者在特定历史时空中积淀而成的深厚文化情感。

最后,通过揭示朝鲜古典诗学范畴对中国诗学进行接受的现象学阐释,进而阐明古代朝鲜半岛与中国在文化传统上的"趋同性",以便引发对当下的民族交往及国与国关系的深刻反思。

张振亭在具体阐释的过程中,遵循"回到事物本身"的原则,将研究对象的历史联系及"实在"本质"悬置"与"加括号"起来,以先验现象、体验(或参与)现象及解释现象的方式直观对象,进而对朝鲜古典诗学范畴作出"纯粹自我"的意向性判断。基于这样的研究立场和原则,作者认为,朝鲜古代诗家虽非有意识地明确标示出朝鲜古代诗学相关范畴之间的逻辑关系,也并没有建构出朝鲜古代诗学范畴的逻辑体系,但通过对朝鲜古代诗学范畴的整体观照与考索,可以有效地梳理出相关范畴间的内在勾连,以及不同范畴序列之间的逻辑线索,甚至可以勾勒出所有朝鲜古代诗学范畴类型都不同程度地存在于某种潜隐体系的网络之中。概而言之,朝鲜古代诗学范畴内隐着一定的体系化特性。

该书既梳理与探析了朝鲜古典诗学范畴的样态与特性,同时,也彰显了中国传统诗学在古代朝鲜半岛流播的盛况,不失为对中国传统诗学在域外流播情况进行整理与研究的较有价值的一项研究成果。是为之序。

2017 年 10 月于延边大学

目　　录

第一章　朝鲜古典诗学与中国语境

本书所谓的“朝鲜古典诗学(包括诗话、诗论、文论等一切形态的文学理论)”,是指朝鲜古代汉文学史上客观存在的文学现象,其主要功能是对朝鲜古代汉文学创作中那些带有普遍性、规律性的文学理念与文学现象进行必要的归纳、概括和总结。由于朝鲜古代汉文学的媒介为古代汉语,所以,对朝鲜古典诗学任何一个层面的考察,都不可能规避中国语境。本书所要探究的一切问题,也始终都是在中国语境的统摄下展开阐释的。这一方面彰显了朝鲜古典诗学与中国诗学传统的亲缘性,另一方面,也表明中国文化在历史上与现实中对朝鲜半岛无可回避的潜在影响。由于朝鲜古典诗学与中国传统诗学有着诸多的同质性,所以在对其展开阐释的过程中,会发现其与中国传统诗学有交叉重叠的现象,有人因此质疑朝鲜古典诗学的独立品格及特有的民族印迹。故而,有必要首先厘清本书所涉及的一些主要概念、范畴、术语的核心意旨。

第一节　“诗学”的内涵

“诗学”一词,是西方文学批评中最早出现的核心概念与范畴之一,近现代以来,开始逐渐在中国文学批评中被广泛使用。所以,“诗学”之谓现已成为世界语境中具有普遍认同性的批评概念与范畴。但是,无论是东方还是西方，在不同的历史时期与不同的文化语境中，它又往往被赋予不同的内涵。

广义的诗学概念的使用，在西方诗学史上是较为普遍的现象。在西方的文化语境中，“诗学”一词的使用，一般说来，最早可追溯至亚里士多德的《诗学》，其本意指“制作的技艺”。亚里士多德所谓的“诗学”是与伦理学、修辞学和形而上学等处于同等地位的学科，主要研究文学的一般理论问题。

尤为重要的是，亚里士多德的《诗学》既是西方诗学的开山之作，同时也规定了其后西方诗学研究的一个方向。自此以后，西方古典文学理论著作习惯采用“诗学”之谓。例如罗马最重要的文学理论著作是贺拉斯的《诗艺》；在中世纪时，亚里士多德的《诗学》被湮没，当时的诗学理论和亚里士多德的诗学理论关系并不大；文艺复兴时曾产生了大量的以“诗学”命名的文学理论专著，17 世纪法国古典主义理论家布瓦洛的理论经典著作《诗的艺术》，这些著作都不是单纯的诗歌理论著作，而是一般的文学理论论著。古典主义理论家创建诗学大都是为文学创作制定法规，这在某种程度上限制了作家的创作自由，在浪漫主义的冲击下，古典诗学开始丧失声誉，从此再没有那么多的如《诗学》这样的著作问世了。或者说，至少它们已经没有多大的权威了。

随之兴起的诗学理论主要是以鲍姆嘉通为起点的美学和以勃兰兑斯为起点的文学批评，到 19 世纪，诗学演变成哲学的美学和运用历史方法的文学批评两部分。前者是在先验的美学体系基础上建立起来的诗学理论，它倾向于加强诗学的理论色彩，以取代法则，主要代表有鲍姆嘉通、黑格尔、叔本华、克罗齐等人；后者则用历史主义的观点来处理诗学，这就是众所周知的文学理论。

进入 20 世纪，用“诗学”来泛指一般文学理论的价值倾向，在西方文学理论界逐渐形成了普遍的认同。这首先源于俄国形式主义理论家对诗学的目的及对象所进行的重新界定。在形式主义理论家看来，诗学的主要目的是要回答究竟是什么因素使语言材料变成了艺术作品，也就是究竟是什么使文学成为文学。

20世纪的后期印象派诗论出现了回归传统诗学概念的倾向，例如艾略特和庞德的诗论。另外，有一些当代的诗学概念是基于语言学、社会学、人类学或心理学的理论，如结构主义诗学等。诗学有时也和文学理论互用，韦勒克在其《诗学》中建议用文学理论取代“诗学”，但是现在批评家使用这一术语往往是为了强调文学的“内部研究”的性质。

第二次世界大战以后，新批评、结构主义、精神分析学、原型批评、符号学等理论思潮的出现，成为现代西方诗学的主体，更加重视文学的内在语言特征和深层结构的分析，意在淡化历史观念与政治意识对文学的外在影响。现代诗学关心的问题也不同于传统诗学，现代诗学对什么是文学这一核心问题所作的回答尽管与传统诗学有很大区别，但都是在文学的一般理论这一意义层面上使用“诗学”这一概念的。

在当代，“诗学”概念的外延还有扩大的趋势。在一些学者的著作中，诗学变成了理论的同义词。例如，加拿大学者琳达·哈琴就将其论述后现代主义的著作称为《后现代主义诗学》，她在这里使用的“诗学”概念的意义就是理论表述。此外，美国理论家哈罗尔·布卢姆的论文集也被编者冠以“影响的诗学”之谓。同时，还出现了维里斯·巴恩斯的《翻译诗学》、克罗斯曼·微玛斯的《阅读诗学》、理查德·哈尔彭的《原始积累的诗学》等。

总之，在整个西方历史文化语境中，由于古希腊时期的主导文学样式是诗歌（史诗与悲剧），所以那一时期的“诗学”只能是狭义的；中世纪时期，延续了古希腊的传统，“诗学”主要探讨的是诗歌创作中的艺术性；20世纪以来，由于形式主义与结构主义等思潮的影响，“诗学”逐渐被用于指称广义的文艺理论，泛指对一切文艺样式的理论分析与研究。

在中国文艺理论史上，“诗学”的内涵也呈现出一个历史的发展过程，主要集中在两个大的时间段，但相较于西方，其内涵比较稳定。

在古代中国,“诗学”的内涵按其历史发展,主要集中在两个方面:其一,专指《诗经》研究。自先秦至西汉,《诗经》研究在经学研究范域中的重要性日渐凸显。但用“诗学”指代《诗经》研究,据考证始于唐代。唐李行修上奏章《请置诗学博士书》,认为《诗经》具有端木、垂化、兼听与兴古的功用,故应设置“诗学博士”以为当世立教。此后,专指《诗经》研究的“诗学”一词频繁地出现于古代文人的研究与著述中。① 其二,泛指诗歌创作的艺术性及其他理论问题的探究。这一内涵始于唐朝,由于唐代诗歌创作的极大繁荣及其所施行的以诗取士制度,诗歌理论也得到了空前的发展,如王昌龄的《诗格》、释皎然的《诗式》、司空图的《二十四诗品》等就是其代表。伴随着诗歌理论的发展,直接催生了专指诗歌创作理论的“诗学”一词。诗学之谓,由此也渐趋滥觞。

在中国文化语境中,以“诗学”泛指广义的文艺理论,则是比较文学学科进入中国学术视野后才逐渐蔓延开来的。

“诗学”是一个包含了许多内容的约定俗成的传统概念,它既包含了诗论,也包含了一般的文学理论乃至美学理论。在现代文化语境中,往往把“诗学”限定在文艺理论研究的范围之内,正如乐黛云在《世界诗学大辞典·序》中所言:

> 现代意义的诗学是指有关文学本身的、在抽象层面展开的理论研究。它与文学批评不同,并不诠释具体作品的成败得失;它与文学史也不同,并不对作品进行历史评价。它所研究的是文学文本的模式和程式,以及文学意义如何通过这些模式和程式而产生。②

---

① 乐黛云、杨乃乔主编:《比较文学概论》(第三版),北京大学出版社 2008 年版,第 342 页。

② 乐黛云、叶朗、倪培耕主编:《世界诗学大辞典·序》,春风文艺出版社 1993 年版,第 4 页。

概而言之，从整个人类的文化语境来看，所谓广义的诗学，就是指一切的文艺理论；而狭义的诗学，则是专就诗歌这一单一的文学样式而言的。

在朝鲜古典诗学批评中，以"诗学"为名而论诗者颇多。但其所言之"诗学"更多为狭义的诗学，往往以"诗话"的形式呈示（故亦有学者主张以"诗话"取代"诗学"），大多泛指一般诗歌的创作技巧及其他理论问题的研究，大致包含以下几层意思。

其一，是指一段时期内诗歌创作的总称。如：

> 今世诗学专尚晚唐，阁束苏诗。①
>
> 本朝诗学以苏、黄为主，虽景濂大儒亦堕其窠臼。其余名于世者，率啜其糟粕，以造腐牌坊语，读之可厌。盛唐之音，泯泯无闻。②
>
> 近日中朝人文学西京，诗祖老杜，故虽不能臻其阃阈，所谓刻鹄类鹜者也。本朝人文则"三苏"，诗学黄（黄庭坚）、陈（陈师道），故卑野无取。③
>
> 穆陵以前诗学极盛，当时自湖堂以至太学士之选，皆先诗而后文，专为华使傧接计也。然其时，华使亦未闻有文章之士，特以敏捷为长，务相窘以为胜。④

其二，是指诗歌创作的实践与技巧。如：

> 李彦迪晦斋先生《庆州县东轩》诗曰："鸣鸠枝上七，飞燕雨中双。"对偶天成，其他可观者颇多。不专于诗学，而自发于性情，是知

① 权应仁：《松溪漫录》，韩国古典综合数据库 http://db.itkc.or.kr/index。

② 许筠：《鹤山樵谈》，韩国古典综合数据库 http://db.itkc.or.kr/index。

③ 许筠：《鹤山樵谈》，韩国古典综合数据库 http://db.itkc.or.kr/index。

④ 具树勋：《二旬录》，韩国古典综合数据库 http://db.itkc.or.kr/index。

禀质高明，则不劳而得也。①

吾家伯兄幼有逸才，十岁前尽读古文韵府群书，诗学大成，常讽在口。②

东皋不深于诗学，故不免此等之失。③

林石川亿龄，诗人也，且有奇伟气，落落不随时俯仰。诗学青莲，而家数甚大。④

近代文人至宣庙朝而盛矣。诗学如权石洲者，才思绝伦具眼者，观其遗稿可知。⑤

其（洪万宗《小华诗评》）所评骘，炳若丹青。使人一开卷，规模体制已了了于心上，其有裨于诗学岂浅鲜哉！⑥

盖东方诗学始于三国，盛于高丽，而极于我朝。⑦

而乙支公文章为吾东诗学之祖宗，则固不敢抗衡。⑧

我东诗学，世不乏人。而挹翠轩朴訚之天成，讷斋朴祥之沉郁，皆盛世风雅之遗，非后来擅名词垣者之比也。⑨

吾东诗学之弊，以咏物强韵，试人才程，便成其例。⑩

"诗学"的这一蕴含在朝鲜历代诗家的论述中数量颇多，也是他们所云"学诗"之"学"的主要内涵。

其三，是指对诗歌自身的理论研究。诗学的这层含义，常常体现在诗

① 权应仁：《松溪漫录》，韩国古典综合数据库 http://db.itkc.or.kr/index。

② 车天辂：《五山说林》，韩国古典综合数据库 http://db.itkc.or.kr/index。

③ 梁庆遇：《霁湖诗话》，韩国古典综合数据库 http://db.itkc.or.kr/index。

④ 申钦：《晴窗软谈》，韩国古典综合数据库 http://db.itkc.or.kr/index。

⑤ 郑弘溟：《畸翁漫笔》，韩国古典综合数据库 http://db.itkc.or.kr/index。

⑥ 洪万宗：《小华诗评》，韩国古典综合数据库 http://db.itkc.or.kr/index。

⑦ 洪万宗：《小华诗评》，韩国古典综合数据库 http://db.itkc.or.kr/index。

⑧ 权近：《平壤志文谈》，韩国古典综合数据库 http://db.itkc.or.kr/index。

⑨ 李祘：《弘斋日得录·文学》，韩国古典综合数据库 http://db.itkc.or.kr/index。

⑩ 河谦镇：《东诗话》，韩国古典综合数据库 http://db.itkc.or.kr/index。

格、诗式与诗法之类的著述中，如尹春年的《诗法源流》、丁若镛的《文体策》、李睟光的《芝峰类说》等即属此类。其主旨本为探讨诗歌的创作问题，但在发掘主旨的同时，也涉及了诗歌自身的特点和规律等方面的问题，故这层含义只是附带谈到的一部分。

由此可见，在朝鲜古代文学批评中，“诗学”一词的使用常常是指其狭义的内涵。但有一点是不容忽视的，即诗歌作为一种文学样式，它是朝鲜文学传统的主流与主导的文类体裁，正如李睟光所言：“我国之人用功于诗学者众矣！至于散文，则全不着力，故鲜有可观。”[①]因此，我们有理由把朝鲜古代诗家的诗学理念视为其整个文学思想的具体化。本书所使用的“诗学”一词大多是广义层面的内涵。

第二节　“范畴”及其在诗学中的特性

范畴是对客观事物与客观现象本质联系的高度概括，在哲学层面，范畴属于认识论，是我们认识和掌握客观世界与自然现象的名言。范畴的使用，使得人类的理论思维成果被形象地物化了，并被生动地彰显出来。诗学范畴与哲学范畴一样，都是理论思维的结晶与基干支点。一部诗学史，在一定意义上也可以说是一部诗学范畴的发展史，新范畴的创设，旧范畴的衰歇，范畴内涵的传承、更新、嬗变，以及范畴体系的形成和演化，便构成了诗学史的基本内容。

一、“范畴”的内涵

在人文科学领域，“范畴”一词起初更多地为哲学所使用，尤其是在

① 李睟光：《芝峰类说 · 文章部一 · 文评》，韩国古典综合数据库 http://db.itkc.or.kr/index。

西方哲学中。在西方文化语境中,“范畴”之谓源于希腊语,其后在英语、俄语、法语与德语等西方文化圈内,其内涵皆是以希腊文为中心的衍展,均指事物的种类、类目、部属与等级,主要在哲学中使用。所以有学者认为:“范畴,本为哲学名词。辩证唯物主义认为:范畴是反映客观事物的本质联系的思维形式,是人的思维对事物的本质特性与关系的概括和反映。”①

在汉文化语境中,“范畴”二字虽较早出自《尚书·洪范》中的所谓“洪范九畴”,但在古代“范”与“畴”二者极少连缀为一个词语使用。所谓“范”,本作“範”,意指“模型”。《易传》中就有“范围天地之化而不过”的言论,此“范”已初具“规范”“把握”之意。东汉王充的《论衡·物势》云:“今夫陶冶者,初埏埴作器,必模范为形,故作之也。”即指模型浇铸。所谓“畴”,即“田亩”,指已耕作、管理的土地。许慎的《说文解字》言:“畴,耕治之田也。”《礼记·月令》有“田畴”之谓,高诱注为“谓耕熟而其田有疆界者”,此说广为流行。

由是观之,在汉文化语境中,“范”即模范、规范之义;“畴”即田亩耕作而有人为规矩、疆域之义。“范”与“畴”作为概念,源自先民在原始农耕生活中的手工劳作与农事实践。

在早初的汉文化语境中,虽未发见作为复合词使用的“范畴”,但“先秦思想家、哲学家所说的‘名’以及宋代之后一些思想家、哲学家所说的‘字’大致具有‘范畴’的含义。如先秦名家主张‘循名责实’、墨家倡言‘以名举实’,‘名’是与‘实’相对应的。又如南宋陈淳的《字义》与清代戴震的《孟子字义疏证》所谓的‘字’,实际指范畴。”②

总而言之,我们在这里所使用的“范畴”一词,是指能够准确反映客观事物的统一性与普遍联系的、人类思维特有的逻辑形式,也是彰显事物

---

① 詹福瑞:《中古文学理论范畴·引言》,河北大学出版社 1997 年版,第 2 页。

② 王振复等:《中国美学范畴史》(第一卷),山西教育出版社 2006 年版,第 2 页。

本质属性与普遍联系的基本名言。它所揭示的是客观世界与客观事物中合乎规律的联系，反映的是事物与现象的普遍本质和一般性质，体现着实践与认识、历史与发展、目的性与规律性的统一。其合目的性谓之“善”，其合规律性谓之“真”，二者融二为一，故而使“范畴”既具有生命的蕴蓄意味，同时，也具有最为普遍与实用的认识论价值。

二、“诗学范畴”及其特性

关于“诗学范畴”本身的确立问题，中国学界在20世纪80年代末至90年代初曾引发激烈的争辩。这种争辩首先源于哲学领域，有些学者基于自己的学术立场认为中国传统哲学能称得上“范畴”的名言没有几个，也就更无体系可言。对此，中国当代著名哲学家张岱年进行了有力地批驳，他于1989年出版专著《中国古典哲学概念范畴要论》，并在绪论中以《论中国古代哲学的范畴体系》为题，开篇即言道：

> 近来研究中国哲学史的同志们提出中国古代哲学范畴体系的问题，这确实是关于哲学史的一个重要问题。我们常说中国哲学有自己的一套概念范畴，既云一套概念范畴，就是有一个概念范畴的体系了。范畴体系是一个非常复杂的问题。哲学史上各个范畴都有其发生、发展、演变的过程，即令是同一时期的哲学范畴，不同学派的见解也不相同。中国古代哲学的范畴体系包括哪些范畴呢？范畴之间的关系又如何呢？这些问题都是需要进行深入考察的。①

张岱年在其著作中制定了“中国哲学范畴表”（列出了78个范畴），

① 张岱年：《中国古典哲学概念范畴要论》，中国社会科学出版社1989年版，第1页。

并逐一论述了中国哲学史上的60个经典范畴。其实,早在1946年,中国现代哲学家张东荪就曾发表专门文章《中国哲学史上的范畴》①,列出了中国哲学史上的36个范畴,并制定出了“中国哲学范畴表”。

哲学领域的“范畴”之争,也自然延伸到诗学批评中,关于“中国古典诗学范畴及其体系”存在的问题,有反对的声音,但同时也有诸多认同者。质疑者更多地是在理念上进行非议,而认同者则以其实际的著述证明其存在的客观性。如1992年中国社会科学出版社出版的陈良运的《中国诗学体系论》、2007年复旦大学出版社出版的汪涌豪的《中国文学批评范畴及体系》、2009年上海古籍出版社出版的李旭的《中国诗学范畴的现代阐释》与民族出版社出版的第环宁等著的《中国古典文艺美学范畴辑论》等等,都以各自的学术立场论述了“中国古典诗学范畴及其体系”确立的相关问题。

目前,关于“中国古典诗学范畴及其体系”问题,认同的声浪远远高于质疑的声音。2011年,《北京大学学报》曾辟专栏探讨“中国古典诗学范畴”问题,主持人开篇言道:

> 经过几代人的努力,中国古代文论研究在20世纪90年代终于找到了一个突破口,那就是对文学批评范畴及体系的研究。由于文论范畴以感性经验为对象,以对客体的辩证思维为特色,反映了不同历史时期人们所达到的认识深度。从此角度出发研究古代文论,可以排斥历史偶然因素的干扰,最大限度地以纯净化的逻辑形式,再现古代作家、批评家的认识发展过程。所以,“范畴”成为人们探索传统文学创作与批评内在规律和本质特征的一个重要切入点。然而,这一工作的艰巨性是人们所未曾料及的。与西方人视全面罗列审美

① 张东荪:《中国哲学史上的范畴》,见《知识与文化》第三编第三章,商务印书馆1946年版;又见《理性与良知——张东荪文选》,上海远东出版社1995年版。

> 范畴,并以此涵盖整个美学领域为19世纪以来绝大多数美学家的夙愿一样,长期以来,基于传统文论在整体上体现出的“范畴文论”与“范畴美学”的征象,即从很大程度上说,历代人对文学的探讨,是从对文论范畴的界定开始的,又表现为对文论范畴的衍说或分疏(即不同解释),范畴的研究也成为研究者整体推进古代文论研究,更新或提高其研究水准的主要着力点。人们希望经由对文论范畴及体系的研究,提领起传统文学批评的全局,并有以照见中国文论未来的进路。正是有鉴于此,此次我们组织了三篇相关论文,以期从不同的角度,对与范畴相关的问题,从范畴的构成范式、主要特征到逻辑体系,作出新的研究,希望以此进一步推进相关研究走向深入。不当之处,敬请批评。①

从主持人的话语中,我们可以感觉到,在当前的中国学界,对“中国古典诗学范畴及其体系”的认知仍存在着一定分歧,但认同者的声音显然已居于主流。

我们所谓的“诗学范畴”(即文学理论范畴),即是指在诗学范围内,作为以从事文学创作为主的作家,与作为以进行文学批评为主的批评家,针对在文学创作实践与批评活动中出现的文学现象,特别是文学创作与批评中那些带有普遍性、规律性的东西的高度概括与反映。“诗学范畴”所涵盖的理论意识是无限多元而又复杂多变的,在此,我们无法详尽其全貌。为了阐明问题的需要与方便,选择以下两个层面把握其某些特性。

1.“诗学范畴”的类型

关于“诗学范畴”类型的划分,实际上并无统一的尺度,而且也不可能存在普泛的标准。由于批评主体理论认识、审美价值取向与阐释逻辑的不同,划分的标准也往往众说纷纭、莫衷一是。我们在这里也没有必要

① 《北京大学学报》2011年第6期,第22页。

将诗学范畴各种不同的划分标准及其存在的相应类型一一呈示出来。基于阐释、说明本论题的需要，我们将从以下角度划分诗学范畴的类型。

其一，就诗学范畴的直观语言形态而言，诗学范畴有单体范畴与合体范畴两种最常见的存在形式。

所谓“单体范畴”，就是由一个在内涵上具有一定张力及阐释空间的单个字构成的诗学范畴，朝鲜古典诗学中的这类范畴，如“道”“气”“神”“味”“枯”“象”“境”等。单体诗学范畴借助于汉字单字运用极为灵活的特性，一字中包孕着多元的内涵，其所指丰富而又精深，其能指严谨而又切理，带有某种模糊美学的特质。实质上，对个体的感性直观而言，它本身就是一个“有意味的形式”。

所谓“合体范畴”，就是由在意旨上互为映射、互为衍展的两个单体范型所构筑而成的范畴；抑或是某一单体范畴以己之义修饰、限制或阐明另一单体范畴，使得另一单体范畴的意旨更为明确、深刻。故而，或以并列，或以偏正，或以补充的结构方式连贯而成的诗学范畴。前者如“性情”“意象”“声色”“风神”等，后者如“天机”“奇气”“新意”“妙悟”等。在朝鲜古典诗学中，后者较为多见。

其二，就诗学范畴的功用价值而言，可以划分为：基干范畴，如“道”“气”“象”等；本质论范畴，如“情”“志”“物”等；创作论范畴，如“兴”“天机”“才”与“法”等；文本论范畴，如“体势”“声色”“格调”与“境(意境)”等；鉴赏与批评论范畴，如“虚静”“才学”“观”“味”“品”及“解”等。

其三，就诗学范畴的发生而言，可以划分为基干范畴与衍生范畴。如以“气”为基干，而衍生出的“理气”“气韵”“生气”“神气”等；以“兴”为基干，而衍生出的“感兴”“比兴”“兴味”“寓兴”“兴会”及“兴寄”等。

2.“诗学范畴”的特性

诗学范畴虽与哲学范畴存在着某种不可剥离的交叉，但二者在思维呈示上却有着不同的倾向，相较而言，诗学范畴更偏于感性直观，哲学范畴则尤重于理性思辨。关于“诗学范畴”的特性，我们可从以下几个方面来探析：

其一，直觉性。由于历史的原因，朝鲜古代社会的大部分时期以汉字为官方认定的社会语言。所以，朝鲜古典诗学范畴以象形表意的汉字为物质媒介，以自然与人间世相为义理来源，大多范畴往往依凭感性直观来建立，并以一种感性直观的态度，既不阐明联系的中介，又不脱离实相的规约，甚至还具有以一统多的概括功能，因而使得朝鲜古典诗学范畴呈现出鲜明的直观性特征，如“气”及其统摄的范畴序列即是如此。

所谓直觉，即直接察知。作为一种把握外在世界与客观事物的方式，它往往表现为思维对感性经验与已有知识进行持续思考时，不受逻辑的规约，不依凭一般概念的运作，直接顿悟事物本质的一种认识突变。高丽时期的李仁老（1152—1220）在其《破闲集》卷尾言“吾所谓‘闲’者，盖功成名遂、悬车绿野、心无外慕者，又遁迹山林、饥食困眠者，然后其‘闲’可得而全矣。然寓目于词，则‘闲’之全可得而破也。”“闲”本是就个体内在精神与外在气质的整体而言的，它不是具体的，而是隐约淡然的。李仁老以“功成名遂、悬车绿野、心无外慕”释“闲”，就是明显地以直觉思维的方式，使得本来模糊不定的东西豁然觉解。

其二，模糊性。朝鲜古典诗学范畴直觉思维的特点，极易使诗学理念在由内而外呈现的时候造成指称对象的不确定性。这种不确定性势必带来朝鲜古典诗学范畴的模糊性特征。诗学范畴的模糊性并非指范畴内涵的无法诠释，而是指范畴所指的游移滑动，即其有多元意义生成的可能性，“诗无达诂”即此谓也。

在朝鲜古典诗学范畴营构的过程中，范畴内涵的模糊性充分体现在运用范畴进行理论探讨与展开文学批评的整个过程，同时，也使得这个过程充满了模糊的类聚与识别、模糊的评判与解读，由此造成范畴所指的多变性与解构的多元性。这也说明诗学范畴并不依靠形式逻辑给定，既不是非此即彼的二元逻辑判断，也非或此或彼的综合考量，而是互不关涉的多元意义的并存，可以是亦此亦彼，依循互渗互融的辩证逻辑，多重意义相互补充，呈现出多元言说的复义状态。

可以说，大凡意义深邃精微、具有一定涵括力和普适意义的范畴都带有这样的特性。如朝鲜古典诗学中的“味”范畴，其所指在运用的过程中就表现得相当模糊，或言其一词多义。当其作为名词使用时，包括“滋味”“兴味”“余味”“风味”“醇味”等名词性词组，皆指作为审美对象的诗歌文本自身所具有的审美要素，如“及反复详阅，至得其味而后已也”。① 当其作为动词使用时，包括“玩味”“吟味”“熟味”“细味”等动词性词组，则是指作为接受主体的读者对作为审美客体的诗歌文本所进行的审美批评活动，如“然中无含蓄深厚之意，则初若可玩，至再嚼则味已穷矣。”②其他如朝鲜古典诗学范畴中的“清”“闲”“妙”“赡”等亦如是。

其三，衍生性。朝鲜古代诗家在使用与创设诗学范畴时，往往具有灵机性的特点，带有较大的自由度与随意性，这使得诗学范畴的牵衍力获以更大程度的发挥。特别是一些包容性很强的基干范畴与核心范畴，如“气”“意”“味”“清”“趣”等，常常能通过交错、复合的方式，衍生出众多次生的子范畴，形成一个内在联系严密、阐释文理周详的范畴集群。如在朝鲜古典诗学中，后面我们将详论的由“气”范畴衍生出的“奇气”“豪气”“逸气”“元气”“才气”“气格”“气力”“气骨”“气韵”“气味”“气势”“气调”“气节”“气豪”等。

当然，“诗学范畴”的独特性绝非仅限于此，如其审美意蕴与生命韵味的特征等，也是极为突出的。在后面的论释中，我们将深切地体会到这一特点，此不赘言。

第三节　“朝鲜古典诗学范畴”的意指

关于“朝鲜古典诗学范畴”的确立问题，我们必须要作以下说明。

---

① 李仁老：《破闲集》，韩国古典综合数据库 http://db.itkc.or.kr/index。

② 李仁老：《破闲集》，韩国古典综合数据库 http://db.itkc.or.kr/index。

第一，从民族文化层面看，任何一个独立民族（或独立民族国家）的历史存在，都必有其独特的民族文化性格，有其民族文化就必有其民族文学，有其民族文学就必有其文学理念，有其文学理念就必有表述其文学理念的术语、概念与范畴。古代的朝鲜半岛无疑是一个以单一民族为主体的族群聚集地，其独具的民族文化品格是毋庸置疑的，风靡当今世界的“韩流”，如果没有其民族传统文化作为底蕴支撑，所谓“韩流”将不复存在。因为当今的“韩流”，就是对朝鲜传统文化中“风流道”民族文化原型的一种回归。朝鲜古代独特的民族文化品质，势必影响到其古典诗学范畴的表述与传达。

第二，从民族语言层面看，由于朝鲜古代长期没有自己独立的民族文字，长时期以汉语为其唯一的官方语言，其对汉字文化的接受就成为历史的必然。因此，朝鲜古典诗学范畴与中国传统诗学在内涵与外延上有诸多趋同之处。但是，“趋同”绝不等于完全相同，朝鲜古典诗学范畴对中国的接受并非全盘的“拿来主义”，而是对中国传统诗学中相对成熟与稳定的诗学范畴进行了有选择性的汲取，并潜在地满足了自我的民族审美期待。这种选择本身就是某种态度与价值取向的明示，本身就是对中国古典诗学范畴的一种“主体间性”认知。

第三，从文化身份的归属与认同层面看，人类文化的发展进程，实质上就是不同民族文化间不断进行优势互补的整合过程。“越是民族的，就越是世界的”，这绝非一个简单的意识形态口号，它从一个侧面深刻地揭示了人类文化的本质特性，即某一文化的优秀成分不可遏制地向其他文化的自然流溢，此即不同民族文化间的“互文性”。所以，尽管朝鲜古典诗学范畴与中国传统存在着形式上，甚或内容上的某些趋同性，但不能就此抹杀其存在的合理性。

第四，从诗学范畴的民族个性看，朝鲜古典诗学范畴的独立品格虽非一种显性的存在，在形式上与中国古典诗学几无二致。但它对中国诗学的接受也绝不可能是“照相式”的复制，它与中国古典诗学范畴的相类是

显在的,与之不同的则是隐性的存在,主要可以从以下几个方面来辨析:

其一,从自然地理文化类型来看,朝鲜古代文化是典型的半岛文化范型,它同时兼禀海洋性文化与大陆性文化的特质,既具有海洋性文化开放、包容及兼收并蓄的胸怀,也具有大陆性文化固守、坚忍及恋土恋根的情结。所以,朝鲜古典诗学能够自然地将中国诗学的优秀因子为我所用。这与古代日本明显不同,日本文化是海洋性文化的极端型——纯粹的岛国文化范式,极富侵略性,占有欲亦极强,对吸纳来自他者的文化经由刻意修饰后,就宣称为自己固有的东西。

其二,从民族文化精神来看,朝鲜传统文化与中国明显的不同,其具有极其强烈的文化主体性,即追求个体精神的自适;与之相比,中国传统文化精神则偏于强调群体的规约性,特别是在儒家文化传统辐射之下。这在诗学范畴的使用与阐释上表现得颇为突出,如关于文学的"情志"本原问题,中国诗学传统侧重于"志"(具有群体性相)的趋同性,而朝鲜古典诗学则彰显"情"(秉持个体性相)的自我色彩。

其三,就具体诗学范畴而言,任何一个诗学范畴在中国诗学中都有一个复杂的发展过程,而一旦被朝鲜古典诗学接受后往往成为一个不证自明的习惯用语,意义指向相对集中。这一点,在后面的论释中将看得非常清楚。

第五,我们在此所言的"朝鲜古典诗学范畴"是将其作为朝鲜古代汉文学中客观存在的现象来审视与观照的,关注的是现象本身的存在,尽量避免纠结于其外的历史联系。所以,对朝鲜古典诗学范畴的阐释,首先描摹出其对中国的接受情形,至于接受后发生的变异性质,我们尽量让现象本身来说明,避免对其进行率性的主观臆测,即绝不给出最终答案,或者是所谓的权威解释,以追求诗学"众声喧哗"的群体性阐释效应。这也是现象学、解释学与解构主义等现代诗学批评的主导精神诉求所在,因为"存在本身才是最真实的",对现象作出的任何"自圆其说"都应有其话语的权力。中国批评传统所谓的"仁者见仁,智者见智"的精神,也早就隐含着这样的理念。

第六,当下的跨文化观照,与以往相比,在理念上有一个明显的转变,过去往往追问不同文化相区别的个性特征,现今则更多地寻求不同文化间的“趋同性”,我们在此的论释就是本着这样的宗旨。因为任何一个民族文化的形成都不可能是闭门造车的结果,它都必须是在与其他民族文化的自由交流中,进行互识、互认、互证的必然结果,也就是在言说他者文化的过程中,言说者一方面彰显了“他者”文化的样貌与特性,另一方面也是对“自我”文化价值的确证与呈示。所以,我们对朝鲜古典诗学范畴的阐释,更多地是从其与中国诗学的近似性着眼,以追味朝鲜半岛与中国在历史语境中缔结的文化情缘。

最后,我们的研究目的是,由“诗学范畴”切入朝鲜古代汉文学创作与批评的历史实践,管窥朝鲜古代文人丰富的文学世界及其心路历程。“诗学范畴”在此只不过就是一个“筏”,终究要“舍筏登岸”。

朝鲜古典诗学并无系统而又明晰的关于诗学范畴的理念及其对诗学范畴的理论发微,朝鲜古代诗家对诗学范畴的阐释往往带有一定的随意性,并且显得有些杂乱而无序。如:

> 第一联言设席,颔联、颈联皆赞三宝,落句言福利,此音赞诗之范也。虽鸿儒巨笔,尤局其前范,未免换骨。①
>
> 古《四六龟鉴》,非韩柳则宋三贤,不及此者,以文烈公为模范可矣。②
>
> 刚仲氏是编之作,上不乖夫子之意,下以仿诸家之范。③
>
> 自学诗以来,得我东诗。而诗之名家者,不啻数百。由今日而上溯罗季,几一千载。其间识风教、行美刺,开阖抑扬,深得性情之正

① 崔滋:《补闲集》,韩国古典综合数据库 http://db.itkc.or.kr/index。

② 崔滋:《补闲集》,韩国古典综合数据库 http://db.itkc.or.kr/index。

③ 徐居正:《东人诗话》,韩国古典综合数据库 http://db.itkc.or.kr/index。

者，可以颉颃于唐宋，模范于后世。①

虽没有体系化的诗学范畴理论，但并不能因此而否认朝鲜古典诗学范畴批评体系的客观存在。这恰恰是本著的深刻意义所在。朝鲜古代文学是无可否认的历史存在，以朝鲜古代文学为批评对象的诗学理论的产生也就是理所当然的客观事实，而那些在朝鲜古典诗学中频繁出现的、具有约定俗成内涵的基本名言、术语也就势所必然地带有普遍的认识意义，这些术语、名言也就逐渐自然而然地积淀为约定俗成的诗学范畴，同时，这些都无可争议地成为朝鲜传统汉文学最主要的构成内容。

第四节　中国语境统摄下的朝鲜古典诗学

在此，以朝鲜古典诗学（包括诗话、诗论、文论等一切形态的文学理论）中频繁出现的、带有普遍认同性的，并且对朝鲜古典诗学的发展具有深远意义的经典范畴为核心。概而言之，即以朝鲜古典诗学中的“经典”范畴为主要阐释对象，因此称之为“朝鲜古典诗学范畴及其批评体系”。本著将借助现代诗学理论的逻辑运思方法，针对朝鲜古典诗学范畴的无序乱象，展开我们系统化的梳理工程，以期呈示出条分缕析的朝鲜古典诗学批评范畴的潜隐体系。

以往，无论是在韩国国内还是在其国外的诗学批评中，研究者的研究视角往往受到“朝鲜古典诗学是如何接受中国影响的”这一历史先验论的潜在束缚，在探讨朝鲜古典诗学问题时，常常无法摆脱中国的“影子”。更有甚者，甚至认为朝鲜古典诗学就是中国古典诗学的翻版与复制，根本没有自己独立的民族文化品格。这种认知在一定程度上遮蔽了朝鲜古典

① 洪万宗：《小华诗评》，韩国古典综合数据库 http://db.itkc.or.kr/index。

诗学自我的价值与个性，蒙蔽着人们去真正地认识与感知朝鲜古典诗学的本真样貌，及其深蓄内敛的民族文化品格。

其一，诗学范畴本是人们对于文学的思想与思维趋于成熟或已经成熟的一种知识形态与理性形态，是人类的文学理性及其思维的言辞表达，它在一定程度上体现了文学的本质属性与内在联系，经典的诗学范畴尤为如此。所以，朝鲜古典诗学范畴作为朝鲜传统文化中客观存在的一个具体的文化现象，是朝鲜古代文人对文学现象认识的总凝结，是朝鲜古代文人审美体验的历史记忆。由于它把历史的过程性与人的相关性环节通过既有的传统文化渊源，同时，又带有一己心智接受与创造的特殊名言记录下来，因此，它在很大程度上寓含着整个朝鲜民族独特的民族文化心理积淀，及其民族审美结构的本质特性。

其二，诗学范畴是人类思维对文学的基本特性与本质联系的概括和反映。由于其体现了人们对文学本质联系的认识程度，凝结着人类在不同历史时期，不同条件下对文学的认识成果，因此它的不断成熟和丰富，是人们对文学认识水平逐渐提高、对文学把握能力逐渐增强的表征。朝鲜古典诗学范畴在内涵上由浮泛到深刻，在形式上由单一到复合的接受与演进历程，昭示出朝鲜古代文人对文学特性及创作规律的认识日趋全面深刻，理论建设和学科意识日渐丰富成熟。因此，完全可以说，朝鲜古典诗学范畴的发展历史，体现了朝鲜古代审美认识与审美价值诉求的发展历程。

其三，诗学范畴的发展是一个动态结构，在时间上具有延续性，在空间上具有广袤性；各诗学范畴内部诸要素的运动形态及其所具有的相互作用，是遵循着整体的和谐性、传统的延续性与结构的有序性之原则逐渐定型化的。可以说，它是在哲学基础、文化传统、逻辑起点与中心范畴等的共同作用下构筑而成的一个结构网络。所以，朝鲜古典诗学范畴的重要价值，更主要地表现在作为对文学认识的抽象化，以及诗学范畴的自我运动及其所经历的从胚胎阶段到成熟期的历史过程，可以让我们清楚地看到，在朝鲜古代文学创作及批评中某种具体的创作技巧、方法与观念如何从简单到复杂，从抽象到具体的潜进脉络。这也是衡量朝鲜古代文学是否获得了自主性并进而成为一门科学的重要标志。

对朝鲜古典诗学范畴的任何阐释都不可能游离中国语境的辐射，但本书在阐释的过程中，力图把握以下原则：

首先，朝鲜古典诗学范畴及其体系虽是在中国传统诗学历史语境的辐射下形成与发展起来的，因而具有浓郁的中国情结。但同时，由于朝鲜古典诗学范畴客观地存在于朝鲜古代汉文学之中，它必然也秉承了朝鲜半岛独具的地域文化特质及其民族的历史文化原型，它对中国诗学的接受必然具有“主体间性”的特点。

其次，把朝鲜古典诗学范畴视为朝鲜传统文化中客观存在的现象，进而侧重对其进行现象学的阐释。虽然在论释的过程中无法超越其与中国诗学的亲缘性关联，但将其与中国诗学并论时，并非为了简单而表面地比较孰优孰劣、孰先孰后、孰强孰弱，旨在彰显二者在历史文化上的血脉相连，追味二者在特定历史时空中积淀而成的深厚文化情感。

最后，通过揭示朝鲜古典诗学范畴对中国诗学进行接受的现象学阐释，进而阐明古代朝鲜半岛与中国在文化传统上的“趋同性”，以便引发对当下的民族交往及国与国关系的深重反思。

通过对朝鲜古典诗学范畴的阐释与梳理，我们明显地感觉到，朝鲜古代诗家虽从未明确标示朝鲜古典诗学范畴之间的逻辑关系及其所凝筑而成的结构系统，但经由全面的阐释与深入的析理，可明显地感觉到不同范畴间的内在勾连，以及不同的范畴序列之间的逻辑线索，甚至所有的范畴类型都不同程度地处于某种潜隐体系的笼罩之下。根据朝鲜古典诗学范畴直觉感性的呈示特性，我们姑且将朝鲜古典诗学范畴的体系称为“隐体系”。

同时，正是由于朝鲜古典诗学范畴体系这种潜隐性特征的直觉性与模糊性，直接造成了朝鲜古典诗学范畴的诗意呈示。诗学范畴体系与诗学范畴呈示间存在着必然的逻辑肌理，所以，范畴呈示的诗意性色彩，也必将浸染、渗透于范畴系统之中。而朝鲜古典诗学范畴诗意呈示的直接表现，是诗学范畴的存在本身灌注、流溢着类似生命之流的张力与律动，即诗学范畴本身寓含着绵绵不绝的审美意蕴。由此，我们可以说，朝鲜古典诗学范畴的潜隐体系是一种“有意味”的生命形式。

第二章　朝鲜古典诗学的形成及其背景

探讨朝鲜古典诗学范畴，首先必须要明确的是：朝鲜古典诗学是“如何发生”的，又是“如何确立”的？“如何发生”，指涉的是朝鲜古典诗学的形成背景，诗学背景是特定诗学传统的理论基础与逻辑起点。如果脱离某一诗学理论的社会历史背景及其文化哲学特征，就很难阐释清楚这一诗学的理论特色及其发展规律，就更谈不上对不同的诗学观念及范畴等进行深入的研究了。“如何确立”，旨在洞明朝鲜古典诗学的发展脉络及其在不同发展阶段的样貌，特别是朝鲜古典诗学在形成的过程中接受了哪些外来文化的深刻启发，尤其是对中国诗学传统进行了怎样的接受。

第一节　朝鲜古典诗学发生的内因：民族文化的潜在浸染

任何一个民族之所以称之为一个民族，更多的是他者对于这个民族文化身份的认知。也就是说，民族文化是一个民族最显著的标识之一。而一个民族文化的成型往往不能脱离其赖以生存的自然地理状况及其人文社会历史的演进。这两个方面也深刻地制约着某一民族的核心文化与次要文化的内核。一个民族的行为方式在根本上就是由核心文化与次要文化两个层面来掌控的。一个民族生于斯长于斯的自然地理就是形成其核心文化的内驱力，而次要文化则是在不同的时期易受外力的影响或是内部的改革而产生变化的文化层面，它造就了此一民族文化的丰富性与多样化。

自然地理环境对于人们的生活方式和思想观念有着重要的影响。《礼记·王制》曰："凡居民材，必因天地寒暖燥湿，广谷大川异制，民生其间者异俗，刚柔、轻重、迟速异齐，五味异和，器械异制，衣服异宜。"①同样，特殊的自然地理环境也在一定程度上赋予一直居住在朝鲜半岛上的单一族群——朝鲜民族以某种不可复制的民族文化特质。

朝鲜半岛，南北狭长，三面环海，北面与中国陆路相接。这样的天然地理条件，对朝鲜民族核心文化的形成起着最终的决定作用。所谓核心文化，是与生计活动密切相关的一群特征，由于其与环境的密切关系，在生产力尚未发展到人类能够控制或是改变环境的漫长阶段里，该核心文化在特定的区域中不断得以加强，并由此而形成了一系列的道德评判标准、行为规范、礼仪习俗与审美原则，是先民为在该环境中得以更好地生存而采取的行为方式的总结。可以说，核心文化决定了一个区域文化区别于另一区域文化的最主要特征。

英国人类文化学家泰勒在《原始文化》中指出，一个民族的习性深受其生活环境的重大影响，生活在海边、岛屿的渔民与生活在内陆的农民，他们的性格就会有很大的不同；同样，生活在大陆地区的民族和生活在地域狭小、僻处一隅的岛国（包括一些半岛）民族性格也会有很大的不同。朝鲜半岛最显著的自然地理特征就是三面环海，一面与大陆相连。这样独特的天然地理状貌，势必造成朝鲜古代民族核心文化的内核既具有海洋性文化开放的特质，又禀袭着大陆性文化"恋土"的情结。

海洋性文化的突出品格是进取、拼搏与兼容；大陆性文化的显著性格则是重根、中庸与和谐。朝鲜半岛文化的突出特点就是海洋性文化和大

① 王文锦：《礼记译解》（上），中华书局2001年版，第176页。

陆性文化的水乳交融，体现在民族精神上就形成了多元化的民族性格特征，既具有海洋文化兼收并蓄的性格特点，又禀袭了大陆文化因循守旧的印痕，这两种文化性格大概可以看作是半岛文化性格的主导面。一方面具备拼搏、流动、进取、兼容的海洋文化性格元素，另一方面又兼有孝顺、顾家、重宗抱团的大陆传统文化元素。在此，我们姑且称之为“半岛情结”。

“半岛情结”就是世代居住于朝鲜半岛族群其祖先的生命痕迹，它作为一种精神遗存代代相传，久而久之，积淀为整个民族的集体无意识记忆，潜在地影响和制约着这个民族行为方式与精神意志的方方面面。朝鲜古代社会的物质文化与精神文化，在形成的过程中都潜在地受控于由自然地理环境所造成的特有的“半岛情结”的深刻影响。但是，“半岛情结”或曰“半岛集体无意识”并不直接提供现成的思想，它只是提供产生各种思想的土壤与可能性。毋庸置疑，“半岛情结”也为朝鲜古典诗学的产生提供了诸多的可能性，并潜在地影响、制约着其建构与形成的轨迹。

一、朝鲜古代社会经济结构的特点及其对诗学的潜在影响

探析一个民族诗学思想的成因及其个性，首先必须要关注形成其思想的土壤。因为有什么样的土壤就会产生出什么样的思想，即所谓“一方水土养一方人”。所以，存在主义哲学认为“存在先于本质”。影响一个社会存在基本样貌的最根本性因素，莫过于这个社会的物质文化类型，而一个社会物质文化的类型与性质最直接地表现在其社会经济结构的建构上。

朝鲜古代社会的经济结构有其鲜明的个性特征。“从经济类型理论的视角看，朝鲜民族文化来源于远古时期的朝鲜北方系统的狩猎文化和朝鲜南方系统的稻作文化。”①这说明朝鲜半岛传统的社会经济状况，是

① 许辉勋：《朝鲜族民俗文化及其中国特色》，延边大学出版社 2007 年版，第 20 页。

由狩猎文明与农耕文明相结合而构筑成的一种经济模式。

由于以狩猎为生，导致远古的半岛族群在民族文化心理积淀中有着浓浓的“游牧情结”，乐于在迁徙漂移中觅求最适宜的生存空间。体现在文化心态上，就会表现出绝不因循守旧，善于吐故纳新的、积极的开放意识。因此，在构筑民族文化的过程中，易于接受外来先进文化的洗染，并且擅长将外来文化的因子有效地植入本民族的文化血液之中，通过不间断地兼容并蓄，进而使本民族的文化传统得以不断更新，始终保有新鲜而旺盛的生命活力。

由于也进行耕作，使得古老的朝鲜半岛族群在集体无意识层面沉禀了东方农耕文明重教化、尚儒雅的儒家情怀，讲究以耕读传家，追慕安土乐天的生存境地。体现在文化心态上，对本民族的文化传统有着虔诚的宗教徒般的神圣情结，以本民族文化为荣而倍加呵护。这样，在构筑民族文化的过程中，始终会以本民族的文化传统为原型，无论外来文化如何嵌入都不会撼动其固有的文化基因。就像他们的民族服饰一样，尽管在感官上有色彩斑斓的视效，但那一抹纯净的白色是其永不更换的底版，所以，他们始终乐闻人们称其为“白衣民族”。

北方的狩猎文明与南方的农耕文明，作为朝鲜半岛最古老的社会经济形态，在其民族融合的过程中最终并未造成半岛族群的尖锐对立，而且还有机地浑融为一体。就如同他们可以将海洋性特质与大陆性品格集于一身一样，二者“和而不流”，这也就是我们所谓的“半岛情结”的特质所在。所以，有学者指出：“朝鲜民族文化在其文化本原上，体现出狩猎文化与农耕文化的双重性，前者使朝鲜民族文化显得热情、奔放，后者使得朝鲜民族文化崇文、尚礼。”①

朝鲜半岛古老的社会经济结构的特性，直接而深刻地影响了其民族文化原型精神的价值取向，也就势所必然地会对其诗学范畴及诗学体系

---

① 许辉勋：《朝鲜族民俗文化及其中国特色》，延边大学出版社 2007 年版，第 21 页。

的构筑产生间接而深远的影响。如朝鲜古典诗学范畴在构筑的过程中，一方面广泛吸纳中国古典诗学的有效成分，另一方面又绝不丢弃本民族诗学传统固有的精神及养分。这一特点与其古老的社会经济结构的构成方式如出一辙。

二、朝鲜传统的文化哲学对其诗学发生的潜在作用

朝鲜传统的文化哲学作为朝鲜古代社会精神文化的主要因子，也同样深受源自于天然地理环境的“半岛情结”的统摄。韩国哲学会编的《韩国哲学史》认为朝鲜精神的原型就是“风流道”，关于“风流道”的源起，新罗文人崔致远《鸾郎碑序》曾言：

> 国有玄妙之道，曰“风流”。设教之源，备详《仙史》。实乃包含三教，接化群生。且如“入则孝于家，出则忠于国”，鲁司寇之旨也；“处无为之事，行不言之教”，周柱史之宗也；“诸恶莫作，诸善奉行”，竺乾太子之化也。①

从这段序文中，我们可以看出，作为朝鲜民族精神原型的“风流道”思想，在其构成的过程中，实际上吸纳了儒、道、释三家最为核心的价值观。也就是说，朝鲜民族精神的原型是以“风流”理念为基干支撑的，在此基础上广泛而合理地汲取了来自于中国传统的儒、道、释等的有效成分，进而构筑成朝鲜古代特有的文化哲学。朝鲜古代独特的文化哲学精神势必对朝鲜古典诗学的建构产生潜在而深远的积极影响。

1. 朝鲜传统文化哲学中的“风流”原型

“风流”的理念，是朝鲜传统文化中带有“原型”意味的民族精神的主

---

① 金富轼：《三国史记 · 新罗本记 · 真兴王条》，韩国瑞文文化社 1980 年版，第 78 页。

导价值取向之一。《韩国哲学史》甚至将“风流”视为古代朝鲜人的一种集体无意识，是其民族祖先生命痕迹历史积淀的必然结果，其中有言：

> 风流意味着古代朝鲜人的一切文化与精神……在接受外来思想影响之前，支配我们社会生活的重要原理，即是风流的信仰。作为信仰外化形式的风流，从韩民族原始社会生活的方方面面都有不同程度的呈现，所以，以信仰作为基础的风流，孕育了韩民族的主体文化力量。①

将“风流”视为朝鲜半岛民族精神的原型，于是，它也就自然成为朝鲜传统哲学的核心价值理念。作为朝鲜传统文化哲学核心范畴的“风流”势必会潜移默化地影响和制约着朝鲜古代社会物质生活与精神生活的方方面面。有学者甚至指出：

> 风流道之形成为道，已上升为关于天地自然、人与人、人与社会关系的哲学理解，具有了较深邃的思想性，是岛民在长期与自然、与社会和合共生中，感悟积累形成的一种理解。其思想是幽远广大的，“实乃包含三教”。但它是“玄妙”的，“设教之源，备详《仙史》”，其起源在漫长的仙道发展进程中形成了一种文化积淀。②

可见，“风流”作为“岛民在长期与自然、与社会和合共生中，感悟积累形成的一种理解”，它应该是朝鲜古代本土化了的哲学理念与民族精神。

---

① 韩国哲学会编：《韩国哲学史》（上卷），韩振乾等译，社会科学文献出版社 1996 年版，第 132 页。

② 姜日天：《和合会通——韩国的文化哲学》，《东北亚文化研究》（第一辑），东方出版社 2001 年版，第 64 页。

关于“风流”的寓涵,《韩国哲学史》解释道:“什么叫做风流？从常识的意义来讲指‘歌与舞’。古代朝鲜人如何采用歌和舞作为信仰意识？这可以推测我们民族的古代精神。”①所以,“风流”人间化的主要形态就是以朝鲜民族特有的歌舞形式起“兴”。通过考察“风流”的原型,我们可清楚地发现,朝鲜古代“风流”信仰的渊源可追溯到原始的巫术仪式。在远古的巫术仪式中,仪式的参与者往往以歌舞的方式与“神”对话,达到“神人以和”的“狂欢”境界。在歌舞的“迷狂”中,仪式的参与者祈求神的莅临,恭迎神驾的到来,向神诉求自己的现实愿望。在微微迷醉的状态下,既向神“宣泄”了自我现实中的不幸与苦难,同时也使不幸与苦难造成的心理郁结得以消解。这就是巫术仪式所带来的“兴”的体验所具有的美感效应。所以,“风流”的价值功能尚须借助“兴”的“宣泄”,才能得以实现。

巫术仪式中“兴”的心理机制并非朝鲜古代社会独有的精神现象,甚至在所有民族的原始仪式中都有其存在的印记。对此,有研究者指出:

> “兴”就是对某种大同模式的占有和享受。源自于巫术仪式的“兴”也注定了它在现实中必然消逝的命运,它必将伴随着原始生产方式的解体而悲壮地衰亡。但是,失落于外部世界的“兴”,却沉入人的无意识世界而潜在地奔流着。它作为祖先生命的痕迹复现于子孙的记忆中而遗传下来。历史的洪流逐渐冲刷掉它的宗教内容,而积淀或建构为它的超历史形式——对个体生命的无限欢欣和对大同模式的占有与享受。同时,这种超历史形式逐渐积淀为一种集体无意识,于是就成为某种心态模式或人格范型,即集情感、态度、气质、

① 韩国哲学会编:《韩国哲学史》(上卷),韩振乾等译,社会科学文献出版社 1996 年版,第 132 页。

理想、情操等于一体的相对稳定的心理结构。①

借助仪式中的歌舞而兴起内在心理的情波意浪，进而实现“风流”的精神洗礼，这是朝鲜古人朴素的集体无意识，它潜在地规约着朝鲜传统人格的践行路径。“兴”虽然伴随着巫术仪式的消逝而失落于外部世界，但“兴”作为一种人间化的体验方式却沉潜下来。在朝鲜古代社会遗潜下来的“兴”的后现实形态，即朝鲜民族特有的“乐天乐舞”的民族情结。关于“乐天乐舞”之于朝鲜传统文化的美学意义与价值，有研究者指出：

> 乐天乐舞是一种情绪，也是一种理念的表现，它标示着人对天地自然的和合情感和意志。人们乐天源于与天为一，这种情景从风流道中单独剥离出来的现代音乐艺术生活中，也能体察到。无论是韩国还是朝鲜，为百姓所喜闻乐见的民族民乐表演形式无不尚存民族文化的古风。②

由此可见，“乐天乐舞”是“兴”的集体无意识在朝鲜古代文艺实践中潜隐下来的具体践行方式，也是朝鲜远古“风流”的具体呈示。所以，丽末文人李穑诗云“古人犹不死，千载想风流”③，丽末鲜初文人郑道传亦有诗云“万古鸡林碧，风流代有人”④。朝鲜朝文人尹愭对“风流”内涵的阐释则更具代表性，其记载：

① 黄药眠、童庆炳主编：《中西比较诗学体系》（上），人民文学出版社 1991 年版，第 126 页。

② 姜日天：《和合会通——韩国的文化哲学》，《东北亚文化研究》（第一辑），东方出版社 2001 年版，第 63 页。

③ 李穑：《牧隐诗稿卷之五 · 怀古》，韩国古典综合数据库 http://db.itkc.or.kr/index。

④ 郑道传：《三峰集卷之二 · 送郑副令洪出按庆尚》，韩国古典综合数据库 http://db.itkc.or.kr/index。

问:风流之于人,亦可以观其世也。

对:于戏!一自"风流"二字作为标目,而上世风流遂不可复见,可胜惜哉!盖闻太古之风流如春风流动,万物咸昌;溢金膏于紫洞,栖玉烛于玄都。当是时也,凡霜露所坠,舟车所至,举皆熙熙如、皞皞如,宛有登春台、被和风底气象。是故,南风之诗、卿云之歌各得其乐,而上下之风流可见。击壤之歌、童子之谣各遂其性,而老少之风流如彼。此真第一等风流,直使鼓舞动荡于四海八荒之内,而其流风余韵足以至于千万世而不尽。噫!其盛也如此。而后世之终不可几及者岂有他哉?以有风流之实而无风流之名也。降兹以来,有其名而无其实,混沌鑿而任真之风衰,粉饰生而务外之意胜。所慕效者风采之动人,而或不无遗落事情之患。所趋尚者风致之出群,而类不免大言无当之归。风流则风流矣,其于上世之风流亦远矣。苟能知取舍于名、实之间,则始可以言风流矣。①

综上所述,作为朝鲜传统文化哲学原型的"风流"精神,造就了朝鲜古人对"兴"的体验方式的集体无意识墨守,"兴"的体验方式又形成了朝鲜古代社会"乐天乐舞"的习惯性的行为方式。而这一切,对朝鲜古代文化的历史形成与发展有着巨大的构筑功能。毋庸置疑,"风流"的精神原型对朝鲜古典诗学的形成与发展也具有极大的规约作用。例如,后面我们将着重探析的朝鲜古典诗学批评中的"兴""味""妙""天机""自然""韵"及"和谐"等经典范畴,无不笼罩在"风流"原型的统摄之下。

2. 朝鲜传统文化哲学中的儒学倾向

关于朝鲜传统文化哲学中的儒学价值观,有诸多的专家与学者进行了专门的研究,并取得了有关朝鲜儒学丰硕的研究成果。对于朝鲜儒学

---

① 尹愭:《无名子集文稿册八·策·风流》,韩国古典综合数据库 http://db.itkc.or.kr/index。

与中国传统的关联，亦有众多莫衷一是的见解。中国学者李甦平在其《韩国儒学史·绪论》中的表述，颇具客观意义：

> 诚然，朝鲜儒学最初是从中国传入的，相对于朝鲜的固有文化，这是一种异质文化。从中国输入的儒学在与朝鲜文化的结合中，凭借着朝鲜人细密的思维方式、精微的逻辑思辨、强烈的忧患意识，使儒学发生了重要变化。这种带有朝鲜印记的儒学就已不再是中国儒学，而是具有独立性的“朝鲜儒学”。①

李甦平认为朝鲜儒学虽源于中国传统，但在其传入朝鲜半岛后，在与朝鲜半岛固有的本土文化传统融合的过程中发生了质变，产生了新质，进而改变了中国传统儒学的本来面目，这就是文化传播过程中的意义增值现象。更有诸多朝鲜学者纷纷对朝鲜儒学进行了积极的阐释与界定，如朝鲜学者尹丝淳言：

> 所谓儒学的固有性相当于儒学的根本性质，而它是随着时代而相对地、可变地形成和发展的。何况是受容于语言、风俗、艺术等其他异质文化之中，其变化的可能性更无须赘言。所谓朝鲜儒学，指的正是作为在朝鲜文化中如此变化的儒学的特殊性即朝鲜的独立性。正是在所谓“朝鲜的独立性”的意义上，朝鲜的儒学是存在的。朝鲜人以特殊的思想能力继承并予以独立性发展的传统儒学，正是朝鲜儒学。②

关于朝鲜儒学的性质与定位的争鸣还将继续下去，这不是我们在此

---

① 李甦平：《韩国儒学史》，人民出版社 2009 年版。

② 尹丝淳：《韩国儒学研究》，新华出版社 1998 年版，第 4 页。

探讨的主旨。我们所要阐明的是:存在于朝鲜传统文化哲学中的儒学现象及其价值取向对其诗学的产生究竟有着怎样的积极影响?朝鲜传统文化哲学中的儒学可能有多重的品格与精神,但就其对朝鲜古典诗学的积极影响而言,我们主要择取以下几个方面进行说明。

其一,朝鲜古代儒学中的"理气"论对其诗学的潜在影响。"理气"之辩是朝鲜古代哲学的焦点论题之一,如朝鲜朝哲人李珥言:

> 其所谓理者,指其乘气流行之理,而非指理之本然也。本然之理固纯善,而乘气流行,其分万殊。气禀有善恶,故理亦有善恶也。夫理之本然,则纯善而已。乘气之际参差不齐,清净至贵之物及污秽至贱之处,理无所不在。而在清净则理亦清净,在污秽则理亦污秽。若以污秽者为非理之本然,则可。遂以为污秽之物无理,则不可也。夫本然者,理之一也,流行者分之殊也。舍流行之理而别求本然之理,固不可。①

郑道传云:

> 气者,天以阴阳、五行化生万物,而人得之以生者也。然气形而下者,必有形而上之理,然后有是气。言气而不言理,是知有其末而不知有其本也。②

朝鲜古代文化哲学上的"理"与"气"之争,也自然延伸到诗学领域,如朝鲜朝诗家成伣言:

---

① 李珥:《栗谷先生全书卷之九·答成浩原》,韩国古典综合数据库 http://db.itkc.or.kr/index。

② 郑道传:《三峰集卷之十·心气理篇·气难心》,韩国古典综合数据库 http://db.itkc.or.kr/index。

诗难言也，言诗者论气而不论理，非也。气以行于外，理以守诸内。守于内者不固，则行于外者未免泛驾而诡遇。诗以理为贵也，善为诗者悟于理，故能不失根本。苟失根本，虽豪宕浓艳、雕镂万状，而不可谓之诗也。自丽季至国朝，诗之名家非一，而能悟其理者盖寡。平者失于野，豪者失于簿，奇者失于险，巧者失于碎，俗习卒至于萎靡而不回。吁！此则诗之不幸也。①

可见，在朝鲜古代文化哲学中，“理”与“气”的关系不仅是其哲学探讨的核心问题，也是诗学尤为关注的焦点论题。二者不仅是朝鲜文化哲学的核心范畴，也是朝鲜古典诗学批评中的经典范式。

其二，朝鲜儒学中的“性情”论，也对其诗学理念有着潜在的规约作用。“性情”论是朝鲜古代儒家探究的核心问题之一，也是朝鲜儒学普遍关心的精神现象。如朝鲜朝理学大师言：

性是心之理也，情是心之动也，情动后缘情计较者为意。若心、性分二，则道、器可相离也。情、意分二，则人心有二本矣。岂不大差乎？须知性、心、情、意只是一路，而各有境界，然后可谓不差矣。何谓一路？心之未发为性，已发为情，发后商量为意，此一路也。何谓各有境界？心之寂然不动时，是性境界；感而遂通时，是情境界；因所感而演绎商量时，为意境界。只是一心，各有境界。②

明德者，人之所得乎天，而虚灵不昧、具象理而应万事者也。人之所得乎天者，天莫不与之以仁、义、礼、智之性也。虚灵不昧者，心也。具象理者，性也。应万事者，情也。心者，统性情者也。理、气合

① 成伣：《虚白堂文集卷之七·濡溪诗集序》，韩国古典综合数据库 http://db.itkc.or.kr/index。

② 李珥：《栗谷先生全书卷之十四·杂记》，韩国古典综合数据库 http://db.itkc.or.kr/index。

而为心,理虽为主,而气以发之。①

朝鲜古代哲人主张“性是心之理”“情是心之动”,二者都由“心”所统摄,而主体之“心”又是“理”与“气”的有机结合体。这样,内在的“性”“情”与外在的“理”“气”就都聚集于“心”中了。

在朝鲜理学中“性”“情”之辩,是其理论的焦点。这种激烈的争辩也自然渗透到朝鲜古典诗学批评领域,朝鲜古代诗家甚至将“性情”视为文学发生的本原性范畴。如其所言:

诗者,性情之物也,惟深于天机者能之。苟以龌龊颠冥之夫,而徒区区于声病格律,掐擢胃肾,雕镂见工,而自命以诗人,此岂复有真诗也哉!序称公自少游宦四方,辄喜游佳山水,中岁倦而归乡。日洒扫双清堂,萧然清坐若神仙。盖生岁八九十,未尝有皱眉之事,此公之为真诗人也。遇境触物,必发于吟咏。佳辰美景,治酌命俦,谈燕嬉怡,无非诗者。②

况于文章之精英,根乎天地,发乎性情。其人虽没,金刚玉粹之气终不可泯灭。集而成书,焉可已乎?后之览者将有以知其性情之所在,岂独诗文云乎哉?③

综上所述,“理”“气”“性”“情”及“心”等儒学价值观中的核心范畴,也是朝鲜古典诗学批评中的经典范畴,无论这些范畴是先出现于儒学中,还是先存在于诗学中,朝鲜古代儒学的倾向对其诗学的积极影响显然是

① 奇大升:《高峰先生论思录卷之上·十二月初九日》,韩国古典综合数据库 http://db.itkc.or.kr/index。

② 金昌协:《农岩集卷之二十五·松潭集跋》,韩国古典综合数据库 http://db.itkc.or.kr/index。

③ 申光汉:《冲庵先生集序》,韩国古典综合数据库 http://db.itkc.or.kr/index。

不可抹却的。

3. 朝鲜传统文化哲学中的佛学倾向

在公元4世纪后半期左右，佛教开始传入朝鲜半岛，一方面，佛教学说的高度理论性与抽象思辨性特点，积极地营构了朝鲜半岛浓郁的宗教氛围；另一方面，传入朝鲜半岛的佛学思想在被本土化与民族化的历史进程中，不断地与朝鲜半岛原始的巫俗文化相互渗透，逐渐形成了独具朝鲜古代民族特色的佛学世界观。其独特性在于，朝鲜传统的佛学理念并不致力于彼岸世界的完满，而是积极追求现实生活的利好，即便是新罗时期奉佛教为国教，也呼吁其信徒遵循道义准则，弘扬佛教的护国精神。

朝鲜传统佛教的一些修行方式或曰法门，对朝鲜古典诗学的形成与发展，也有其一定的潜在影响力。如新罗高僧元晓的“法界法门”思想与“一心之源”的主张，其言道：

> 今是经者，斯乃圆满无上顿教法轮，广开法界法门显示无边行德。行德无畏而示之阶，阶故可以造修矣。法门无涯开之的，故可以进趋矣。趋入彼门者，即无所入故无所不入也。修行此德者，即无所得故无所不得也。①
>
> 夫一心之源，离自无而独净。三空之海，融真俗而湛然。湛然，融二而不一。独净，离边而非中。非中而离边，故不有之法，不即住无。不无之相，不即住有。不一而融二，故非真之事未始为俗，非俗之理未始为真也。融二而不一，故其俗之性无所不立，染净之相莫不备焉。离边而非中，故有无之法无所不作，是非之义莫不周焉。而乃无破而无不破，无立而无不立，可谓无理之至理，不然之大然矣。是

① 元晓：《华严经疏序》，转引自何劲松：《韩国佛教史》，社会科学文献出版社2008年版，第123页。

谓斯经之大意也。①

元晓所谓修行法门的效果“无所入故无所不入”与“无所得故无所不得”，何尝不是文学活动中创作主体与接受主体所孜孜以求的玄妙的“悟”境？其所谓修行至“一心之源，离自无而独净”“湛然，融二而不一”，就会“无破而无不破，无立而无不立”，进而参悟到“无理之至理，不然之大然”的礼佛圣境，何尝不是文艺审美心理学中的“高峰体验”②？“一心之源”论与“融二而不一”说，也可超越佛门境地而成为体悟文艺本质的不二法门。

高丽时期知讷对“顿悟渐修”“定慧双修”“空寂慧知”的经典论释，及其所倡扬的“真心论”（包括“真心正信”“真心妙体”“真心妙用”与“真心在迷”等主张）思想等，在一定程度上也丰富了朝鲜古典诗学思想的构成内容。如知讷对“顿悟渐修”的阐释：

先须顿悟，方可渐修者，此约解言也。约断障说，如日顿出，霜露渐消。约成德说，如孩子顿生，志气渐成。故《华严》说：“初发心时，即成正觉，然后三贤、十圣次第修证。”若未悟而修，非真修也。③

今明渐修喻者，如水被风激，成多波浪，使有漂溺之殃。或阴寒之气结成冰凌，即阻溉涤之用。然水之湿性虽动静凝流而未尝变易。

① 元晓：《金刚三昧经论》，转引自何劲松：《韩国佛教史》，社会科学文献出版社2008年版，第133页。

② 美国心理学家马斯洛在调查一批成功人士时，发现他们往往提到生命中曾有过的一种特殊经历，“感受到一种发自心灵深处的颤栗、欣快、满足、超然的情绪体验。”由此获得的人性解放与心灵自由，照亮了他们的一生。马斯洛把这种感受称为高峰体验（Peak Experience）。他认为处于高峰体验中的个体具有最高程度的认同，最接近其真正的自我，达到了自己独一无二的人格或特质的顶点，潜能发挥到最大程度。高峰体验者被认为是更具有创造性、更果断、更富有幻想、更加独立。

③ 知讷：《法集别行录节要并入私记》，转引自何劲松：《韩国佛教史》，社会科学文献出版社2008年版，第352页。

> 水者，喻真心也。风者，无明也。波浪者，烦恼也。漂溺者，轮回六道也。阴寒之气者，无明、贪爱之习气也。结成冰凌者，坚执四大双质碍也。即阻溉涤之用者，"溉"喻雨大法，雨滋润群生，生长道芽。"涤"喻荡除烦恼，迷皆不能，故云"阻"也。然水之湿性虽动静凝流而未尝变易者，贪嗔时亦知，慈济时亦知，忧喜哀乐变动未尝不知，故云"不变"也。今顿悟本心常知，如识不变之湿性，心既无迷，即非无明，如风顿止，悟后自然攀缘渐息。如波浪渐停，以戒定慧，资熏身心，渐渐自在，乃至神变无碍，普利群生，名之为佛。①

知讷所谓的"顿悟渐修"理念，也完全适用于文学活动中主体心理机制的运行轨范，对于认识主体的创作思维规律亦有莫大的启示意义。

总而言之，三国时期由中国传入朝鲜半岛的儒、释、道等哲学思想，与朝鲜本土化的传统思想相互融合而构筑成了朝鲜文化哲学中"风流"的精神价值诉求，而"风流"价值观的形成和发展又极大地推动了朝鲜传统审美文化的历史演进。"风流"的理念，对于朝鲜古典审美文化精神气质的形成和审美价值取向的确立，也都产生了一定的积极影响，并且在追求"自然"美的高度上积淀为朝鲜古代审美文化的独特气质。源自于"风流"的"兴"与"味"等范畴在艺术创作的实践中逐渐凝聚为朝鲜传统艺术创作颇具特色的审美意识，即把生命的审美体验作为一种深层心理机制，重视直观和感悟的审美思辨，并体现为崇尚和谐与"天机自动"的审美理想。

朝鲜古代的文化哲学是一个涵容多元的阔大领域，不可能一言道尽。但其带有"风流"气质的文化哲学所体现出来的儒、释、道情怀，对朝鲜古典诗学范畴的形成与发展，无疑具有潜在的积极影响。

---

① 知讷：《法集别行录节要并入私记》，转引自何劲松：《韩国佛教史》，社会科学文献出版社 2008 年版，第 353 页。

第二节　朝鲜古典诗学发生的外因：朝鲜古典诗学的中国情结

朝鲜朝中期诗家洪万宗(1643—1725)在其《旬五志》中，描述与概观朝鲜古代文学的文脉历程时曾经说道：

> 我国自殷太师歌《麦秀》以来，世慕华风。文学之士前后相望：在高句丽曰乙支文德，在新罗曰崔致远。至高丽五百年间，作为文章以传于世者，无虑数十家，如金富轼、李奎报、郑知常、李仁老诸人，各擅其名。降以益斋，始以古文词名，稼亭、樵隐，从而和之。至于牧隐，早承庭训，北学中原，得师友渊源之学。既东还，延引诸生，奖论成就，圃隐、陶隐、浩亭、惕若、阳村、三峰，皆见而兴起者也。至我朝，文章日振，比肩接武，视罗、丽而尤盛，亦不可一二计也。然余尝闻之先辈，言大家则前有四佳、占毕，后有挹翠、容斋。言正宗则孤竹、石洲，言理致则冲庵、龟峰。且如企斋、湖阴、简易、东岳，或和平典雅，或奇健浑重，皆能羽翼前后，以鸣国家之盛，其彰明较著者也。近世东溟、郑公立帜词坛，振耀一代，西汉之文，盛唐之诗，于斯复见。①

《麦秀》是朝鲜古代最早发生的文学文本之一，从那时起，朝鲜古代文人就“世慕华风”。自高句丽、新罗至高丽的数百年间，“文学之士前后相望”，他们皆“北学中原，得师友渊源之学”，并传之于后辈学人。到了朝鲜朝时期，文学之士更是“比肩接武”，与中国文学的互动，尤胜前朝。

---

① 赵钟业编：《修正增补韩国诗话丛编·第四卷·旬五志》，韩国太学社1996年版，第640—641页。

即便在其“近世”的诗歌创作中，仍可欣赏到“西汉之文”与“盛唐之诗”的风采神韵。这足以说明朝鲜古代文学与中国传统文学的亲缘关系。

朝鲜古代文学与中国文学传统，这种直观的文学创作上的“形似”，其根源在于二者深层的文学理念上的“神似”。也就是说，朝鲜古代文学之所以“形似”于中国文学传统，是由于朝鲜古典诗学“神似”于中国传统诗学。因此，我们可以说朝鲜古典诗学有着浓浓的中国情结。总括起来看，朝鲜古典诗学的中国情结主要集中在以下几个方面。

一、诗学形式的中国化

朝鲜古典诗学的形式与体制深受中国传统诗学的“召唤”，这种“召唤”同时也使得中国古代的诗学传统以一个整体的存在，成为朝鲜古典诗学的“隐含读者”①，进而造成朝鲜古典诗学在感性直观上始终彰显出一抹隐约亮丽的中国色彩。朝鲜古典诗学的这一情结集中体现在以下三个方面。

其一，诗学话语。朝鲜古典诗学自其发生之日起，阐释与倡扬其诗学思想的话语就一直使用汉语，尤其是以汉语中的文言与白话语体作为诗学的语言表现形式。这是历史地形成的客观事实。由于政治、经济及社会历史文化等诸多方面的原因，古代朝鲜始终运用汉语言文字从事各种社会活动，文人墨客也以汉字为媒介进行文学的创作与批评。这种状况一直持续到15世纪中叶朝鲜本民族语言文字的创生。这样，在相当长的一段时期内，汉语言文字自然也就成为朝鲜古代社会共同的书面语，也就

① 由德国接受美学代表人物伊瑟尔提出。所谓“隐含读者”是相对于现实读者而言的，指作家本人设定的能够把文本加以具体化的预想读者。伊瑟尔指出：隐含读者不是实际读者，而是作者在创作过程中预期设计和希望的读者，即隐含的接受者。它存在于作品之中，是艺术家凭借经验或者爱好，进行构想和预先设定的某种品格。并且，这一隐含读者业已介入创作活动，被预先设计在文艺作品中，成为隐含在作品结构中的重要成分。显然，这个“隐含读者”排除了许多干扰因素，更符合作者的“理想”，甚至可以说，是第二个作者，即作者自言自语时的聆听对象。

理所当然地成为朝鲜古典诗学主导的话语形式。因此,韩国当代著名汉学家李炳汉曾言:“从很早以前,我们的祖先就使用汉语言文字来写文章和作诗,并且欣赏和评论用汉字创作的诗文,建立了真正的韩国汉文学史的传统。”①

至于纯用朝鲜本民族话语阐释其诗学思想的著述,仅见近代申采浩的一卷本《天喜堂诗话》。申采浩极为强调文学话语的民族性,认为:“诗者,国民言语之精华。”因此,必须运用本民族语言进行文学的创造活动。所以,申采浩振臂高呼:“东国诗何?东国语、东国文、东国音,为东国诗。”这种强烈的民族自我意识,在整个朝鲜古典诗学的历史发展中是鲜见的。

其二,诗学体制。韩国当代著名诗学家赵钟业曾言:“韩国之诗话起于高丽中叶,实蒙宋诗话之影响者也。”②纵观整个朝鲜古典诗学的演进历程,朝鲜古代诗家之诗论在结构形态上深受宋代诗话的启蒙,特别是宋人欧阳修的《六一诗话》。《六一诗话》体制结构的鲜明特色是语录体式,即由一则则在内容上互不相涉的论诗条目连缀而成。每一则论诗条目,往往只论一人一事,有话则长,无话则短,长短随宜,应变而制,富有弹性,优游自在。如其第十则云:

> 孟郊、贾岛,皆以诗穷至死,而平生尤自喜为穷苦之句。孟有《移居诗》云:“借车载家具,家具少于车。”乃是都无一物耳。又《谢人惠炭》云:“暖得曲身成直身。”人谓非其身备尝之,不能道此句也。贾云:“鬓边虽有丝,不堪织寒衣。”就令织得,能得几何?又其《朝饥诗》云:“坐闻西床琴,冻折两三弦。”人谓其不止忍饥而已,其寒亦何

---

① 李炳汉:《韩国古典诗论的民族性》,郑判龙主编:《韩国诗话研究》,延边大学出版社1997年版,第22页。

② 赵钟业:《中韩日诗话比较研究》,台北学海出版社1984年版,第227页。

可忍也!①

朝鲜古代诗家大多沿用这种论诗体制,从高丽时期李仁老的《破闲集》、崔滋的《补闲集》、李奎报的《白云小说》与李齐贤的《栎翁稗说》,到朝鲜朝时期徐居正的《东人诗话》、成伣的《慵斋丛话》、李济臣的《清江先生诗话》、梁庆遇的《霁湖诗话》、洪万宗的《小华诗评》、南龙翼的《壶谷诗话》、洪重寅的《东国诗话汇成》、金昌协的《农岩杂识》等等,都沿袭了中国古代诗话的论诗体制与论诗方法,几乎没有什么新的变化与发展。如高丽时期李仁老(1152—1220)的《破闲集》中有一则云:

本朝学士黄元《题郡斋》云:"山城雨恶还成雹,泽国阴多数放虹。"李子薇纯祐《出镇关东》云:"细柳营中新上将,紫薇花下旧中书。"吾友耆之赠仆云:"风急溟鹏从北徙,月明惊鹊未安枝。"荥阳补阙偶游天磨山八尺房,竟夕苦吟,未能属思。诘旦方回,乃援辔行吟,比至都门,乃得一联云:"石头松老一片月,天末云低千点山。"策蹇而返,手撼门钮,直入院中,奋笔题于壁。还康先生日用欲赋鹭鸶,每冒雨至天寿寺南溪上观之,忽得一句云:"飞割碧山腰。"乃谓人曰:"今日始得古人所不到处,后当有奇才能续之。"仆以为此句诚未能卓越前辈而云尔者,盖由苦吟得就耳。仆为之补云:"占巢乔木顶,飞割碧山腰。"夫如是一句置全篇中,其余粗备可也。正如"珠草不枯,玉川自美"。②

高丽诗家沿用欧阳修论诗的这种体制,即便到了朝鲜李朝时期的诗家那里,也没有多大的改观,如李朝著名诗家徐居正(1420—1488)在《东

---

① 欧阳修著,郑文校点:《六一诗话》,人民文学出版社1983年版,第9页。

② 赵钟业编:《修正增补韩国诗话丛编·第一卷·破闲集》,韩国太学社1996年版,第49页。

人诗话》中有一则言道：

> 文章所尚随时不同。古今诗人推李、杜为首，然宋初杨大年以杜为"村夫子"，酷爱李长吉诗，时人效之。自欧、苏、梅、黄一出，尽变其体。然学黄者尤多，江西宗派是已。高丽文士专尚东坡，每及第榜出，则人曰："三十三东坡出矣！"高元间，宋使求诗，学士权适赠诗曰："苏子文章海外闻，宋朝天子火其文。文章可使为灰烬，千古芳名不可焚。"宋使叹服。其尚东坡可知也。①

蔡镇楚先生在论及中韩诗话的关联时曾言："中国诗话论诗条目的组合方式，大致有并列式、承返式、复合交叉式、总分式等四种类型，而朝鲜诗话论诗条目的组合方式，则比较趋于单一化，大致采用并列式的条目组合。如徐居正的《东人诗话》，凡 143 则，大致按时间顺序编排论诗条目，无须起、承、转、合，随手述录，与宋人初期诗话一脉相承。"②这说明欧阳修《六一诗话》所开创的"以资闲谈"的随笔式的论诗传统，作为一种"召唤结构"③，恰好契合了朝鲜古典诗学的审美期待，并使之在朝鲜古典诗学的文化语境中相续相禅，生生不息，遂成为一种民族文化的历史积淀。

其三，以诗论诗的习尚。"以诗论诗"是东方诗学独有的审美的文学批评形式，古代的中、日、韩等国均有此风习时尚。朝鲜古典诗学中的这

---

① 赵钟业编：《修正增补韩国诗话丛编 · 第一卷 · 东人诗话》，韩国太学社 1996 年版，第 444 页。

② 蔡镇楚、龙宿莽：《比较诗话学》，北京图书馆出版社 2006 年版，第 272 页。

③ 是接受美学的术语，由德国接受美学的代表之一伊瑟尔提出。认为文本的意义虽是由读者决定的，但不同读者对同一文本的解读存在差异，这意味着文本本身具有一定的暗示作用。所以，文学接受就是在肯定作品意义不确定性的同时，也在寻找意义"相对"的"确定性"。他认为文本中的"空白"是"一种寻求连接缺失的无言邀请"，空白虽然指向文本中未曾实写出来的或未曾明确写出来的部分，但文本已经确实写出的部分为它提供了重要的暗示，这种空白是具有一定功能的结构，伊瑟尔称其为"召唤结构"。

种论诗形式,如李奎报的《论诗》、金时习的《学诗》与《感兴诗》、洪良浩的《诗解》、申纬的《东人论诗绝句》与金正喜的《论诗》等等,无不承袭了杜甫的《戏为六绝句》与元好问的《论诗三十首》之以诗论诗的诗学传统。

二、诗学内容的中国因素

朝鲜古典诗学不仅在形式直观上有着浓郁的中国情结,而且在诗学内容的阐释方面,同样有大量中国因素的客观存在。综合起来看,朝鲜古典诗学在内容上所体现出来的中国因素主要呈示为以下几个层面。

其一,专论中国古代诗家。朝鲜古代诗家在阐释其诗学思想时,往往把中国古代最为著名的诗家、诗作作为他们的论诗对象。这种情形在朝鲜古典诗学著述中是极为常见的。但我们所说的朝鲜古典诗学专论中国古代诗家、诗作,绝非指整个著述而言,而是指朝鲜古代诗家在其著述中探讨某些具体诗学问题时,常常只引用中国古代诗家、诗作为佐证材料。如李仁老的《破闲集》在研讨“琢句之法”时所云:

> 琢句之法,唯少陵独尽其妙。如“日月笼中鸟,乾坤水上萍”“十暑岷山葛,三霜楚户砧”之类是已。且人之才如器皿,方圆不可以该备,而天下奇观异赏,可以悦心目者甚夥。苟能才不逮意,则譬如驽蹄临燕越,千里之途,鞭策虽勤,不可以致远。是以古之人虽有逸才,不敢妄下手,必加琢炼之工,然后足以垂光虹霓、辉映千古。至若旬锻季炼、朝吟夜讽,捻须难安于一字,弥年只赋于三篇,手作敲推,直犯京尹,吟成大瘦,行过饭山,意尽西峰,钟撞半夜,如此不可缕举。及至苏、黄,则使事益精,逸气横出,琢句之妙,可以与少陵并驾。①

① 赵钟业编:《修正增补韩国诗话丛编·第一卷·破闲集》,韩国太学社1996年版,第49页。

在此，李仁老认为在汉诗创作上，雕琢诗句的功夫当首推唐代大诗人杜甫，能“独尽其妙”，唯有宋代的苏轼与黄庭坚可与之比肩，除此而皆不足论也。

朝鲜朝李瀷(1681—1763)的《星湖僿说》论李白、杜甫、韩愈等中国诗人的条目，水准颇高，多有自得之见。其“李、杜、韩诗”条目云：

> 屈原之作《离骚》，其志洁，故其称物也芳，兰蕙、菌荪、揭车、杜蘅之属，烂然于齿颊之间，其芬馥便觉袭人，所以为清迥孤绝，能泻注胸臆之十怨九思也。后惟李白得其意，就万汇间取其清明华彩馨香奇高陶铸为诗料，一见可知为胸里水镜，世外金骨也。苟非其物，虽原、白异材，亦何缘做此口气乎？凡诗之能事，多在五字。试举数联：如“五峰转月色，百里行松声”，“川光净麦陇，日色明桑枝”，“琴清月当户，人寂风入室”，“清霜入晓鬓，白露生衣巾”，“云山海上出，人物镜中行”，“山将落日去，水与晴空宜”，“独立天地间，清风洒兰雪”，“一为沧波客，十见红蕖秋”，“山青灭远树，水绿无寒烟”，“塔形标海月，楼势出江烟”，“寒蛩爱碧草，鸣凤栖青梧”，“长留一片月，挂在东溪松”，“秋波落泗水，海色明徂徕”，“水舂云母碓，风扫石楠花”，“梧桐落金井，一叶飞银床”，不可尽录。比如玉壶明珠，交辉几席；祥鸾瑞凤，腾翥轩阶；复安容一点尘飞到门屏耶？其《禅房怀友人岑伦》一篇最多警切，每讽诵，令人有凌空步虚意思耳。白之得于古人者可知耳！如阮公之“绿水扬洪波”，玄晖之“澄江净如练”，康乐之“云霞收夕霏”，皆气韵相发，鼓吹肠肺有如此者也。至于杜甫，却是句句气力，字字精神，如冲车拐马，方隅钩连，但欠参伍机变之术。若三大篇溶溶泝泝，无容议论。至《八哀诗》亦恐有累句间之。只是江汉之大，腐胔不恤也！又如韩退之，笔力往往有冗卑下乘之语，然细详之，非退之之不及，乃故为此延绵气脉，以待激昂奋发。比如山势逶迤，峻必有低，过峡则陡巘，天秀自露。不然只剑脊鳝走，不与化工

> 相肖也。如是者,方得退之圈套。①

李瀷所谓“屈原之作《离骚》,其志洁,故其称物也芳”的认知,其实就是中国古典诗学所强调的“文如其人”“诗品出于人品”的文学批评的伦理取向。为论证和强化这一理念,李瀷列举中国古代文学中的杰出诗人并结合其诗歌作品来加以阐明。如此的论诗方式,在朝鲜古典诗学批评中,不胜枚举。

其二,论朝鲜古代诗家时兼及中国诗人、诗作。朝鲜古代诗论虽时常可见中国的“影子”,但其论诗的对象还是以本国、本民族的诗人、诗作为主。由于中韩两国文化传统的渊源,许多著名的朝鲜古代诗家如崔致远、李奎报、李齐贤、申纬及北学派的文人等,他们不仅曾到中国游历,而且有的还师从中国诗人与学者,耳濡目染,师承递传,因而使得中国的诗学传统渐染于朝鲜古代诗坛。缘于此,朝鲜古代诗家在评论朝鲜历代汉诗时,常常与中国古典诗歌进行比较,这样既标示朝鲜古代汉诗渊源于中国,同时又往往能指出二者的异同。“李奎报《白云小说》、成伣《慵斋丛话》、金安老《龙泉谈寂记》、李济臣《清江先生诗话》、申钦《晴窗软谈》、朴永辅《绿帆诗话》等,每论朝鲜‘汉诗’,便涉于中国诗人、诗歌、诗风,论述精到。”②这种现象,在朝鲜古典诗学中是最为普遍的。高丽时期的诗家崔滋极为推崇李奎报的诗歌,甚至认为李奎报的诗与唐代大诗人李白不相上下,其《补闲集》中有言:

> 今世之为警句者,殆未免辛苦之病也。然庸才欲率意立成,则其语俚杂。俚杂之捷,不如善琢之为迟也。善琢苟至于极虑,恐见崔融借髓而死。文顺公《北山亲题》云:“山人不出山,古径荒苔没。应恐

① 赵钟业编:《修正增补韩国诗话丛编 · 第六卷 · 星湖僿说》,韩国太学社 1996 年版,第 715 页。

② 蔡镇楚、龙宿莽:《比较诗话学》,北京图书馆出版社 2006 年版,第 274 页。

红尘人,欺我绿萝月。"此诗置李白集中,未知孰是。①

又如徐居正在《东人诗话》中,把崔恒的咏"黑豆"与苏轼的咏"海棠"及黄庭坚的咏"荼蘼"并置,进行深入的审美考量:

古之诗人,托物取况,语多精切。如东坡咏海棠云:"朱唇得酒晕生脸,翠袖卷纱红映肉。"以妇人譬"花"也。山谷咏荼蘼云:"露湿何郎试汤饼,日烘荀令炷炉香。"以丈夫譬"花"也。崔文靖恒咏黑豆云:"白眼似嫌憎俗意,漆身还有报仇心。"以文人烈士譬"黑豆",用事奇特,殆不让二老。②

其三,使用与中国古典诗学相类的范畴。任何一种诗学思想的成熟与诗学体系的完善,其最为鲜明的标识,就是用以阐发诗学理念的范畴获得了一定程度的普遍认同。毋庸置疑,朝鲜古典诗学的思想及其体系是一种客观的存在。以当下的诗学理论及框架体系来衡量,现代诗学关于文学本质、文学创作、文学文本、文学接受及文学发生发展等基本理论,在朝鲜古典诗学中都有不同程度的阐发与探讨。当然,在其诗学发展的历程中,也使用了众多具有普适价值的范畴。

朝鲜古典诗学所使用的范畴,如阐释文学本质的"道""气""象""和""心""志""性""情""意""物""事""理"等;关于文学创作的"兴""天机""神思""妙悟""养气""虚静""才""法"等;关于文学文本形态风格的"精警""圆朗""鲜明""清丽""峻洁""典雅""含蓄""纤秾""自然""高古""高迈""苍古""雄深""劲健""遒劲""遒逸""雄劲""峭拔""清

① 赵钟业编:《修正增补韩国诗话丛编·第一卷·补闲集》,韩国太学社 1996 年版,第 102 页。

② 赵钟业编:《修正增补韩国诗话丛编·第一卷·东人诗话》,韩国太学社 1996 年版,第 500 页。

远”“趣”“味”“妙”“神”“淡”“枯”“瘦”“幽”“闲”等；关于文学接受的“悟”“妙悟”“观”“味”等。

我们发现，这些范畴从表面上看，与中国传统的诗学范畴完全一样。事实上，范畴的内涵也无太大的差别。不同的是，这些诗学范畴在中国传统诗学语境中是针对中国古代文学而言的，植入朝鲜古典诗学批评语境后，它所针对的对象则是朝鲜古代的“汉诗”。如崔滋的《补闲集》载：

> 有一好事者集声律七字联评之，第其上下。属予曰：“彼雄深、奇妙、古雅、宏远之句，必反复详阅，久而后得味。故学者不悦如工部诗之类也。今所集若干联，皆一见即悦之语，可以资《补闲》，君其录于后编。”观其所评，皆不法古人，新以臆论之，尚有可取，列之于左：
>
> 新警。如文顺公《万日寺楼》云：“渡了几人舟自泛，噪残孤虎鸟犹鸣。”
>
> 含蓄。如芮学士乐全《闲居》云：“万里行装春已暮，百年计活夜何长。”
>
> 婉丽。如文顺公《夏日即事》云：“密叶翳花春后在，薄云漏日雨中明。”
>
> 清峭。如皇祖《北山寺》云：“堕槛松声清刮夜，倚空山骨冷磨秋。”
>
> 俊壮。如金翰林克己云：“天马足骄千里近，海鳌头壮五山轻。”
>
> 富贵。如赵祭酒伯琪云：“黄花别院笙歌咽，车驾高门剑佩鸣。”
>
> 精彩。如文顺公《甘露寺》云：“霜花照日添秋露，海气干云散夕霏。”
>
> 飘逸。如陈补阙《江上》云：“风吹钓叟帆边雨，山染沙鸥影外秋。”
>
> 清远。如皇祖《北山圣居寺》云：“别洞白云欹枕送，到山明月卷帘迎。”

奇巧。如文顺公《兴圣寺》云:“走藤遇曲难成杖,卧木因高偶作梯。”

志寓。如李司成百全《东山溪亭》云:“地侧逆流虽凑北,时平沔水会朝东。”

优游。如文顺公《乞退后》云:“周行世界闲僧坐,遍阅夫郎老妓休。”

感怀。如文顺公《病中》云:“病忆故人空有泪,老思明主若为情。”

豪易。如李眉叟:“林间出没几多屋,天外有无何处山。”①

以上品评文学风格的诗学范畴,在中国古典诗学批评中是极为常见的,朝鲜古代诗家借以品鉴本民族的诗人、诗作,这既体现了中、韩古典诗学的亲缘关系,同时也是中国传统诗学范畴的生命力在朝鲜古典诗学语境中的绵延,体现了中、韩传统诗学的互动。正如崔滋所言:“观其所评,皆不法古人,新以臆论之,尚有可取。”这也从另一方面说明,中国传统的诗学范畴在融入朝鲜古典诗学语境后,它不可避免地汲取或被植入了朝鲜本民族的文化色彩。

其四,“使事”“用事”的中国元素。“使事”与“用事”是指在文学创作中援引前人的典故,以增强文学艺术表现力的一种创作技巧与手法,也是创作者文学修养与学识的一种证明。此法在中国古代文学创作中由来已久,至唐宋达于顶峰,如唐代的李商隐,宋代以苏轼、黄庭坚为代表的“江西诗派”等,可谓其中的佼佼者。朝鲜古代诗家在创作中也极为讲究“用典”,甚至强调作诗“无一句无来处”的境地。徐居正的《东人诗话》有言:

① 赵钟业编:《修正增补韩国诗话丛编·第一卷·补闲集》,韩国太学社 1996 年版,第 108 页。

古人作诗，无一句无来处。李政丞混《浮碧楼》诗："永明寺中僧不见，永明寺前江自流。山空孤塔立庭际，人断小舟横渡头。长天去鸟欲何向，大野东风吹不休。往事微茫问无处，淡烟斜月使人愁。"一、二句本李白"凤凰台上凤凰游，凤去台空江自流"，四句本韦苏州"野渡无人舟自横"，五、六句本陈后山"度鸟欲何向，奔云亦自闲"，七、八句又本李白"总为浮云能蔽日，长安不见使人愁"，句句皆有来处，妆点自妙，格律自然森严。①

由此可见，朝鲜古代诗家作诗讲究"句句皆有来处"，但其所来之处往往源于中国典故。对此，崔滋在《补闲集》中明确指出：

文安公常言："凡为国朝制作，引用古事，于文则六经、三史；诗则《文选》、李、杜、韩、柳。此外诸家文集，不宜据引为用。"②

这在朝鲜古代诗歌创作中，几成共识。诗人作诗要"使事"或"用事"，而所使、所用之"事"，是以中国典故为准的。当然，亦有论者旗帜鲜明地主张作诗应该使用本民族的典故。但这样的思想意识直到李朝后期才开始出现，丁若镛(1762—1836)在其《与犹堂全书·寄渊儿》中言道：

诗也，此后所作，须以用事为主。虽然我帮之人，动用中国之事，亦是陋品。须取《三国史》《高丽史》《国朝宝鉴》《舆地胜览》《惩毖录》《冉藜述》及他东方文字。采其事实，考其地方，如于诗用，然后

---

① 赵钟业编：《修正增补韩国诗话丛编·第一卷·东人诗话》，韩国太学社 1996 年版，第 416 页。

② 赵钟业编：《修正增补韩国诗话丛编·第一卷·补闲集》，韩国太学社 1996 年版，第 107 页。

方可以名世而后传。①

这样的主张，在朝鲜“汉诗”批评的发展史上极为可贵。同时，也表明朝鲜古代诗家对创作具有本民族特色的文学作品的强烈诉求。

三、诗学理念的中国趋向

古代的中、韩两国同处于东亚文化圈，也都深受儒、道、释哲学与价值观的影响。由于都以儒、道、释精神为其文化哲学的主干，所以古代中、韩两国的文化在思维习惯以及文化价值取向上有着诸多相似之处。这也势必会导致二者在诗学理念上的趋同。比较而言，二者趋同的诗学理念，从发生学的角度看，中国传统的诗学理念要远远早于古代的朝鲜。有论者据此想当然地认为，朝鲜古典诗学就是中国古典诗学的移植和翻版。虽然我们不能否认朝鲜古典诗学是在接受了中国诗学传统影响的前提下发生和发展的，但我们也绝不能因此就完全抹杀朝鲜古典诗学的客观存在及其应有的民族品格。

德国当代哲学家雅斯贝斯（1883—1969）曾言：“人类一直靠轴心时代所产生的思考和创造的一切而存在，每一次新的飞跃都回顾这一时期，并被它重新燃起火焰。”②雅斯贝斯根据“轴心时代”的理念指出，公元五百年前后，在古希腊、印度、中国和以色列等地几乎同时出现了伟大的思想家，他们都对人类最为关切的根本问题提出了独到的见解。例如古希腊有苏格拉底与柏拉图，印度有释迦牟尼，中国有老子与孔子，以色列有犹太教的先知们，以他们为中心形成了各自不同的文化传统。这些文化传统经历两千多年的发展已经成为各自文化圈内人类文化的主要精神

---

① 《朝鲜古典作家美学理论资料集》，朝鲜文学艺术总同盟出版社 1964 年版，第 379 页。

② ［德］卡尔·雅斯贝斯：《历史的起源与目标》，魏楚雄、俞新天译，华夏出版社 1989 年版，第 14 页。

财富。

基于此,我们认为朝鲜古典诗学在理念及方式上虽与中国古典诗学有诸多交叉之处,但绝不能简单地将朝鲜古典诗学看成是中国传统诗学的复制与翻版。朝鲜古典诗学与中国诗学理念上的趋同,恰好说明了朝鲜古典诗学与中国诗学传统有着无法抹却的亲缘关系,这种亲缘关系就是朝鲜古典诗学理念的中国趋向,它主要表现在以下几个方面。

其一,儒化的诗学观。朝鲜半岛自古以来就属于儒家文化圈的主要成员,尚儒尊孔是朝鲜半岛古代文化的主要基调之一。故此,朝鲜古典诗学讲究儒家"诗教"传统,强调文学的"美刺"功能;注重诗品与人品,追求文学的人性美。这与中国古代儒家的诗学理念是一脉相承的。徐居正《东文选·序》言:

> 吾东方之文,始于三国,盛于高丽,极于盛朝。其关于天地气运之盛衰者,因亦可考矣。况文者,贯道之器。六经之文,非有意于文,而自然配乎道。后世之文,先有意于文,而或未纯乎道。今之学者,诚能心于道,不文于文。本乎经,不规规于诸子。崇雅黜浮,高明正大,则其所以羽翼圣经者,必有其道矣。①

朝鲜古代诗家如徐居正一样,论诗以儒家诗教为本者俯拾即是:

> 文章,随世道升降,是盖关乎气运之盛衰,不得不与之相须。然往往杰出之才,有不随世而俱靡,掩前光而独步者矣。②
>
> 文以载道,故诗书礼乐、威仪文辞,皆至道之所寓也。③
>
> 古者有采诗之官,以观民风。盖诗者,心之发而言之精。故其感

① 徐居正:《东文选·卷一》,韩国民族文化促进会 1982 年版,第 3 页。
② 徐居正:《东文选·卷八十三》,韩国民族文化促进会 1982 年版,第 713 页。
③ 徐居正:《东文选·卷八十三》,韩国民族文化促进会 1982 年版,第 737 页。

人也深，而王化之汗隆，世道之升降，亦著焉。吁！诗道之用，何可少哉！①

文章，经世之具。礼乐教化，莫非文之著见也。②

诗可以达事情，通讽谕也。若言不关于世教，义不存于比兴，亦徒劳而已。③

朝鲜古典诗学的儒化诗教观，体现于朝鲜古代汉文学的方方面面，对朝鲜古代汉文学的创作与繁荣产生了至为深远的影响。

其二，抒情言志的文学本质论。中国的诗学传统强调诗歌的艺术本质与审美特性在于“言志”与“缘情”，朝鲜古典诗学也极力强调诗歌的这一本质特征。

诗者言志，虽辞语造其工，而苟失意义所归，则知诗者不取也。④

夫诗言志也，如善辩者，悠扬反覆，融解无难，而令人顺于耳快于心焉。⑤

诗者，志之发也，有语有意，意深而语浅，故语可了而意不可穷。⑥

诗者，时也，中时而言志也。中时而言，则不失性情也。而失时

① 徐居正:《东文选·卷八十三》,韩国民族文化促进会 1982 年版,第 741 页。

② 徐居正:《东文选·卷八十三》,韩国民族文化促进会 1982 年版,第 766 页。

③ 赵钟业编:《修正增补韩国诗话丛编·第三卷·小华诗评》,韩国太学社 1996 年版,第 499 页。

④ 赵钟业编:《修正增补韩国诗话丛编·第二卷·於于野谈》,韩国太学社 1996 年版,第 525 页。

⑤ 赵钟业编:《修正增补韩国诗话丛编·第三卷·小华诗评》,韩国太学社 1996 年版,第 604 页。

⑥ 赵钟业编:《修正增补韩国诗话丛编·第六卷·星湖僿说》,韩国太学社 1996 年版,第 668 页。

而言，则物我有间，有若对待报复者，岂但失其性情而已哉！①

作诗非难，能造情境摸写形容一言而尽，此古人所难。②

吁！诗者，出自情性虚灵之府，先识夭贱，油然而发，不期然而然。非诗能穷，人穷也，故诗自如斯哉。但有才者，天亦猜之，于世人又何尤焉，惜哉！③

夫诗发于情也。古人云有声画，信哉言乎！盖诗与画何异哉？有画其性情者、画其身世者、画其形容者、画其者焉。④

朝鲜古典诗学主张抒情言志的传统与中国古典诗论如出一辙，对朝鲜“汉诗”的创作曾产生过极其深远的影响。

其三，诗宗唐、宋的风尚。诗分唐宋是中国文学史上经久不衰的论争话题，它也常常左右着朝鲜古代文学创作的风尚潮流与诗学批评的价值取向。自新罗后期至高丽初期，朝鲜诗坛崇尚唐诗，主要推崇的诗人有李白、杜甫、韩愈、柳宗元与白居易等。如李仁老极力盛赞杜诗，曾言：“琢句之法，唯少陵独尽其妙。”“自雅缺风亡，诗人皆推杜子美为独步。”

高丽中后期，朝鲜诗坛则转而大兴宗宋之风。尊崇的诗人主要有苏轼、欧阳修、梅尧臣及黄庭坚等。特别是苏轼声望最重。崔滋的《补闲集》云：

近世尚东坡，盖爱其气焰豪迈，意深言富，用事恢博，庶几効得其

① 赵钟业编：《修正增补韩国诗话丛编 · 第十七卷 · 古今诗话》，韩国太学社 1996 年版，第 352 页。

② 赵钟业编：《修正增补韩国诗话丛编 · 第一卷 · 东人诗话》，韩国太学社 1996 年版，第 475 页。

③ 赵钟业编：《修正增补韩国诗话丛编 · 第二卷 · 於于野谈》，韩国太学社 1996 年版，第 534 页。

④ 赵钟业编：《修正增补韩国诗话丛编 · 第三卷 · 小华诗评》，韩国太学社 1996 年版，第 596 页。

> 体也。今之后进,读《东坡集》,非欲仿效以得其风骨,但欲证据以为用事之具,剽窃不足道也。①

可见,苏诗的气韵与风骨被高丽诗坛尊奉为诗格创作的典范。如徐居正的《东人诗话》所云:"高丽文士专尚东坡,每及第榜出,则人曰:'三十三东坡出矣!'"尚苏之风在朝鲜刮了数百年,声势之浩荡,直入李氏朝鲜。南龙翼的《壶谷诗话》言李朝"文体专尚东坡",金万重的《西浦漫笔》亦云"国初承胜国之绪,纯学东坡"。

时至近世,朝鲜诗坛由于受明代七子"诗必盛唐"复古思潮的影响,出现了崔庆昌、白光勋与李达等"三唐诗人",柳梦寅(1559—1623)的《於于野谈》言:"近来学唐诗者皆称崔庆昌、李达。"因而当时的朝鲜诗坛日益表现出尊唐黜宋的审美取向,如所谓"似唐""法唐""逼唐""不减唐人""可肩盛唐""盛唐风格"等批评话语不绝于耳。与此同时,鄙薄宋诗的声音亦此起彼伏。"诗至于宋,可谓亡矣。所谓亡者,非其言之亡也,其理之亡也。"②

到了李朝英祖、正祖年间,朝鲜诗坛深受清代乾嘉诗风的影响,出现了"唐、宋兼宗"的创作风尚,由于清代王士禛与袁枚的诗歌创作恰好契合了那时朝鲜古代诗家的审美期待,故而其人、其诗在李朝后期的朝鲜诗坛备受关注。例如李德懋在其《清脾录》中曾描述了王士禛诗学东传的盛况:

> 《带经堂全集》之来东,才二十余年。而藏之者不过二、三家,亦不识其为何人。余尝从人借读,洋洋巨视,目瞠舌呿,自恨相见之苦晚。于是有诗曰"好事中州空艳羡,尧峰文笔阮亭诗",遂诧张夸震

---

① 赵钟业编:《修正增补韩国诗话丛编·第一卷·补闲集》,韩国太学社 1996 年版,第 107 页。

② 许筠:《覆瓿集·卷四·宋五家诗序》,韩国亚细亚文化社 1980 年版,第 251 页。

于泠斋（柳得恭）、姜山（李书九）、楚亭（朴齐家）诸人，举皆咀嚼浓郁、耳濡目染。流派所及，能知有王渔洋于天壤间者，亦稍稍相望也。今仅五六年其表章之功，余亦不让焉。①

关于唐、宋兼宗，当时的朝鲜诗家往往有其独到之见，申钦（1566—1682）在《晴窗软谈》中认为，唐诗与宋诗各有千秋，理应分别视之：

唐诗如南宗，一顿即本来面目；宋诗如北宗，由渐而进，尚持声闻辟支尔。此唐、宋之别也。②

同时，申钦深入地批驳了诗分唐、宋（或尊唐抑宋，或尊宋贬唐）的思想，严正指出：

世之言唐者斥宋，治宋者亦不必尊唐，兹皆偏矣。唐之衰也，岂无俚谱？宋之盛也，岂无雅音？此正钩金与薪之类也。③

对唐诗、宋诗如此公允的品评，在中国诗学批评中亦不多见。于此足见，朝鲜古代文人对中国传统文学的“情结”之深。

第三节　朝鲜古典诗学对中国诗学的“主体间性”批评

朝鲜古典诗学虽然在诸多方面都流露出血亲似的中国情结，但朝鲜

① 李德懋：《青庄馆全书卷三十二·清脾录序》，韩国太学社1996年版，第583页。
② 蔡镇楚、龙宿莽：《比较诗话学》，北京图书馆出版社2006年版，第289页。
③ 邝健行等：《韩国诗话中论中国诗资料选粹》，中华书局2002年版，第107页。

古典诗学绝不是中国诗学传统的照相式的复制，相反，朝鲜古代诗家在汲取中国诗学传统精华时常常秉持着清醒的民族自觉意识，只从众多朝鲜古代诗家著述的书名，如《东人诗话》《海东诗话》《东国诗话》《东人论诗绝句》《东诗话》《东国诗话汇成》《东诗丛话》《海东诸家诗话》《朝鲜古今诗话》《小华诗评》等等，即可见一斑。至于诗学话语中所宣称的“吾东”“我东”“我东人”“吾东方”“吾东国”“东诗”等等称谓，更是随处可见。由此，我们可以断言，朝鲜古典诗学对中国诗学的接受绝非简单、机械地受容，而是一种“主体间性”的批评。

所谓“主体间性”（Intersubjectivity），是20世纪西方哲学中凸现的一个范畴，其主要内容是研究或规范一个主体是怎样与完整的作为主体运作的另一个主体互相作用的。认为文学实践主要表现为人与人之间所进行的社会交往活动。这种“主体—主体”关系所体现的是互为主体的双方间的“对立、对峙——对话、交流”。这种主体之间的交流首先是一种共同参与，一种主体的分有、共享或一种共同创造。它强调相互间的投射、筹划，相互溶浸，同时它又秉有一种相互批评，相互否定，相互校正，相互调节的批判功能。在此基础上展开了主体间本位的广阔天地，不断达成主体间的意义生成。① 我们所谓朝鲜古典诗学的中国情结，实质上就是朝鲜古典诗学对中国诗学的主体间性批评，这种情形不是只体现于朝鲜古典诗学与中国关联的某一方面，而是体现在二者关联的所有层面。

苏联著名的文艺理论家巴赫金认为，碰撞后的不同文化必定会保有其各自的文化主体性，即文化自我首先必须是一个“我”，否则就不能称其为文化。所以，他更强调不同文化之间的交往性、对话性，认为交流与对话是文化的基本存在方式。同时，文化之间的交往本质上不是独白，不是一方向另一方的灌输和强制接受，而是在平等、民主的对话交流中进行

① 金元浦：《文学解释学》，东北师范大学出版社1998年版，第254页。

卓有成效的理解，进而造成意义的增殖与再生。① 对于朝鲜古典诗学的中国情结，我们亦应作如是观。

综合全章，朝鲜古典诗学的发生、发展、演变与形成的历程，既有其内在的成因，即朝鲜古代颇具民族个性的文化哲学传统，对其诗学的形成与发展有着巨大的潜在构筑功效；亦有外来文化的影响因子，即朝鲜古典诗学对中国诗学传统的“主体间性”式的接受，这使得朝鲜古典诗学一方面具有浓郁的中国情结，另一方面又并未丧失本民族固有的文化传统，民族集体无意识中的“半岛情结”及“风流”原型一直渗透于朝鲜古典诗学吸收与借鉴、形成与构建的整个过程中。所以，我们认为，朝鲜古典诗学的形成及其体系的潜隐特性，既秉承了其本民族文化哲学的固有传统，又积极吸纳了中国诗学传统的有益成分，二者的互渗互融、相辅相成最终成就了朝鲜古典诗学亮丽的人文景观。

---

① 巴赫金：《巴赫金全集》（第 4 卷），河北教育出版社 1998 年版，第 370 页。

第三章 朝鲜古典诗学的基干范畴

范畴是超越于具体物质层面与技术层面的专门名言，是作为主体的人对客观事物本质特征的理性规定。“基干范畴”就是那种最早或较早发生的、不以其他范畴作为自己的存在依据，不借其他范畴规定自己的性质和意义外延的最一般的思性名言。其内涵最为深刻、最为精微，其外延最为普遍、最为广泛，其活力与张力最为强烈、最为持久。由于其具有诱发和创生新观念以及吸融外来文化的动力和能力，因而在整个范畴体系中具有统摄与调配其他范畴的功用。

同时，朝鲜的传统文化中有着强烈的远古崇拜与祖先崇拜的集体无意识，奉行慎终追远、学有本源的为人与治学的信条，这在诗学范畴的创设与运用上表现为有意识地维护和凸显某些经典范畴的共通性。因此，朝鲜古典诗学中的基干范畴与中国诗学传统一样，都有着悠久而蓬勃的生命力，是其祖先精神生命的灵性在文艺中的张扬，并且往往与传统的哲学、伦理学、心理学等因素有着极为密切的纽连，甚至它就是哲学范畴本身或其衍化样态。

有鉴于此，不是任何一个特别重要的范畴，尤其不是任何一个即便曾有极为活跃的表现力的范畴，都可以被确定为基干范畴。只有那些既秉承了传统文化的哲学精神，又深契文学创作的内在肌理，体现了朝鲜古人惯常的思维方式与独特的审美追求的才可称为基干范畴。也就是说，朝鲜古典诗学的基干范畴在数量上不可能是很多的。总括起来看，我们认为在朝鲜古典诗学中,可以称为基干范畴的无外乎“道”“气”“风流”“象”与“自然”等。这些范畴内隐了朝鲜古代文化对天人关系较早而又较深刻的叩思,指涉与衍生的能力极强,其所关涉的问题几乎涵盖了朝鲜传统文学创作与文学批评的方方面面,对于以抒情为主导,同时形式感鲜明、程式化倾向强烈的朝鲜古代汉文学,尤其具有深远的影响力和规范制约作用,所以在逻辑层次上可以确定为朝鲜古典诗学范畴体系的逻辑起点与理论基元。

第一节　“道”:文学的终极价值诉求

“道”是传统东方哲学中借以阐释和探讨宇宙本原及其发展规律的核心范畴,作为东方哲学主要支脉的儒、道、释等派别均以“道”为其哲学本体论的名言,它囊括了东方古人对天人关系、物我关系等哲学问题的根本性认知。朝鲜古人对“道”的哲学本义的发微及“道”与文学价值关联的探讨,与中国传统一样,在朝鲜传统哲学及文化发展史上从未停歇过,甚至发展为一种常态。“道之在天下者,未尝一日而亡也”①,此乃儒家之“道”;“道在天地间,贯幽明,包大小,无物不有,无时不然”②,此为道家之“道”;“我佛之教,以心常虚而不著于外物为道”③,则是佛家之“道”。这些理念极为深刻地影响了朝鲜历代作家、批评家,致使其往往将自我的根本性认知,皆冠之以“道”的名义。这一客观存在的文化哲学背景往往作为一股绵延不息的潜流,对朝鲜古典诗学的影响至为深远。

---

① 郑道传:《赠任镇抚诗序》,徐居正等:《东文选·卷八十三》,韩国民族文化促进会1982年版,第679页。

② 李穑:《送绝传上人序》,徐居正等:《东文选·卷八十三》,韩国民族文化促进会1982年版,第655页。

③ 权近:《赠华严中德义砧序》,徐居正等:《东文选·卷八十三》,韩国民族文化促进会1982年版,第688页。

一、“道”的哲学本义

从字源学上考察，“道”最原始的本义即“道路”，故许慎在《说文解字》中释之为“所行道也。从辵，从首，一达谓之道”。后来衍指天体运行的规律，凸显道的客观属性，名之为“天道”；用以指称人类行为的依归，强调道的主体性色彩，称之为“人道”。因此，“道”是一个富含哲学意味的范畴。虽然关于“道”的哲学内涵，历来众说纷纭而莫衷一是，但总而言之，无外乎集中在三个方面。

其一指“天道”。这是道家所积极倡扬的。老子言：“有物混成，先天地生。寂兮寥兮，独立而不改，周行而不殆，可以为天下母。吾不知其名，字之曰‘道’。”①《庄子·知北游》有言：“夫昭昭生于冥冥，有伦生于无形，精神生于道，形本生于精，而万物以形相生……天不得不高，地不得不广，日月不得不行，万物不得不昌，此其道与！”②此所谓之“道”皆指“天道”，即宇宙万物运行的规律与法则，也就是不以人的主观意志为转移的“自然之道”。

朝鲜古代的“天道”理念亦极为浓厚。高丽末期的李穑曾言：“道在天地间，贯幽明，包大小，无物不有，无时不然，其体用故粲然也。”此“道”即“天道”，它无处不在、无时不有、无物不寓，实际上，它就是一种客观存在的“绝对精神”。正如朝鲜朝前期的禅学家休静在其《禅家龟鉴》中言：“有一物于此，从本以来，昭昭灵灵。不曾生，不曾灭；名不得，状不得。”③朝鲜朝中期的理学家李珥言：“道即天道，所以生物者也……人物则非道无以滋生。”④指明“天道”就是世间万物得以形成与滋生的本原和依据。

① 沙少海、徐子宏：《老子全译》，贵州人民出版社1989年版，第46页。

② 郭庆藩辑：《庄子集释》第三册，中华书局1968年版，第741页。

③ 休静：《禅家龟鉴》，转引自韩国哲学会编：《韩国哲学史》（中卷），韩振乾等译，社会科学文献出版社1996年版，第325页。

④ 李珥：《醇言》，转引自韩国哲学会编：《韩国哲学史》（中卷），韩振乾等译，社会科学文献出版社1996年版，第361页。

李珥言“自然而然者，天道也”“真实无妄者，天道也”“天道即实理”①，揭示出“道”之存在的客观特征。

其二指“人道”。如果说道家惯于在形而上层面凸显“天道”的至尊无上及其对宇宙苍生的绝对主宰与支配作用，那么，儒家则偏重于强调在形而下的人间世相中张扬作为社会个体的人的道德理性，即为“人道”。所谓“道德理性”是指在德性伦理意义上，由社会个体人为践履、身体力行去实践的为人之道。所以，人道指的是整个社会秩序得以和谐有序存在的道德伦理准绳。李珥言“有为而然者，人道也”“欲其真实无妄者，人道也”。同时，人道充盈于个体生活的方方面面，无时无刻不在。郑道传言：“道之在天下者，未尝一日而亡也。”李滉言：“夫道之流行于日用之间，无所适而不在。”以上所言之“道”，皆指人之为人的根本，即作为社会性存在的个体必须恪守的社会道德理性。

其三指“天人合一”之“道”。东方哲学的思维特性就是主客不分、物我浑融，极少如西方哲学那样偏执于一端而穷追探索。北宋邵雍的《皇极经世书·观物外篇》云：“学不际天人，不足以为学。”为学的宗旨就是“究天人之际，通古今之变，成一家之言。”②所以，道的最高境界就是达于天人合一之境，这是儒、道、释三者的共同价值诉求。因此，古代哲人在阐释“道”的时候往往是把“天道”与“人道”结合在一起来进行哲学究思。高丽时期的权近曾云：

> 道不离乎形器，非窈冥恍惚之谓也。亦不杂乎形器，非浅近苟且之谓也。内而具于吾心，外而着于事物。舍吾心则无本而体有所不

① 李珥：《栗谷全书·四子言诚疑》，转引自韩国哲学会编：《韩国哲学史》（中卷），韩振乾等译，社会科学文献出版社 1996 年版，第 205 页。

② 司马迁：《史记·报任安书》，中华书局 1986 年版，第 1326 页。

立，离事情则不备而用有所不行。体用兼全，内外交养，此吾儒之学也。①

道的特性就是以“天道”为“体”，以“人道”为“用”，“内而具于吾心，外而着于事物。”“体用兼全，内外交养”方可谓之“道”，舍弃任何一方，都将影响道的践行，所以，“舍吾心则无本而体有所不立，离事情则不备而用有所不行”。李穑也曾言道：

夫至道无形，因物可见。而物与我又非二也。雪则寒，日则暄。暄气舒，寒气缩。非独吾身也，天地之道也。而其至理存乎其间，心焉而已矣。心之微虽曰方寸，至道之所在也，故不以寒热故有小变。②

朝鲜古代哲人普遍地认为，“天道”与“人道”本就是不可分割的统一体。如李珥言：

自然而然者，天道也。有为而然者，人道也。真实无妄者，天道也。欲其真实无妄者，人道也……天道即实理，而人道即实心也。③

这种主客与物我区别的消泯，即为“天人合一”的境界，也是朝鲜古代文人孜孜以求的哲学与艺术的至高境界。在“天人合一”的境界中，人

① 权近：《送云雪岳上人序》，徐居正等：《东文选·卷八十三》，韩国民族文化促进会1982年版，第690页。

② 李穑：《牧隐文稿卷之六·负暄堂记》，韩国古典综合数据库 http://db.itkc.or.kr/index。

③ 李珥：《栗谷全书·四子言诚疑》，转引自韩国哲学会编：《韩国哲学史》(中卷)，韩振乾等译，社会科学文献出版社1996年版，第206页。

与物皆为有生命的存在,并交融互渗,主体移情于自然物中,又从自然物中反观自我的生命样态。这样,主体对天道的感悟便深深地立足于人的视野与人的认知图式中,加强了个体对天人一体的认同与恪守。从审美立场看,自然本身就充溢着生命的意趣,于是美的创造就成为对这生生不已的生命活动的体验与呈示。在这个过程中,客体主体化,主体客体化,各自的价值也同时得以确证。从这个意义上讲,"天人合一"的哲学与文化精神,使得朝鲜古代的文学创作与文学批评带有明显的具有"交感论"色彩。它突出主体在文学创作活动中的主观能动性,使得主体在感物抒怀的同时,也实现了主体对人的"逍遥游"或曰"诗意栖居"的终极追求。

二、"道":文学的最终旨归

朝鲜古代哲学中"道"的内涵以及对"道"之本义求索方向的不同,深刻地影响了历代文人诗学理念的确立及其文学价值的取向,也使得"道"无可争议地成为朝鲜古典诗学的基干范畴。朝鲜古代诗家往往将文学的得失与文学是否合乎"道"紧密地联系在一起,认为"文章随世道升降,盖关乎气运之盛衰,不得不与之相须。"①朝鲜古代诗家权近言:"文在天地间,与斯道相消长。道行于上,文著于礼乐政教之间。道明于下,文寓于简编笔削之内。故典谟誓命之文,删定赞修之书,其载道一也。"②认为只要是存在于天地间的文学文本,都应该"与斯道相消长"。至于"斯道"为何"道",则仁者见仁,智者见智。郑道传言:

> 日月星辰,天之文也;山川草木,地之文也;诗书礼乐,人之文也。然天以气,地以形,而人则以道,故曰:"文者,载道之器,言人文也。"

---

① 权近:《陶隐李先生(崇仁)文集序》,徐居正等:《东文选·卷八十三》,韩国民族文化促进会1982年版,第713页。

② 权近:《郑三峰(道传)文集序》,徐居正等:《东文选·卷八十三》,韩国民族文化促进会1982年版,第693页。

得其道，诗书礼乐之教明于天下，顺三光之行，理万物之宜，文之盛至此极矣。士生天地间，钟其秀气，发为文章，或扬于天子之庭，或仕于诸侯之国。①

"文者，载道之器，言人文也。"是典型的儒家诗学观，视教化天下为文学的终极旨趣。为文的目的就是倡扬"道"，"顺三光之行，理万物之宜"，让"诗书礼乐之教明于天下"。天下之士"钟其秀气"，才能修身养性，即所谓"内圣"。才能"或扬于天子之庭，或仕于诸侯之国"，实践治国平天下的宏图伟志，即所谓"外王"。"内圣外王"，是儒家为古代士人预设的理想的人生进阶之路。在这个意义上，儒家的诗教观把文学视为盛载"人道"之"器"，文学的功用在于弘扬儒家"入世"之道，教化天下。徐居正在《东文选·序》中也曾言道：

吾东方之文，始于三国，盛于高丽，极于盛朝。其关于天地气运之盛衰者，因亦可考矣。况文者，贯道之器。六经之文，非有意于文，而自然配乎道。后世之文，先有意于文，而或未纯乎道。今之学者，诚能心于道，不文于文。本乎经，不规规于诸子。崇雅黜浮，高明正大，则其所以羽翼圣经者，必有其道矣。②

"文者，贯道之器"，显然也秉承了儒家的诗教传统。因为文学所"贯"之"道"，是关乎"天地气运之盛衰"，使得天下士子"诚能心于道，不文于文。本乎经，不规规于诸子。崇雅黜浮，高明正大，则其所以羽翼圣经者，必有其道矣。"徐居正所言之"道"，着重强调的仍然是文学的教化功能。

① 郑道传：《陶隐集序》，韩国古典综合数据库 http://db.itkc.or.kr/index。
② 徐居正：《东文选·序》，韩国古典综合数据库 http://db.itkc.or.kr/index。

朝鲜古代诗家一再强调“文者，载道之器”或“文者，贯道之器”的诗学主张，目的是通过文学之道的教化功用，使天下人心归之于“正”，即所谓“高明正大”。正如崔滋在《补闲集·序》中所言：

> 文者，蹈道之门，不涉不经之语。然欲鼓气肆言，竦动时听，或涉于险怪。况诗之作，本乎比兴、讽喻，故必寓托奇诡，然后其气壮，其意深，其辞显。足以感悟人心，发扬微旨，终归于正。若剽窃刻画，夸耀青红，儒者固不为也。①

在此，崔滋认为“文者”乃“蹈道之门”，那么，文学的主要价值取向就是为了“足以感悟人心，发扬微旨”，使人心“终归于正”。而那种“剽窃刻画，夸耀青红”式的文学创作是与正统的儒家诗教观背道而驰的，真正的儒者是不屑为之的。因为朝鲜古代诗家认为，在文学创作中，“文章有道有术，道不可以不正，术不可以不慎。”②

在朝鲜古典诗学批评中，既存在着偏重于教化的儒家伦理批评倾向，也秉持着以追求自我升华和自然美为宗旨的道家美学批判精神。在儒家文化圈中，儒家的“入世”价值观大多以主流文化的身份大行于世，成为志济天下的古代文人孜孜以奉的精神基石。相较而言，道家的“出世”追求则往往以民间非主流文化的方式潜行于街尾闾巷，为怀才不遇或无意于红尘的古代士子带来无尽的心灵慰藉。如果说儒家的入世情怀，激发出士子“兼济天下”的雄心壮志，那么，道家的人生追求，则恰好满足了落魄文人“独善其身”的精神超脱。儒家强调个体的社会性，道家则极力彰显个人的主体性。在诗学批评方面，二者的个性亦如是。

相较于儒家的诗教观，道家对于诗道的理解则带有极其强烈的主体

① 崔滋：《补闲集·序》，韩国古典综合数据库 http://db.itkc.or.kr/index。

② 李禄：《日得录》，韩国古典综合数据库 http://db.itkc.or.kr/index。

性色彩。如朝鲜朝诗家洪良浩言：

> 诗道贵于性情，性情妙于无为。无为者，无为而无不为也。请以诗道，移之笔道，深哉言乎！可以尽书之妙矣。然无为者，孔与老俱言之，诚难言也。①

性情是人之为人的根本，洪良浩认为性情的最佳外化形式在于“无为”。“无为”也是道家之“道”的根本所在。主张“诗道贵于性情”，即诗贵于“道”。性情之“无为”并非无所作为，而是“无为而无不为”。其中包孕着强烈的辩证思维，“无为”强调的是“合规律性”，即“真”。“无不为”强调的是“合目的性”，即“善”。合规律性与合目的性的统一就是“美”（自然）。“无为而无不为”实际上也就是真、善、美的合一。事实上，“诗道贵于性情，性情妙于无为”的思想延续了《庄子·刻意》“淡然无极而众美从之”的审美追求。以自然为美，是道家诗学批评的突出特征。如朝鲜古代诗家云：

> 本朝学士黄元《题郡斋》云：“山城雨恶远成雹，泽国阴多数放虹。”李子薇纯祐《出镇关东》云：“细柳营中新上将，紫薇花下旧中书。”吾友耆之赠仆云：“风急溟鹏从北徙，月明惊鹊未安枝。”荥阳补阙偶游天磨山八尺房，竟夕苦吟，未能属思。诘旦方回，乃援辔行吟，比至都门，乃得一联云：“石头松老一片月，天末云低千点山。”策蹇而返，手撼门钮，直入院中，奋笔题于壁。还康先生日用欲赋鹭鸶，每冒雨至天寿寺南溪上观之，忽得一句云：“飞割碧山腰。”乃谓人曰：“今日始得古人所不到处，后当有奇才能续之。”仆以为此句诚未能卓越前辈而云尔者，盖由苦吟得就耳。仆为之补云：“占巢乔木顶，

① 洪良浩：《与宋德文论诗书》，韩国古典综合数据库 http://db.itkc.or.kr/index。

飞割碧山腰。”夫如是一句置全篇中,其余粗备可也。正如“珠草不枯,玉川自美”。①

夫得道者之辞,优游闲淡而理致深远。虽禅月之高逸,参寥之清婉,岂是过哉? 此古人所谓“如风吹水,自然成文”。②

西河耆之倦游,侨泊星山郡。郡倅饱闻其名,送一妓为枕。及脱,逃归。耆之怅然作诗曰:“登楼未作吹箫伴,奔月空为窃乐仙。不怕长官严号令,谩嗔行客恶因缘。”其用事甚精,此古人所谓“蹙金结绣而无痕迹”。③

李仁老认为“得道”之诗“如风吹水,自然成文”,即便“蹙金结绣”也了“无痕迹”。因为“得道者之辞”犹如“珠草不枯,玉川自美”,亦即李白所谓“清水出芙蓉,天然去雕饰”④的审美效果。

既然“道”之于诗如此重要,甚而是诗之为诗的生命所在,那么,如何才能使诗“得道”呢? 权近言:

道之可以学而传、可以言而喻者,非其至也。在吾心者,不可以学而传,不可以言而喻。其可以学而传、言而喻者,则闻于翁者尽矣,又何待于他求哉? 其不可以学而传、言而喻者,虽有师无如之何,在吾自得耳。⑤

“道”不可以言,不可以传,亦不可以学,而在于“自得耳”,这真切地指明

---

① 赵钟业编:《修正增补韩国诗话丛编·第一卷·破闲集》,韩国太学社 1996 年版,第 49 页。

② 蔡美花、赵季主编:《韩国诗话全编校注》(第一册),人民文学出版社 2012 年版,第 20 页。

③ 徐居正:《东人诗话》,韩国古典综合数据库 http://db.itkc.or.kr/index。

④ 李白:《经乱离后天恩流夜郎忆旧游书怀赠江夏韦太守良宰》。

⑤ 权近:《赠玕野云上人后序》,韩国古典综合数据库 http://db.itkc.or.kr/index。

了“道”之鲜明的主体性色彩。由此可见,如果说儒家的诗道偏于“言志”,那么道家的诗道则旨在“缘情”。在这个意义上,朝鲜古典诗学与中国传统诗论有着不容置疑的血缘亲情,正如朝鲜古代诗家所言:“道无古今,因人以明。人之明道,世不常生。中国犹然,况吾东方。”①

综上所述,与中国诗学传统相比,朝鲜古代诗家在论释“道”时,更偏重于彰显蕴含于“道”中的主体性色彩,因而使得其“诗道”理念的呈示更带有一些强烈的主观感情色彩。

三、“道”之于文学的重要性:“诗道”(或曰“诗之道”)

在朝鲜古代诗家看来,哲学意义上的“道”既不可见,亦不可言。但它既然作为文学的终极诉求,又是必须正视与面对的。所以,朝鲜古代诗家对“为诗之道”的重要性进行了大量的现象学阐释,以此来彰显“道”在诗歌创作中的重要价值。其论“诗道”者,如权踶言:

> 古者有采诗之官,以观民风。盖诗者,心之发而言之精,故其感人也深。而王化之污隆,世道之升降,亦着焉。吁!诗道之用,何可小哉?②

权踶强调诗的审美效果在于感人至深,诗的功用在于能够彰显王化的污隆与世道的升降,“诗道”的作用岂可小觑。朝鲜诗家申翼相言:

> 诗道难言也,区区于吟咏之末,而不求乎包相之中者,难与言诗也。诗固易言哉!然非言之难也,知之为难也。非有自得于心而妙悟于神化之境者,不能知也。然非知之难也,能之为难也。苟无天得

① 河仑:《浩亭先生文集卷之三·祭权阳村文》,韩国古典综合数据库 http://db.itkc.or.kr/index。

② 权踶:《春亭集旧序》,韩国古典综合数据库 http://db.itkc.or.kr/index。

之才以充所悟之极，其孰能之。夫能者知之实，而才者不可学而能之也。古人云："诗有别才。"信乎！自古操觚墨者何限，而能造诗道之奥亦不多见，岂非局于才而然也。季会自在髫髦，已有惊人之语。年长而业精，得于风花雪月之中者，无非可玩而可咏。置诸作者之域，盖不多让。所谓"别才者"，非耶？季会乎勉哉！荆山之璞非不美也，而琢而磨之后，为万世之宝。南山之竹非不直也，而栝而羽之后，其入也深。才虽得于天，而苟无习与才成，化与智长之功，则不可言诗道之极矣。①

申翼相从创作与批评两个维度，指明诗道之难在于言之难、知之难、能之难，而要克服此类困难，必得先天之才与后天的学习集于一身，方可触及为诗之道的奥妙。

朝鲜古代诗家权踶与申翼相都将"为诗之道"视为作诗者必须遵循的准则，并深入探讨这一准则应有的规范。洪良浩言：

所谓诗道者，何也？书曰诗言志，子曰兴于诗，礼曰温柔敦厚，诗之教。夫言者，发于心而矢诸口。兴者，触于外而感乎中。出之以温柔，行之以敦厚。可以化民，可以观政。故在闾巷谓之风，在朝廷谓之雅，在宗庙谓之颂。如是而已。②

洪良浩以宏观的批评视角，从诗的本质、诗的表现、诗的功用以及诗的形式等几个方面，阐明"诗道"应有的价值追求。更有诸多朝鲜古代诗家从微观层面对"诗道"的内涵展开了多元阐发：

① 申翼相：《醒斋遗稿册九·题季会诗跋》，韩国古典综合数据库 http://db.itkc.or.kr/index。

② 洪良浩：《与宋德文论诗书》，韩国古典综合数据库 http://db.itkc.or.kr/index。

诗道所贵，一唱三叹，意在言外。直说非诗，微讽易疑。①

诗道贵于性情，性情妙于无为。无为者，无为而无不为也。请以诗道，移之笔道，深哉言乎！可以尽书之妙矣。然无为者，孔与老俱言之，诚难言也。②

诗家以深于诗道，谓得禅悟，盖悟是佛氏之极功耳，虽然诗造悟境甚难。世称王摩诘诗近禅悟，而其余无闻焉，缁流之诗亦然。自六朝至三唐，号能诗者众，而未见其有悟解。岂彼其于禅学，有未甚悟故欤？一日，顗上人自潭阳之玉泉庵，飞锡八百里谒余，以其六世法祖《逍遥大师诗集》属为叙。阅之，则诗止五七言律绝二百有四篇。而清空澹泊，如云过空。而月印川间，以名言妙喻，超诣色相之先，盖近于悟者也。问师法派，则曰"是西山大师之嫡传弟子也"。夫西山师夙阐禅宗，妙契玄旨，慧观灵智，旁晓韬略，左右王师。普济龙蛇之难，非洞悟万法一心，随类圆通之妙。能如是哉？法门衣钵以悟传悟，无怪乎逍遥师之游戏三昧，悟及诗道也。③

诗道比物引类，则近乎云。④

论诗曰："诗道出之以温柔，行之以敦厚。可以化民，可以观政。"近体兴而较锱铢于声病，斗巧拙于态色，适足戕人心败世教。今欲返古，莫如师其道。道得则法随之，声在其中，此皆公自得之妙也。⑤

凡诗道亦广大，无不具备。有雄浑、有纤秾、有高古、有清奇，各从其性灵以所近，不可得以拘泥于一段。论诗者不论其人性情，以自己所习熟，断之以雄浑而非纤秾，岂浑函万象，寸心千台之义也？⑥

---

① 吴光运：《药山漫稿卷之四》，韩国古典综合数据库 http://db.itkc.or.kr/index。

② 洪良浩：《与宋德文论诗书》，韩国古典综合数据库 http://db.itkc.or.kr/index。

③ 丁范祖：《逍遥大师诗集序》，韩国古典综合数据库 http://db.itkc.or.kr/index。

④ 俞汉隽：《云窗诗稿序》，韩国古典综合数据库 http://db.itkc.or.kr/index。

⑤ 郑元容：《洪公良浩墓志铭》，韩国古典综合数据库 http://db.itkc.or.kr/index。

⑥ 金正喜：《阮堂先生全集卷八 · 杂识》，韩国古典综合数据库 http://db.itkc.or.kr/index。

以上诸论，或从“意在言外”，或从“贵于性情”，或从“深于禅悟”，或从“比物引类”，或从“温柔敦厚”，或从“从其性灵”等方面强调“为诗之道”的内涵，侧重点虽迥然各异，但都旨在阐明遵循“诗道”之于诗歌创作的必要性。

另外，亦有众多朝鲜古代诗家以“(为)诗之道”为名，来阐发“道”之于诗歌生命的意义与价值。其对“诗之道”的阐发与“诗道”的内涵，并无多大差异，如：

> 鸣乎！诗之道亦难矣哉！魏晋作者去古未远，然其不违于《三百篇》之遗意者，鲜矣。诗至于唐，而唐人之音亦有正变之异，其入于正音者，亦不为多矣。况吾东方地与中国相远，风气不同，言语亦异。苟非天之赋与高出于众人者，安能变其固滞而近于正音哉！①
>
> 夫诗，吟咏性情者也，《三百篇》尚矣。而诗家诸子各以其业鸣一世，其好之也至于三上，亦不能自已焉。诗之道其至矣乎？②
>
> 诗之道大矣。古今异世，而诗无间也。中外异域，而诗无别也。盖道之著者为文，文之成音者为诗。人有不同，而同此心。心有不同，而同此道。道同，则形之言者无往而不同矣。苟不于此求之，而屑屑焉古今中外之较，岂知言哉？此余于朝鲜徐君刚中之诗，所以有取焉耳。朝鲜，东方礼义之邦。诗派相传，夙有攸自，逮际皇明，气化丕隆，声教沦浃。能言之士，尤彬彬乎视昔有加。③
>
> 诗本乎性情，贵言志耳。若夸言艳辞、粉绘刻画、取悦于人目者之为诗也，此特末流之失耳。其于性情之正，不亦远乎？余病世之言

---

① 河仑:《惕若斋金先生学吟集序》，韩国古典综合数据库 http://db.itkc.or.kr/index。

② 朴彭年:《榴花诗卷后叙》，韩国古典综合数据库 http://db.itkc.or.kr/index。

③ 祁顺:《北征录序》，韩国古典综合数据库 http://db.itkc.or.kr/index。

诗者,率采其华,而遗其实。嚅其肉,不哜其胾。所以始虽悦于目,而咀嚼之久,则少真味焉。呜呼!诗之道其终不能复古乎?①

诗之道,至难也。诗所以言志,非言之难,养其本之为难。志者,言之本也。古之人善养其志,志之所之,必有假以言,诗所以假之者也。《三百篇》之作,曷尝有意于言哉?风雅之正变,亦出于其志之有正有变,诗之道未尝变也。有志于斯者,患乎志之不得其养,而无病乎言之不古。若志得其养,则言有不正者乎?呜呼!吾未见夫善养其志者,无怪乎诗道之日陵也。②

故诗之道可以兴人,可以讽人,可以刺人,可以颂人。夫功出于内者,不精而精,不深而深,不暇为力者也。及至上失其教,人失本性,学务为人,内治功夫见乎外者不得不随之浮华。世言诗人类多轻薄,直古今诗有异,非诗能为轻薄,性情之变然耳。③

余念诗之道根乎性情而发乎言语,畅叙其幽怀。④

夫诗不可学古也,由汉魏而下数十百年,历三大国,不复有能汉魏者,何也?年代降而声气变也。以中国之大,人才之盛,生乎而下之世矣。不能复为而上之语,则宋不可为唐,明不可为宋,诗之道终不可古矣。⑤

为诗之道不一,而必归于性情。性情无穷达,一也。然穷而在下者,为尤近。无他焉,专与不专也。⑥

---

① 洪贵达:《冰玉乱稿序》,韩国古典综合数据库 http://db.itkc.or.kr/index。

② 李荇:《外舅成尧叟清风录序》,韩国古典综合数据库 http://db.itkc.or.kr/index。

③ 金净:《冲庵先生集卷之四·颜乐堂诗集跋》,韩国古典综合数据库 http://db.itkc.or.kr/index。

④ 苏世让:《阳谷先生集卷之四·渡猪滩》,韩国古典综合数据库 http://db.itkc.or.kr/index。

⑤ 金载瓒:《海石遗稿卷之八·题国器诗卷后》,韩国古典综合数据库 http://db.itkc.or.kr/index。

⑥ 尹定铉:《梣溪先生遗稿卷之四·逃禅庵诗稿序》,韩国古典综合数据库 http://db.itkc.or.kr/index。

诗之道动而不括，得于言，不得于意。为诗也，固而已矣。说诗如左，不尽说，说亦不尽。引而伸之，存乎其人……诗之道动而不括，故说诗之道亦动而不括。①

“道”是朝鲜古典诗学的一个基干范畴，因此，朝鲜古代诗家往往用“道”来阐释文学的本原及其运动的规律，作为儒、道诗学均极力凸显的诗学本体论名言，它囊括了朝鲜古代文人对文学问题的根本性认知。儒、道两家的诗道理念如二水分流，并行不悖，深刻地影响着朝鲜历代的作家与批评家，使得他们将自我对于文学的根本性认识，常常以“道”的名义对象化。它有时意指“天道”，有时也意指“人道”，有时则意指“天道”与“人道”的浑融，其“所指”与“能指”总是漂移不定，这恰恰展示出了“道”与生俱来的蓬蓬勃勃的生命张力，也是其诗意所在。

要而言之，文学的终极使命就是要接近“道”，阐释“道”，并体味其如生命般的节奏律动。我们甚至可以说，文学既是“道”的始点，同时也以“道”为最终的旨归。故而，“道”也就毋庸置疑地成为朝鲜古典诗学范畴体系中至为重要的一个基干范畴。

第二节　“气”：文学的生命与品格

“重气”思想是朝鲜传统文化哲学中极为亮丽的一道人文风景，它的存在为朝鲜古代文化哲学带来无限生机，特别是始于高丽后期而几乎贯穿于整个朝鲜朝时期关于“理”与“气”孰先孰后、谁主谁次的激烈辩论，可以说，是整个朝鲜文化哲学史上最浓墨重彩的一笔。

---

① 俞莘焕：《凤栖集卷之四 · 说诗小序》，韩国古典综合数据库 http://db.itkc.or.kr/index。

朝鲜朝时期的哲学家李珥言:“理,形而上者也。气,形而下者也。二者不能相离。”①《周易》云:“形而上者谓之道,形而下者谓之器。”在中国古代汉语中,“气”与“器”有时互释。《礼记·乐记》云:“诗,言其志也。歌,咏其声也。舞,动其容也。三者本于心,然后乐气从之。”王引之《经义述闻·礼记》云:“气,即‘器’之假借也。”由此可见,“理”即“道”也,“气”即“器”也。朝鲜古代哲学史上的“理”“气”之争,亦即“道”“器”之辩。

> 气者,天以阴阳、五行化生万物,而人得之以生者也……充塞于天地者,只是气而已,而理在其中。论气之本,则澹一冲虚,无有清浊之可言。及其升降飞扬,相激相荡,糟粕煨烬,乃有不齐。于是,得清之气而化者为人,得浊之气而化者为物,就其中至清至粹神妙不测者为心。所以妙具众理而宰制万物,是则人与物一也。②

如果说形而上的“道”是在哲学意义上成为朝鲜古典诗学的基干范畴,那么,形而下的“气”则是朝鲜古典诗学在人类学层面的基干范畴。“气”也就无可替代地成为朝鲜古典诗学基干范畴体系中的一个主要支撑点。

一、“气”的本原意义及其流变

“气”在甲骨文中是一个象形字,许慎《说文解字》释云:“气,云气也。”可见,气的本义是自然之气,意指天地间氤氲缥缈的云气。后来气又写作“氣”,《说文解字》释云:“馈客刍米也,从米,气声。”虽然字源学

① 李珥:《栗谷先生全书卷之十·答成浩原》,韩国古典综合数据库 http://db.itkc.or.kr/index。

② 郑道传:《三峰集卷之十·心气理篇·气难心》,韩国古典综合数据库 http://db.itkc.or.kr/index。

上的“氣”假借为现代汉语的“气”,但因其从“米(食)”,在意旨上存在着由自然之气向生命之气衍展的潜在可能性。在朝鲜古代文献中,有很多以“血气”论个体生命体征的论断,高丽时期的崔瀣言:“夫命于天地而有血气者,皆仰食以为生,虽圣贤且不异于人也。”①李穑言:“血气之所在,性命之所存。”②郑道传言:“凡有血气者,同一知觉。凡有知觉者,同一佛性。”③朝鲜朝李滉言:“人之血气有虚实。气虚者,如君与我者是也。血气虚,故心气亦不能完实,疾病易乘。或刻苦做工,则心神耗损,有甚于他人,不可不戒。”④

透过文字的演变历程,“气”这个字寓含了象形自然现象与暗示个体生命的双重内涵,这就使得文字学意义上的“气”渐渐流变为一个文化哲学范畴。“气”在甲骨文中的字形为上下两横,中间加一点。“两横”指河岸,“一点”象征水流干涸之处。在远古先民的集体无意识里,人类意识的潜流与自然河水的流动是异质同构的,二者生命的律动皆由自然之“气”的聚散所掌控,气聚则生,气散则亡。故而在“气”这一范畴的理念中,创生之初就寄寓着远古先民“万物有灵”的人文情怀。“灵”意味着有“生”,生乃气之魂魄,气是生命之渊薮。在远古的文化哲学中,气与生始终是水乳交融的,这深刻地彰显了“气”所内隐的生命文化底蕴。

这种原始的集体无意识,作为祖先生命的痕迹或储存物以超验的方式代代相传,逐渐积淀为一种原型。这种原型并非蕴含丰富的意象,是一种无内容而有意味的形式,它只是代表了一种知觉和行为的可能性。作

---

① 崔瀣:《拙稿千百卷之一·禅源寺斋僧记》,韩国古典综合数据库 http://db.itkc.or.kr/index。

② 李穑:《牧隐文稿卷之六·负暄堂记》,韩国古典综合数据库 http://db.itkc.or.kr/index。

③ 郑道传:《三峰集卷之九·佛氏杂辨识》,韩国古典综合数据库 http://db.itkc.or.kr/index。

④ 李滉:《退溪先生文集卷之三十六·答李宏仲问目》,韩国古典综合数据库 http://db.itkc.or.kr/index。

为一种原型意识，它具有一种超越时空的生命绵延的性质。高丽诗家李穑言：

> 虽道之在太虚，本无形也，而能形之者，惟气为然。是以，大而为天地，明而为日月，散而为风雨霜露，峙而为山岳，流而为江河。秩然而为君臣父子之伦，灿然而为礼乐刑政之具。其于世道也，清明而为理，秽浊而为乱，皆气之所形也。①

朝鲜朝后期的实学家洪大容也曾有言：

> 凡物，同则皆同，异则皆异。是故，理者天下之所同也，气者天下之所异也……充塞于天地者，只是气而已，而理在其中。论气之本，则澹一冲虚，无有清浊之可言。及其升降飞扬，相激相荡，糟粕煨烬，乃有不齐。于是，得清之气而化者为人，得浊之气而化者为物，就其中至清至粹神妙不测者为心。所以妙具众理而宰制万物，是则人与物一也。②

"气"的理念作为朝鲜传统文化哲学的一种习惯性的思维方式，它着重强调的是宇宙生命的有机整体性，这是一种生成论意义上的动态的形而上哲思。由于"气"范畴在文化哲学层面根植于生命的有机性，因而它必将与人类的审美活动息息相关。毋庸置疑，朝鲜古典的艺术精神与美学传统都沐浴在一股浓郁的"气"蕴渺渺的文化氛围之中，深受其浸染并被其塑造。朝鲜古典诗学的整个范畴体系，也不可避免地被笼罩在挥之

---

① 李穑：《牧隐文稿卷之一・西京风月楼记》，韩国古典综合数据库 http://db.itkc.or.kr/index。

② 洪大容：《湛轩书内集卷一・心性问》，韩国古典综合数据库 http://db.itkc.or.kr/index。

不尽的氤氲之“气”中。

二、“气”:文学的魂魄

如果说“道”是文学的归趣,那么,“气”则是赋予文学以生命的魂魄。魏晋钟嵘在《诗品·序》中言“气之动物,物之感人,故摇荡性情,形诸舞咏”,把“气”视为艺术发生的原动力。在朝鲜古典诗学中,也存在类似的理念。高丽诗家李奎报就特别看重文学活动中气的价值功用:

> 夫诗以意为主,设意尤难,缀辞次之。意亦以气为主,由气之优劣,乃有深浅耳。然气本乎天,不可学得。故气之劣者,以雕文为工,未尝以意为先也。盖雕镂其文,丹青其句,信丽矣。然中无含蓄深厚之意,则初若可玩,至再嚼则味已穷矣。①

李奎报认为诗歌创造“以意为主”,此“意”即是指创作主体的情感意绪,而“气”又是“意”的灵魂,所以,诗歌是否有“味”是由主体“本乎天”的优劣之“气”所决定的。在李奎报之后的高丽诗家崔滋干脆就直接将“气”视为文学发生的动力源泉,“诗文以气为主,气发于性,意凭于气,言出于情”②在崔滋的诗学世界里,“气”是文学的真正灵魂,因为创作主体的本质力量——“性情”与“意志”等都是由气所统摄的。崔滋的《补闲集》言:

> 文以豪迈壮逸为气,劲峻滑驶为骨,正直精详为意,富赡宏肆为辞,简古倔强为体……夫评诗者,先以气骨意格,次以辞语声律。一

① 李奎报:《东国李相国全集卷第二十二·论诗中微旨略言》,韩国古典综合数据库 http://db.itkc.or.kr/index。

② 赵钟业编:《修正增补韩国诗话丛编·第一卷·补闲集》,韩国太学社 1996 年版,第 95 页。

般意格中,其韵语或有胜劣,一联而兼得者尽寡,故所评之辞亦杂而不同。①

朝鲜朝是朝鲜古典诗学蓬勃发展的时代,诗学体系渐趋成熟。由于深受哲学领域持久而广泛的“理气”之辩的潮流影响,作为诗学范畴的“气”亦在诗学领域备受关注。崔滋将“气”视为文本形态“豪迈壮逸”风格的主要因子,而进行诗歌批评也必须首先以“气骨意格”的优劣作为评判其品格高下的准的。这一时期的诗论家也沿袭了高丽时代“气化”诗学的理念:

夫文章者,气之光华也。积于内者,充满流动;发于外者,秾秀富赡。无枯寒羞涩之态,有彪炳弸彋之趣焉!可以见文章之外发,而占其气之内蕴也。故受气于天地者厚,则着之于文章者亦厚;受气于天地者馁,则发之于文章者亦馁。焉可以文墨之技而小之哉!眉山草木之枯,亦一验也。譬之江海,流以为川,潴以为泽,止以为渊,皆本于江海之支流也。譬之树木,畅以为枝,敷以为叶,发以为干,亦本于根柢之余裔。然则袭美联芳,以擅一家之文章者,其何以异此?齐之二谢,宋之三苏,无非一气之所推,而俱鸣国家之盛。沨沨万古,垂耀无穷,苟非钟天地之气、禀海岳之英者,其孰能与于是乎?吾东方壤地虽偏,气化不萎,以文章名世者代各有家。②

夫文者,气也。当天地闭塞之日,是气之郁郁然,盘互结轖于退笔故纸之间。未尝与烟煤墨丸同归于坏灭者,亦时运之使然。岂不

① 赵钟业编:《修正增补韩国诗话丛编·第一卷·补闲集》,韩国太学社1996年版,第112页。

② 李纯亨:《懒斋集卷首·仁川世稿序》,韩国古典综合数据库 http://db.itkc.or.kr/index。

异哉!①

文章者,天地之精华而人心之声气也。是故文之升降,而可以观时运之盛衰、风气之醇漓、治化之污隆焉!②

夫天地之间,一气而已,人得是气发而为言辞,诗者又言之精华也。是故,观人诗歌可以审天地气运之盛衰。③

上引所言之“文章者,气之光华也”“文者,气也”“文章者,天地之精华而人心之声气也”“观人诗歌,可以审天地气运之盛衰”等论断,其意旨都是把“气”视为文学发生的本原动力,甚至认为绵延流动的“气”就是文学的魂魄。于是,“天地之间一气而已,得是气发而为言辞”。

三、“气”在朝鲜古典诗学中的衍生范畴

在朝鲜古代文化哲学中,“气”具有清虚、轻柔、流动、空灵、缥缈、氤氲、变幻莫测等特性,它容涵无限而又生机勃勃;“气”无形而又可感知,且具有将无形化为有形的超强功能;它是天地间所有人、事、物、景的生命根基——充溢一切、浸染一切、构筑一切,自身始终处于运动转化之中,又可以是具体事物个性集中与综合的表述;“气”充盈于天地之间,无所不在、无所不包,甚而无孔不入。在汉文化语境中,“气”是宇宙万物的根本,是构成一切事物现象的基始物质及其运动与发展的生命动力。对于人而言,“气”是须臾不舍的灵魂,是体内通达流转的血气,是生命勃发的内驱力,是情操、骨气、志节的品性,是个体情感与德行的塑造与彰显,是“人的本质力量”得以绵延的不尽源泉。概而言之,“气”既具有感性的直观,又含有抽象的底蕴。

① 金熙周:《慵斋先生遗稿序》,韩国古典综合数据库 http://db.itkc.or.kr/index。

② 郭钟锡:《木溪先生遗稿序》,韩国古典综合数据库 http://db.itkc.or.kr/index。

③ 朴彭年:《八家诗选序》,徐居正等:《东文选·卷八十三》,韩国民族文化促进会 1982 年版,第 754 页。

在朝鲜古典诗学范畴体系中,"气"作为一个基干范畴,涵盖面极为广阔,甚至可以说,"气"是朝鲜古典诗学中运用最广泛、出现频率最高、最具有衍生力与亲和力的范畴之一。概括地说,"气"在朝鲜古典诗学批评中的衍生与使用主要集中在两个方面:一是以作家论为中心,一是以文本论为中心。

以作家论为中心的"气"范畴族群,侧重于探析创作主体在文学创作活动中显现出来的主观精神与创作个性,这类范畴多元而庞杂:如用以指称作家主观精神品格的"正气""邪气""气魄""气概""奇气""逸气""意气""志气""豪气""俗气""雄气"等等;用以评判作家创作个性及其表现的"才气""灵气""霸气""大气""气调""气味"等等,举不胜举。

以文本论为中心的"气"范畴序列,则把批评的重心转向文学文本完成后的感性形态,例如指称文本的态势、韵致与张力等内涵的"元气""气势""气脉""气韵""气力""气骨""神气""辞气""气象"等等皆为此类范畴。

总之,在朝鲜古典诗学批评中,由"气"衍生而来的后续范畴是一个极为庞大的集群,试列举典型者如下:

1."元气"

文辞与政化流通,体制随世道而升降,音节因风气而变迁。苟有禀光岳英灵之气,洞性命精微之理,达事物无穷之变,则其雄深雅健,要妙精华,可以配元气而伴造化,何世降风变之足虑哉?①

文章国家之元气,而与政教相为流通。盖天生豪杰之才,予之精英温粹之资,蕴于己而为道德文章,措诸事而为功名勋烈,之二者不可不相须也。然天未尝不生人才,而世无作何耶?岂不由于遭遇施设之难乎?②

① 李詹:《牧隐先生文集序》,韩国古典综合数据库 http://db.itkc.or.kr/index。

② 徐居正:《四佳文集卷之六·私淑斋集旧序》,韩国古典综合数据库 http://db.itkc.or.kr/index。

夏园诗通全什自无变转，终始一味，元来气质不善变化者也。元气充腴处多出时辈一头也，而带些臼臭亦因时代之不幸欤。①

偶读刘静修《韩魏公祠》诗云："天宇公之祠，元气非公谁？郡人一何愚，而于公有私。"其言亦是。②

此所谓诗歌应"配元气而伴造化""文章国家之元气""元气充腴"，皆从另一个侧面强调了"气"对于实现诗歌社会价值与审美效果的重要性。

2."气格"

今司空某，皇大弟襄阳公之胄子也，自离乳臭，翩翩然尝以书史为乐，行吟坐讽，目不挂于余事。及于壮，学无不窥，理无不通，浩浩乎若望江湖不可涯涘。至于词赋亦工，用笔精妙，若翘然而望场屋，争甲乙之名者，世以为宗室标的也。惜也天不与年，奄然赴玉楼之召。山人观悟尝游其邸，搜遗稿得近体诗八九篇，嘉其有二美也，以示之。飘飘然有凌云气格，将镂板以传于后，故略为序云云。③

仲氏尝恨曰："我平生坐熟读樊川之罪，文章不高。"李益之亦曰："苏黄之诗，著肺腑中已久，故造句无盛唐气格。"然作诗当如二家而止，何必更企陶谢间邪？④

申企斋、郑湖阴一时齐名，两家气格不同，申诗清亮，郑诗雄奇。⑤

近世东溟郑公立帜词擅，振耀一代，西汉之文，盛唐之诗，于斯复

① 金渐：《西京诗话》，韩国古典综合数据库 http://db.itkc.or.kr/index。

② 李瀷：《星湖僿说》，韩国古典综合数据库 http://db.itkc.or.kr/index。

③ 李仁老：《破闲集》，韩国古典综合数据库 http://db.itkc.or.kr/index。

④ 许筠：《鹤山樵谈》，韩国古典综合数据库 http://db.itkc.or.kr/index。

⑤ 洪万宗：《小华诗评》，韩国古典综合数据库 http://db.itkc.or.kr/index。

见。金清阴所谓“旷数百年无此气格”云,岂虚语哉。①

朝鲜古代诗家所谓的“飘飘然有凌云气格”“盛唐气格”“旷数百年无此气格”等,都意在强调“气”之于作为创作主体的诗人价值及其诗歌品质的重要意义。

3.“气力”

凡新学诗,欲壮其气力,虽不读可矣。若缙绅先觉,闲居览阅,乐天忘忧,非白诗莫可。古人以白公为人才者,盖其辞和易,言风俗叙物理甚的于人情也。②

昔有检律咸子者《题矗石楼》诗曰:“山自盘桓水自流,几年兴发此江头。彷徨更惜曾游处,昨是春风今是秋。”钉于壁上,脍炙人口。第三句尤无气力,而皆称绝唱,何欤?无乃以贱者而有此作为多欤?③

洪德公《蓬莱枫岳歌》,仲氏晨夕吟一遍,击节叹赏,其诗从太白《天姥吟》中来,而纵横抑扬,无一字尘垢态。《饭筒投水词》《沂泽吟》等作,皆豪放有气力,而律绝差不及长篇,文亦简严。④

车典籍云辂攘臂大呼曰:“小家之作虽一篇一句可咏,辍拾纤碎,索无气力,至于苏斋之作有万钧之势,安敢与之争衡也。无异草间蟋蟀遇洪钟而止。”⑤

李芝峰一生攻唐,闲淡温雅,多有警句,而所乏者气力。⑥

① 洪万宗:《旬五志》,韩国古典综合数据库 http://db.itkc.or.kr/index。
② 崔滋:《补闲集》,韩国古典综合数据库 http://db.itkc.or.kr/index。
③ 权应仁:《松溪漫录》,韩国古典综合数据库 http://db.itkc.or.kr/index。
④ 许筠:《鹤山樵谈》,韩国古典综合数据库 http://db.itkc.or.kr/index。
⑤ 梁庆遇:《霁湖诗话》,韩国古典综合数据库 http://db.itkc.or.kr/index。
⑥ 南龙翼:《壶谷诗话》,韩国古典综合数据库 http://db.itkc.or.kr/index。

自古歌行长篇，必有气力，然后能之。如孟襄阳辈自是唐家高手，而至于歌行长篇无复佳者。近世东溟郑老得杜之骨格，挟李之风神，词气跌宕，笔力逸横，杰然为东方大家，百代以下当无继者。①

朝鲜古代诗家的“壮其气力”“尤无气力”“豪放有气力”“索无气力”“所乏者气力”“必有气力”等之谓，也都是将“气”之优劣作为评判诗歌价值高下的主要标准。

4. “气骨”

文顺公家集已行于世，观其诗文，如日月不能喻。近代律诗于五七字中有声韵对偶，故必俯仰穿琢以应其律。虽宏材伟器不得肆意放言披露妙韵，故例无气骨。公自妙龄走笔，皆创出新意，吐辞渐多，骋气益壮，虽入于声律绳墨中，细琢巧构，犹毫肆奇俏。然以公为天才俊迈者，非谓对律，盖以古调长篇强韵险题中纵意奔放，一扫百纸，皆不践袭古人，卓然天成也。犹能谦下于人，凡有一善必褒奖若出己右。②

夫评诗者，先以气骨意格，次以辞语声律。一般意格中，其韵语或有胜劣，一联而兼得者尽寡。故所评之辞亦杂而不同。③

金慕斋以宣慰送日本使翢中，慕斋书崔孤云“沙汀立马待回舟，一带烟波万古愁。直得山平兼水竭，人间离别始应休。”一绝曰：“此吾少时送友之作也。”翢中笑曰：“气骨非宣慰所述。”慕斋叹服。④

韩退之一生慕效李杜，然比诸李风神不足，比诸杜气骨不足。⑤

---

① 洪万宗：《诗评补遗》，韩国古典综合数据库 http://db.itkc.or.kr/index。

② 崔滋：《补闲集》，韩国古典综合数据库 http://db.itkc.or.kr/index。

③ 崔滋：《补闲集》，韩国古典综合数据库 http://db.itkc.or.kr/index。

④ 李济臣：《清江先生诗话》，韩国古典综合数据库 http://db.itkc.or.kr/index。

⑤ 李瀷：《星湖僿说》，韩国古典综合数据库 http://db.itkc.or.kr/index。

朝鲜诗家所谓“例无气骨”“评诗者,先以气骨意格”“比诸杜气骨不足”等,旨在凸显“气”之于诗歌完成后感性形态之审美效果的积极意义。

5.“气节”

林西河椿《闻莺》诗云:“田家椹熟麦将稠,绿树初闻黄栗留。似识洛阳花下客,殷勤百啭未能休。”崔文清公滋《夜直闻采真峰鹤唳》诗云:“云扫长空月正明,松栖宿鹤不胜清。满山猿鸟知音少,独刷疏翎半夜鸣。”二诗俱是不遇感伤之作,然文清气节慷慨,非林之比。①

诗当先气节而后文藻,夏文庄公竦《试殿》诗“殿上衮衣明日月,砚中旗影动龙蛇。纵横礼乐三千字,独对丹墀日未斜。”天下评者讥其自负。郑壮元知常诗:“三丁烛尽天将晓,八角章成桂已香。落月半庭人扰扰,不知谁是壮元郎”,大有文庄自负气象。文庄功名富贵虽卓然一时,而立朝大节多有可议者,如郑者又何足论哉?尝见韦永贻《试罢》诗:“三条烛尽钟初动,九转丹成鼎未开。明月渐低人扰扰,不知谁是谪仙才。”亦大蹈袭。②

壬辰倭乱,李舜臣为统制使,有诗一联曰:“誓海鱼龙动,盟山草木知。”气节磊落可见于诗矣。③

卢苏斋诗在宣庙初最为杰然,其沈郁老健,莽宕悲壮,深得老杜格力,后来学杜者莫能及。盖其功力深至,得于忧患者为多。余谓此老十九年在海中,只做得夙兴夜寐,箴解而亦未甚受用。后日出来,气节大半消沮,独学得杜诗如此好耳。④

朝鲜诗家所谓“气节慷慨”“诗当先气节而后文藻”“气节磊落”“气

① 徐居正:《东人诗话》,韩国古典综合数据库 http://db.itkc.or.kr/index。
② 徐居正:《东人诗话》,韩国古典综合数据库 http://db.itkc.or.kr/index。
③ 洪万宗:《诗评补遗》,韩国古典综合数据库 http://db.itkc.or.kr/index。
④ 金昌协:《农岩杂识》,韩国古典综合数据库 http://db.itkc.or.kr/index。

节大半消沮”等，意在阐明“气”之于诗人创作个性的塑造功能。

在朝鲜古典诗学批评中，由“气”衍生的诸如此类的范畴还有很多，例如“奇气”“豪气”“气韵”“气力”“气势”“气格”等，其中的一些范畴，将在后面的内容中进行阐释，此不赘言。在朝鲜古典诗学批评中，“气”及其衍展的范畴在诗学批评中的意义与价值，正如朝鲜朝诗家宋时烈所言：

> 天地间万物之生，莫非气之所为，而唯人也得其气之秀。人之一身五脏百骸莫非气之所成，而唯心也尤是气之秀。是故其为物自然，虚灵洞澈，而于其所具之理无所蔽隔。①

总而言之，在朝鲜古典诗学批评体系中，“气”既是一个具有深刻的本原意义的范畴，又是一个关涉艺术创造本质的范畴。它不仅能够概括创造主体生命力和创造力的本质，也是文本生命力的源泉。所以，在朝鲜古代文化哲学中，“气”范畴对朝鲜传统艺术的创造有着深远的影响。正因其如此独特而重要，所以朝鲜古代诗家在进行诗文批评时往往以此为切入点，名之曰“观气”。“作诗者先观气象，人之寿夭穷达，皆验于斯者也。故教子弟者勿责其巧拙，宜先审其气象之好不好以勉之耳。”②这说明，“气”在朝鲜传统诗学批评中具有想当然的元范畴地位，也理所当然地成为朝鲜古典诗学的一个基干范畴。

第二节　“风流”：文学的生命本体

在朝鲜古典诗学范畴中，“风流”对于“道”“气”的主要价值功用在

---

① 宋时烈：《宋子大全附录卷十五 · 金榦录》，韩国古典综合数据库 http://db.itkc.or.kr/index。

② 赵钟业编：《修正增补韩国诗话丛编 · 第十七卷 · 古今诗话》，韩国太学社 1996 年版，第 354 页。

于:它是“道”与“气”的物态化形式,“风流”的样貌在一定程度上决定着“道”与“气”的审美呈示效果。所以,“风流”是一个具有审美意义与审美品格的诗学范畴,它带有诗性文化与生命文化相交融的二重属性,也是人类的诗性思维与生命感悟的外化图景、踪迹与氛围。

一、“风流”在朝鲜文化传统中的意义

朝鲜传统文化始终以其民族固有的审美价值取向为主导,而在其民族审美的集体无意识深处,最富有“原型”意味的就是朝鲜诗学传统中、具有浓郁的本土化的“风流”理念及其“物态化”的表现形式。① 在朝鲜学界,有学者甚至认为可以从“风流”的思想蕴涵或“风流”的日常生活范型中究问朝鲜传统诗学的文化历史渊源。② 与此同时,有关风流精神与“风流道”的审美意义的研究,以及对朝鲜古典作品中所彰显出来的“风流”性的研究,也一直是朝鲜学界最为关注的热点之一。甚至朝鲜一些当代的社会文化学者认为,根基于朝鲜民族文化原型的“风流精神”就是“韩流”之所以能够风靡当今亚洲乃至世界的根本原因所在。③ 在文化哲学层面,有研究者将“风流”视为古代朝鲜思想文化的主要内容与基干支撑,是古代朝鲜本土化文化哲学传统的终极价值追求:

> 风流意味着古代朝鲜人的一切文化与精神……在接受外来思想影响之前,支配我们社会生活的重要原理,即是风流的信仰。作为信仰外化形式的风流,在韩民族原始社会生活的方方面面都有不同程

① 闵周植:《韩国传统美学的构造》,韩国《美学艺术研究》2000 年第 17 辑,第 26 页。

② 李东焕:《韩国美学思想探求》(Ⅲ),《韩国文学研究》(创刊号)1998 年版,第 12 页。

③ 权尚宇:《韩流的正体性和风流精神》,《东西哲学研究》第 43 号,2007 年 3 月,第 328 页。

度的呈现，所以，以信仰作为基础的风流，孕育了韩民族的主体文化力量。①

可见，“风流”作为朝鲜古典诗学甚至朝鲜文化哲学的核心范畴，在朝鲜学界乃至整个朝鲜社会获得了普遍的认同。

那么，“风流”究竟有何蕴涵，它为何如此为朝鲜文化所推崇？

据金富轼的《三国史记》记载，在朝鲜历史文化中，最先对“风流”的内涵进行阐释的是新罗时期的文人崔致远（857—？），《三国史记》有言：

崔致远《鸾郎碑序》曰：“国有玄妙之道，曰‘风流’。设教之源，备详《仙史》。实乃包含三教，接化群生。且如‘入则孝于家，出则忠于国’，鲁司寇之旨也；‘处无为之事，行不言之教’，周柱史之宗也；‘诸恶莫作，诸善奉行’，竺乾太子之化也。”②

本质上，“风流”是对朝鲜民族精神特质的一种抽象概括，其典型的现实形态或曰日常生活范型则是新罗时期“花郎徒”组织的群聚生活形式。这种组织的形成根源于新罗的真兴王出于选拔贤俊之才为其所用的动机，真兴王为了更有效地发现人才、选拔有用的贤才，于是：

取美貌男子装饰之，名“花郎”以奉之。徒众云集，或相磨以道义，或相悦以歌乐。游娱山水，无远不至。因此，知其人邪正，择其善者荐之于朝。故金大问《花郎世纪》曰：“贤佐忠臣从此而秀，良将勇

① 韩国哲学会编：《韩国哲学史》（上卷），韩振乾等译，社会科学文献出版社1996年版，第132页。

② 金富轼：《三国史记·新罗本记·真兴王条》，韩国瑞文文化社1980年版，第78页。

卒由是而生。”①

由此可见，朝鲜民族文化中根深蒂固的风流精神借由“花郎集团”的成就与影响得以凸显与强化。当时的社会精英——花郎徒在“游娱山水，无远不至”的生活与“修行”的实践中，始终奉行“相磨以道义”“相悦以歌乐”的人生哲学，并最终或成为辅佐朝政的“贤佐忠臣”，或成为驰骋沙场的“良将勇卒”，他们的生活方式与功业成就即是对“风流”精神的最好诠释。随着这种选拔人才形式的日渐体制化及其效果的显著，“风流”的理念更为广泛流播，更为朝鲜古代民间社会和封建王朝所认同，甚至成为朝鲜古代社会的一种普适价值，被尊称为“玄妙之道”。

但是，风流的精神不只体现在“花郎徒”群聚式的生活方式中，在古代朝鲜半岛的村屯、性别圈以及共同生活目标群体等以农事、祭祀祖先、武卫、狩猎、婚丧嫁娶与日常娱乐为主的林林总总的活动中，都带有“狂欢化”的风流特质。如历史上记载的新罗的中秋节、高句丽的东盟、东濊的舞天与马韩的苏涂等活动中都伴有饮食游乐，并乘兴载歌载舞。其文化审美意义在于：

> 乐天乐舞是一种情绪，也是一种理念的表现，它标示着人对天地自然的和合情感和意志。人们乐天源于与天为一，这种情景从风流道中单独剥离出来的现代音乐艺术生活中，也能体察到。无论是韩国还是朝鲜，为百姓所喜闻乐见的民族民乐表演形式无不尚存民族文化的古风。②

---

① 金富轼：《三国史记 · 新罗本记 · 真兴王条》，韩国瑞文文化社 1980 年版，第 78 页。

② 姜日天：《和合会通——韩国的文化哲学》，《东北亚文化研究》（第一辑），东方出版社 2001 年版，第 63 页。

我们可以说,“风流”的“原型”是构筑朝鲜半岛历史文化哲学的基石,它深深地扎根于朝鲜半岛社会生活的方方面面。甚至在今天,“风流精神”依然是朝鲜半岛南北社会历史文化的有力支撑,潜在地影响和制约着朝鲜族群社会的政治、经济以及社会生活的深入发展,无可避免地影响与规定着岛国民众的思维方式及行为准则。故此,一千多年前的崔致远就曾明确指出:“国有玄妙之道,曰‘风流’。”

以“道”释“风流”,进而使“风流”上升为“风流道”。朝鲜民族集体无意识的“风流”原型跃升为“风流道”的精神历程,深刻地说明“风流”是一种集合性的理念,它不只局限于某一单一方面,而是体现在朝鲜文化传统的方方面面。正如有学者所言:

> 风流道之形成为道,已上升为关于天地自然、人与人、人与社会关系的哲学理解,具有了较深邃的思想性,是岛民在长期与自然、与社会和合共生中,感悟积累形成的一种理解。其思想是幽远广大的,“实乃包含三教”。但它是“玄妙”的,“设教之源,备详《仙史》”,其起源在漫长的仙道发展进程中形成了一种文化积淀。①

由于“风流”具有“玄妙”的特质,而“玄妙”又是感性的体验而非理性的思辨,所以“风流”也就具有了审美的体验性特征。又由于“风流”已经逐渐累积为朝鲜民族的一种“文化积淀”,因此,完全可以将其视为朝鲜传统诗学的经典范畴。

由于朝鲜的古典诗学并未形成体系化的理论科学,因此把握不同时代的诗学范畴是认知朝鲜古典诗学历史发展的有效视角。例如,“意”就是整个高丽时代审美意识的结晶,“性情”则是对朝鲜朝中期审美意识的高度

---

① 姜日天:《和合会通——韩国的文化哲学》,《东北亚文化研究》(第一辑),东方出版社 2001 年版,第 64 页。

理论概括。一般而言,一部诗学史主要是诗学范畴和诗学命题产生、发展与衍化的历史,所以研究朝鲜古典诗学范畴是掌握朝鲜古典诗学体系和特点,了解朝鲜诗学史的主要性质及其发展规律的至关重要的一环。①

诗学范畴的形成以艺术思维和哲学思维的形成与发展为基础,“风流”的理念与精神在朝鲜古代神话中就有不同的表现形式。伴随着现世主义观念的历史发展,朝鲜传统的艺术精神日渐清晰,并且愈来愈成为朝鲜文学艺术史上的一种主导力量,即把艺术作品的内容美、精神美视为风格生成的主要内质。如“檀君神话”“解慕漱神话”及其他神话传说中所体现出来的和谐与均衡的审美心理,归一性的审美思维方式以及对神的崇拜等思想观念是朝鲜古典诗学最为原始的审美意识。这种原始的审美意识包含两层含义:第一,以“生命体验”作为审美活动的主导力量,即不探究理性的思辨而追求“感性的完善”;第二,将和合乐生视为审美活动的主要价值取向,即在与天地自然的和谐共存中获取生的快乐。②

三国时期受容的儒、释、道哲学思想和朝鲜传统思想相互融合形成了“花郎道”的风流思想,而风流思想的形成和发展又极大地推动了朝鲜传统审美文化的历史演进。风流思想对于朝鲜古典审美文化的精神气质的形成和审美价值取向产生了积极的影响,并且自然而然地塑造了朝鲜古典审美文化的独特气质。“风流道”中的“兴”与“味”在具体的艺术创作过程中成为朝鲜传统艺术创作独具的审美意识,即把生命的审美体验作为深层构造,重视直观和感悟的审美思维方式,并体现为崇尚和谐与天然的审美理想。

二、“风流”内涵的由来及其发展

“风流”虽是朝鲜古代最具本土化意味的原型或理念,但绝非朝鲜传

① 李东焕:《韩国美学思想探求》(Ⅰ),《民族文化研究》第30卷,1997年版,第37页。

② 蔡美花:《高丽文学审美意识研究》,延边人民出版社2006年版,第16页。

统文化的独创,而是为“东亚文化圈”所共有的一种精神价值。并且是最能体现东亚三国固有思维方式和审美意识的最为合理的一个词汇,①也是一个最能体现整个东亚艺术及其审美趣味的称谓。②

据文献考察,“风流”一词最早见于汉代班固的《汉书》,《汉书·刑法志》言:“吏安其官,民乐其业,畜积岁增,户口寖息。风流笃厚,禁罔疏阔。”《汉书·赵充国辛庆忌等传赞》言:“其风声气俗自古而然,今之歌谣慷慨,风流犹存耳。”这里的风流,意为风尚习俗或遗风流韵;就其词性而言,无褒无贬,是为中性。

到了六朝和晋代时期,“风流”的内涵逐渐丰富化与多元化:一方面多用来品藻人物,即名士的内在气质通过外部形态所表现出来的风度与气质就是风流。例如“王、谢(王衍、谢安)”的风流表现为其行为品格的豪放、清淡,王羲之的风流则是通过书画和诗文体现出来的风格特色,石崇的风流就是生活的奢侈和歌舞的奢华;另一方面又将以“竹林七贤”为代表的隐士生活作为对“风流”的认知。这些人几乎都出身于特权阶层,并且外表俊秀,具有较高的文学艺术素养,他们成为当时社会名士“风流”的代表者(朝鲜古代的花郎徒与此相类)。不管作为何种形态的风流相,他们都有一个共同点,就是不受拘束的自由自在和超脱率性的人格特质。③

6世纪以后,特别是到了唐代,这种名士风流的理念在理论上进一步得到了升华。释皎然《诗式》言:“气高而不怒,怒则失于风流。”司空图《二十四诗品》言:“不著一字,尽得风流。”等等,此时将“风流”视为审美价值的一种表现形式来看待。在这些诗学话语批评中,“风流”即是指文学艺术创作过程中作者及其作品的品位风格,即自然与优雅的景致、文学作品所蕴藉的深度内涵和“不可言传”的妙味等。自此以后,“风流”在东

① 辛恩卿:《东亚美学的根源风流》,韩国报告社1999年版,第15、40、81页。
② 闵周植:《东亚美学基础概念风流》,《民族文化论丛》第15辑,第180页。
③ 张伯伟:《花郎道与风流关系之探讨》,《东方汉文学》第13辑,第160页。

亚诗学中就具备了近现代诗学中的"美"的韵味。但是,唐代以后,"风流"的概念则更多地倾向于指代男女间的"风流韵事"。所以,在中国"风流"一词的内涵比较复杂:或表现为风流余韵的美风良俗,或指代风流名士的品格和姿态,或强调自然风流的审美属性,或彰显超脱的精神面貌和艺术素养,或用以评判艺术作品的审美价值,或俗指男女之情,等等。

在日本,"风流"一词最早出现在9—12世纪的平安时代。"风流"的主要价值取向是美化以宫廷生活为中心的生活方式。① 随着时代的变迁,虽然其内涵有所改变,但是大体表现为"装饰性""华丽性""气度"等形态的美。由此可见,日本传统诗学中的"风流"往往在于强调外在的形式美。

如前所述,虽然"风流"可以被视为朝鲜传统文化的一种历史积淀,甚至可以作为朝鲜传统文化的"原型意象"来理解,但是对"风流"的诗学阐释或文化阐释却始于9世纪新罗晚期。同时,朝鲜传统文化中的"风流"更多地指代一种传统的民族精神价值。但是,中国传统文化中的"风流"的一些其他内涵也被朝鲜古代文人所接受。中国传统文化中以"风流"指代名士风度与气质的价值倾向,在朝鲜古代文人中就有普遍的认同,如南羲采《龟磵诗话卷之六·花卉果瓜下》"风流可爱,恰似张绪"条记载:

> 齐武帝时,刘悛之为益州刺史。献蜀柳数株,条甚长,若丝缕,帝植之灵和殿。常玩叹曰:"此柳风流可爱,似张绪少年时。"当时见赏如此。故古人柳诗多用"风流"。李义山曰:"见说风流极,未当婀娜时。"薛能曰:"风流性格终难挫,暖日还生万万条。"盖张绪当时风流人。绪卒,张融痛哭曰:"阿兄风流顿尽!"陈后山诗"一代风流尽"用此也。(按:"风流"字本晋人语,如"谢安石风流宰相"之类。古人《柳

① 闵周植:《风流道的美学思想》,韩国瑞文文化社2009年版,第23页。

絮》诗又有曰“张令当年成底事，风流才似女儿腰”，反用尤好。)①

但是，“风流”作为一个诗学范畴与文化范畴，在朝鲜传统文化中更多的是以形而上的观念形式逐渐被稳固下来。崔致远所谓的“玄妙之道”——风流，就是朝鲜传统哲学、文化与思想的精华，在这里哲学范畴、伦理范畴与诗学范畴是浑然一体的。

在“东亚文化圈”中，“道”既是哲学范畴也是伦理学范畴与诗学范畴，在本体论的意义上，诗学范畴的“道”和哲学范畴的“道”是具有同一性的。因为东亚儒、释、道哲学的对象和诗学对象是同一个世界的同一个问题，即所探讨的都是“成为什么样的人和怎么成为人”的问题。这不仅仅是哲学、诗学与伦理学中的“道”，同样以人类学为主题。“道”作为哲学和诗学范畴具有形而上性和超越性，但事实上它探求的是人类精神的本源，向往超越肉身的人类精神的自由境界。道家所说的“道”是肉身和精神都健在，并且达到两者和谐境界的一种哲学和诗学的表达。②

朝鲜传统文化中的“风流道”即是如此。它是以朝鲜原生态的民族文化为基础，包容儒、释、道三教文化而生成的民族哲学和民族诗学。“风流精神”就意味着内在的超越与和谐，以及生命与自然的浑融。“接化群生”指的是和众生接触而感化众生，因此，“接化群生”是生成伦理性价值观的提示。“接化群生”的人间象最典型的代表是新罗的花郎道。他们是体验和实践风流的群体，共同修道，吟诗作对，享受音乐，同访名山大川。因而使其具备了赏“真”品“味”的特质与发掘“和谐”的力量。真源于生命，味源于生命，和谐亦源于生命，花郎徒在“风流”的生命游历中，体认到了“风流道”中所包孕着的生命哲学与生命诗学，他们用自我的生命彰显着“接化群生”的生命价值和风流之美的人间象。崔致远把

① 赵钟业：《韩国诗话丛编》(卷7)，韩国太学社1996年版，第258页。

② 王振复等：《中国美学范畴史》，山西教育出版社2006年版，第15页。

朝鲜传统的哲学和诗学概括为“风流道”，在朝鲜哲学史与诗学史中可谓高瞻远瞩，一语中的。

风流诗学的真髓就是审美主体投入宇宙自然的本体——“道”，进而与宇宙自然成为一体，身在其中尽情享受生命的无限与美丽。载歌载舞，感受自然，愉悦于自然，不受拘束。游娱江川的行为方式即是融入生命自然的途径和身心修炼的方式。所以，“风流”以追求某种事物或现象达到极致的态度为基础。

总之，在朝鲜传统文化中，风流诗学主要是由花郎徒实践的、是由崔致远升华为理论的诗学，是朝鲜古典诗学的一个基本范畴。

三、“风流”的审美表现及其特征

作为诗学范畴的“风流”，不能仅仅解释为体现风流意旨的审美和艺术精神，必须以在艺术作品和艺术家的创作过程中自然体现的文体风格和风貌来加以阐释，并且在后世诗学思想家和文人的诗学著作中反复被引用，它才可以作为一个真正的诗学范畴而存在，并被确证。

“风流”作为一个诗学范畴，自新罗时期的崔致远始，经过高丽朝到朝鲜朝，在朝鲜历代文人诗话与文集中就出现了600多次。① 出现和使用的频度非常高，使用的语境主要有两类情况。

第一类，是出现在诗歌作品及其对诗歌作品的评价中。例如许筠的《惺叟诗话》中有如下记载：

> 郑松江善作俗讴，其《思美人曲》及《劝酒辞》，俱清壮可听。虽异论者斥之为邪，而文采风流亦不可掩，比比有惜之者。汝章过其墓，作诗曰：“空山木落雨萧萧，相国风流此寂寥。惆怅一杯难更进，

① 蔡美花、赵季主编：《韩国诗话全编校注》（第一册），人民文学出版社2012年版，第11页。

昔年歌曲即今朝。”子敏《江上闻歌》诗曰：“江头谁唱美人辞？正是孤舟月落时。惆怅恋君无限意，世间唯有女郎知。”二诗皆为其歌而发也。①

“相国风流此寂寥”是诗歌作品中的文字，“文采风流”则是对诗歌作品的评判。

第二类，主要用于“以诗品人”，即通过诗人的诗作品藻其人。这也是吸纳了源于中国传统的“文如其人”“诗品出于人品”的诗学批评理念。把“风流”作为评判其人其作审美价值的尺度，对“风流”范畴进行高度的理论阐释。如以“风流文采”“风流气概”“风流文雅”“风流祥雅”“风流雅谑”“风流豪宕”“风流豪致”“风流豪兴”“文采风流”“风流儒雅”“风流豪逸”“风流气象”等作为对诗品与人品进行综合考量的标准。

总而言之，“风流”范畴在朝鲜古典诗学中具有如下特征：

其一，“风流”表现为以谋求人类精神的超俗与和谐为旨趣。在这一层面上，“风流”诗学所追求的是不为外物所滞的坦诚地抒发情感的自由无碍的精神境界，这种特点就是“文采风流”。在朝鲜古典诗学批评史上，松江郑澈、白湖林悌、槎川李秉渊以及宋代诗人苏东坡往往被尊崇为“文采风流”的代表者。例如郑澈的《思美人曲》和《劝酒辞》在情感表达上没有矫饰的优雅，坦诚精美，气度豪爽明亮。其不凡的气度和诗学风格被异论者攻击为阴邪，但许筠却盛赞其为“文采风流”，高度认同郑澈诗歌所具有的诗学价值，并在其诗话中屡屡重申。李德懋在《清脾录》中指出：“先王即祚五十年来，诗人当以槎川李秉渊为第一名家。”认为李秉渊的诗“优雅明亮，余韵犹存”，真正体现出了诗歌“文采风流”的诗学特点。②

① 赵季：《诗话丛林笺注》，南开大学出版社 2006 年版，第 293 页。

② 赵钟业：《韩国诗话丛编》（卷 11），韩国太学社 1996 年版，第 25 页。

其二,"风流"意味着审美主体融入宇宙自然的本体——"道",进而与宇宙自然成为一体,身在其中尽情享受生命的无限与风流——"味"道。"风流豪宕""风流豪致""风流豪兴"与"风流豪逸"等是"风流之韵"与"风流之味"的集中体现。如:

> 林锦湖亨秀风流豪逸,其诗亦翩翩。"花低玉女酣觞面,山断苍虬饮海腰"之句,至今脍炙人口。退溪先生酷爱之,晚年辄思之曰:"安得与林士遂相对乎?"①
>
> 林白湖少时以评事赴北,风流豪致,人皆思之。及其病革,其友将赴镜城,就别曰:"吾必欲得子诗以去,佳妓歌之。今子之病甚,奈何?"白湖即扶起,题一绝曰:"元帅台前海接天,曾将书剑醉戎毡。阴山八月恒飞雪,时逐长风落舞筵。"未久而逝,临死之作,凌厉豪逸如此,平日之气象可见。②
>
> 郑圃隐非徒理学节义冠于一时,其文章亦豪放奇杰。在北关作诗曰:"定州重九登高处,依旧黄花照眼明。浦溆南连宣德镇,峰峦北倚女真城。百年战国兴亡事,万里征夫慷慨情。酒罢元戎扶上马,浅山斜日上红旌。"音节跌宕。又曰"风流太守二千石,邂逅故人三百杯。"又曰"梅窗春色早,板屋雨声多",皆翩翩豪举。③

朝鲜汉诗史中的代表人林锦湖亨秀,圃隐郑梦周的诗作中体现出了某种江川之灵气集其一身的豪放之气,在死亡面前都能与宇宙、自然合二为一的境界。只有这种慷慨和豪逸、浩荡的情绪始终贯穿在对于未来的确信和追求的时候才能成为"美"和"味"。超脱世情,与宇宙、自然本源合一的这种审美表现,通过山川、大海等浩浩荡荡的自然形象,展现出了

---

① 赵钟业:《韩国诗话丛编》(卷11),韩国太学社1996年版,第352页。

② 权鳖:《海东杂录》,韩国太学社1986年版,第216页。

③ 赵季:《诗话丛林笺注》,南开大学出版社2006年版,第286页。

生成伟大自然的神秘的“道”的力量。

其三，作为与宇宙自然亲密无间象征的“风流”，其审美表现特征是明亮高雅的品格。如“风流文雅”“风流祥雅”“风流儒雅”与“风流雅谑”等是其代名词。例如朝鲜朝中期学者权鳖《海东杂录》对姜硕德的品评：

> 姜硕德，晋州人，字子明，号玩易斋，乃淮伯之子……有集行于世。性好古，风流文雅，近代无比。作诗最高古，书画亦妙绝，谥曰“敏宜”矣。①

在这里，权鳖评姜硕德文体“高古”“书画妙绝”。“高古”指的是高雅和高风亮节，“妙绝”指的是妙的极致，“妙”也可是超越的境界。关于“妙”的范畴，《老子》第十五章言：“古之善为道者，微妙玄通，深不可识。”美妙且不知其来历的“道”的存在——“无”终究离不开“有”，有无相通，从有到无的忽明忽暗的玄妙境界，道家称之为“妙”。“妙”指无限性，但这个无限性存在于有限性之中，即“妙”的极致就是超越有无的古雅的境地。② 姜硕德风流文雅的品格就是通过绝妙、高古的艺术个性体现出来的。

“风流”所具备的清亮高雅的审美特点，在金正国的《思斋摭言》中也有所体现。有个以谢恩使身份来往燕京的人，回国时给金正国带来三篇诗作，金正国评道：“三诗体格稍卑弱，然音律铿锵，殊类我国之作，可想其风流文雅。”③诗的“体格”虽弱，但是仍能以清雅、明亮的音律来体现其品格，所以金正国认为其价值毫不逊色。

如上所述，我们对朝鲜文化中“风流”的内涵、东亚诗学的“风流”、朝鲜的“风流”思想及哲学，以及“风流”范畴在朝鲜古典诗学中的形成与发

① 权鳖：《海东杂录》，韩国太学社1986年版，第216页。
② 叶朗：《中国美学史大纲》，上海人民出版社1986年版，第34页。
③ 金正国：《思斋摭言》，韩国瑞文文化社1999年版，第213页。

展进行了多方位的考察。由此,我们发现,“风流”作为朝鲜古典诗学的核心范畴是毋庸置疑的。关于“风流”的内涵及相关问题,虽不能排除对中国诗学理论的受容,但这一受容的过程实质上也是中国诗学理论朝鲜化的过程,是对朝鲜民族艺术创作实践的理论丰富与发展。例如,关于“气”的理论,高丽诗学是从生命诗学的角度来解释的,这实际上是对风流诗学传统的继承和发扬。朝鲜朝前期诗学中的“文章气象”,朝鲜朝中期“入神”“入妙”以及朝鲜朝后期的“天机”论等也都是“风流”诗学的崭新发展和理论发展。在这个意义上,我们完全有理由确证“风流”是朝鲜古典诗学的基干范畴。

四、“风流”的转化形态:“象”

“风流”虽可称之为朝鲜古典诗学的基干范畴,但它的意念属性较强,而直观感性较弱。所以,至朝鲜朝时期,“象”逐渐为越来越多的朝鲜古代诗家所认同,并渐渐成为“风流”审美理念的一种现实形态,即朝鲜古代诗家愈来愈倾向于以“象”的感性实在来阐发和倡扬其内隐的“风流”理念。于是,可以说,在朝鲜古典诗学中,“象”范畴是“风流”的代名词。

1.“象”的本义及其流变

在传统的汉文化语境中,“象”最早出现于甲骨文中,它的本义是指作为动物的大象。后来,“象”这个范畴逐渐被扩展为对一切可以感知的事物的统称,就天体而言,谓之“天象”;就人体而言,谓之“心象”或“意象”;与“道”结合,为“象外之象”;与“气”相融,则为“气象”,凡此种种,不可尽言。总之,宇宙间一切可视可感之物,皆可以“象”言之。可视之物,即为“物象”,是自然属性之“象”;可感之物,则为“意象”,是审美属性之“象”。

在朝鲜古代文化哲学中,人们对“象”的发现与广泛关注主要是在朝鲜朝时期,对“象”范畴的洞悉与阐释主要表现在哲学与文艺学两个层面。在哲学意义上，朝鲜古代哲学家在探讨“象”的时候，往往结合着“形”来辨“象”，并把“象”视为“无形之形”，存在于形中又非形也。如宋时烈言：

> 象者，形也。先有《易》之象，然后圣人取之以为器，则此岂非形器之分乎？张子曰：“形而后有气质之性。”此亦先下“形”字，而后承之以气质，则其有先后亦可知矣。①

宋时烈认为“象”的存在离不开“形”，但“象”是“形”的灵魂，“形”则是“象”的外衣。二者是有先后之分与本质区别的，绝非今天文艺学上所言的“形象”。朝鲜朝哲人鲜于浃亦言：“象者，形之精华发于上者也。形者，象之体质留于下者也。”②所以，朝鲜古代哲学家认为，相对于“道”“气”而言，“象”具有形而中的属性；相对于“形”而言，“象”则又具有了形而上的特质，是“无形之形”。如朝鲜朝金正国言：

> 凡可状，皆有也。天可状而有也，则天有形乎？曰“天无形也”。曰“天无形也”，则其终不可状而为有乎？曰“否”。自地以上苍苍者，无非天也。夫状之云者，象也，非形也。有之云者，理也，非形也。然则有理而无形，无形而有象之谓天。象者，无形之形也。③

由此可见，“象”的本质特征就是“无形之形”。那么，作为无形之形的“象”，其功用与价值何在？关于这一点，19 世纪的朝鲜朝哲学家崔汉

---

① 宋时烈：《宋子大全卷一百十三・答朴景初》，韩国古典综合数据库 http://db.itkc.or.kr/index。

② 鲜于浃：《遯庵先生全书卷之三・法象说》，韩国古典综合数据库 http://db.itkc.or.kr/index。

③ 金正国：《思斋集卷之三・女娲氏炼石补天辨》，韩国古典综合数据库 http://db.itkc.or.kr/index。

绮(1803—1877)总结得颇为贴切,他说道:

> 《周易》取象,推有形而明其无形。诸子譬谕,举已知而晓其未知。皆所以推类测博,俾尽立言之旨。后学之心随言文而转者颇多,何也?以无明其无,不如以有明其无也;以未知谕其未知,岂若以素知谕其未知也?故取象与譬谕,不得已而为后学设也。古之人以其所未知者,求之于前人之迹,而幸其开发来学;而以其己之所觉,必发明开示,以诏后人。犹恐其未晰然,乃取象而形容之,譬谕而详说之。后之人或泥着于形容详说者,乃追奔逐北,反成嚣乱,并失取象譬谕之本意。①

崔汉绮认为,古人发见“象”的目的在于“取象譬谕”,以昭示后学。我们先抛开取象譬谕以昭示后人是否为古人的真正意图不论,“取象譬谕”确实呈示出“象”已由哲学意义转向生成美学意义上的“象”。这时的“象”已非原生态的物象,由于人类意识的渗入,特别是人类审美意识的映射,“象”已由自然形态的具象转变为人类思想和知觉的对象,即由天地自然之“象”升华为人心营构之“象”,人心营构之象显然已带有审美的意味。

审美意义上的“象”,是物之形“见”之于人类心灵的诗意映象,这个“象”也就是人心的意象。对于人类意识而言,无意之象与无象之意,都是不可能的存在。“象”必须凭借着意而生,“意”也必须借由象而显。对于“象”而言,不论是抽象还是具象,无论是半抽象还是半具象,无论如何,人的本质力量都将以“意”的方式与象同“在”。所以,“象”范畴在诗学批评中极少单独使用,往往在与其他范畴的互释中彰显自己,常见的如

① 崔汉绮:《推测录卷一·取象譬谕》,韩国古典综合数据库 http://db.itkc.or.kr/index。

与“意”互释为“意象”，与“气”互释为“气象”，与“兴”互释为“兴象”，其他如“景象”“物象”“形象”“境象”等等。在朝鲜古典诗学范畴体系中，与“象”混生最活跃的范畴首先是“气象”，其次为“意象”，至于“兴象”等此类范畴在朝鲜古典诗学中论释得相对较少。

2.“象”：文学的存在方式与美的凝聚

“象”由可视的外在表象衍展至可以感知的内在意象，这其中由于主体本质力量的映照，使其成为主观与客观、现象与本质、艺术与生活的聚焦点；又由于它是可以感性直观的，因此成为文学的最为直接的存在方式。别林斯基曾说过：“诗的本质就在于给不具形的思想以生动的、感性的、美丽的形象。”①这暗示着文学是以审美的方式存在的。创作主体在将原生态的生活上升为艺术的过程中，也将自我的审美理想完全倾注在所营造的感性形式之中，所以文学形象也就自然成为具有审美价值的生活图景。因此，“象”是文学的具体存在方式与美的凝聚，也因此使其具有基干范畴的地位与意义。

然而，“象”始终是一个“所指”飘忽不定的范畴。在一般意义上，“象”即形象，即一种经由现实呈示的经验现象。所以朝鲜古代诗家较少在抽象层面直接以“象”为主阐释其理论意义，而是以“气象”“意象”“兴象”“物象”“形象”“意境”“境界”或“象外”等衍生范畴或混生范畴的方式来诠释“象”的蕴涵，并且在其诗学批评中往往于不经意间将“象”的理念展露无遗。笔者在此只摄取“象”范畴序列中两个最具代表性的经典范畴，即“气象”与“意象”来阐释朝鲜古典诗学关于“象”的理念、思维与情感蕴藉。

其一，“气象”：象的物质性存在方式。

就“气象”而言，其本义指自然界的景观与现象，它与四时朝暮的气候和山川雪月的风貌相关。在诗学批评语境中，“气象”常常指主体的创

---

① ［俄］别林斯基：《别林斯基论文学》，人民文学出版社1986年版，第11页。

作个性通过话语组织形式呈示出来的文本情态与景况等总体样貌，以及由审美形象显示出来的神韵与气概等。故而，朝鲜古代诗家往往把“气象”作为文学存在的最为直观的感性映象来描述。朝鲜朝诗家蔡彭胤言：

> 观诗必先观其气象，虽穷山川之态、极人鬼之情，然凄怨飒沓、音节幽咽，使人不暇曼声而咏泆者，工则有之，要不掩乎其出于放臣、羁人、穷饿山泽者之口吻耳。世目郊岛之诗，曰寒曰瘦。余尝验之，盖“海风天雨”之语，开口便酸。“树边潭底”之句，模写其穷。至到浸假而窜入他人文字中，指之曰：“此尝坐庙堂、进退天下士者也。”具眼者必自辨之。①

“观诗必先观其气象”，说明诗之“气象”是诗歌总体精神状貌的感性显现，它也是诗的血液与灵魂，是客观存在的，来不得半点虚假，因为“具眼者必自辨之”。

在朝鲜古代诗家看来，诗歌所呈现出来的“气象”往往与诗人的创作个性及人格特质密切相关，甚至可以说，“气象”就是人心的映象。李睟光言：

> 《传》曰：“容貌辞气，乃德之符。”先儒云：“学者须要理会气象。”所谓“气象”者，于辞令容止轻重疾徐，足以见之。不惟君子小人分于此，亦贵贱寿夭所由定也。②

① 蔡彭胤：《希庵先生集卷之二十二·关东录序》，韩国古典综合数据库 http://db.itkc.or.kr/index。

② 李睟光：《芝峰类说卷十五·身形部·容貌》，韩国古典综合数据库 http://db.itkc.or.kr/index。

“气象”是“德”的符号表现，而“气象”又借助人的话语及行为方式得以外显。所以，个人的品性气质，甚至贵贱寿夭等命数都可以通过其话语形式展现出来。据此，朝鲜古代诗家在阐释“气象”内涵时，常常将与其相对应的人及人的品性气质等结合在一起进行综合考量。徐居正的《东人诗话》开篇即言：

> 凡帝王文章，气象必有大异于人者。宋太祖微时醉卧田间，觉日出，有句云“未离海底千山暗，才到天中万国明。”我太祖《潜邸》诗“引手攀萝上碧峰，一庵高卧白云中。若将眼界为吾土，楚越江南岂不容？”其弘量大度，不可以言语形容。①

从诗歌形态的“气象”观察为诗者的志向，即“以诗观人”，是朝鲜古代诗家惯用的批评取向，是所谓“帝王文章，气象必有大异于人者”之类也。诸如此类的批评话语，在朝鲜古典诗学批评中俯拾即是：

> 诗当先气节而后文藻，夏文庄公竦《试殿》诗“殿上衮衣明日月，砚中旗影动龙蛇。纵横礼乐三千字，独对丹墀日未斜。”天下评者讥其自负。郑壮元知常诗：“三丁烛尽天将晓，八角章成桂已香。落月半庭人扰扰，不知谁是壮元郎”，大有文庄自负气象。②

> 凡天下事苟为大矣！不患乎不兼精微，而自其纤碎而入，未闻其能造大也。是以论人，当观其气象。论文章，当观其地步。③

> 伯氏平生，学本经书，诗取杜韩。晚岁自辟堂奥，平淡有趣，气象

① 赵钟业编：《修正增补韩国诗话丛编·第一卷·东人诗话》，韩国太学社1996年版，第403页。

② 赵钟业编：《修正增补韩国诗话丛编·第一卷·东人诗话》，韩国太学社1996年版，第411页。

③ 金昌翕：《三渊集卷之二十三·鸣岩遗稿序》，韩国古典综合数据库 http://db.itkc.or.kr/index。

浑全,语意真实。①

退溪气象和平温粹而践履笃实,故其发之于言辞者,雍容而的确,精密而有味。推源极本,发挥程朱之余意。真所谓"菽粟布帛,切于日用",而为后学之师表也。南冥气象严毅豪迈而勇猛奋发,故其发之为文章也,清新奇古,慷慨激烈,如风樯阵马、利剑长戟,真可以动天地而泣鬼神矣!②

朝鲜古代诗家认为如要品评一个人,就必须要"观其气象",因为个人的人格气象也在一定程度上潜在地规约着其诗歌风格之"气象"。以此验之,由于"退溪气象和平温粹而践履笃实",因此"其发之于言辞者,雍容而的确,精密而有味"。由于"南冥气象严毅豪迈而勇猛奋发",因此"其发之为文章也,清新奇古,慷慨激烈,如风樯阵马、利剑长戟,真可以动天地而泣鬼神矣"。其他如"大有文庄自负气象""气象浑全,语意真实"等批评话语,也都旨在揭示诗人的个性气质与其诗歌所呈示出来的"气象"之内在必然联系。

在朝鲜古典诗学批评中,"气象"有时也是某个或某种时代精神的反映。如金昌协言:

宋人之诗,以故实议论为主,此诗家大病也。明人攻之是矣,然其自为也,未必胜之而或反不及焉,何也?宋人虽主故实议论,然其问学之所蓄积,志意之所蕴结,感激触发,喷薄输写,不为格调所拘,不为涂辙所窘。故其气象豪荡淋漓,时有近于天机之发,而读之犹可见其性情之真也。明人太拘绳墨,动涉摸拟,效颦学步,无复天真此

---

① 金尚宪:《清阴先生集卷之三十九·伯氏遗稿跋》,韩国古典综合数据库 http://db.itkc.or.kr/index。

② 崔晛:《讱斋先生文集卷之八·答郑仁弘书》,韩国古典综合数据库 http://db.itkc.or.kr/index。

其所以反出宋人下也欤!①

金昌协认为,宋代诗歌虽“以故实议论为主”,但其气象却“豪荡淋漓,时有近于天机之发”,是明代诗歌无法企及的。朝鲜朝诗家柳成龙言:“人才与世而下,我朝人物,世宗朝为上,成庙朝次之,中庙朝又次之。或问己卯人才,余曰:‘文彩非不烨然,然终无国初浑厚气象。’”②意谓己卯时的诗歌,缺乏朝鲜朝初期的“浑厚气象”。这都是从整个时代着眼,概括或揭示出一个时代诗歌的整体“气象”,亦即从诗歌的“气象”层面管窥一个时代文学风格的特质。

有时,朝鲜古代诗家也用“气象”范畴来指称某类诗的总体风格样态。如徐居正言:

诗言志。志者,心之所之也。是以读其诗,可以知其人。盖台阁之诗气象豪富,草野之诗神气清淡,禅道之诗神枯气乏。古之善观诗者,类于是乎分焉。③

意谓不同类别的诗歌,由于其表现对象不同,创作主体的价值取向有别,其诗歌的总体“气象”也截然不同。如“台阁之诗气象豪富,草野之诗神气清淡,禅道之诗神枯气乏”,即是明证。

其二,“意象”:象的精神性存在方式。

“意象”是一种彰显“象”之精神内涵的诗学范畴,它是意念印迹的感

① 金昌协:《农岩集卷之三十四·杂识·外篇》,韩国古典综合数据库 http://db.itkc.or.kr/index。

② 柳成龙:《西厓先生文集卷之十五·本朝人才》,韩国古典综合数据库 http://db.itkc.or.kr/index。

③ 徐居正:《四佳文集卷之六·桂庭集序》,韩国古典综合数据库 http://db.itkc.or.kr/index。

性显现。“象”的阐释空间具有“绵延”的特质，而“意”则只是某种意念，所以“意象”代表一种意念性之象，突出指称象的意念色彩。“意象论”是中国古代较成熟的诗学理论，在中国古典诗学体系中，可谓渊源深厚，历史悠久。概而言之，“意”与“象”本为两个单体范畴，二者的交联使用，始于《周易》。《周易·系辞上》云：

> 子曰：“书不尽言，言不尽意。”然则圣人之意，其不可见乎？子曰：“圣人立象以尽意，设卦以尽情伪，系辞焉以尽其言，变而通之以尽利，鼓之舞之以尽神。”

这里虽未将“意象”作为一个完整的范畴提出来，但对“意”与“象”二者关系的阐释，特别是“立象以尽意”的思想，为后世“意象论”的发展与完善奠定了坚厚的理论基础。

由于朝鲜古典诗学与中国诗学亲缘关系的客观存在，“意象论”作为一种成熟而完备的理论形态，在朝鲜朝时期的诗学批评领域中广为流播。于是，朝鲜古代诗家常常将源于中国的成熟的“意象”理念，直接应用于朝鲜古典诗学批评实践之中，使用自如而毫无生疏之感。朝鲜朝诗家南九万云：

> 诗之为教，本欲以温柔敦厚者理性情而形风化，感人心而裨世程。然而学诗者或凄清以为工，或诘屈以为奇，或雕镂以为巧，或枯槁以为高，诗之为教岂亶使然哉？今见公诗则其发于音调者蔼而和，着于辞气者醇而雅。凡寒苦之语、横轶之言、刻削之弊、淡薄之病，一洗而祛之。时或寄心于高远，兴怀于时事，胸中感愤隐见于意象之表，亦未尝不以温柔敦厚者为之本。故听之者可以有悟，言之者可以无罪，此可谓深于诗教而亦可得审其为人也。①

① 南九万：《药泉集第二十七·琴湖遗稿序》，韩国古典综合数据库 http://db.itkc.or.kr/index。

南九万从儒家诗教理念出发，认为诗之为教的根本在于“温柔敦厚”，目的是为了“理性情而形风化，感人心而裨世程”，虽带有说教的成分，但仍可以“寄心于高远，兴怀于时事”，将“胸中感愤隐见于意象之表”，这就是文学的审美呈现方式。这种诗意的表现形式，既实现了文学的审美功能，又可以使其不失温柔敦厚之本，使听之者有悟。寓诗教于审美之中，也就是如古罗马贺拉斯所言的“寓教于乐”。实践这一理论的有效方式，就是在创作过程中能够艺术化地将作家的主观情志皆“隐见于意象之表”。成海应对朝鲜古典诗学“意象之表”的理念则进行了更为深入地阐释：

> 自晋唐以来，诗画之俱臻其妙者称王摩诘。彼神韵虽逸，气力常逊。譬之秋潦尽落，水石呈露，萧散可乐。若视大浸稽天之势，荡潏汪濊则亦已弱矣。然其诗常悠然于意象之表，而又能一一发之于画，故其要眇玄幽不可及也。夫远而不可追，近而不可挹，浓而不至于富，健而不至于麤，幽而不至于僻，乃诗画之入品者。①

成海应以王维诗为例，指出王维的诗之所以能臻于“诗中有画，画中有诗”的妙境，是由于“其诗常悠然于意象之表”，且能“发之于画”。“意象之表”近似于中国古典诗学所谓“象外之象、景外之景、韵外之致、味外之旨”的理念，成海应认为其审美效果表现为“远而不可追，近而不可挹，浓而不至于富，健而不至于麤，幽而不至于僻”。故而，在朝鲜古典诗学中，所谓“象外”与“意象之表”蕴含的理念大体一致。崔滋的《补闲集》记载：

> 陈补阙《读李春卿诗》云“啾啾多言费楮毫，三尺喙长只自劳。

① 成海应：《研经斋全集卷之十三 · 东诗画谱序》，韩国古典综合数据库 http://db.itkc.or.kr/index。

> 谪仙逸气万象外,一言足倒千诗豪。”及第,吴芮公曰:“‘逸气’一言可得闻乎?”陈曰:“苏子瞻《品画》云:‘摩诘得之于象外,笔所未到气已吞。’诗画一也。杜子美诗虽五字中,尚有气吞象外。李春卿走笔长篇,亦象外得之,是谓逸气。谓一语者,欲其重也。夫世之嗜常惑凡者不可与言诗,况笔所未到之气也。”①

高丽时期的诗家陈补阙(陈澕)认为王维的诗常常“得之于象外,笔所未到气已吞”,即“象外之气”是其诗达于“诗中有画,画中有诗”化境的根本所在。同样是探讨“诗画一也”的理论问题,一个称“意象之表”,一个言“象外之气”,二者虽称谓不一,但旨趣同归。成海应将“意象之表”的美感效应描述为“远而不可追,近而不可挹,浓而不至于富,健而不至于麤,幽而不至于僻”,与成海应相比,陈补阙则将“象外之气”的美感体验称之为“逸气”,稍显模糊。对此,朝鲜朝后期的李晚秀展开了进一步地洞悉:

> 且画者所以肖物也,横者岭,侧者峰。窈而为洞,喷而为瀑;演泓沦漪平湖也,汪洋赑屃沧海也;山楼水亭之隐见映带,风帆沙鸟之沿洄容裔,是皆可画也。境外有象,象外有光,光外有韵,韵外有神。众妙生香,虚籁合律。②

在传统的汉语言文化圈中,“诗画同源”几成共识,诗即画,画即诗,诗论与画论可互释。李晚秀品画所谓“境外有象,象外有光,光外有韵,韵外有神”,亦可适用于诗。我们将陈澕与李晚秀对“象外”的理解结合起来看,“象外”即是一种综合性的审美效应,它可以使文学臻于“众妙生香,

---

① 蔡美花、赵季主编:《韩国诗话全编校注》(第一册),人民文学出版社 2012 年版,第 99 页。

② 李晚秀:《屐园遗稿卷之九 · 玉局集 · 寤轩卧游帖序》,韩国古典综合数据库 http://db.itkc.or.kr/index。

虚籁合律”的至高境界，进而确证审美意象是文学至高理想的显现形式。

朝鲜古典诗学中的“意象”范畴虽不似中国那样历史悠远、影响广泛，但在朝鲜古典诗学批评史上亦产生了一定程度的群体性阐释效应，尤其是在朝鲜朝时期，众多诗家常常以“意象”范畴作为批评诗歌品位的一个准的：

> 牛溪笔法示及，幸甚！气骨雄健，意象宏大。虽间有似生处，不为病矣。如仆者流软脆局促，无有气象，而乃得虚名，曷胜愧汗。①
>
> 至于精神意象飞动发越，超出乎粉墨畦径之外者，使人睢盱惚恍，莫测其端。拟于伦，其犹神耶！②
>
> 文章以神气迈往为真格，夫能绝缠绕牵挛之习，而轩然有飞动之意象者，即駃騠走大街法门也。若是而犹未能臻妙奥夺造化者，盖工有不至焉，非才之罪也。③
>
> 凡诗文自有一段风韵流露于言外，非口舌之所可形容。九方皋之相马，以白为黄，以瘦为肥，自其不知者而骤闻之，未必不以为大言相诳。然诚有不容掩之意象存焉，诗文亦然。④
>
> 其意象风调之动荡常格之外，而凌轶群物之上，则若飞霜曙月之黯而光也，若崇冈浚壑之截而深也，若古剑哀玉之廉而戛也。盖去俗染存真朴，卓然而成者。⑤

---

① 宋寅：《颐庵先生遗稿卷之十别集二·与李峒隐书》，韩国古典综合数据库 http://db.itkc.or.kr/index。

② 许筠：《荷谷先生杂着补遗·题养松帖后》，韩国古典综合数据库 http://db.itkc.or.kr/index。

③ 李玄锡：《游斋先生集卷之十五·无闷堂集序》，韩国古典综合数据库 http://db.itkc.or.kr/index。

④ 徐命膺：《保晚斋集卷第七·诗史八笺序》，韩国古典综合数据库 http://db.itkc.or.kr/index。

⑤ 丁范祖：《海左先生文集卷之二十一·菊圃集序》，韩国古典综合数据库 http://db.itkc.or.kr/index。

栗谷之言真率坦夷，牛溪之言温恭恳到，龟峰则意象峻洁。①

上所言之“意象宏大”“意象飞动发越，超出乎粉墨畦径之外”“轩然有飞动之意象”“不容掩之意象”“意象风调之动荡常格之外，而凌轶群物之上”“龟峰则意象峻洁”等批评话语，都旨在阐明“意象”的成功塑造对诗歌审美效果的积极影响。

总而言之，“象”是具体而感的审美形象，“意象”或“象外”的旨趣则不在于“象”本身，而在于“意象之表”或“象外之气”，追求的是形象之外的一种虚灵的境界，亦即一种超越形象的妙现。没有“象”也就没有“意象之表”与“象外之气”，它们皆为“象”之审美韵味的延伸表现形式，不可能离“象”而独存。但“意象之表”与“象外之气”又营构了一个无限深邃幽缈的化境，寓含着令人回味无尽的情思与意趣，这是“象”所无法达到的审美效果。这或许就是朝鲜古代诗家在进行诗学范畴批评时很少单独使用“象”的原因所在。

3.“象”的混生范畴与衍展范畴

“象”作为朝鲜古典诗学批评的基干范畴，其审美意蕴极为丰富、浓郁与深邃，具有蓬蓬勃勃的现象学意义上的生命张力。现象直观与审美体味的有机统一，是汉语言文化与文学审美的根本特性。对朝鲜古典诗学批评而言，“象”几乎无所不在。它作为人类心灵诗性的图景、痕迹、映象与氛围，是鲜活而空灵的。“象”一旦进入诗学批评领域，围绕着它便自然聚集为一个范畴集群。这个范畴集群中的诸多范畴大致可划分为两类：

一是由“象”与其他相关范畴互释而构成的混生范畴，如“气象”“意象”“兴象”“形象”“物象”“境象”“观象”“味象”等等，在这类范畴中，

---

① 张维：《溪谷先生集卷之三·书宋龟峰玄绳编后》，韩国古典综合数据库 http://db.itkc.or.kr/index。

“象”与其结合体在不同批评语境中互为中心、各自作为对方的修饰成分而存在。

二是由“象”的意识、思维与情感衍展而来的范畴。由于“象”本质上也是人之心境的感性外现，故而由“象”必然衍展为“境”的范畴群落。由于“象”的因素始终寓含于人的心灵境界之中，故而所谓的“实境”“虚境”“物境”“情境”“神境”“灵境”“化境”“意境”“造境”“境界”以及“有我之境”与“无我之境”等等，都可以说是“象”的意识、思维与情感的诗意呈现。

总之，在朝鲜古典诗学范畴批评中，“风流”与“象”的涵盖面与辐射面极其深广。它不只取法于天地自然，还熔铸着人的主观心灵。它既表现了“风流”及“风流道”，或“象”及“象外”之道，同时也呈示出自然与个体生命的自由妙合。它是主观情志与客观物象、自然与艺术、生命与审美的有机交融，作为文学的直接存在方式与美的凝聚，“风流”与“象”也就自然成为朝鲜古典诗学批评的基干范畴。

第四节　“自然”：文学的终极审美理想

“自然”本是中国传统文化语境中使用频率极其频繁、应用范围十分广泛、内涵意蕴颇为丰富的一个多元复合型范畴。同时，由于朝鲜古代文化与中国文化传统历史上的无可争辩的亲缘关联，也使得“自然”成为朝鲜传统文化中一个非常活跃的范型。特别是在朝鲜古典诗学批评话语中，“自然”的境界甚至是朝鲜传统文学创作所追求的至高审美理想的象征。同时我们也将清楚地看到，朝鲜古典诗学批评中的“自然”，无论是在内涵上还是在外延上，既有其浓浓的中国情结，同时亦有其自身的民族文化特性深蕴其中。

一、“自然”的本义

“自然”之谓，最典型地体现于中国道家的思想体系之中，是道家思想的精髓。古老的道家将“自然”奉为“道”之本体的至高品格，故而在道家哲学中，“自然”属于本体论的范畴。老子云：“人法地，地法天，天法道，道法自然。”可见，“自然”与“道”是同一的。然而，道家所谓的“自然”，并非指自然界，其归趣在于自然而然，排斥人为的假饰，其根本性质是“无为”。但“无为”绝非无所作为，而是“无为而无不为”。以西方哲学思维衡量，其中的“无为”是指无条件地尊重客观规律，即“合规律性”，也就是“真”；“无不为”是指在恪守客观规律的前提下实现自我的目的，即“合目的性”，也就是“善”。合规律性与合目的性、真与善的有机统一，就是“自然”所追求的——美的至高境界。

“自然”虽不等同于自然界，但与自然界有着密不可分的关联，因为自然界本身就是一种自然而然的存在，而且是先于人类的存在。所以，“自然”的意识建基于人类对大自然感性知觉的前提下。朝鲜古代的文化哲学有着浓重的自然崇拜意识，“如果说在西方文化中，大自然带有人的属性；那么在朝鲜古代文化中，却是人带有大自然的属性。”①朝鲜古人认为世间的万事万物皆源于自然，因此朝鲜古代文化的方方面面也无不渗透着朝鲜古人对自然界的认知与思考，自然的理念也就无处不在。尊重自然，与自然同一，是朝鲜古人至高无上的生存法则与理想。朝鲜朝学者张维言：

> 夫道亦自然而已矣，子之言者何其多方也？吾为子言其自然：天非自然，无以为天；地非自然，无以为地；人非自然，无以为人；物非自然，无以为物，自然尽之矣。何用多方？去自然而言多方者，其于道远矣。天以自然而生万物，万物以自然而各生生。自然而大，自然而

① 蔡美花：《高丽文学审美意识研究》，延边大学出版社2006年版，第26页。

> 小；自然而可，自然而不可；自然而生，自然而死。芸芸职职，自然具足；职职芸芸，无不自然。①

人世间的一切甚至包括不可见的“道”都“自然而大，自然而小；自然而可，自然而不可；自然而生，自然而死”，自然的力量是无法抗拒的，“自然者，天地流行之理也；自然者属乎天，非人力之所能增减。”②所以，“无为”是人类处理人与天道自然关系的最佳选择。关于“无为”，朝鲜古代哲人是这样理解的：

> 所谓无为自然者，因其有而有之，因其无而无之，循其理而顺往，斯之谓无为自然也，乃庄生《则阳》且“从无生有，从有生无”。是非之不混，而强欲混之；物我之不一，而强欲一之；祸福夭寿之不齐，而强欲齐之；穷通荣辱之不同，而强欲同之。天下之终不可无为，而强欲无为。凡天下万物之理，必欲反其性而舛之。有心用智，莫甚于斯。无为自然，讵若是耶！③

意谓“无为”不是消极地无所作为，而是要“因其有而有之，因其无而无之，循其理而顺往”，即应该在遵循自然法则的基础上因势利导，确立需求的目标与确定行动的方向，“斯之谓无为自然也”。虽然“无为”是行之有效的准则，但不能“强欲无为”。否则，将会导致“天下万物之理，必欲反其性而舛之”的不良效果。那么，在具体实践中究竟如何践行“无为”之原则？关于这个问题，可以有不同的回答，仁者见仁，智者见智，莫衷一

① 张维：《溪谷先生集卷之三·设孟庄论辩》，韩国古典综合数据库 http://db.itkc.or.kr/index。

② 崔汉绮：《推测录卷二·推气测理·自然当然》，韩国古典综合数据库 http://db.itkc.or.kr/index。

③ 金柱臣：《寿谷集卷之一·南华精粹序》，韩国古典综合数据库 http://db.itkc.or.kr/index。

是。但有一个原则是被普遍认同的,即“随遇而安”,如高丽文人李荇云:

> 安者,物之性。天安于上,地安于下;江海安于动,山岳安于静;此皆性之自然者也。惟人具物之性,而随其所遇以为安,其在上也安乎天,在下也安乎地。至于动也静也,无不皆然,是所以尽人之性也。①

意谓“随其所遇以为安”——“随遇而安”是个体践行“无为”原则的极佳方式,这既可以达到“在上也安乎天,在下也安乎地。至于动也静也,无不皆然”的实践效果,又可以“尽人之性”,即在最大限度上充分发挥主观潜能,以实现自我的需求。

总之,在朝鲜古代文化哲学中,“自然”的蕴涵基本上承袭了中国道家传统的自然观,自然的法则作为一种绝对的客观精神与“道”一样无处不在、无物不有,其“无为”的价值取向既是践履“道”的精神以及达于“自然”境界的原则,也是人类“诗意栖居”的准则。故此,“自然”也是朝鲜传统文学创作孜孜以求的至高境界。

二、“自然”:文学的最高艺术品位

“自然”作为一个诗学范畴,虽显于道家但并不局限于道家。在古代朝鲜,它已深深地积淀为整个民族文化的一种集体无意识式的审美诉求。朝鲜传统文化也是一种以儒家文化为主流的多元复合型文化,其中的各家文化都有其独特的审美理想,但却都不约而同地将“自然”视为最高的审美理想,视为文学最高的艺术品位。“自然”之美也就进而成为朝鲜古代文学创作的一种普适价值,崇尚“自然”始终是朝鲜古典诗学批评史的

---

① 李荇:《容斋先生集卷之九 · 安亭记》,韩国古典综合数据库 http://db.itkc.or.kr/index。

主流。李仁老的《破闲集》言：

夫得道者之辞，优游闲淡而理致深远。虽禅月之高逸，参寥之清婉，岂是过哉？此古人所谓“如风吹水，自然成文”。①

李仁老认为得“道”的诗歌，会给人以“优游闲淡而理致深远”的美感体验，之所以会产生这样的审美效应，在于诗人的创作不加伪饰，“如风吹水，自然成文”。“自然成文”是实现诗歌创作审美理想的有效原则。

至朝鲜朝时期，“自然”范畴更是被众多诗家奉为诗歌创作的至尊法宝，他们纷纷将“自然”作为其审美理想的代名词。但至于如何才能臻于文学的“自然”妙境，一些朝鲜朝诗家以为“无意为文”是实现文学自然美理想的极佳创作取向。如徐居正言：

盖天地有自然之文，故圣人法天地之文。时运有盛衰之殊，故文章有高下之异。六经之后，惟汉唐宋元。皇朝之文最为近古，由其天地气盛、大音自完、无异时南北分裂之患，故也。吾东方之文，始于三国，盛于高丽，极于盛朝。其关于天地气运之盛衰者，因亦可考矣。况文者，贯道之器。六经之文，非有意于文，而自然配乎道。后世之文，先有意于文，而或未纯乎道。今之学者，诚能心于道，不文于文。本乎经，不规规于诸子。崇雅黜浮，高明正大，则其所以羽翼圣经者，必有其道矣。②

徐居正认为文学作品价值的高下，是受“时运盛衰”制约的，而时运的盛

① 蔡美花、赵季主编：《韩国诗话全编校注》（第一册），人民文学出版社 2012 年版，第 20 页。

② 徐居正：《四佳文集卷之四·东文选序》，韩国古典综合数据库 http://db.itkc.or.kr/index。

衰又是天地“自然之文”的具体表现,所以作为“贯道之器”的文学只要真实地反映了社会历史的本真样貌,就不失为“贯道”之文,就是优秀的文学作品。要做到这一点也并非难事,只要诗人能“心于道,不文于文。本乎经,不规规于诸子。崇雅黜浮,高明正大”,他笔下的诗歌就自然“有其道”。其中最关键的是不要刻意为文。徐居正极为赞赏六经之文,因为六经“非有意于文,而自然配乎道”。而后世之作往往是“先有意于文”,最终却未必“纯乎道”。“非有意于文”深刻地揭示出了“自然”审美蕴涵的特质——无意为文。

所谓“无意”即指创作中的无意识、无目的、非理性、非功利与自发性等特点。“无意”揭示了文学创作作为一种精神活动的复杂性,它也是朝鲜古代诗家阐释文学“自然”境界的惯用语。宋寅言道:

> 大抵古人之所谓文者与今人异,古人之文无意于为文者也。夫云行雨施、日照月临、山川之流峙、草木之贲饰者,天地之文也,天地不自知其为。和顺积中、英华发外、动作有威仪、言语为经籍者,圣贤之文也,圣贤不自知其为文。是故,古之人以道为文。以道为文,故不文而为文。噫!孰知夫不文之文,是乃天下之至文耶!以之为语《孟(子)》,以之为六经,以之为《三百篇》,或奇或简,或劝或戒,旨趣之精,声律之协,咸出于自然耳!何尝若后人之牵强作意,雕朽镂冰者之所为哉?①

宋寅以为古人之文与后人之作的根本区别在于是否自然为文。后人之作往往“牵强作意,雕朽镂冰”,是刻意而为之,显然有悖于自然之美的“无意”。古人之文常常“无意”为之,虽风格“或奇或简,或劝或戒”,但“旨

---

① 宋寅:《颐庵先生遗稿卷之十二附录二·颐庵令前》,韩国古典综合数据库 http://db.itkc.or.kr/index。

趣之精，声律之协，咸出于自然”。可见，无意为文的效果明显地强于刻意为文。然而，“无意”并非毫无理性地率意涂抹，而是面对“道”的“无为”选择。所以，实际上古人是“以道为文”的，故而才能达到“不文而为文”的自然美境地。由于是“无意”——自然创作的结果，因此，“不文之文”才是无与伦比的“天下之至文”，亦为文学的至高品位。朝鲜古代诗家言“诗不可作，境与神会，自然为诗”。①

“无意”为文被朝鲜古代诗家视为实现文学审美理想的诗艺原则，但“无意”之谓是个模糊性的概念，显得过于笼统而宽泛。那么，作为创作主体的诗人如何才能达于“无意”为文的创作佳境呢？对此，朝鲜古代诗家有着非常深入的思考。张显光言：

> 高明覆帱，天之然也；博厚持载，地之然也；日月星辰，象之然也；山岳川渎，质之然也；寒暑昼夜，时之然也；风云雷雨，气之然也；动植飞潜，物之然也。观其然，则可知其所以然矣。有其所以然，故斯为所必然矣。有其所必然，故斯为所当然矣。有其所当然，故斯为所固然矣。有其所固然，故知其为所自然矣。起于所以然，成于所自然。而所必然、所当然、所固然者，在其间矣。所以然者，原其始也。所必然、所当然、所固然者，指其实也。所自然者，要其终也。立此五个“然”，而理之为理可识矣。然理非有待于五者之序而成也。人之所以认取此理者，须用五个“言”，顺其相因之序而并观之，然后庶可以有所据而得其实矣。五个“所”者，有定之辞也。五个“然”者，形气之着也。曰以曰必曰当曰固曰自者，互验之目也。然则外天地万物万变万化而能观理乎？惟在吾人能默会之耳。②

① 朴准源：《锦石集卷之八·葵老金仲宽诗稿序》，韩国古典综合数据库 http://db.itkc.or.kr/index。

② 张显光：《旅轩先生续集卷之六·杂识·平说》，韩国古典综合数据库 http://db.itkc.or.kr/index。

张显光在此阐明了创作主体“无意”为文的前提条件，即诗人进行创作之前的充分准备与有效积累。要而言之，作为创作主体的诗人在日常生活中要善于观察世间的万事万物，不但要“观其然”，更要“默会”其“所以然”“所当然”与“所固然”，这样才会洞悉世间万物“所自然”之理，即“理之为理可识矣”。这是文学创作所必备的主观内在的素养与修养，以此素养与修养为基础进而形成作家的创作个性，即是“无意”为文的要件。

但拥有创作个性并不一定就会创作出“无意”之文，朝鲜古代诗家认为要将诗人的创作个性完满地呈现出来，首先诗歌的话语必须是自然而然地呈现，即“言出于自然”。如李珥言：

> 人声之精者为言，诗之于言又其精者也。诗本性情，非矫伪而成，声音高下出于自然。《三百篇》曲尽人情，旁通物理，优柔忠厚，要归于正，此诗之本源也。世代渐降，风气渐淆，其发为诗者，未能悉本于性情之正，或假文饰，务说人目者多矣。①

李珥指出人之声音的精华是语言，诗又是人类语言的精华。诗的根本在于抒写“归于正”的性情，而诗要“曲尽人情”之正，不可“矫伪而成”“或假文饰”，必须使“声音高下出于自然”。意谓文学的自然境界，首要的是作为文学作品第一构成要素的文学语言的自然书写。

其次，文学所要表现的主观情感应自然地流露出来，即“情出于自然”，这一理念在朝鲜古代诗家中具有一定的普遍性：

> 吾东文献之盛比埒中华，盖自荐绅大夫一倡于上，而草茅衣褐之士鼓舞于下，作为歌诗以自鸣。虽其为学不博、取资不远，而其所得

① 李珥：《栗谷先生全书卷之十三・精言妙选序》，韩国古典综合数据库 http://db.itkc.or.kr/index。

于天者故自超绝，浏浏乎风调近唐。若夫写景之清圆者，其春鸟乎？而抒情之悲切者，其秋虫乎？惟其所以为感而鸣之者，无非天机中自然流出。①

朝鲜古代诗家认为“吾东文献之盛比埒中华”，上自“荐绅大夫”，下至“草茅衣褐之士”，皆自乐于“为歌诗以自鸣”，此即“风流”原型的人间化。虽然他们可能“为学不博”，但他们“所以为感而鸣之者，无非天机中自然流出”，即他们的诗歌大都“情出于自然”，故而可“比埒中华”。所以，朝鲜古代诗家习惯于将“情出于自然”与否作为评判诗歌品位高下的一个主要衡量标准：

诗之为教，发乎性情，止乎义礼，如天籁之鸣自然而然。小而一身之动定，大而世运之升降，靡不由之。②

歌者言其情也，情动于言，言成于文，谓之歌。舍巧拙，忘善恶，依乎自然，发乎天机，歌之善也。③

朝鲜古代诗家将诗歌视为传达人类情感的媒介，但诗歌情感的抒发要如“天籁之鸣”，就必须“舍巧拙”“忘善恶”，而“依乎自然”，并且“自然而然”，方不失“诗之为教”的根本，亦为“歌之善也”。

总之，“自然”是朝鲜古典诗学批评体系中最为活跃的基干范畴。它寄寓了朝鲜古代文学创作的至高审美理想，也是朝鲜古代诗家评判文学文本品位高下的主要衡量标准。

---

① 洪世泰：《柳下集卷之九 · 海东遗珠序》，韩国古典综合数据库 http://db.itkc.or.kr/index。

② 张延登：《清阴先生集序 · 朝天录序》，韩国古典综合数据库 http://db.itkc.or.kr/index。

③ 洪大容：《湛轩书内集卷三 · 大东风谣序》，韩国古典综合数据库 http://db.itkc.or.kr/index。

三、与“自然”相关相类的范畴类型

在朝鲜古典诗学范畴批评体系中,朝鲜古代诗家不只是通过直言“自然”来表明其对文学至高审美理想的诉求,有时也使用一些与“自然”相关相类的诗学范畴来传达其对文学至高艺术品位的追求。这类诗学范畴中,比较典型的如“自然之机”“天机自然”与“天然”等。特别是“天然”范畴在朝鲜古典诗学批评中使用的频率相对较高,择其要者如下:

文顺公曰:“古人评诗之意,老而渐详味,无不得于我心者。唯谢公‘池塘生春草’,未识佳处。”公之所云犹若是。识者为谁欤?今有臆论者曰:“此句出语天然发生,春意初茸,新绿之想,依然五字之间也。”或曰:“春光涨暖,物像菁华,和裕之辞自然流出,是所取者也。”此意岂公不识处耶?必有其不得之意与气存乎其间,不然言之者过矣。①

凡诗琢炼如工部妙则妙矣,彼手生者欲琢弥苦而拙涩愈甚,虚雕肝肾而已,岂若各随才局,吐出天然,无砻错之痕。②

洪(叔镇柱世)申(季良)相友善,才名亦相埒。余尝问于泽堂曰:“洪申两人之文孰优?”曰:“叔镇之文若天然梅菊,季良之文如彩画牡丹。”盖天然梅菊真性自持者也,彩画牡丹雕饰而成者也。③

余每喜其(洪万宗)《水钟寺》诗:“萧寺白云上,秋江明月西。禅楼无梦寐,风露夜凄凄。”天然超绝,得唐人真趣。④

古今人赋雪何限,而“天空飞有态,江阔落无痕”之句,天然无斧凿痕,不知何人所作也。⑤

---

① 崔滋:《补闲集》,韩国古典综合数据库 http://db.itkc.or.kr/index。

② 崔滋:《补闲集》,韩国古典综合数据库 http://db.itkc.or.kr/index。

③ 金得臣:《终南丛志》,韩国古典综合数据库 http://db.itkc.or.kr/index。

④ 金得臣:《终南丛志》,韩国古典综合数据库 http://db.itkc.or.kr/index。

⑤ 郑泰齐:《菊堂排语》,韩国古典综合数据库 http://db.itkc.or.kr/index。

诗之所谓有神助者,"池塘生春草"千古脍炙,盖出语天然自得,造化之妙,议论安敢到也?①

林石川尝题诗于海印寺一柱门曰"一柱门前戆,三竿日欲曛。梨花山雨后,满地白纷纷。"石川归语其友曰"吾留一绝于海印寺。"因诵之,曰"吾诗佳矣。但恨'山雨'之'山'不下以'春'字。"其友愕然曰:"君偶得造化之助,有此佳作,而反欲坏了天然耶?"②

郑闲冈逑《无题》诗曰"月沉空谷初逢虎,风乱沧溟始泛槎。万事莫于平处说,人生到此竟如何?"噫! 此等诸贤之诗,作语天然,各尽妙处,其性情之正发于诗者如是夫!③

东溟尝尝以近制示张溪谷,中有《奉恩寺》五言律,其一联曰"域中王亦大,天下佛为尊",溪谷击节称赏曰"天然奇偶,不暇推敲"。④

上所言之"出语天然""吐出天然""天然梅菊""天然超绝""天然无斧凿痕""出语天然自得""作语天然""天然奇偶"等中的"天然"与"自然"所指大体一致。

综上所述,我们可以发现,形而上的"道",是朝鲜古典诗学在文化哲学层面上的基干范畴,代表着朝鲜古典诗学的世界观,是朝鲜古典诗学范畴体系的灵魂;形而下的"气(器)",则是朝鲜古典诗学在人类学层面上的基干范畴,体现了朝鲜古典诗学的人生观,决定了朝鲜古典诗学范畴的生命素质与品格;形而中的"风流(象)",则是朝鲜古典诗学在艺术与审美层面上的基干范畴,显现出朝鲜古典诗学的方法论,是朝鲜古典诗学范畴的生命本体,也是朝鲜古典诗学范畴"诗意栖居"的家园。"道""气"与"风流(象)"作为朝鲜古典诗学范畴的本原、主干与基干范畴,它们结

① 洪万宗:《小华诗评》,韩国古典综合数据库 http://db.itkc.or.kr/index。
② 洪万宗:《诗评补遗》,韩国古典综合数据库 http://db.itkc.or.kr/index。
③ 洪万宗:《诗评补遗》,韩国古典综合数据库 http://db.itkc.or.kr/index。
④ 洪万宗:《诗评补遗》,韩国古典综合数据库 http://db.itkc.or.kr/index。

合在一起,筑就成朝鲜古典诗学范畴动态三维的人文结构与潜在体系。这就使得“道”“气”“风流(象)”三维在具体的文学实践中,不是互不干涉的三极,而是水乳交融的一个整体。它们在一个整体中的良性互动而产生的综合性审美效应,就是文学所孜孜以求的至高境界。如果我们用一个经典的词语来概括这种境界的话,在朝鲜古典诗学中唯有“自然”一词是最为贴切的。“自然”的境界是朝鲜传统文学创作的最高审美理想,它是对“道”“气”与“象”的最佳呈示样态,也是三者浑融的最佳描述。这样,“自然”也就自然成为朝鲜古典诗学体系中的一个无法超越的基干范畴。

第四章　朝鲜古典诗学的本质论范畴

本质论范畴,意即探寻文学本体得以存在的实性范畴,也称本原性范畴。它主要集中于两个方面:一是主体本原,一是客体本原。在朝鲜古代诗家的论述中,主体本原主要聚焦于"心",客体本原则主要聚焦于"物","心"与"物"的交错与互动,就构成了朝鲜古典诗学本质论范畴的总体风貌与个性特质。

在对文学本原问题的认知上,朝鲜古代诗家主要以"道""气"为根本,由表示主体本原的"心""志""性""情""意",与表示客体本原的"物""事""理"等构成一个层次清晰、逻辑紧凑的范畴网络格局。朝鲜古代诗家认为,文学之根本于"道""气",在此基础上状"物"叙"事"、言"志"抒"情",借由所营构的诗意之"象",来确证其美在"自然"的群体性审美趋向。

第一节　根基于主体的本质论范畴

文学创作作为一种精神性创造活动,始终有主体的自我意识浸透其中，即文学是人之主观心灵“踪迹”①的自由“播撒”②，也是一个主观的客观化过程。朝鲜古代文化是具有浓郁的主体性色彩，高扬自我情志、确证自我存在是朝鲜古代文化哲学的一个主要的价值趋向。又由于朝鲜古代文学批评对中国古代“言志”“缘情”的诗学传统，进行了“主体间性”式的接受。所以朝鲜古代诗家在诠释诗歌本质时，往往偏重于从主体视角立论。如主体的“心”“志”“性”“情”与“意”等，常常成为他们发掘诗歌本原的基柱。这些发端于主体自我的诗学范畴或以单体范畴，或以复合范畴，或以交错混生范畴的形式出现在朝鲜古代诗家的诗学批评实践之中。

一、“诗源乎心”与“诗言志”

朝鲜传统文化具有浓郁的主体性色彩，所以朝鲜古代诗家在感知和认识外在事物时往往善于从主体出发，常常将人的主观心智视为外在事物发生的本因。在关于文学本质问题的认识上，朝鲜古代诗家尤为看重“心”的作用与意义。李仁老《破闲集》云：

---

① 解构主义核心词。在《论文字学》中，德里达明确指出，踪迹并不意味着存在着一个本源，而表达了充分的、在场的意义的缺乏：意义是差异性的，从一个词到另一个词不断向前指引，每一个词的含义都来自它与其他能指的必然区别，在此范围里它是由一个踪迹网构成的。在《延异》一文中，德里达又详细地描写了踪迹及其悖论。它是“在场的幻影”，通过它“当下变成一种符号的符号，踪迹的踪迹”，这样，文本就成了不断书写“踪迹的踪迹”的组合体。

② 解构主义核心词。据德里达解释，播撒和一词多义不同，一词多义的意义可以被集中并整体化，而播撒的意义总是片段的、多义的和散开的，像撒播种子一样，将不断延异的意义“这里撒播一点，那里撒播一点”，它瓦解了语义学，因为它产生了无限多样的语义效果，因而它不受作者支配，而且其多种意义不能被整体化而构成作者意图的一部分。但其意义是积极的：它不是意义的失落，而是肯定了意义的无限数量。其最引人注目的特征之一是“不可确定的”，它彻底搅乱文本，使人无法最终判断其意义。播撒可以使文本在不同的语境中显示出截然不同的意义，并得到互相矛盾的解释。于是，中心、结构、根源、本质都被德里达剥离出去，只剩下延异和播撒。

白云子弃儒冠学浮屠氏教，包腰遍游名山。途中闻莺，感成一绝“自矜绛嘴黄衣丽，宜向红墙绿树鸣。何事荒村寥落地，隔林时送两三声。”吾友耆之失意游江南，闻莺亦作诗云：“田家椹熟麦将稠，绿树初闻黄栗留。似识洛阳花下客，殷勤百啭未曾休。”古今诗人托物寓意多类此。二公之今作，初不与之相期，吐词凄婉，若出一人之口。其有才不见用、流落天涯、羁游旅泊之状，了了然皆见于数字间。则所谓“诗源乎心”者，信哉！①

“诗源乎心”是朝鲜古代诗家从主体方面认识文学本质的一种普遍共识。历代的朝鲜诗家对此都或有论及：李穑言：“文章外也，然根于心。”②意谓文章虽为可视的外在现象，但其发生的根本原因在于人的内心；安轴更是明确地指出：“夫诗者，原于性情，发于人心。”③意即诗是由人心生发出来的；权踶则更进一步认为“盖诗者，心之发而言之精”④。诗是从人的内心生发出来的语言精华；成伣亦云：“诗者出于心而形于言，言之精华也。”⑤他们都是从人的主观心灵视角来洞悉文学本质问题的。

李睟光更是把朝鲜古代诗家的这种理念推向了极致，认为凡是在诗歌中出现的自然景物都已不复为其本来面目，它们都经过了人心的映射，已成为人的内在心灵的外在映象：

且夫诗者心声也，以此而言，水之声即诗之声，山之色即诗之色，

---

① 赵钟业编：《修正增补韩国诗话丛编·第一卷·破闲集》，韩国太学社 1996 年版，第 52 页。

② 李穑：《牧隐文稿卷之八·栗亭先生逸稿序》，韩国古典综合数据库 http://db.itkc.or.kr/index。

③ 安轴：《谨斋先生集卷之三·制策》，韩国古典综合数据库 http://db.itkc.or.kr/index。

④ 权踶：《春亭集旧序》，韩国古典综合数据库 http://db.itkc.or.kr/index。

⑤ 成伣：《虚白堂文集卷之八·富林君诗集序》，韩国古典综合数据库 http://db.itkc.or.kr/index。

> 日月之光景即诗之光景，风云之变态即诗之变态，草木即诗中之精华，鱼鸟即诗中之飞跃。至于亭中所见一事一物，莫非所谓诗者。诗固在子之心上矣。①

这表明朝鲜古代诗家都非常重视源于主体的“心”在文学发生过程中的地位与作用，体现了朝鲜古典诗学的某种共识，即将人的主观心灵视为文学发生的本因与原始内驱力。“诗源乎心”几已成为朝鲜古典诗学批评史上的一种普遍认知。

所谓“心源”之说，在一定程度上源自佛教义理，“心源”即为映照世间万物的主体心灵。在朝鲜古代社会，佛教极为盛行，佛家特别强调主体之“心”在佛法修行中的主导地位与积极作用。新罗时期的著名佛学大师元晓言：

> 夫一心之源，离自无而独净。三空之海，融真俗而湛然。湛然，融二而不一。独净，离边而非中。非中而离边，故不有之法，不即住无。不无之相，不即住有。不一而融二，故非真之事未始为俗，非俗之理未始为真也。融二而不一，故其俗之性无所不立，染净之相莫不备焉。离边而非中，故有无之法无所不作，是非之义莫不周焉。而乃无破而无不破，无立而无不立，可谓无理之至理，不然之大然矣。②

佛家义理对“心”之“独净”与“湛然”“离边而非中”“融二而不一”等的参悟，将“心”的内涵导向形而上的深渊。所以郑道传言：“心者内也，

---

① 李睟光：《芝峰先生集卷之二十一·金通津草亭诗序》，韩国古典综合数据库 http://db.itkc.or.kr/index。

② 元晓：《金刚三昧经论》，转引自何劲松：《韩国佛教史》，社会科学文献出版社 2008 年版，第 133 页。

在外者易见，在内者难知。”①意即“心”内在于人的主观精神世界时，是难以知晓和把握的。其“外者”则经过了一个由内而外的转化过程，转换为“易见”的“心之所之”。朱熹言：“心之所之谓之志。”②“志”即为“心”的外化形式。“心”与“志”是一种同体内外的互释关系。因此，朝鲜古典诗学也常常从“志”的视角来阐释文学的本质问题，即“诗言志”理念之所以大行其道之所在。

“诗言志”之谓，最早见于《尚书·尧典》：“诗言志，歌永言，声依永，律和声。八音克谐，无相夺伦。”由于朝鲜古代文化与中国文化传统的亲缘性关联，“诗言志”思想在朝鲜古典诗学批评中也被广泛认同，成为朝鲜古代诗家阐释文学本质问题的一个强大支点。徐居正言：“诗言志，志者心之所之也。是以读其诗，可以知其人。”③意谓诗是诗人为了表达其“志”创作而成的，所以读其诗可以知晓诗人之“志”。由于诗人之志不同，呈示出来的诗歌风格也各异。因此，高明的诗歌鉴赏者，必须要善于洞悉诗人之志。可见，观诗只是手段，知人才是目的。于是，更有诗家明确指出：

> 声为心出，诗乃言志，诗固发于性情而形于声，则观诗亦可以知其人也。和易之人，其辞舒以畅。褊狭之人，其言啬而僻。旷达者放，穷愁者苦。识未高则意浅，理不胜则气滞。④

由观诗而知人，人之志不同，其诗所呈现出来的话语特色、风格样貌

① 郑道传：《读东亭陶诗后序》，徐居正等：《东文选·卷八十三》，韩国民族文化促进会1982年版，第676页。

② 朱熹：《论语集注·为政》，中华书局1982年版，第96页。

③ 徐居正：《四佳文集卷之六·桂庭集序》，韩国古典综合数据库 http://db.itkc.or.kr/index。

④ 申用溉：《二乐亭集卷之八·颜乐堂集序》，韩国古典综合数据库 http://db.itkc.or.kr/index。

与意理深浅也截然有别。将诗的价值与诗人之志放在一起考量,与朝鲜古代"诗即其人"的诗学传统暗相契合。这也暗示了朝鲜古代诗家从主体之"志"层面追问文学的本质,寄寓了其对文学彰显人生正面价值高尚性的诉求,即强调"志"之"正"。

> 诗言志也,人惟性情之正,故其言也正。其言也正,故其处己行事无一不出于正。然则欲观古人之性情者,当观其诗之若何。而欲知其诗之美恶者,当论其所存之邪正得失矣。是故,孔子曰:"《诗三百》一言以蔽之,曰'思无邪'。"则后之论诗者,岂越于性情乎?①

诗是"言志"的产物,但"志"有美恶、正邪之分。从儒家诗教观出发,强调诗人所"言"之"志"必须恪守一个"正"字。这是对人类本质的倡扬,益于使个体的生存趋向于高远的目标与诗意地栖居,进而也尊奉了儒家扬美抑恶的诗教传统。

总之,"诗源乎心"与"诗言志"体现了朝鲜古典诗学从主体性层面解读文学本质的理念,二者是同体互释的关系。"诗源乎心"是内隐的,侧重于在感性层面上揭示文学魅力的源泉。"诗言志"则是外显的,侧重于在知性层面上探寻文学价值的动力。内与外、感性与知性的有机结合就形成了"意"。所以,在文学文本中,"心"与"志"直接而具体地表现为创造者之"意"。

二、"诗以意为主"

"意"也是朝鲜古代诗家从主体层面阐释文学本质的一个经典范畴。无论在任何时期,无论在任何文化的民族文学中,创造者之"意"对于文

① 宋麒秀:《秋坡先生集卷之二·古今诗家》,韩国古典综合数据库 http://db.itkc.or.kr/index。

学意义和价值的制约作用都是不言自明的。朝鲜朝诗家李詹言:“意者,心之所发也。方其事至物来,此心之发一有不实,则其本不能不失其正矣!”①可见,“意”对于主体认知外在事物的意义何其重大。

“意”对于文学而言,它就是文学的生命所在。在朝鲜古代诗家中,高丽的李奎报尤为重视诗歌创作中诗人之“意”的价值,他在《论诗中微旨略言》一文中指出:

> 夫诗以意为主,设意尤难,缀辞次之。意亦以气为主,由气之优劣,乃有深浅耳。然气本乎天,不可学得。故气之劣者,以雕文为工,未尝以意为先也。盖雕镂其文,丹青其句,信丽矣。然中无含蓄深厚之意,则初若可玩,至再嚼则味已穷矣。②

李奎报认为诗歌创作的最大困难是“设意”,而诗人之“意”又本自其所秉承的先天之“气”,不是后天努力所能练就的。实际上,李奎报所言之“意”就是诗人的天才禀赋、先天气质,把“意”对于诗人的重要性推向极致。所以,李奎报认为诗的优劣取决于诗人“设意”的深浅,如果诗歌没有“含蓄深厚之意”,就没有咀嚼之“味”。在李奎报看来,“意”就是诗的灵魂与生命,其《论诗》云:

> 作诗尤所难,语意得双美。含蓄意苟深,咀嚼味愈粹。意立语不圆,涩莫行其意。就中所可后,雕刻华艳耳。华艳岂必排,颇亦费精思。揽华遗其实,所以失诗旨。迩来作者辈,不思风雅义。外饰假丹青,求中一时嗜。意本得于天,难可率尔致。自揣得之难,因之事绮

① 李詹:《双梅堂先生箧藏文集卷之二十三·正心论》,韩国古典综合数据库 http://db.itkc.or.kr/index。

② 李奎报:《东国李相国全集卷第二十二·论诗中微旨略言》,韩国古典综合数据库 http://db.itkc.or.kr/index。

靡。以此眩诸人,欲掩意所匮。此俗浸已成,斯文垂堕地。李杜不复生,谁与辨真伪。我欲筑颓基,无人助一篑。诵诗《三百篇》,何处补讽刺。自行亦云可,孤唱人必戏。①

“语意得双美”“含蓄意苟深,咀嚼味愈粹”“意立语不圆,涩莫行其意”“意本得于天,难可率尔致”“欲掩意所匮”等句,都在不同层面上体现出李奎报对诗歌之“意”的高度重视,这也说明,李奎报在一定程度上深刻地把握到诗歌的本质特征与普遍规律。

李奎报不但重视诗歌之“意”,而且更强调诗歌创作要创出“新意”,其在《答全履之论文书》一文中反复强调“新意”之于诗歌创作的重要性。

诗鸣如某某辈数四君者,皆未免效东坡。非特盗其语,兼攘取其意,以自为工。独吾子不袭蹈古人,其造语皆出新意,足以惊人耳目,非今世人比。以此见褒抗仆于九霄之上,兹非过当之誉耶!独其中所谓之创造语意者。

所谓今人之诗,源出于《毛诗》,渐复有声病俪偶依韵次韵双韵之制,务为雕刻穿凿,令人局束不得肆意,故作之愈难矣。就此绳检中,莫不欲创新意、臻妙极。而若攘取古人已导之语,则有许底功夫耶!

夫编集之渐增,盖欲有补于后学。若皆相袭,是沓本也,徒耗费楮墨耳!吾子所以贵新意者盖此也。②

李奎报不仅在诗歌理论上主张创出“新意”,而且还在诗歌创作中切实

① 李奎报:《东国李相国后集卷第一·论诗》,韩国古典综合数据库 http://db.itkc.or.kr/index。

② 李奎报:《东国李相国全集卷第二十·答全履之论文书》,韩国古典综合数据库 http://db.itkc.or.kr/index。

践行这一理念。所以,朝鲜古代诗家在论李奎报的诗歌时也常常以“新意”论之,如崔滋在《补闲集》中就多次盛赞李奎报诗歌的“新意”之美:

> 文顺公(李奎报)家集已行于世。观其诗文,如日月不足喻。近代律诗于五七字中有声韵对偶,故必须俯仰穿琢以应其律。虽宏材伟器不得肆意放言,披露妙韵,故例无气骨。公自妙龄走笔,皆创出新意,吐辞渐多,骋气益壮,虽入于声律绳墨中,细琢巧构,犹豪肆奇峭。①
>
> 文顺公新意入妙,李学士主语清婉。②
>
> 文顺公率不用事,盖尚新意耳。③
>
> 予尝谒文安公,有一僧持《东坡集》质疑于公,读至“碧潭如见试,白塔苦相招”一联,公吟味再三曰:“古今诗集中罕见有如此新意。”近得李学士春卿诗稿见之,警绝新意颇多。其长篇中气至末句而愈壮,如千里骥足,方展走通衢,未半途勒止也。”④

崔滋所言的“公自妙龄走笔,皆创出新意”“文顺公新意入妙”“文顺公率不用事,盖尚新意”等,都旨在强调李奎报在具体的诗歌创作实践中对“诗以意为主”的诗歌理念的切实践行。

三、“诗本性情”

“性”“情”之辩自先秦、两汉始就是中国古代哲学史的重要论题之

① 赵钟业编:《修正增补韩国诗话丛编·第一卷·补闲集》,韩国太学社 1996 年版,第 95 页。

② 赵钟业编:《修正增补韩国诗话丛编·第一卷·补闲集》,韩国太学社 1996 年版,第 96 页。

③ 赵钟业编:《修正增补韩国诗话丛编·第一卷·补闲集》,韩国太学社 1996 年版,第 97 页。

④ 赵钟业编:《修正增补韩国诗话丛编·第一卷·补闲集》,韩国太学社 1996 年版,第 98 页。

一,朝鲜古代则始自高丽,至李朝而广泛展开。“性”与“情”本是两个独立的概念范畴,在中国古代哲学中,“性”往往指人的本性,《周易・系辞上》云:“一阴一阳之谓道。继之者善也,成之者性也。”孔颖达注疏曰:“若能成就此道者,是人之本性。”“情”的内涵在中国古代哲学中有一个演变的过程,后衍展为人的感情,《荀子・正名》云:“性之好恶喜怒哀乐谓之情。”刘勰《文心雕龙・诔碑》言:“至于序述哀情,则触类而长。”韩愈《原性》云:“情也者,接于物而生也。”秦观《心说》曰:“即心无物谓之性,即心有物谓之情。”黄宗羲《陈干初先生墓志铭》云:“由性之流露而言谓之情。”

可见,“性”与“情”名虽为二,实际上是个体人格中休戚相关、同体共存的两个方面。人之“性”必将借由人之“情”得以外露,而人之“情”则必须以人之“性”为准的。因此人之“性”以人之“情”为内容,而人之“情”则以人之“性”为基础。换言之,“性”是“情”之生命根因,“情”为“性”之生命形态。所以荀子言:“性者,天之就也;情者,性之质也;欲者,情之应也。”[①]在具体的诗学批评话语实践中,批评者往往以“性情”或“情性”合而言之。

在朝鲜古代文化哲学中,“性”与“情”的使用情形也大致如此。关于“性”,朝鲜古代哲学论释颇多,郑道传言:“性者,人所得于天以生之理,纯粹至善以具于一心者也。”[②]金时习言:“天之生民,各与以性,性即理也。”[③]河仑言:“性者,天理之在人心者也。仁义礼智信,其名也。在天为理,在人为性,其实一也。”[④]李睟光言:“性者人所固有,虽圣人亦无所增

① 《荀子・正名》,中华书局 1986 年版,第 36 页。

② 郑道传:《三峰集卷之九・佛氏心性之辨》,韩国古典综合数据库 http://db.itkc.or.kr/index。

③ 金时习:《梅月堂文集卷之二十三・杂说》,韩国古典综合数据库 http://db.itkc.or.kr/index。

④ 河仑:《浩亭先生文集卷之二・性说》,韩国古典综合数据库 http://db.itkc.or.kr/index。

加，唯尽其在己者而已。故曰：'率性之谓道。'道外无性，性外无道。道即性，性即道也。"①由此可见，"性"在朝鲜古代文化哲学中常常被阐释为人所共有的、与生俱来的至真至纯的本性。

关于"情"，朝鲜古代文化哲学则常常借"性"释"情"，如李滉言："或以四端为情，或以七情为情。情者，性之发也。"②李珥亦云："情者，性之所发也。"③李珥还将"性""情"置于"心"之下来进行综合考量：

> 性是心之理也，情是心之动也，情动后缘情计较者为意。若心、性分二，则道、器可相离也。情、意分二，则人心有二本矣。岂不大差乎？须知性、心、情、意只是一路，而各有境界，然后可谓不差矣。何谓一路？心之未发为性，已发为情，发后商量为意，此一路也。何谓各有境界？心之寂然不动时，是性境界；感而遂通时，是情境界；因所感而演绎商量时，为意境界。只是一心，各有境界。④

可见，在朝鲜古代文化哲学中"性"与"情"同被视为个体心理机制的构成要件，同属一路"心之未发为性，已发为情"，只不过是展现为不同的"境界"而已。"心之寂然不动时，是性境界"，而心之"感而遂通时"，则"是情境界"。因此，无论是"性"还是"情"都一同受制于"心"。所以，朝鲜古代文化哲学大多认同"心统性情"的理念，如卞季良言：

---

① 李睟光：《芝峰先生集卷之二十四・采薪杂录》，韩国古典综合数据库 http://db.itkc.or.kr/index。

② 李滉：《退溪先生文集卷之三十六・答李宏仲问目》，韩国古典综合数据库 http://db.itkc.or.kr/index。

③ 李珥：《栗谷先生全书卷之三十一・金振纲所录》，韩国古典综合数据库 http://db.itkc.or.kr/index。

④ 李珥：《栗谷先生全书卷之十四・杂记》，韩国古典综合数据库 http://db.itkc.or.kr/index。

先儒谓性者道之形体，心者性之郛郭。又谓性发为情，心发为意，心与性果可歧而二之欤？谓心静时是性，又谓心统性情，性与心果可合而为一欤？①

“心统性情”之说最早出自北宋理学大师张载的《横渠语录》，后经朱熹与吕祖谦的阐释发挥而广泛流播，在朝鲜古代文化哲学中亦获得普泛的认同。

张子曰“心统性情”，此说最精密。虚灵不昧便是心，此理具足于中。无少欠阙便是性，随感而动便是情。②

张子云“心统性情”，朱先生亦云“动处是心”，动底是性。所谓“动底”者，即心之所以动之，故非外心而别有性之动也。至如“理发气随”“气发理乘”之说，是就心中而分理气言，举一“心”字，而理气二者兼包在这里。③

天理之赋于人者，谓之性。合性与气而为主宰于一身者，谓之心。心应事物而发于外者，谓之情。性是心之体，情是心之用，心是未发已发之总名，故曰“心统性情”。④

人生而静，天之性也。感而遂通，性之情也。性即心之体，情即心之用，心与性固不可分而言之。而心为人身之主宰，故《横渠》谓“心统性情”。⑤

---

① 卞季良：《春亭先生文集卷之八·心与性》，韩国古典综合数据库 http://db.itkc.or.kr/index。

② 朴英：《松堂先生文集卷之二·大学经一章演义·大学》，韩国古典综合数据库 http://db.itkc.or.kr/index。

③ 李滉：《退溪先生文集卷之二十九·答金而精》，韩国古典综合数据库 http://db.itkc.or.kr/index。

④ 李珥：《栗谷先生全书卷之十四·人心道心图说》，韩国古典综合数据库 http://db.itkc.or.kr/index。

⑤ 李睟光：《芝峰先生集卷之二十六·题蔡子履心法论后》，韩国古典综合数据库 http://db.itkc.or.kr/index。

以上所述都不约而同地认为,“心”对“性”与“情”有着至高无上的统摄作用,但二者的性质与存在状态却是迥然有别的。李睟光所言的“人生而静,天之性也。感而遂通,性之情也”颇具代表性,它基本上划定了“性”与“情”的义界,即在朝鲜古代文化哲学中普遍认同的“性”静而“情”动、“性”本而“情”末的理念。即便如此,但与中国传统的“性情”观相比,二者在价值趋向上存在着一定的差异。中国“更加重视的是‘性’而非‘情’。而朝鲜儒学者则加强了对‘情’的研究和探索,突出了‘情’的重要性”①。朝鲜古代文化哲学的这一特性,在诗学理论方面表现得尤为明显。

“心统性情”的哲学思想,深刻地影响了朝鲜古代诗家对文学本质的认识。朝鲜朝性理学大师金长生言:“诗本性情,随感而发。”②在“心统性情”的哲学思想的浸染下,“诗本性情”的诗学主张在朝鲜古典诗学批评中同样有着极广泛的认同性。不同的是,诗家并不像哲学家那样将“性”与“情”分别论释,而是把二者视为一体,或言之以“情性”,或言之以“性情”。以“情性”言之者如:“诗道之变极,而论者往往不本于情性,惟一句一字之工拙是求”③“惟有大负抱者,必有大涵养;有大涵养者,必有大设施。苟非本乎情性,而有雄深俊伟之度,则安能发于事业”④“夫诗之为物,由乎情性,发于吟咏,故读其书而知其为人”⑤“凡有感于情性者,每发于诗”⑥,这些论述都不同程度地将“情性”视为诗歌发生的本因。

---

① 李甦平:《韩国儒学史》,人民出版社 2009 年版,第 16 页。

② 金长生:《沙溪先生遗稿卷五 · 龟峰集后跋》,韩国古典综合数据库 http://db.itkc.or.kr/index。

③ 李崇仁:《陶隐先生文集卷之五 · 题金可行诗稿后》,韩国古典综合数据库 http://db.itkc.or.kr/index。

④ 崔恒:《太虚亭文集卷之一 · 桑林诗序》,韩国古典综合数据库 http://db.itkc.or.kr/index。

⑤ 李陆:《青坡集卷之二 · 铁城联芳集序》,韩国古典综合数据库 http://db.itkc.or.kr/index。

⑥ 李滉:《退溪先生文集卷之四十三 · 陶山十二曲跋》,韩国古典综合数据库 http://db.itkc.or.kr/index。

朝鲜古代诗家言“情性”而不言“性情”，其深层意旨在于突出“情”的重要性，视“情”为诗之发生的根本要素，则在一定程度上彰显了主观感性因素对文学发生的积极作用，进而削弱了文学发生的理性色彩。

在朝鲜古典诗学中，则有更多的诗家言“性情”为诗之发生的根本动因，如：

> 夫诗者，原于性情，发于人心。①
>
> 诗者，根于人之性情而发之于言。②
>
> 诗者，吟咏性情而已。③
>
> 夫所谓诗者，根于性情，着乎歌咏。④
>
> 诗本性情，非矫伪而成。⑤
>
> 诗者，吟咏性情者也。⑥
>
> 诗本性情，随感而发。⑦
>
> 文者何物？出自性情。⑧

---

① 安轴：《谨斋先生集卷之三·制策》，韩国古典综合数据库 http://db.itkc.or.kr/index。

② 申光汉：《企斋文集卷之一·王诏使鹤皇华集序》，韩国古典综合数据库 http://db.itkc.or.kr/index。

③ 李睟光：《芝峰先生集卷之二十八·秉烛杂记》，韩国古典综合数据库 http://db.itkc.or.kr/index。

④ 洪暹：《忍斋先生文集卷之四·皇华集序》，韩国古典综合数据库 http://db.itkc.or.kr/index。

⑤ 李珥：《栗谷先生全书卷之十三·精言妙选序》，韩国古典综合数据库 http://db.itkc.or.kr/index。

⑥ 任埅：《水村集卷之九·题诗话丛林后》，韩国古典综合数据库 http://db.itkc.or.kr/index。

⑦ 金长生：《沙溪先生遗稿卷五·龟峰集后跋》，韩国古典综合数据库 http://db.itkc.or.kr/index。

⑧ 柳梦寅：《於于集卷之三·送南原府使高用厚诗序》，韩国古典综合数据库 http://db.itkc.or.kr/index。

在朝鲜古典诗学中,无论是“诗本性情”的理念,还是诗“原于性情”“吟咏性情”“根于性情”或“出自性情”等诗学主张,其主旨都是将“性情”视为诗歌发生的根本驱动力之一。但言“性情”而不言“情性”,则在一定程度上体现了朝鲜古代诗家对文学发生过程中理性因素的充分考量。

总之,朝鲜古代诗家所谓的“诗源乎心”“诗言志”“诗以意为主”与“诗本性情”等理念或主张,都集中地体现了朝鲜古典诗学从主体层面探究文学本原的理论倾向。基于此,“心”“志”“性”“情”与“意”也就自然成为朝鲜古典诗学追问文学本原的经典范畴。

第二节　存在于客体的本质论范畴

与中国古代传统一样,由于信守“物我一心”(即“天人合一”)的基本哲学观,朝鲜古代文人也往往孜孜于从客观物象中观照自我的生命样貌与情感活动,以及艺术创造活动,也乐于把主体人的这些内在心灵活动具体化为外在的自然物象。例如李奎报言:“夫我以忘怀待之,虽有情之物泯然无情。我以有想倾之,虽无情之物反为有情。”①与中国古代文人一样,朝鲜古代文人对天地万物怀有一种天然而由衷的亲切感,往往深切地感悟到人的众多属性都是由自然物所赋予的,至少是为与这些自然物相对应而存在的。由此,朝鲜古代文人对客观存在的“物”投入了极大的关注,乃至于赋予它以崇高的本原地位。由“物”进而牵衍或衍展出“事”与“理”。“物”“事”“理”成为朝鲜古代诗家探究文学发生客体本原的经典范畴。

① 李奎报:《东文选·送宗上人南游序》,韩国古典综合数据库 http://db.itkc.or.kr/index。

一、“物”:文学发生的催化剂

在诗学理论体系中,“物”范畴与作为基干范畴的“象”关系密切,“象”是“物”的理念形式,“物”则是“象”的现实形态。就文学本质而言,“心”“志”“性”“情”“意”等源于主体的范畴无疑是文学的灵魂,但离开“物”的承载,主体精神将“魂不附体”。李穑诗云:“情怀随物转,流水日东归”①,但是,“物”也不可能以独立的姿态入诗,它必须与主体的相应行为结合或伴随着一定的主体精神而出现,如在朝鲜古典诗学批评中,“触物起兴”“感物而动”“遇物兴怀”与“随物应之”等关于“物”与主体行为或精神相结合之后,而成为文学发生动因的理念,在朝鲜古代诗家的论述中是较普遍的现象:

> 诗者,人心之感物而形于言之余也。②
>
> 诗者,人心之感于物而动诸形,咨嗟咏叹也。③

这里的“物”虽是指客观存在的实物,但并非普普通通的泛泛之物,而是能有效地激发出诗人创作激情的媒介,因而也是与创作主体发生了审美感应关系的具有审美属性之物。在这种审美感应的过程中,创作主体与审美对象物我交融、浑然一体,并激发文学创作活动的发生。对此,朝鲜古代诗家常常以“感物而动”来阐释其对此的深刻认知,如其所言:

> 人生而静,天之性也者,天理具于心也。感物而动,性之欲也者,

① 李穑:《牧隐诗稿卷二十八·我老》,韩国古典综合数据库 http://db.itkc.or.kr/index。

② 尹拯:《明斋先生遗稿卷之二十六·答吴遂采》,韩国古典综合数据库 http://db.itkc.or.kr/index。

③ 李万敷:《息山先生续集卷之一·南风序》,韩国古典综合数据库 http://db.itkc.or.kr/index。

好恶形于心也。欲多诱于外,寂然不动者,心之无思无为也,感而遂通天下之故者。①

感物而动,斯性之欲,是之谓情。感之为言,触也。物犹事也,动犹作也。性体无为,及其感动而为用则亦性之欲也,所谓情也。情无有不善矣,或不中节,何也?动者,情也;所动者,性也;要动者,意也。性之方动,何尝有恶!及心之几,而有不中焉,此情与意之别也。朱子曰:“命犹诰勅,性犹职事,情犹施设,心则其人也。”程子曰:“在天为命,在人为性。性动为情,主于身为心,其实一也。”②

天地之间感应而已,人生而静天之性也,感物而动性之欲也。天性之善,人与我同,故其欲也有我感彼应之理焉。同得天命之性,而彼既至于事物当然之极。③

朝鲜古代诗家普遍认为,“人生而静”是人的天性,但“性体无为”,它一旦受到外物的刺激就会产生强烈的反应,这种反应就是“我感彼应之理”,也就是文学发生的主要内驱力——情。所以,朝鲜古代诗家言:“动者,情也”。这一理念与钟嵘在《诗品·序》中所言“气之动物,物之感人,故摇荡性情,形诸舞咏”的理念是一脉相承的。

由上可见,“感物而动”是朝鲜古代诗家借以阐释“物”“我”关系的一种抽象说明。在这一过程中,创作主体看似是被动的,在逻辑上仿佛是先“感”而后“动”,而在实际的创作过程中“感”与“动”应该是同时发生的,只不过“感”是外在的,而“动”则是内隐的。在大多情形下,创作主体往往是主动借助外物来激发其创作的灵感。在朝鲜古典诗学中,朝鲜古代诗家常

① 卢守慎:《苏斋先生内集下篇惧塞录甲二·人心道心辨》,韩国古典综合数据库 http://db.itkc.or.kr/index。

② 卢守慎:《苏斋先生内集下篇养正录丙一·字训程端蒙撰苏斋小说·情》,韩国古典综合数据库 http://db.itkc.or.kr/index。

③ 李詹:《双梅堂先生箧藏文集卷之二十三·观善契文》,韩国古典综合数据库 http://db.itkc.or.kr/index。

常以“触物而……”或“……而触物”来阐明其对这一理念的深刻体认。

> 予本嗜诗，虽宿负也，至病中尤酷好，倍于平日，亦不知所然。每寓兴触物，无日不吟，欲罢不得，因谓曰此亦病也。①
>
> 寓兴触物，必形于诗。至于天然自得之趣，则卓乎不可及。②
>
> 诗与学为一件事乎？研穷乎义理，体认于身心。有所理会而自得者，学也。触物而寄兴，因事而寓怀，有所感发于声音者，诗也。虚实有异，焉得为一。然则诗与学，果为两件事乎？精义之所融会者为学，性情之所发越者为诗。思在无邪，韵合自然，则诗亦学也。焉可歧而二之？③
>
> 凡有磊块抑郁无聊不平，必以诗发之。触物遣怀，无非自得。④
>
> 遇境触物，必发于吟咏。佳辰美景，治酌命俦，谈燕嬉怡，无非诗者。⑤
>
> 然一山一水一草一木，遇境会意，触物感情，窃有所咏叹而不能已者，得诗五十余首。⑥

朝鲜古代诗家所谓的“寓兴触物，无日不吟”“寓兴触物，必形于诗”“触物遣怀，无非自得”“遇境触物，必发于吟咏”等言论，都有意无意地在阐明同一个宗旨：客观存在的外物是文学创作发生的主要驱动力，如果用

---

① 李奎报：《东国李相国后集卷第二·次韵和白乐天病中十五首并序》，韩国古典综合数据库 http://db.itkc.or.kr/index。

② 成伣：《虚白堂文集卷之六·家兄安斋诗集序》，韩国古典综合数据库 http://db.itkc.or.kr/index。

③ 洪圣民：《拙翁集卷之六·以学为诗说》，韩国古典综合数据库 http://db.itkc.or.kr/index。

④ 李廷龟：《月沙先生集卷之四十·石洲集序》，韩国古典综合数据库 http://db.itkc.or.kr/index。

⑤ 金昌协：《农岩集卷之二十五·松潭集跋》，韩国古典综合数据库 http://db.itkc.or.kr/index。

⑥ 朴允默：《存斋集卷之二十三·涓西录跋》，韩国古典综合数据库 http://db.itkc.or.kr/index。

一定的话语(物质性的)将物我交融的诗意空间——“境”(精神性的)以审美的方式呈示出来,这一由内而外地展示物我交融、天人合一境界的过程,也就是文学作品产生的历程。所以,朝鲜朝诗家洪圣民言:“触物而寄兴,因事而寓怀,有所感发于声音者,诗也”①。

当然,朝鲜古典诗学中所言之“物”,并不全然指客观存在的具体有形之物体,如“一山一水一草一木”之属;有时也指不具备形体的精神之“物”,如“磊块抑郁无聊不平”之类。朝鲜古代诗家往往把物质性的存在物称为“景”,而把精神性的存在物则称为“境”。故而,朝鲜朝宋时烈言:“凡触物遇境,必发于吟咏”②。在这个意义上,可以说,朝鲜古代诗家所言之“境”的最普泛的称谓形式即为“事”与“理”。

二、“物”的同序范畴——“事”与“理”

如前文所述,朝鲜古代诗家所言之“物”,有时也包括“事”在内。在中国,赵岐在注解《孟子》中的“万物皆备于我”时,即称“物,事也”。郑玄在注解《周礼·地官》中的“以乡三物教万民”时,也曾言“物,犹事也”。朝鲜古代诗家在使用“物”范畴时,也常常将现实生活中的人事包含在内,如朝鲜朝李廷龟言“凡有磊块抑郁无聊不平,必以诗发之。触物遣怀,无非自得”中的“磊块抑郁无聊不平”即为“人事”也。徐居正言:“凡天地之运化,物理之消息,人事之得失,心思之忧乐,一于诗发之。”③在此意义上,“事”在一定程度上也具有客体本原的意义。崔国述在《孤云先生文集编辑序》中言:

① 洪圣民:《拙翁集卷之六·以学为诗说》,韩国古典综合数据库 http://db.itkc.or.kr/index。

② 宋时烈:《宋子大全卷一百三十九·松潭宋公文集序》,韩国古典综合数据库 http://db.itkc.or.kr/index。

③ 徐居正:《四佳文集卷之六·泰斋先生文集序》,韩国古典综合数据库 http://db.itkc.or.kr/index。

文者道之华，事之迹。道有升沈，事与时迁，随所遇而异其辞，乃势之自然也。

于此，崔国述将“事”更是上升为与“道”同等的层面进行审视，认为“事”与“道”同为文学的本原范畴。但更为普遍的是，朝鲜古代诗家在具体的文学批评实践中往往把“事”与“物”合为一词使用，即“事物”。如其所言：

天理之赋于人者，谓之性。合性与气而为主宰于一身者，谓之心。心应事物而发于外者，谓之情。性是心之体，情是心之用，心是未发已发之总名，故曰“心统性情”。①

故凡天地之间，事物之变，寓于目接于耳者，尽取而发之于文章。②

文章之在天下也，虽以古今时代而有异，其高下盛衰则随世道之升降，与政治之隆替而形焉……明于事物之原，发乎性情之正……揽物兴怀，辄形歌咏。③

李珥言：“心应事物而发于外者，谓之情”，意即“事物”是“心应”与“情动”的诱因，由于前文已阐明“心”与“情”是源于主体的本原性范畴，因此，“事物”也就无可争辩地成为源于客体的本原性范畴。所以，朝鲜古代诗家在文学创作中尽取“天地之间，事物之变”而“发之于文章”，认为文学的一个根本功能就是“明于事物之原”。

在朝鲜古典诗学批评中，除“物”“事”范畴外，“理”更是一个源于客

① 李珥：《栗谷先生全书卷之十四·人心道心图说》，韩国古典综合数据库 http://db.itkc.or.kr/index。

② 金纽：《保闲斋集序》，韩国古典综合数据库 http://db.itkc.or.kr/index。

③ 任元浚：《四佳集序》，韩国古典综合数据库 http://db.itkc.or.kr/index。

体的无可争辩的客观性本原范畴之一。“理”首先是朝鲜传统文化哲学中的一个核心范畴,理学也就自然成为朝鲜古代哲学中的一门显学。关于“理”的内涵,朝鲜古代哲人有诸多阐释,如郑道传《理谕心气》言:

> 理者心之所禀之德,而气之所由生也。于穆厥理,在天地先。气由我生,心亦禀焉……言理为心气之本原,有是理然后有是气。有是气然后阳之轻清者上而为天,阴之重浊者下而为地。四时于是而流行,万物于是而化生。人于其间,全得天地之理,亦全得天地之气,以贵于万物而与天地参焉。天地之理,在人而为性。天地之气,在人而为形。心则又兼得理气而为一身之主宰也,故理在天地之先,而气由是生,心亦禀之以为德也。①

郑道传从“理”“心”“气”三者的关系出发论述“理”在哲学上的本原意味,认为“理”先天地而生,主体之“心”与天地之“气”也都根源于“理”,“心”禀“理”为德,“气”由“理”生,所以,“理为心气之本原”。可见,郑道传已经把“理”上升为中国道家之“道”的至高境界。李珥则从“理”与“气”既非“一物”又非“二物”的关联性出发,探析“理”的哲学价值:

> 夫理者气之主宰也,气者理之所乘也。非理则气无所根柢,非气则理无所依着。既非二物,又非一物。非一物,故一而二。非二物,故二而一也。非一物者,何谓也?理气虽相离不得,而妙合之中理自理、气自气,不相挟杂,故非一物也。非二物者,何谓也?虽曰理自理、气自气,而浑沦无间,无先后,无离合,不见其为二物,故非二物

---

① 郑道传:《三峰集卷之十 · 心气理篇 · 理谕心气》,韩国古典综合数据库 http://db.itkc.or.kr/index。

也。是故，动静无端，阴阳无始。理无始，故气亦无始也。夫理一而已矣，本无偏正通塞清浊粹驳之异。而所乘之气升降飞扬，未尝止息，杂糅参差，是生天地万物。而或正或偏，或通或塞，或清或浊，或粹或驳焉。理虽一，而既乘于气，则其分万殊。故在天地而为天地之理，在万物而为万物之理，在吾人而为吾人之理。然则参差不齐者，气之所为也。虽曰气之所为，而必有理为之主宰。则其所以参差不齐者，亦是理当如此，非理不如此而气独如此也。天地万物虽各有其理，而天地之理即万物之理，万物之理即吾人之理也，此所谓统体一太极也。虽曰一理，而人之性非物之性，犬之性非牛之性，此所谓各一其性者也。推本，则理气为天地之父母，而天地又为万物之父母矣。天地得气之至正至通者，故有定性而无变焉。万物得气之偏且塞者，故亦有定性而无变焉。是故，天地万物更无修为之术，惟人也得气之正且通者，而清浊粹驳有万不同，非若天地之纯一矣。但心之为物，虚灵洞彻，万理具备，浊者可变而之清，驳者可变而之粹。故修为之功独在于人，而修为之极至于位天地育万物。然后，吾人之能事毕矣！①

李珥认为"理"与"气"是一而二、二而一的辩证统一关系，理本"一而已矣"，之所以"在天地而为天地之理，在万物而为万物之理，在吾人而为吾人之理""参差不齐"，是由于"气"之"升降飞扬，未尝止息，杂糅参差""或正或偏，或通或塞，或清或浊，或粹或驳"所致。但无论如何变化万端，"天地万物虽各有其理"，但终究是"天地之理即万物之理"，而"万物之理即吾人之理"。所以如此，是因为"心之为物，虚灵洞彻，万理具备，浊者可变而之清，驳者可变而之粹。故修为之功独在于人，而修为之极至于位天地育万物。然后，吾人之能事毕矣"。在李珥看来，"心"对天地万

① 李珥：《栗谷先生全书卷之九·答成浩原》，韩国古典综合数据库 http://db.itkc.or.kr/index。

物之理、之气具有强大的整合功能,使“理”与“气”能够更有效地为“人事”服务。对此,李珥曾进一步解释道:

> 其所谓理者,指其乘气流行之理,而非指理之本然也。本然之理固纯善,而乘气流行,其分万殊。气禀有善恶,故理亦有善恶也。夫理之本然,则纯善而已。乘气之际参差不齐,清净至贵之物及污秽至贱之处,理无所不在。而在清净则理亦清净,在污秽则理亦污秽。若以污秽者为非理之本然,则可。遂以为污秽之物无理,则不可也。夫本然者,理之一也,流行者分之殊也。舍流行之理而别求本然之理,固不可。①

在朝鲜文化传统中,“理”除了具有至高无上的哲学意义外,其在诗学批评中的深刻影响也是毋庸置疑的。“理”既然被朝鲜古代哲学奉为天地万物的本原,它理所当然成为文学的本原。朝鲜古代诗家在诗学批评实践中的重“理”倾向,也是非常强烈的,如朝鲜朝诗家成伣就曾深刻地指出:

> 诗以理为贵也,善为诗者悟于理,故能不失根本。苟失根本,虽豪宕浓艳、雕镂万状,而不可谓之诗也。自丽季至国朝,诗之名家非一,而能悟其理者盖寡。平者失于野,豪者失于辨,奇者失于险,巧者失于碎,俗习卒至于萎靡而不回。吁! 此则诗之不幸也。②

在此,成伣旗帜鲜明地把“理”视为诗的本原之一,即“诗以理为贵”。如果诗不能“悟理”,就失去了诗之为诗的根本,也是“诗之不幸也”。

但是,在朝鲜古典诗学批评中,“理”范畴往往不单独使用,或与“物”连用,合称为“物理”;或与“事”连用,合称为“事理”;更多情形下是“理”与“气”互释,合称为“理气”。

---

① 李珥:《栗谷先生全书卷之九 · 答成浩原》,韩国古典综合数据库 http://db.itkc.or.kr/index。

② 成伣:《虚白堂文集卷之七 · 濡溪诗集序》,韩国古典综合数据库 http://db.itkc.or.kr/index。

古之君子和顺积中，而发为文章，形于咏歌，皆足以明物理，达人情，有关于世教。①

（诗）皆本之情性，该诸物理。往往有发其胸中之所得，而不能自已者焉。后之人苟有知言者，讽咏而详味之，则其洞见道体之妙，固已跃于片言半句之中矣。②

至于有《诗》三百二篇行于世，臣今味之，豪逸雅健，雄深和厚，多本性情该物理，往往有若自发于心得而无假于外求者。信乎有德者必有言也。③

人声之精者为言，诗之于言又其精者也。诗本性情，非矫伪而成，声音高下出于自然。《三百篇》曲尽人情，旁通物理，优柔忠厚，要归于正，此诗之本源也。④

事理者，总言天理之在事物者，而省文曰"事理"，而吾心之理亦在其中矣。恐不可以天理事理，为在心在事之别，而究其立名之义也。自天命而观之，则明德亦一个物事。明德之体，即至善之体而未发之中也。明德之用，即至善之用而已发之中也。⑤

由上可见，朝鲜古代诗家在诗学批评中无论以"物理"言之，认为诗之根本在于"明物理""该诸物理""该物理""旁通物理"，还是以"事理"言之，把"事理"视为诗的"明德"之体之用，其主旨都在于强调一个"理"字，实质上，都旨在强调"理"为诗之本也。

---

① 张溥：《陶隐集跋》，韩国古典综合数据库 http://db.itkc.or.kr/index。

② 卞季良：《春亭先生文集卷之五 · 圃隐先生诗稿序》，韩国古典综合数据库 http://db.itkc.or.kr/index。

③ 卢守慎：《苏斋先生文集卷之七 · 圃隐集序》，韩国古典综合数据库 http://db.itkc.or.kr/index。

④ 李珥：《栗谷先生全书卷之十三 · 精言妙选序》，韩国古典综合数据库 http://db.itkc.or.kr/index。

⑤ 李珥：《栗谷先生全书卷之九 · 答成浩原》，韩国古典综合数据库 http://db.itkc.or.kr/index。

但在朝鲜古典诗学批评中,“理”范畴的使用,更多的是在与“气”互释的语境中得以彰显。如成伣所言:

> 诗难言也! 言诗者论气而不论理,非也。气以行于外,理以守诸内。守于内者不固,则行于外者未免泛驾而诡遇。①

成伣极力强调在诗学批评中“理”与“气”并重,二者缺一不可,因为诗的本质在于凸显“理”与“气”,故言诗者不能“论气而不论理”。二者虽性质上存在不同——“气以行于外,理以守诸内”,但本质一也。对此,朝鲜朝河仑阐释得非常精切:

> 心者,理与气合者也,先天地而无始,后天地而无终者,理与气也。太极者理也,其动静气也,此天地万物之所以为心也。所以无极而太极者,天地之心也。万物各具一太极者,万物之心也。人于万物之中得其气之正且通者,故理之寓于是气者,无不全。物则得其气之偏且塞者,故理之寓于是气者,不能全。此人物之所以分也。然其正且通者不能无清浊纯杂之不齐,故有智愚贤不肖之不同。偏且塞者亦不无一路之良知,故有近于父子君臣有别之伦理者。斯可见人物之心无非理与气之相合者也。专以气言则五脏之一物,专以理言则五性之总名。惟其理与气合者,斯谓之心矣。理与气相离,则埋自理、气自气,便不可谓之心矣。舜之命禹曰:“人心惟危,道心惟微。”以其理之气之杂于方寸之间者,分而言之,以为精一执中为戒,此其万世心学之渊源也。数千载之下,乃有周子《太极图说》,程子朱子敷而衍之,理气之说明且备。今之学者一何幸也,知此则可以知死生

① 成伣:《虚白堂文集卷之七 · 濡溪诗集序》,韩国古典综合数据库 http://db.itkc.or.kr/index。

之理矣,可以知生顺死安矣!①

河仑从“心统万物”的哲学出发,认为“心”是“理与气合者也”。由于“理气”的存在,天地万物才会有“心”,此“心”即天地万物生命活力之所在。所以,“理气”是天地万物生命之存在形式。文学的全部表现对象无外乎天地万物,“理气”也就理所当然地成为文学的客体本原之一。

综上所述,关于对文学本原问题的认识,朝鲜古典诗学无意识地设置了两条路径:一是从主体本原着手,一是从客体本原切入。同时,表示主体本原的“心”“志”“性”“情”“意”等范畴与表示客体本原的“物”“事”“理”等范畴结合在一起,构筑成一个交错而缜密的逻辑网络。其潜在的意指是:文学的发生源于主体欲言“志”抒“情”的创作冲动,而言志抒情又必须通过状“物”叙“事”的方式来实现。在言志抒情与状物叙事的艺术体现中,自然而然地蕴含了一定的天地万物之“理”。故而,根基于主体的“心”“志”“性”“情”“意”等范畴与存在于客体的“物”“事”“理”等,是朝鲜古代诗家探寻文学本原的有效路径之一。

---

① 河仑:《浩亭先生文集卷之二·性说》,韩国古典综合数据库 http://db.itkc.or.kr/index。

第五章　朝鲜古典诗学的创作论范畴

创作论范畴是朝鲜古典诗学范畴中最精微深刻的部分，朝鲜历代诗家、作家对此都倾注了极大的热情与心智，由此展开议论，凝为观念，构筑了自成系统的范畴网络系统。他们对文学创作问题的认识，往往结合创作过程的展开而展开，诸如创作前的才思储备与情感累积，创作中的兴会催发与辞意表达，具体的修辞运用与结构安排，等等，继而总摄其成，取其大旨体现出诗学理论与文学创作实际相吻合的丰富性与生动性，诗学概念与范畴的使用也呈现出互相贯连并至迭出的逻辑特性。

第一节　朝鲜古典诗学指涉创作发生的范畴

基于朝鲜古代诗家对文学创作的认识，他们往往将创作活动的开始设定为一种为物所感或缘情而动的过程。此所以在前文将“物”与“情”视为朝鲜古典诗学本质论范畴的原因。而对“物”与“情”之间互动关系的探讨，即所谓“感物抒怀”与“缘情赋物”究竟是如何发生的追问，则构成了朝鲜古典诗学创作发生论的基础。

在朝鲜古典诗学范畴批评中，指涉创作发生的范畴主要是“兴”，其范畴序列包括“感兴”“兴会”“意兴”“逸兴”“比兴”“寓兴”“兴寄”“寄兴”“讽兴”等范式。

一、感兴:文学创作发生的直接动因

在中国古典诗学中,“兴”是一个蕴含极为丰富的批评范畴。其在诗学批评中的使用,概括地说,有以下几种情形:其一,“兴”最初是指一种修辞手法,是“六诗(风、雅、颂、赋、比、兴)”中之一种,意为“托事喻物”①;其二,用以指称创作主体的主观心理感受,即为“有感之辞”②;其三,用以阐释文学创作发生的动因,揭示创作过程中刹那间的变化多端,如唐代诗家贾岛言:“感物曰兴。兴者,情也。谓外感于物,内动于情。情不可遏,故曰兴。”③北宋邵雍言:“兴来如宿构,未始用雕镌”④;其四,由“兴”延展与衍生的范畴,如“感兴”“兴会”“意兴”“伫兴”“兴趣”“兴味”“兴致”,等等,它们几乎囊括了由文学创作过程到文学欣赏过程的诸多文学理论问题。由此可见,“兴”是中国古典诗学批评的一个核心范畴。

朝鲜朝诗家奇正镇言:“诗于感兴而不疑”。⑤ 在朝鲜古典诗学批评中,朝鲜古代诗家对“兴”的论释虽不如中国诗家那样丰富多样,但对于“兴”在整个文学创作过程中的作用与功能的方方面面都或多或少有所涉及,有的还进行了深入的阐释。例如对“兴”在文学创作发生时的“感兴”功能、“兴”在文学表现阶段的“比兴”作用、“兴”在文学接受过程中的“兴于诗”的效能等问题,朝鲜古代诗家都有着深刻的理解。在此,笔者只对朝鲜古代诗家关于“兴”在文学发生阶段的认知进行深入分析。

朝鲜古代诗家在阐释文学创作发生的直接诱因——“兴”时,往往不只以“兴”言之,而是常常以“感兴”论之。早在高丽时期,李奎报曾有一段诗话:

---

① 郑众:《论语注疏》。

② 挚虞:《文章流别论》。

③ 贾岛:《二南密旨》。

④ 邵雍:《伊川击壤集(卷十八)·谈诗吟》。

⑤ 奇正镇:《芦沙先生文集卷之十七·眉岩先生续集序》,韩国古典综合数据库 http://db.itkc.or.kr/index。

余按《西清诗话》载，王文公诗曰“黄昏风雨暝园林，残菊飘零满地金”，欧阳修见之曰：“凡百花皆落，独菊枝上黏枯耳，何言落也？”永叔之言亦不为大非。文公大怒曰：“是不知《楚辞》云：‘夕餐秋菊之落英’，欧阳修不学之过也。”余论之曰：“诗者，兴所见也。”余昔于大风疾雨中见黄菊亦有飘零者，文公诗既云“黄昏风雨暝园林”，则以兴所见。拒欧公之言可也，强引《楚辞》，则其曰“欧阳某何不见”此亦足矣，乃反以不学，一何偏欤？修若未至博学洽闻者，《楚辞》岂幽径僻说而修不得见之耶？况修一代名儒也，而以不学目之，又何大甚也？余于介甫，不可以长者期之也。①

李奎报之言“诗者，兴所见也”，综合其整段论述，实际上其中就蕴含着“诗是感兴的产物”的理念。也就是说，诗人因感物而起兴，进而产生创作动力，继而心物沟通，物我相契，至兴酣落笔。显然，对于诗人的创作而言，“兴”有着极强的驱动性和指向性，它已经直接深入到诗人创作心理的内核。“感兴”说将诗歌生命的发动归因于“心物交感”，是一种很普遍的现象。

李奎报在此虽未直接以“感兴”论诗，但其后的许许多多朝鲜古代诗家则在此基础上直接探究“感兴”诗学的诸多性质。从文学创作层面来看，朝鲜古代诗家认为自古“诗翁多感兴”②，朝鲜古代汉诗中有无数以《感兴》命名的诗歌作品，我们在此不一一列举。从诗学批评范畴层面来看，有诸多的朝鲜古代诗家探究了有关“感兴”范畴之于文学创作发生的积极效能问题：

---

① 李奎报：《东国李相国后集卷第十一·王文公菊诗议》，韩国古典综合数据库 http://db.itkc.or.kr/index。

② 李敏求：《东州先生诗集卷之三·铁城录》，韩国古典综合数据库 http://db.itkc.or.kr/index。

凡及见闻,莫不悲感兴怀。①

不独烟霞之胜助发诗思,江山如昨,物换人非,尤有以起千古兴亡之怀。感兴之作,何止一斗而百篇。②

病卧弥旬,至秋深乃起。感今思古,作感兴诗。③

凡道途所见邑居、山川、风俗、人物、美恶之状,咸寓于辞而咏叹之,一以述感兴之怀。④

向日之什,感兴偶吟,非有所为而作也。⑤

辞家远投,为客千里,足以伤心。驿楼题诗,暮鸿寒澌,青灯旅馆,夜雨凄凄,亦足以感兴。而道路所经风景之聚于目者,有可歌也,可咏也,可愁也。⑥

以物观物者,物至而能适其适。以物观心者,心斗而遂丧其真。适其适也,故无一其迹,而胸里天游自不改。丧其真也,故倚着一偏,而从他物移吾乐……吾友希之甫背郭堂成扁取陶诗,无一毫身外思,无一点尘埃想。观物寓怀,遇境感兴。⑦

综合以上论释,朝鲜古代诗家所谓的"凡及见闻,莫不悲感兴怀""感

① 申叔舟:《保闲斋集卷第十五·永慕录序》,韩国古典综合数据库 http://db.itkc.or.kr/index。

② 李承召:《三滩先生集卷之十一·送永川君游长源亭序》,韩国古典综合数据库 http://db.itkc.or.kr/index。

③ 金时习:《梅月堂诗集卷之十二·诗·游金鳌录》,韩国古典综合数据库 http://db.itkc.or.kr/index。

④ 河受一:《松亭先生文集卷之一·东征赋序》,韩国古典综合数据库 http://db.itkc.or.kr/index。

⑤ 尹善道:《孤山遗稿卷之四·柬郑进士吉甫》,韩国古典综合数据库 http://db.itkc.or.kr/index。

⑥ 申翼相:《醒斋遗稿册九·南游录》,韩国古典综合数据库 http://db.itkc.or.kr/index。

⑦ 吴澐:《竹牖先生文集卷之三·悠然堂记》,韩国古典综合数据库 http://db.itkc.or.kr/index。

兴之作，何止一斗而百篇”“感今思古，作感兴诗”“述感兴之怀”“感兴偶吟，非有所为而作也”“观物寓怀，遇境感兴”等言论，其价值取向都旨在阐明：在文学创作发生之初，作为创作主体的诗人是“因物”而“斯感”，“感物”而“起兴”，进而创作出一定的文学作品。这也正如刘勰所言：“人禀七情，应物斯感；感物吟志，莫非自然。”①概而言之，朝鲜古代诗家把“感兴”视为文学创作发生的主要机制。朝鲜古代诗家所言的因所见而“悲感兴怀”、因“千古兴亡”而有“感兴之作”“感今思古，作感兴诗”“驿楼题诗，暮鸿寒澌，青灯旅馆，夜雨凄凄，亦足以感兴”“观物寓怀，遇境感兴”，凡此种种，说明“感兴”是文学创作发生的主导诱因之一。

“观物寓怀，遇境感兴”，最能深刻阐明朝鲜古代诗家的“感兴”诗学观。其旨趣在于：强调人心与物理的沟通融合，即诗人在以情接物、如实体察和了解物之原有形貌的同时，物也被诗人之心自由地支配和调遣，而成为诗人心中的一种心理映象，进而达到特定情境下的心物一体。其创作论意义则在于：诗人与天地精神相往来，全身心地徜徉于自然怀抱之中，才能景与意合，心与物一。

依据格式塔心理学的理论，这种“心物交融”是因为外在物理世界和人的内心世界之间存在着“同型同构”或“异质同构”的关系。格式塔心理学认为，世间万物的表现都具有某种张力结构，表现为一种生命的律动。物理世界与心理世界的质料虽不同（异质），但其力的结构是可以相同的（同构）。当物理世界与心理世界的力的结构相对应而沟通时，就进入身心和谐、物我同一的境界，主体的审美体验也就产生了。如水的潺湲（物理世界）与人的悲哀（心理世界）虽然不是同质的，但其力的结构则是同型同构的（都被动向下），这样，当潺湲涓细的流水呈现于人们面前之际，其力的结构就通过人的视觉神经系统传至大脑皮层，与主体心中所固有的悲哀的力的结构接通，并达到同型契合，于是内外两个世界就产生了

① 刘勰：《文心雕龙·明诗》，人民文学出版社1986年版，第69页。

审美的共鸣，诗与美同时也就产生了，正如李煜词《虞美人》所言“问君能有几多愁？恰似一江春水向东流”是也。

从创作论意义上看，“兴”的心理活动机制表现为物对心的自然感发和由之而来的心与物的自然契合，进而达到具有审美意义的同一，并最终在意识中艺术地呈现出情感与思想形象的表达定式。正如朝鲜古代诗家所言：“兴者，心之所适者也。”①

由此，我们似乎可以这样说，“兴”并非纯然地有心为之或刻意所为，更多情况下，“兴”是一种无心为之的情感之“自然”呈示。也可以说，“兴”之于文学创作的发生，就在于创作主体心理张势的“有心无心之间”，如朝鲜朝诗家吴瑗言：

> 至人无心，必于无心，非真无心也。自然而无则无心，偶然而有则有心，此真无心也。吾性好山水好友朋好酒，又好诗。其诗无故不作，登山临水则作，见朋友则作，有酒则作。不求多，不求工也，方其兴会意到。其无心而发者，未尝使之有心也。有心而成者，不必欲其无心也。故有如是而好者，有如是而不好者。好者固录之，而不好者亦不弃也。人有求见者未尝隐也，称其好未尝不喜也。摘其不好，未尝不服也。既无隽才奇气，而其用心不过如此。人固不之贵，吾亦不自信。天机之自然，知者其知之。②

由上述可知，所谓“有心”就是“偶然而有”，指事物感发人心之后，主体的情感对外物有意识地、积极地投入与融注；“无心”则是“自然而无”，指主体在被外物感发的瞬间，外物倏然沟通了主体的潜意识与往昔的记

① 李明汉：《白洲集卷之十六·辋川水墨图褉屏序》，韩国古典综合数据库 http://db.itkc.or.kr/index。

② 吴瑗：《月谷集卷之九·题诗稿后》，韩国古典综合数据库 http://db.itkc.or.kr/index。

忆及体验，并进而引起主体无法遏制的情感激动。一方面，主体的各种心理因素，如记忆、联想、想象、情绪、情感、无意识欲望等，都被外物激活而处于自由无碍的状态；另一方面，外物为我所用，任我驱遣，或改变其形状，或变化其次序……一切皆由主体的心理时空来组合，于是，"有心无心之间"，主体的创作灵感不思而至，意外佳构纵手而成。

二、由"兴"衍生或延展的范畴类型

前已言及，朝鲜古代诗家在运用"兴"范畴进行文学批评的时候，特别是在阐释"兴"与文学创作发生的关联性时，往往不单独使用"兴"范畴，而是常常与其他范畴结合使用，或与其他词语联合而构成一个衍生或延展的范型。

其一，朝鲜古代诗家常常以"兴会"言之：

诗无故不作，登山临水则作，见朋友则作，有酒则作。不求多，不求工也，方其兴会意到。①

一日偶阅唐人诗，兴会所到，忽觉胸中有勃勃之气，掇拾毫端，不啻若自其口出，遂为集句三十截。悲壮浏亮，不见缝绽。朗读一回，洵快人意。顾视前日肤率之语，真霄壤之不侔矣！②

盖古人之文，其取材不必纯，择语不必庄，立心也不必有用，而结体也不必相类。兴会所至，不过吐其胸中之奇而发抒其独得之妙，居然成天下之至文。③

① 吴瑗：《月谷集卷之九・题诗稿后》，韩国古典综合数据库 http://db.itkc.or.kr/index。

② 金允植：《云养集卷之十・云泉集句序》，韩国古典综合数据库 http://db.itkc.or.kr/index。

③ 黄玹：《梅泉集卷六・燕岩续集跋》，韩国古典综合数据库 http://db.itkc.or.kr/index。

> 秋朝早起,风露凄清,茂林深樾,凉蝉流唱,境与兴会,斐然有作。①

朝鲜古代诗家认为,诗虽“无故不作”,但关键在于“境与兴会”“兴会意到”。如果“兴会所到”,则诗人就会“忽觉胸中有勃勃之气”,遂成佳作;如果“兴会所至”,诗人就会“吐其胸中之奇而发抒其独得之妙”,然后成就“天下之至文”。

“兴会”之于文学创作发生的功用在于:它呈示出了创作主体“感物起兴”的本真体验,创作主体正是借由偶然的“触物”或“遇物”将当下的感知与积淀在内心深处的人生体悟融汇浑成,进而使其在“感物起兴”的刹那间自由无碍地翱翔于“高峰体验”的宏阔境界。

其二,朝鲜古典诗学往往也以“寓兴”或“遣兴”释“兴”。朝鲜古代诗家借“寓兴”言“兴”,如:

> 天下之物,凡有形者皆有理,大而山水,小而至于拳石寸木,莫不皆然。人之游者,览是物而寓兴,因以为乐焉。②
>
> 道途游览之间,或即物寓兴,或遣情叙怀,辄形歌咏。铿锵炳耀,盖发于胸中之自得者,而非风容色泽、流连光景者之所敢窥其涯涘。③
>
> 诗者吟咏性情者也,只可寓兴遣怀而止,何必耗精弊神,以至耀世留名而后快哉!④

---

① 李敏求:《东州先生诗集卷之三 · 铁城录》,韩国古典综合数据库 http://db.itkc.or.kr/index。

② 安轴:《谨斋先生集卷之一 · 镜浦新亭记》,韩国古典综合数据库 http://db.itkc.or.kr/index。

③ 李石亨:《樗轩集卷下 · 皇华集序》,韩国古典综合数据库 http://db.itkc.or.kr/index。

④ 任埅:《水村集卷之九 · 题诗话丛林后》,韩国古典综合数据库 http://db.itkc.or.kr/index。

优游风咏之余，触于目寓于怀者，无非嘲弄咏歌之资。则发于性情而播之声律者，自有所不容已矣。随物而起感，因事而寓兴。思则咏之，乐则歌之。无聊中亦足以畅叙幽情。①

遇兴诗成易，求精笔下迟。自甘前辈笑，谁望后人知。岳渎分崩际，川原净丽时。有怀徒耿耿，彭泽是吾师。②

寓兴触物，必形于诗。至于天然自得之趣，则卓乎不可及，然后信知其高也。③

朝鲜古代诗家所谓的“览是物而寓兴”“即物寓兴”“寓兴遣怀”“因事而寓兴”“遇兴诗成易”“寓兴触物，必形于诗”等主张，都从不同侧面揭示出了“兴”之于文学创作发生的积极意义。

朝鲜古代诗家有时也以“遣兴”释“兴”，如：

聊遣兴于作诗。④

晨起心犹静，年来体自清。吟诗聊遣兴，处世要忘情。雾重珠聊忽，村沈柳失营。寻常未分色，坐待日轮明。⑤

名与实相对，昭然谁敢欺。安贫知有命，遣兴即为诗。禅客问柏树，渔翁歌竹枝。吾今更萧散，黄鸟绿阴时。⑥

---

① 申活：《竹老先生文集卷之二・石林别集序》，韩国古典综合数据库 http://db.itkc.or.kr/index。

② 李穑：《牧隐诗稿卷之十九・遇兴》，韩国古典综合数据库 http://db.itkc.or.kr/index。

③ 成俔：《虚白堂文集卷之六・家兄安斋诗集序》，韩国古典综合数据库 http://db.itkc.or.kr/index。

④ 李仁老：《和归去来辞》，韩国古典综合数据库 http://db.itkc.or.kr/index。

⑤ 李穑：《牧隐诗稿卷之八・晨起》，韩国古典综合数据库 http://db.itkc.or.kr/index。

⑥ 李穑：《牧隐诗稿卷之二十三・有感》，韩国古典综合数据库 http://db.itkc.or.kr/index。

平生性癖爱清幽，客里宁悲道自修。十里青松藏野店，半帘红日入岑楼。诗因遣兴偶然就，语不惊人还未休。昨向行宫奉天语，关东即是帝王州。①

今读其言，原理达事，遣兴感遇。长篇短述，宏敷遒劲，皆自忠肝义胆中流出，不失好恶之正者，令人凛凛觉有生气，信乎“不陨泪者无人心”。②

世里愁兼病，灯前影伴身。遥知今夕会，几个去年人。座满南楼月，樽空北海春。高吟聊遣兴，不省是良辰。③

其有韵之文，情宣而声谐，往往遣兴述志。④

在此，我们清晰可见，朝鲜古代诗家有时也常常将“遣兴”视为文学创作发生的一个因子。如其所言“聊遣兴于作诗”“吟诗聊遣兴”“遣兴即为诗”“诗因遣兴偶然就”，其言“遣兴感遇”“高吟聊遣兴”，韵文“往往遣兴述志”，凡此种种，皆言“遣兴”之于文学创作发生的积极推动作用。

如前所述，真正的“兴”之发生往往在“有心无心之间”，“寓兴”与“遣兴”范畴所偏重的就是“有心”之“兴”，因为“寓”即“寄寓”之意，“遣”即“排遣”或“释放”之意。无论是“寓兴”之“寓”还是“遣兴”之“遣”，它们所显示的都是一个自觉主动的行为，虽是偶然遇之，但却是有意为之。如上所言之“览物寓兴”“即物寓兴”“因事寓兴”“寓兴遣怀”“寓兴触物”等，都旨在阐明创作主体在外物的触发下，有意将累积于内

① 姜希孟：《私淑斋集卷之二·七言律诗·次高城板上韵》，韩国古典综合数据库 http://db.itkc.or.kr/index。

② 卢守慎：《苏斋先生文集卷之七·文山集序》，韩国古典综合数据库 http://db.itkc.or.kr/index。

③ 李睟光：《芝峰先生集卷之三·五言律诗·灯夕记感》，韩国古典综合数据库 http://db.itkc.or.kr/index。

④ 金昌翕：《三渊集卷之二十三·雩沙集序》，韩国古典综合数据库 http://db.itkc.or.kr/index。

在世界的情思顺势而发。这样，外在的"物事"顺其自然地成为"兴"的具体表现形式，所以，朝鲜古代文人有云"遇兴诗成易"。

其三，朝鲜古代诗家也常常通过"遇物兴怀"来阐释"兴"对于文学创作发生的重要意义。例如：

> 遇物兴怀不自知，婆娑步月和前诗。依然万里同光夜，政似中秋对影时。五鼓难留清景驻，一尊唯与故人期。今宵如此宁无语，此责吾曹安可辞。①
>
> 遇物兴怀，辄有所作。文涵众妙，诗神七步。鞫轰乎大篇，蕴顺乎短章。②
>
> 遇物兴怀，辄形于诗。③

由上述可知，"遇物兴怀"即偏重于"无心"之"兴"。在这里，所谓"无心之兴"并非真的"无心"，而是"自然而无则无心，偶然而有则有心，此真无心也"。④ 这种情状，从创作论意义上讲，创作主体在没有心理准备的情境中，面对外物（审美之物）的激发，创作激情刹那间油然而生，所以，朝鲜古代诗家才有"遇物兴怀不自知"的深刻体会。在如此创作佳境中，诗人自我仿佛处于一种酒神的"迷狂"状态，完全不能自已，故而曰"遇物兴怀，辄有所作"或"遇物兴怀，辄形于诗"。

其四，在朝鲜古典诗学批评中，"兴"还有一些其他的衍生或延展范

---

① 李谷：《稼亭先生文集卷之十·九月十五夜》，韩国古典综合数据库 http://db.itkc.or.kr/index。

② 姜希梦：《私淑斋集卷之十·祁皇华集跋》，韩国古典综合数据库 http://db.itkc.or.kr/index。

③ 李穑：《牧隐文稿卷之九·中顺堂集序》，韩国古典综合数据库 http://db.itkc.or.kr/index。

④ 吴瑗：《月谷集卷之九·题诗稿后》，韩国古典综合数据库 http://db.itkc.or.kr/index。

畴,如朝鲜古代文人所言:

噫!风雅《楚辞》不作久矣,不意复见于今矣。非惟格韵警绝,其所讽兴,足以激时俗,反之正者已。①

李坚干诗“旅馆挑残灯一盏,使华风味淡于僧。隔窗杜宇终宵听,啼在山花第几层”,此诗当时以为绝唱。余惯游关东,其所谓“杜鹃”者,即鼎小也之类。浙人王子爵、四川人商邦奇俱尝来江陵,余问之,二人皆曰:“非杜鹃也,盖诗人托兴言之。虽非其物,用之于诗中如隔林空听白猿啼者。”②

读古人诗,看古人意。今古虽殊,其意不异。人于富贵贫贱荣枯得失,皆有欢忻快乐哀戚郁陶,其所以然者,情所感发而兴起也。③

故凡遇江山景象,触物起兴。④

然世之言诗者,或得其声而遗其味,或有其意而无其辞。果能发于性情,兴物比类,不戾诗人之旨者几希。中国且然,况在边远乎?⑤

如上所言之“讽兴”“托兴”“情所感而兴起也”“触物起兴”及“发于性情,兴物比类”等诸语,在朝鲜古典诗学批评中使用的频率虽不甚高,但却从另一个侧面表明:“兴”范畴在朝鲜古典诗学批评体系中的丰富性与重要地位,并且也在一定程度上扩展了“兴”的诗意空间。

---

① 李奎报:《东国李相国全集卷第二十七·答李允甫手书》,韩国古典综合数据库 http://db.itkc.or.kr/index。

② 许筠:《惺所覆瓿稿卷之二十五·说部四·惺叟诗话》,韩国古典综合数据库 http://db.itkc.or.kr/index。

③ 元天锡:《耘谷行录卷之四·次康节邵先生春郊十咏诗并序》,韩国古典综合数据库 http://db.itkc.or.kr/index。

④ 柳梦寅:《於于集后集卷之三·皇华集序》,韩国古典综合数据库 http://db.itkc.or.kr/index。

⑤ 郑道传:《三峰集卷之三·若斋遗稿序》,韩国古典综合数据库 http://db.itkc.or.kr/index。

第二节　朝鲜古典诗学阐释创作思维规律的范畴

文学创作活动发生以后，其进一步地展开乃至到最终完成，在朝鲜古代诗家看来必须借助于裹挟着主观情感的意象，从中进行跳跃性的审美叩思。也就是说，在诗学批评中，朝鲜古代诗家在阐释文学创作的思维规律时，往往将这种依情越理的非理性思维活动称为“天机”。除更多地使用“天机”外，朝鲜古代诗家有时也以“神思”或“妙悟”等来揭示文学创作思维的规律性特征。

一、“天机”：文学创作思维的最佳心理机制

在传统的汉语言文化语境中，“天机”的本义有二：其一指“天之机密”，其二指“天赋灵机”。[①] 所谓“天机”之名，最早可见于《庄子·大宗师》言“其耆欲深者，其天机浅”，《庄子·天运》言“圣也者，达于情而遂于命也。天机不张而五官皆备。此之谓天乐，无言而心说”，《庄子·秋水》言“今予动吾天机，而不知其所以然……夫天机之所动，何可易邪”。实际上，《庄子》一书并未对“天机”的内涵进行逻辑性的阐释，似乎有意给后人留下了无限玄解的阐释空间。但我们从《庄子·秋水》的一则寓言，可以探知《庄子》所言“天机”的本意：

> 夔谓蚿曰：“吾以一足跉踔而行，予无如矣。今子之使万足，独奈何？”蚿曰：“不然。子不见夫唾者乎？喷则大者如珠，小者如雾，杂而下者不可胜数也。今予动吾天机，而不知其所以然。”蚿谓蛇曰：“吾以众足行，而不及子之无足，何也？”蛇曰：“夫天机之所动，何

① 成复旺主编：《中国美学范畴辞典》，中国人民大学出版社 1995 年版，第 590 页。

> 可易邪？吾安用足哉。”

在这则寓言中，庄子借助夔、蚿、蛇的“对话”，意在强调自然生命所固有的、人力所无法认识与掌控的神妙难言的机能。以现代话语释之，意为任何个体行为都是由思维决定的，主张任“天机”之自动，反对主观之臆想，换句话说，就是崇尚自然而然的思维活动，进而言之，就是反对知性判断，崇尚直觉思维。运用到文学创作实践中，意为刻意地创作将有碍于“天赋灵机”的自由发挥。《庄子·达生》言梓庆做锯，应首先排除一切先验理念，“然后入山林，观天性”，达到“以天合天”的“无为”境地，这样才能做出“神器”。其中“以天合天”的境界，就是“天赋灵机”的至境。由此可见，《庄子》所倡扬的是一种听凭直觉、反对知性的思维方式。“天机自然”正是这种思维方式的形象体现。

最早将道家“天机”论中的“天赋灵机”理念引入文学批评实践的是晋代的陆机，陆机《文赋》言：

> 若夫应感之会，通塞之纪。来不可遏，去不可止。藏若景灭，行犹响起。方天机之骏利，夫何纷而不理。思风发於胸臆，言泉流於唇齿。纷葳蕤以馺遝，唯毫素之所拟。文徽徽以溢目，音泠泠而盈耳。及其六情底滞，志往神留，兀若枯木，豁若涸流。揽营魂以探赜，顿精爽於自求。理翳翳而愈伏，思乙乙其若抽。是以或竭情而多悔，或率意而寡尤。虽兹物之在我，非余力之所戮。故时抚空怀而自惋，吾未识夫开塞之所由。①

陆机清醒地意识到创作中有时文思如泉涌，“来不可遏，去不可止”；有时思维若河涸，“志往神留，兀若枯木，豁若涸流”。文思畅流时亦文采

① 陆机：《文赋》，人民文学出版社1986年版，第98页。

飞扬,音节浏亮,“藏若景灭,行犹响起”;思维滞涩时则欲求一字而不得,“是以或竭情而多悔,或率意而寡尤”。于是,陆机认为在文学创作中有一种非主观意愿所能掌控的力量,就如同《庄子·秋水》中的夔、蚿、蛇之能够行走一样,似乎被一种神秘而玄妙的力量控制着,所以陆机借“天机”以言之。天机到来是可以感知的,故曰“在我”;但如何开之、启之,则不由自己,所以言“非余力之所戮”。

陆机之后,“天机”范畴便成了中国古代诗家进行文学批评的一个习惯用语。但“天机”论并未受到中国古代诗家的足够重视,也就是说,它没有真正进入中国古典诗学批评的主流或主导视域,而实际上成为一个被边缘化的范畴。

与在中国传统文学批评中被边缘化遭际截然相反的是,“天机”论在朝鲜古典诗学批评中却备受推崇。在创作论意义上,朝鲜古代诗家津津乐于用“天机”来阐释其对文学创作思维的深刻认知。

首先,朝鲜古代诗家在诗歌作品中常常流露出其对“天机”的认识与理解。任何文学理论都必须来源于文学创作的具体实践,在朝鲜古代汉诗中,我们随处可见朝鲜古代诗人言说“天机”的诗句:

物理固自然,天机妙难觑。①

鸢鱼分上下,自是天机动。道在穹壤间,须知人物共。②

壁上糊马图,三年下董帏。遡观混沌始,二五谁发挥。惟应酬酢处,洞然见天机。太一斡动静,万化随璇玑。吹嘘阴阳橐,阖辟乾坤扉。日月互来往,风雨交阴晖。刚柔蔚相荡,游气吹纷霏。品物各流形,散布盈范围。花卉自青紫,毛羽自走飞。不知谁所使,玄宰难见

---

① 李穑:《牧隐诗稿卷之三·风山十二咏》,韩国古典综合数据库 http://db.itkc.or.kr/index。

② 卞季良:《春亭先生诗集卷之二·诗·鸢鱼》,韩国古典综合数据库 http://db.itkc.or.kr/index。

几。显仁藏诸用,谁知费上微。看时看不得,觅处觅还非。若能推事物,端倪见依俙。张弩发由牙,三军麾用旗。服牛当以牿,扰马当以羁。伐柯即不远,天机岂我违。人人皆日用,渴饮寒则衣。左右取逢源,原处便知希。百虑终一致,殊途竟同归。坐可知天下,何用出庭闱。春回见施仁,秋至识宣威。风余月扬明,雨后草芳菲。看来一乘两,物物赖相依。透得玄机处,虚室坐生辉。①

文章自帝杼,雕饰去天机。②

身无世累名何洁,诗得天机语不尖。③

朝鲜古代诗人所谓"天机妙难觑""自是天机动""洞然见天机""天机岂我违""雕饰去天机""诗得天机语不尖"等诗论,形象而深刻地说明了"天机"对诗人创作思维的积极影响。

诗歌理论寓于诗歌作品之中,于斯信矣。于此,我们可以发现,朝鲜古代诗家在其诗歌创作实践中自然而然地彰显出其对"天机"之于创作思维的深刻影响的清醒意识。徐敬德明确地以"天机"为诗题,借诗歌形式阐明其"天机"理念,认为"天机"是不可违的,只可"洞见",一旦"透得玄机处",便可"虚室坐生辉"。其中道出了"天机"的某些特性:其一"天机"似犹"天道",是一种客观存在;其二"天机"是可以感知的,"洞然见天机";其三"天机"给文学创作以超强的审美效果,"透得玄机处,虚室坐生辉"。其他如"天机妙难觑""自是天机动""雕饰去天机"及"诗得天机语不尖",也都从不同层面揭示了"天机"在诗歌创作中的价值功能,旨在表明"天机"对文学创作思维的积极意义。

---

① 徐敬德:《花潭先生文集卷之一·诗·天机》,韩国古典综合数据库 http://db.itkc.or.kr/index。

② 李时发:《碧梧先生遗稿卷之一·莲池赏集》,韩国古典综合数据库 http://db.itkc.or.kr/index。

③ 洪世泰:《柳下集卷之十三·次李斯文而远草堂韵》,韩国古典综合数据库 http://db.itkc.or.kr/index。

其次，朝鲜古代诗家在具体的诗学批评实践中，从不同视角阐明“天机”的内涵及其对文学创作思维的深入管控。

第一，在创作论意义上，朝鲜古代诗家把“天机”视为影响诗人创作思维的根本力量，进而揭示出“天机”之于创作思维的本质作用：

诗有别趣，非关理也。诗有别材，非关书也。唯其于弄天机、夺玄造之际，神逸响亮，格越思渊为最上乘。①

诗天机也，鸣于声，华于色泽，清浊雅俗出乎自然。②

余谓诗者，性情之物也，惟深于天机者能之。③

诗者，性情之发而天机之动也。④

夫诗者，天机也，天机之寓于人，未尝择其地。而澹于物累者能得之，委巷之士惟其穷而贱焉。⑤

歌咏文化，大者能追步古作者，蔚然为家数，小者亦能袅娜成腔调。要之乎，全其天性，发之天机，咨嗟咏叹，不能自已者。⑥

歌者言其情也，情动于言，言成于文，谓之歌。舍巧拙，忘善恶，依乎自然，发乎天机，歌之善也。⑦

文章发天机则有之矣，至于卑微情曲，亦入于毫端造化耶！吟咏

① 许筠：《惺所覆瓿稿卷之四·石洲小稿序》，韩国古典综合数据库 http://db.itkc.or.kr/index。

② 张维：《溪谷先生集卷之六·石洲集序》，韩国古典综合数据库 http://db.itkc.or.kr/index。

③ 金昌协：《农岩集卷之二十五·松潭集跋》，韩国古典综合数据库 http://db.itkc.or.kr/index。

④ 金昌协：《农岩集卷之三十四·杂识·外篇》，韩国古典综合数据库 http://db.itkc.or.kr/index。

⑤ 李天辅：《浣岩集序》，韩国古典综合数据库 http://db.itkc.or.kr/index。

⑥ 吴光运：《药山漫稿卷之十五·昭代风谣序》，韩国古典综合数据库 http://db.itkc.or.kr/index。

⑦ 洪大容：《湛轩书内集卷三·大东风谣序》，韩国古典综合数据库 http://db.itkc.or.kr/index。

叹服,盖至今而不释也。①

诗者,人籁之合天机者也。其成章也,始于四言,中于五言,终于七言,何也?四者,四象也;五者,五音也;七者,五音之具二变也,半徵半商。天下之声止于七,故诗至七言而大成,不可以复加矣。声属阳,“七”少阳自然之数也。②

由上述可知,朝鲜古代诗家普泛地认为,“诗者,天机也”,意在昭示“天机”是制约主体创作思维的主要力量,所以,创作主体在具体的文学创作活动中,不仅要善于“弄天机”,而且还更要“深于天机”。唯有如此,方能造就出“最上乘”的精品,才能让人读之“吟咏叹服,盖至今而不释也”。对于创作主体而言,就须做到“全其天性,发之天机,咨嗟咏叹,不能自已”。

第二,朝鲜古代诗家认为,“天机”对主体创作思维的影响是一个自然而然的过程,强调“天机”自然流动、自然无为的特性。如其所言:

技无大无小,有得于天者,则虽殚极工巧,皆天机也。无得于天者,则虽若可夺造化,特专攻所至,而未必天机也。③

国朝以诗名家者,虽有铺张藻丽之称而才不逮意,气局而语卑,罕能自拔于流俗。独公力追先古,深造正始,翛然清远,卓尔高蹈。发扬振厉而不入于狂怪,隐约闲静而不病于枯槁,霭然有一唱三叹之遗音。呜呼盛矣!此乃天机之自动,声色之自美耳。岂郊岛之伦雕

① 宋时烈:《宋子大全卷七十七·答赵光甫》,韩国古典综合数据库 http://db.itkc.or.kr/index。

② 洪良浩:《耳溪外集卷九·万物原始·辨名篇》,韩国古典综合数据库 http://db.itkc.or.kr/index。

③ 崔岦:《简易文集卷之三·如长老卷序》,韩国古典综合数据库 http://db.itkc.or.kr/index。

琢绨绘,以求知于一世者比哉!①

诗,天机也。鸣于声,华于色泽。清浊雅俗,出乎自然。声与色,可为也。天机之妙,不可为也。如以声色而已矣,颠冥之徒可以假彭泽之韵,龌龊之夫可以效青莲之语。肖之则优,拟之则僭。夫何故?无其真故也。真者何?非天机之谓乎?……而凡形于口吻,动于眉睫,无非诗也者。及其章成也,情境妥适,律吕谐协,盖无往而非天机之流动也。②

性情之感,天机之动,自然而然,而非待力学而后能者。③

诗者,何也?言之精也,天机之自然也,人情之所不能已也。言不期乎同也,期乎当而已。情不期乎同也,期乎正而已。若夫天机之流动,吾又安得以容吾意哉?若必期乎同而后可,则风何以不同乎雅,雅何以不同乎颂……然求其天机之自然,人情之所不能已者,则漠然无有也。其异于捧土而揭木者几何哉!④

故凡其燕逸之际,天机自鸣。其脱口而肆笔,辞调清疏,格力闲暇,骎骎乎古人之门庭矣。此岂非寡于彼而多于此,短于彼而长于此之效耶?⑤

虽然诗道之盛衰,与世运相污隆。善观诗者,不于博士著作之林,而必先于里巷歌谣。盖以天机所发,不假于人为也。此太师所以

① 李敏叙:《孤竹遗稿跋》,韩国古典综合数据库 http://db.itkc.or.kr/index。

② 张维:《溪谷先生集卷之六 · 石洲集序》,韩国古典综合数据库 http://db.itkc.or.kr/index。

③ 丁范祖:《海左先生文集卷之二十一 · 龙渊诗稿序》,韩国古典综合数据库 http://db.itkc.or.kr/index。

④ 洪奭周:《渊泉先生文集卷之二十 · 题诗薮后》,韩国古典综合数据库 http://db.itkc.or.kr/index。

⑤ 宋时烈:《宋子大全卷一百三十九 · 泛翁集序》,韩国古典综合数据库 http://db.itkc.or.kr/index。

陈诗，季子所以观乐也。①

凡诗之难，非协声批韵之难，非工譬善喻之难，又非耀采色贲饰之难也。得之心而肆焉，天机自动而无待于物。②

以上论释表明，一方面，朝鲜古代诗家把“天机”视为创作中一种不以自我的主观意志为转移的、有类于“天道”自然而然的张力，认为文学创作“乃天机之自动，声色之自美”“天机自动而无待于物”，其无论是清、是浊还是为雅、为俗，都“出乎自然”“自然而然，而非待力学而后能者”。由于“天机”是“自然”而又“自鸣”的，因此其“不假于人为”，也即天机之“自然无为”的审美特质。另一方面，朝鲜古代诗家认为“天机”是可以为人所用的，创作主体一旦“得于天机”并恰当地将其运用于创作实践，则其所创作出来的作品就会“情境妥适，律吕谐协”，无处不呈示出天机自然流动的绵绵生机，此即天机“无为而无不为”的哲学属性与审美特质。所以，朝鲜古代诗家李献庆言：“学为诗而诗者，人巧胜。不学为诗而诗者，天机胜。”③

第三，就审美效果而言，朝鲜古代诗家认为“天机”的创作论价值在于“妙而不可以伪为”：

凡诸草木花卉，寓之目而得于心，得之心而应于手。神一画则神一天机，妙一画则妙一天机。④

夫心之感也无形，而其成声至着也。声之动也无方，而其感人至

① 李晚秀：《屐园遗稿卷之九·题俭岩诗集后》，韩国古典综合数据库 http://db.itkc.or.kr/index。

② 李敬舆：《九畹先生诗集序》，韩国古典综合数据库 http://db.itkc.or.kr/index。

③ 李献庆：《艮翁先生文集卷之二十三·题李令国华金刚诗三百韵后》，韩国古典综合数据库 http://db.itkc.or.kr/index。

④ 姜希梦：《私淑斋集卷之七·答李平仲书》，韩国古典综合数据库 http://db.itkc.or.kr/index。

深也，此天机之至妙而不可以伪为也。①

诗歌之道与文章异者，正以其多道虚景，多道闲事，而古人之妙却多在此。盖虽曰虚景闲事，而天机活泼之妙，吾人性情之真，实寓于其间。使人读之，足以讴歌吟讽，感发兴起，而得之于言意之表，此其妙。岂敷陈事理，排比故实以为诗者之所能及耶？然则今之论为诗者，病不得古人虚闲之妙而已，不当概以虚闲为病也。②

诗有二道，或以天机而鸣，或以人工而成。主于天机则其失也流于易。主于人工则其失也伤于涩。苟非自得之妙，组织之工，妙有能免焉者。诗岂易言乎哉?③

居士之诗闲远淡泊，天机清妙，往往似玄晖门中语，不惟其性情然也，亦地之所使也。④

往往静坐默观，认取天机之妙。常使吾心之体，妙合于鸢飞鱼跃之天。则虽在囹圄幽縶之中，自有咏归舞雩之趣，自足以乐而忘忧。⑤

综合以上诗家论释“天机”之于主体创作思维的审美价值，无非一个“妙”字。主要体现在以下两个方面：

其一，“天机”本身自有其玄美的“妙”理，如“妙一画则妙一天机”“天机之至妙而不可以伪为”“天机之妙，不可为也”“天机清妙”等论断，

① 金昌协:《农岩集卷之二十一·送最良兄宰歙谷序》，韩国古典综合数据库 http://db.itkc.or.kr/index。

② 金昌协:《农岩集卷之十二·与赵成卿》，韩国古典综合数据库 http://db.itkc.or.kr/index。

③ 崔锡恒:《损窝先生遗稿卷之十二·壶隐集序》，韩国古典综合数据库 http://db.itkc.or.kr/index。

④ 李晚秀:《屐园遗稿卷之九·题石楼诗稿》，韩国古典综合数据库 http://db.itkc.or.kr/index。

⑤ 崔鸣吉:《迟川先生集卷之十七·寄后亮书》，韩国古典综合数据库 http://db.itkc.or.kr/index。

都旨在阐明天机本身自有其妙理。在审美体验层面上,"天机"本身就是一个充满无限张力、富有勃勃生命韵律的诗意空间。

其二,"天机"为创作主体与接受主体带来诸多回味无穷的"妙"趣,天机之妙使人"感发兴起,而得之于言意之表",甚至世间万物之所以能感人肺腑,无不因天机之自然流动所造就的"天机之至妙而不可以伪为"的审美效果。所以,高明的诗人往往"静坐默观",以体悟"天机之妙",使自我的主体精神"妙合于鸢飞鱼跃之天",而进入创作的最佳境界。若此,即便是身陷囹圄禁锢之中,亦能自足,甚至于跃升到"乐而忘忧"的自由境地。

概而言之,从现象学层面看,"天机"是朝鲜古典诗学批评体系中的一个重要范畴,它不只是朝鲜古代诗家用以指涉文学创作的核心范畴,"天机"论的诗学理念在朝鲜古典诗学的方方面面都有不同程度的体现与应用。

二、与"天机"相类的范畴:"神"与"妙悟"

朝鲜古典诗学批评在探讨文学创作的思维规律时,除主要以"天机"进行阐释外,有时也常常使用与"天机"性质相类的"神"与"妙悟"等范畴进行文学理论探寻。在此,笔者只就"神"与"妙悟",以及由其引发或延展的相关范畴类型进行论释。

1."神"及其统摄的相关范型

朝鲜古代诗家明显地意识到文学创作思维是一种超越时空限制与逻辑规律、是理性而又非理性的特殊心理活动。故往往称之为"神",同时,在创作论意义上也尤为强调这个"神"。关于"神"的内涵,朝鲜古代诗家有诸多不同的理解。概而言之,主要集中在以下三个方面。

其一,在哲学立场上,朝鲜古代哲人从"神"与"气"的哲学关联性出发阐释"神"的哲理蕴含:

周子曰:“动而无动,静而无静,神也。以其气无所不通,故曰神。动而无静,静而无动,物也。以其囿于形气而不能相通,故曰物。”盖动而无静者,有情之谓也。静而无动者,无情之谓也。是亦物之有情无情皆生于是气之中,胡可谓之二哉?①

受天地之气而生生不已者,生也。随天地之化而化化无穷者,化也。故气之来聚者,为生而有有矣。气之已散者,为化而无有矣。有有者为神,而无有者为鬼。为神者有形,而为鬼者无迹。其或精神所感,假寐而作,偶然施为于形色动作者,梦也。而谓之生化可乎?②

凡诗之难,非协声批韵之难,非工譬善喻之难,又非耀采色贲饰之难也。得之心而肆焉,天机自动而无待于物,气为之主而大小毕举,神与之偕而宫商自叶,是为难耳。夫气也者,天下之至大者也。神也者,天下之至精者也。凡天下可喜可愕,精粗奇怪,以至性情之感事物之变,目接于前。以气致之,以神摄之,罗列颠倒,了然于心手之间。③

上述诸言论有一个共同的主旨,就是把“气”视为掌控“神”的潜在力量。如其所言的“气无所不通,故曰神”“气而生生不已者”“神”与“天下之至大者”之“气”相和谐而成为“天下之至精者”等,体现出朝鲜古代哲人对“神”与“气”之间哲学联系的深入思考与体认。

其二,在心理学层面上,朝鲜古代的智者从“心”“神”的内在关联性着手,阐释“神”的心理学意味:

凡人之心,即天也。心之神,即天之神也。盖心者身之主,神者

① 郑道传:《三峰集卷之九 · 佛氏杂辨识》,韩国古典综合数据库 http://db.itkc.or.kr/index。

② 金正国:《思斋集卷之三 · 庄周蝴蝶辨》,韩国古典综合数据库 http://db.itkc.or.kr/index。

③ 李敬舆:《九畹先生诗集序》,韩国古典综合数据库 http://db.itkc.or.kr/index。

心之主。如《诗》曰“神之格思，不可度思”，又曰“神之听之，终和且平”。故君子事心如事天，存心以存神也。①

然其心融神会，握手谭论之余，自不知过于所不过之地。所以自得于其心者，吾不知何如耶！惟渊明节义凛然，激千载之清风，是固可赏矣。②

在“心”与“神”的关系中，虽然“神者心之主”，君子“存心”的目的在于“存神”，但是二者并非可以各自独立存在，二者的最佳关系状态是“心融神会”。“心融神会”的精神状态也是文学创作主体所孜孜以求的至高创作境界。因此，朝鲜古代诗家郑宗鲁言：“心融神会之际，若或见而闻之，甚至发于梦寐而若或记之。”③

其三，在审美创作的层面上，朝鲜古代诗家从创作的价值取向出发，探究“神”的美学意义与价值：

凡诗之难，非协声批韵之难，非工譬善喻之难，又非耀采色责饰之难也。得之心而肆焉，天机自动而无待于物，气为之主而大小毕举，神与之偕而宫商自叶，是为难耳。夫气也者，天下之至大者也。神也者，天下之至精者也。凡天下可喜可愕，精粗奇怪，以至性情之感事物之变，目接于前。以气致之，以神摄之，罗列颠倒，了然于心手之间。④

诗道难言也，区区于吟咏之末，而不求乎包相之中者，难与言诗

① 李睟光：《芝峰先生集卷之二十四・采薪杂录》，韩国古典综合数据库 http://db.itkc.or.kr/index。

② 朴彭年：《朴先生遗稿・三笑图序》，韩国古典综合数据库 http://db.itkc.or.kr/index。

③ 郑宗鲁：《立斋先生文集卷之二十六・溪门笔迹帖序》，韩国古典综合数据库 http://db.itkc.or.kr/index。

④ 李敬舆：《九畹先生诗集序》，韩国古典综合数据库 http://db.itkc.or.kr/index。

也。诗固易言哉！然非言之难也，知之为难也。非有自得于心而妙悟于神化之境者，不能知也。①

朝鲜古代诗家认为：首先，作诗之难并不在于声韵、譬喻、话语色彩及修辞等外在形式的创造方面，而难在“神”与“气”是否能够和谐共融。在文学创作过程中，只要创作主体对其所表现的对象能够“以气致之，以神摄之，罗列颠倒，了然于心手之间”，那么，作诗也就自然不难了。其次，为诗之道也并非“言之难也”，而是“知之为难也”。诗人如果能够“自得于心而妙悟于神化之境”，那么，为诗之道也就自然易于把握了。

在创作论意义上，创作主体在创作过程中之所以能够做到“神”与“气”融，甚至臻于“神化之境”，如果没有对文学创作规律的深刻把握与认知，是难以实现的。所以，朝鲜古代诗家非常重视“神”对于主体创作思维的积极影响与重大价值，如其所言：

诗而至于神化无方，天机动而万象随，无假乎丹青组织之工，而不知手舞足蹈，然后乃可以言乐矣。②

画有绝品，有妙品，有神品，人工极则绝与妙不可能也。唯神也者，非人工可及。离乎色，脱乎境，然后乃可以语于神矣。其神全，故其天全。其天全，故能不离于物而为物之主，盍亦观夫造化乎！③

声者，无形无色而能鼓万物，其神之妙用乎？天有雷风，人有歌吟，器有律吕，无非神也……目之视，耳之听，心之觉，皆神也。众形毕呈于一视，群声咸凑于一听，万理皆彻于一觉，所谓不疾而速，不行

① 申翼相：《醒斋遗稿册九·题季会诗跋》，韩国古典综合数据库 http://db.itkc.or.kr/index。

② 李敏求：《东州先生文集卷之二·太医郑君诗稿序》，韩国古典综合数据库 http://db.itkc.or.kr/index。

③ 申钦：《象村稿卷之二十一·赠李画师桢诗序》，韩国古典综合数据库 http://db.itkc.or.kr/index。

而至者,亦神也。①

目之所向,手辄应之,虽欲不中,得乎?故工不足以尽其才,力不足以贯其工,气不足以持其力,志不足以驭其气,神不足以通其志。虽使后羿临之,亦不能为之师也,为文亦犹是尔。才欲其茂,学欲其博,力欲其劲,气欲其厚,志欲其专,工欲其熟,至其神也。②

在文学创作过程中,创作主体的创作思维一旦进入"神化无方"的诗意境界,就会形成一股化腐朽为神奇的巨大力量,使"无形无色"之"声"能够鼓动万物,使处于创作中的主体能够自由地目"视众形",耳"听群声",心"觉万理",进而创作出质量上乘的"绝品""妙品"及"神品"。在文学创作实践中,"神也者,妙万物而为言之神同""神也者,妙万物主宰之中"③也。

在具体的文学批评实践中,由于文学现象的无限丰富性与多样复杂性,任何一个内蕴丰厚的范畴类型都无法涵盖它所指涉的范畴,其必须遵循文学自身的规律性,依据不同的语境氛围进行自觉而灵活地延伸或衍展,创生出以自我为基干的新范式,以切合繁杂多样而又变幻莫测的文学现象。基于此,在朝鲜古典诗学批评中,以"神"为根石,生发出诸多下序范型,如"神思""神会""传神""神气"及"养神",等等。在此,我们只对其中的"神思"与"神会"展开分析,以更深入地探究文学创作思维的某些规律性的东西。

"神思"在中国文学批评实践中,是一个十分活跃的范型,刘勰《文心雕龙·神思》中的思想颇具代表性:

① 洪良浩:《耳溪外集卷九·近取篇》,韩国古典综合数据库 http://db.itkc.or.kr/index。

② 成大中:《青城集卷之五·为申武人赠人序》,韩国古典综合数据库 http://db.itkc.or.kr/index。

③ 吴载纯:《醇庵集卷之十·杂识》,韩国古典综合数据库 http://db.itkc.or.kr/index。

“形在江海之上，心存魏阙之下”。神思之谓也。文之思也，其神远矣。故寂然凝虑，思接千载。悄焉动容，视通万里；吟咏之间，吐纳珠玉之声；眉睫之前，卷舒风云之色：其思理知致乎！

刘勰站在理论的高度上，以“神思”概括文学创作活动中主体的思维活动，并对其内涵、意义及过程等进行深入的分析。其宗旨在于彰显“神思”是一种超越时空界域的、完全由主体自我精神调控的思维活动。其根本特性即“思理为妙，神与物游”。

“神思”在朝鲜古典诗学批评中虽不似中国那样活跃，但朝鲜古代诗家对其仍有着自己精确的把握与理解：

古圣贤容貌衣冠邈然于千载之上，万里之表而忽焉罗列于前，历历乎目击而身对者，画之功也。斯亦天下之至妙哉！虽然画之所传者，特形似耳。文章之妙乃并其声音动容，神思而得之。其于画又何如哉？抑是犹外也？由其文而造其实，会其理而得其心，知万物皆备于我，而使吾身为古圣贤之身。其为乐又何如哉？①

窃闻平阳逸奏，云谷和风。八律载宣，七鬯斯永。嘶雷门之鼓，凡响皆沈。登郢人之堂，楚歈不复。所以追琢神思，含吐裹蕴。烟霞争彩，金石助奇。代既嬗及，流音渐眇。握灵蛇之尺珠，骋騄骐于千里。虽光溢乎后乘，尘驶乎前驱，而志有盛衰，声有大小。陋厥古规，靡于新韵；騄锦为华，惟工雕镂。取材失慎，鄙于俳优。户执寸篇，家传百笥。扬雄是以有小道之嗤，刘勰是以急明诗之辨也。②

及沉郁无所用其奇，则又发之诗律。为古家及近体诗，清丽演

① 洪奭周：《渊泉先生文集卷之二十一·题从子佑健所贮画卷》，韩国古典综合数据库 http://db.itkc.or.kr/index。

② 金正喜：《阮堂先生全集卷六·题或人诗卷》，韩国古典综合数据库 http://db.itkc.or.kr/index。

雅。往往神思独造,殆袭化妙。①

朝鲜古代诗家认为,文学的至高境界是由浑融了“神思”的带有诗意的创作思维所构筑而成的,故曰“文章之妙乃并其声音动容,神思而得之”。创造文学佳制,要求创作主体在构思阶段必须“追琢神思”,才能使其创制出的作品“含吐裹蕴”,即造成“不着一字,尽得风流”的综合性审美效果。故此,朝鲜朝诗家洪彦弼诗云“神思超有象,字法如无伦”。②

“神会”与“神思”属于同序范畴,在朝鲜古典诗学批评中,它也常常被用来揭示文学创作思维的奥秘。如其所言:

公则距不佞莽苍地,而所居饶岩潭之胜。乍间阔,辄折简见招。不佞亦兴至,则不待招而往。方其窥临曲水,徙倚华峰,境与神会,发之以赋咏。疾徐无拘,长短错出,兴剧而后止。③

公顾视余苦吟,谓曰:“君作诗乎?诗不可作,境与神会,自然为诗,是诗也。”余以是说归语近斋与苍下,皆服其悟于作诗之妙。④

盖公于诗文初非甚长,而其临境赋怀,遇物遣兴,发由天机,不事雕琢,有时意往神会,声格俱到。⑤

凡有所作,词致不凡,真若神会天出。⑥

---

① 李光廷:《讷隐先生文集卷之九·金元澄哀辞》,韩国古典综合数据库 http://db.itkc.or.kr/index。

② 洪彦弼:《默斋先生文集卷之三·次杜工部赠鲜于韵》,韩国古典综合数据库 http://db.itkc.or.kr/index。

③ 丁范祖:《海左先生文集卷之十九·棠溪遗稿序》,韩国古典综合数据库 http://db.itkc.or.kr/index。

④ 朴准源:《锦石集卷之八·葵老金仲宽诗稿序》,韩国古典综合数据库 http://db.itkc.or.kr/index。

⑤ 郭钟锡:《俛宇先生文集卷之百三十四·生员余公遗稿序》,韩国古典综合数据库 http://db.itkc.or.kr/index。

⑥ 李玄逸:《葛庵先生文集别集卷之三·书郭梅轩行状后》,韩国古典综合数据库 http://db.itkc.or.kr/index。

然其心融神会，握手谭论之余，自不知过于所不过之地。所以自得于其心者，吾不知何如耶！惟渊明节义凛然，激千载之清风，是固可赏矣。①

然百世之下，诵其诗，读其书，而想象其胸次，则心融神会之际，若或见而闻之，甚至发于梦寐而若或记之。②

由上可见，朝鲜古代诗家认为，"神会"在主体创作思维中的特质是"发由天机，不事雕琢"，即"神会天出"。同时，朝鲜古代诗家亦发现"神会"有两个机制：一是"境与神会"，二是"心融神会"。"境与神会"则"自然为诗"，其思维倾向是主体精神向外伸张。"心融神会"则"迷狂"成文，其思维倾向是对内激活。这两个心理机制不可剥离，而是同时发生的，二者是二而一、一而二的一体同构关系。也就是说，"神会"作为一个创作思维机制具有强大的整合功能，既与"心"相融，又与"境"相谐，是"心"与"境"浑融无间的枢纽。在"神会"的思维张力作用下：心入于境，境由心生，进而营构出文学创作的至高审美境界。

2."妙悟"及其掌控的相关范式

在汉语言文化语境中，"妙悟"本非一个固定词，由"妙"与"悟"两个词素连缀而成。"妙"在中国哲学中，起初就具有超越具体感性的本体意义。《老子·第一章》云：

道可道，非常道；名可名，非常名。无名天地之始；有名万物之母。故常无，欲以观其妙；常有，欲以观其徼。此两者，同出而异名，同谓之玄。玄之又玄，众妙之门。

① 朴彭年：《朴先生遗稿·三笑图序》，韩国古典综合数据库 http://db.itkc.or.kr/index。

② 郑宗鲁：《立斋先生文集卷之二十六·溪门笔迹帖序》，韩国古典综合数据库 http://db.itkc.or.kr/index。

老子意谓“妙”是支配宇宙万物发展变化的规律,但与一般规律不同,它是精微奥妙,莫可名状,却又确实存在,只能强名之为“妙”。

“悟”是中国古代特有的一种非理性的思维方式,原是道玄及佛学中的一种独特思维方式,后被引入诗歌美学,并被赋予特殊的审美意蕴。在词源学意义上,“悟”包含着两种不同的认识方式:一是“认知”,二是“体知”。前者就是一般的认识方式,后者则是一种心灵豁然开朗的体验方式。①

“妙悟”连称构成一词,成为一个范畴。但其内涵以“悟”为核心,“妙”的功用是规范“悟”的方式,“悟”则是“妙”的旨归,简言之,“妙悟”就是“悟”得要“妙”。

“妙悟”合成一个固定词语,较早见于后秦僧肇的佛学著作中,其《般若无名论》云:“玄道在于妙悟,妙悟在于即真,即真则有无齐观,齐观则彼己莫二,所以天地与我同根,万物与我一体。”②僧肇以后,“妙悟”一词逐渐成为佛门中的常用术语。至唐代,“妙悟”日益为禅家所看重,渐而成为禅宗谈禅的惯用语。由于禅学思想在唐代的盛行与广泛流播,作为禅宗惯用语的“妙悟”也深受文艺家的青睐,首先被引入绘画批评中,唐代张彦远在《历代名画记》中言:“遍观众画,唯顾生画古贤得其妙理,对之人终日不倦。凝神遐想,妙悟自然,物我两忘,离形去智。身固可使如槁木,心固可使如死灰,不亦臻于妙理哉?”③

至南宋,严羽则首先将“妙悟”引入文学批评视域,严羽在《沧浪诗话·诗辨》中有言:

大抵禅道惟在妙悟,诗道亦在妙悟。且孟襄阳学力下韩退之远

① 朱良志:《大音希声——妙悟的审美考察》(上卷),百花洲文艺出版社 2009 年版,第 9 页。

② 单培根:《肇论讲义》,台北方广文化出版社 1996 年版,第 56 页。

③ 张彦远:《历代名画记》,人民美术出版社 2005 年版,第 136 页。

甚、而其诗独出退之之上者，一味妙悟而已。惟悟乃为当行，乃为本色。然悟有浅深、有分限、有透彻之悟，有但得一知半解之悟。①

严羽明确地将“妙悟”确立为主体创作活动中进行审美把握、诗意思维的特殊方式。此后，“妙悟”作为一个诗学批评术语逐渐为越来越多的诗家所认同与使用，日益成为中国古代文学批评中一个极富生命力与审美韵味的经典范畴。

在朝鲜古典诗学批评中，“妙悟”作为阐释文学创作过程中有关灵感问题的关键词，也深受朝鲜古代诗家的青睐。朝鲜古典诗学批评中的“妙悟”理论虽不似中国那样丰富与完备，但一些朝鲜古代诗家在具体的文学创作实践中，对于“妙悟”之于主体创作思维的潜在影响，仍提出了许多有价值的理论认识与见解。

其一，朝鲜古代诗家对“妙”的理解和认知。由于“妙”本身就是一个具有极强模糊性的诗学范畴，不可能从单一视角就能够对其进行完满的阐释。因此，朝鲜古代诗家摄取了不同的角度，对“妙”的不确定性与诗意蕴藉性进行了多元的感知与阐释，对于我们把握文学创作思维的规律性特征有深刻的启示。朝鲜古代诗家对“妙”之特性的阐释角度，归纳起来，聚焦于以下几个方面：

一是结合“理”与“气”及其不可剥离的关联性，揭示“妙”的调和功能。

朱子尝言“妙”字曰：“有运用之意，以运用字有病，故说‘妙’字。”盖妙者，所以运用而精微不见者也，此非理而何？②

天地之间，惟一气橐钥耳。此理有屈有伸，有盈有虚。屈伸者，

① 严羽著，郭绍虞校释：《沧浪诗话校释》，人民文学出版社1983年版，第12页。

② 权尚夏：《寒水斋先生文集卷之十一·答申伯谦》，韩国古典综合数据库 http://db.itkc.or.kr/index。

妙也。盈虚者，道也。①

气者理之盛也，理者气之妙也。非理体不立，非气用不行。是故，显诸仁者气也，藏诸用者理也。②

夫文章之发，必根于志，志者心之所之。心苟得其正，其发也必粹然一出于正。油然性情之蕴，蔼然天理之妙，夫岂勉强哉？③

朝鲜古代诗家认为，“妙”的外在表现形式就是“气”的流动，所谓“屈伸者，妙也”；而“妙”的内隐价值就是“理”之潜在功能的发挥，所谓“盖妙者，所以运用而精微不见者也，此非理而何”。“妙”的创作论意义就是蕴藉之情感与深奥之道理的自然流露，正所谓“油然性情之蕴，蔼然天理之妙，夫岂勉强哉”。

二是借助“天机”的某些特质，探究“妙”对于自然物的强大的创生功能，它能够赋予表现对象以勃勃的生命张力。如其所言：

往往静坐默观，认取天机之妙。常使吾心之体，妙合于鸢飞鱼跃之天。则虽在囹圄幽絷之中，自有咏归舞雩之趣，自足以乐而忘忧。④

居士之诗闲远淡泊，天机清妙，往往似玄晖门中语，不惟其性情然也，亦地之所使也。⑤

---

① 金时习：《梅月堂文集卷之二十·神鬼说》，韩国古典综合数据库 http://db.itkc.or.kr/index。

② 李滉：《退溪先生文集卷之三十二·答禹景善问目》，韩国古典综合数据库 http://db.itkc.or.kr/index。

③ 许伯琦：《冲庵先生集跋》，韩国古典综合数据库 http://db.itkc.or.kr/index。

④ 崔鸣吉：《迟川先生集卷之十七·寄后亮书》，韩国古典综合数据库 http://db.itkc.or.kr/index。

⑤ 李晚秀：《屐园遗稿卷之九·题石楼诗稿》，韩国古典综合数据库 http://db.itkc.or.kr/index。

诗歌之道与文章异者，正以其多道虚景，多道闲事，而古人之妙却多在此。盖虽曰虚景闲事，而天机活泼之妙，吾人性情之真，实寓于其间。使人读之，足以讴歌吟讽，感发兴起，而得之于言意之表，此其妙也。①

夫心之感也无形，而其成声至着也。声之动也无方，而其感人至深也，此天机之至妙而不可以伪为也。②

窃谓诗者，出于性情，达乎声音，讽之自然，有神动天随之妙者，斯为至矣！③

"天机"范畴前已论及，朝鲜古代诗家从"妙"的视点切入，"认取天机之妙"。认为"天机"之所以蕴含生机盎然的生命意趣，是由于"妙"为其融入了生命的张力，使其无伪而自然。

三是从人的主体精神出发，彰显"妙"对个体自我心灵的巨大激励与激发，使主体在"自得之妙"的诗意体验中，进入文学创作的佳境。

诗有二道，或以天机而鸣，或以人工而成。主于天机则其失也流于易。主于人工则其失也伤于涩。苟非自得之妙，组织之工，妙有能免焉者。诗岂易言乎哉？④

窃谓诗者出于性情，达乎声音，讽之自然。有神动天随之妙者，斯为然。人之游者览是物而寓兴，因以为乐焉，此楼台亭榭所由作也。夫形之奇者在乎显而目所玩，理之妙者隐乎微而心所得，目玩奇

① 金昌协:《农岩集卷之十二·与赵成卿》，韩国古典综合数据库 http://db.itkc.or.kr/index。

② 金昌协:《农岩集卷之二十一·送最良兄宰歙谷序》，韩国古典综合数据库 http://db.itkc.or.kr/index。

③ 洪世泰:《柳下集序》，韩国古典综合数据库 http://db.itkc.or.kr/index。

④ 崔锡恒:《损窝先生遗稿卷之十二·壶隐集序》，韩国古典综合数据库 http://db.itkc.or.kr/index。

形者愚智皆同而见其偏,心得妙理者君子为然而乐其全。①

诗道难言也,区区于吟咏之末,而不求乎包相之中者,难与言诗也。诗固易言哉! 然非言之难也,知之为难也。非有自得于心而妙悟于神化之境者,不能知也。②

先生为学自吾身心情性之微,人伦日用之着。大而天地古今之运变,细而昆虫草木之名品无不贯。至其所超然了悟,独得夫古人不传之妙者,则有非吾东方有文学来诸子所可得而企及也!③

揲蓍以求卦,则天下之故无有不通,人心之感也如是。非至精至变之外,难有所谓至神,神即精与变之至妙也。④

朝鲜古代诗家所言的“自得之妙”“心得妙理”“自得于心而妙悟于神化之境”“独得夫古人不传之妙”等论断,其主旨都在强调“妙”对于主体创作心灵的“神化”作用,只要进入了“自得之妙”的高峰体验状态或境界,只要主体的创作思维中植入了“妙”的因子,作诗就不再是难为之事,诗道也就自然易于把握了。对此,李珥有言:

志动而形于诗,诗成而永歌其声,永歌之不足则不知手舞足蹈而动其容焉。三者皆本于心之感物而动,然后被之八音之器,以及干戚羽旄也。情之感于中者深,则文之着于外者明。如天地之气盛于内,则化之及于物者,神妙不测也。故曰“和顺积中,而英华发外也”。

① 安轴:《谨斋先生集卷之一·镜浦新亭记》,韩国古典综合数据库 http://db.itkc.or.kr/index。

② 申翼相:《醒斋遗稿册九·题季会诗跋》,韩国古典综合数据库 http://db.itkc.or.kr/index。

③ 卞季良:《春亭先生文集卷之五·圃隐先生诗稿序》,韩国古典综合数据库 http://db.itkc.or.kr/index。

④ 鲜于浃:《遯庵先生辑着大易理象卷之二·大易理象·圣人与天地易为一般而能用易之方》,韩国古典综合数据库 http://db.itkc.or.kr/index。

由是观之，则乐之为乐，可以矫伪为之乎！①

崔瀣更是自觉地从朝鲜古代文学的社会历史文化语境出发，指明“妙”对于朝鲜古代文人从事文学创作的积极意义：

若吾东人，言语既有华夷之别，天资苟非明锐而致力千百，其于学也胡得有成乎？尚赖一心之妙通乎天地四方，无毫末之差。至其得意，尚何自屈而多让乎彼哉！②

其二，朝鲜古代诗家对“悟”的体认与阐释。“悟”本原于佛禅者流，是佛禅阐明佛理与禅道的习惯用语，所以，朝鲜古代诗家在探析“悟”之于文学创作的积极意义时，往往倾向于“悟”道或“悟”理。如成伣言：

善为诗者悟于理，故能不失根本。苟失根本，虽豪宕浓艳、雕镂万状，而不可谓之诗也。自丽季至国朝，诗之名家非一，而能悟其理者盖寡。平者失于野，豪者失于绑，奇者失于险，巧者失于碎，俗习卒至于萎靡而不回。吁！此则诗之不幸也。③

成伣强调诗人为诗的根本就是“悟于理”，如果为诗不悟理，无论诗的形式多么富丽华艳，都不能称之为好诗，更是诗的极大不幸。

朝鲜朝另一诗家丁范祖则指出，诗家为诗悟理的方式就如同佛禅的

---

① 李珥：《栗谷先生全书卷之二十·修己第二上》，韩国古典综合数据库 http://db.itkc.or.kr/index。

② 崔瀣：《拙稿千百卷之二·东人之文序》，韩国古典综合数据库 http://db.itkc.or.kr/index。

③ 成伣：《虚白堂文集卷之七·濡溪诗集序》，韩国古典综合数据库 http://db.itkc.or.kr/index。

见佛性、参禅味的法门一样：

> 诗家以深于诗道，谓得禅悟，盖悟是佛氏之极功耳，虽然诗造悟境甚难。世称王摩诘诗近禅悟，而其余无闻焉，缁流之诗亦然。自六朝至三唐，号能诗者众，而未见其有悟解。岂彼其于禅学，有未甚悟故欤？一日，顗上人自潭阳之玉泉庵，飞锡八百里谒余，以其六世法祖《逍遥大师诗集》属为叙。阅之，则诗止五七言律绝二百有四篇。而清空澹泊，如云过空。而月印川间，以名言妙喻，超诣色相之先，盖近于悟者也。问师法派，则曰"是西山大师之嫡传弟子也"。夫西山师夙阐禅宗，妙契玄旨，慧观灵智，旁晓韬略，左右王师。普济龙蛇之难，非洞悟万法一心，随类圆通之妙。能如是哉？法门衣钵以悟传悟，无怪乎逍遥师之游戏三昧，悟及诗道也。①

为诗与参禅在思维方式上是一致的，如果参禅能够达到"妙契玄旨，慧观灵智，旁晓韬略，左右王师"的禅境，就会彻悟"万法一心"的道理，也就能体悟到"随类圆通之妙"。以此为诗，就会进入"游戏三昧"的自由创造之境，也就自然"悟及诗道"了。

将佛禅者流参禅、悟佛的法门引入文学创作的构思环节，对文学创作无疑有积极的影响。对此，朝鲜古代诗家几乎形成了一种普适的创作价值取向。他们纷纷依据自我的创作经历与经验展开了极为热烈的理论争鸣：

> 就吾一身言之，吾身受命于天，亦天地之一气。呼吸喘息，进退坐作，固当守之以正，而勿使悖焉耳。悖焉则吾心非吾心，吾气非吾气，未免为魔障之所恼耳。师居即山之虚牝也，师行即云水之界也。

---

① 丁范祖：《逍遥大师诗集序》，韩国古典综合数据库 http://db.itkc.or.kr/index。

结跏趺坐，面壁不言，是静得其正也。浮杯飞锡，行吟诗偈，是动得其正也。架上《楞严》看遍了，是寻法而得其正也。庭前柏树坐相对，是悟理而得其正也。然则为禅之道，枯木死灰云乎哉？飞絮沾泥云乎哉？身虽入定而烦恼未脱，心虽俨思而邪念遽起，则岂可谓之正乎？今儒与释形不同而心则同，其为教虽异，而趋善守正之意则无异，故终以“正”字。①

“行到水穷处，坐看云起时”诗而禅乎？“猿抱子归青嶂里，鸟含花落碧岩前”禅而诗乎？盖悟者禅，而诗亦由悟而入。其道虽殊，造微臻妙一也。②

道虽不在乎色声，亦不离乎是之外矣。故古人之觉悟也，亦必有待而后得。有闻折竹而悟之者，有见桃花而悟之者，此类甚多。况此题咏之诗皆心之发而言之精者也，其音响之清亮，辞彩之精发，岂特竹声桃花而已哉！③

由上述可知，朝鲜古代诗家对“悟”的价值取向虽不尽相同，但却从另一个方面反映出他们都普遍地认同“悟”的运思方式，对主体创作思维有着不可估测的正能量。

关于“悟术”即主体了悟的方式、方法等相关问题，朝鲜古代诗家也有着自己独特的思考路径与体认方式。朝鲜朝的尹愭就有一段精彩的论述：

悟亦多术：有吾道之悟，有异端之悟，以至于百家众途片艺曲技，

① 成伣：《虚白堂文集卷之七 · 禅僧正堂诗卷序》，韩国古典综合数据库 http://db.itkc.or.kr/index。

② 申翊圣：《乐全堂集卷之六 · 云谷集序》，韩国古典综合数据库 http://db.itkc.or.kr/index。

③ 权近：《阳村先生文集卷之二十 · 玉溪诗序》，韩国古典综合数据库 http://db.itkc.or.kr/index。

莫不各自有悟。然而悟之中：有早悟，有晚悟；有悟悟而悟，有不悟悟而悟；有不悟悟而未始不悟也者，有悟悟而未始悟也者；有悟其悟而不自谓悟也者，有不悟其不悟而自谓悟也者。其歧盖万也，而要其归，则悟悟也，不悟不悟也。自悟者而观之，则悟其悟，不悟其不悟。自不悟者而观之，则不悟悟不悟，不悟甚则不悟有以为悟。悟有以为不悟，是不可不谛其所之也。嗟乎！悟岂易言乎哉！而亦可以早晚言乎哉？自悟以前皆非悟也，自悟以后皆悟也，盖不悟而后有悟，使其悟于初则尚何容悟云。是故生知之圣，未尝曰"悟"。而其悟焉者，皆不及乎生知者也。虽异端之所谓顿悟者，亦皆始迷而终悟。故有击竹而悟，卷帘而悟。悟于钟声，悟于棒喝。一朝航苦海而灯昏界，则纷纷然送者自崖而返，而君自此远矣。且学草书一也，或见蛇斗而悟，或见浑脱舞而悟，或见公主担夫争道而悟。及其悟则均也，而其所以悟则不必齐也。夫竹与帘，与钟声棒喝，非参禅之偈也。蛇与舞，与担夫争道，非学书之具也。而其悟也则在乎，而不在乎指花数珠腐毫脱腕之间，是必有所以然矣。盖其天机所触，闇融倏透，如瞎者之忽视，聩者之忽聆，始得宇宙间真境，非复畴曩之墨墨。斯所谓心会神遇，不言不动，不期悟而自然悟。我虽欲语人而不能，人亦虽欲学之而不可者也。断轮之子，所不能受之于断轮，而况其他乎？①

尹愭认为"悟"的方式虽千差万别，但其宗旨皆在于"悟悟也"，而"不悟悟不悟"。成伣则认为作为文学创作的主体在创作思维方面应"超悟三乘"：

其为人也，超悟三乘。其为居也揭一名庵，身在一庵之中，心究

① 尹愭：《无名子集文稿册一·晚悟堂记》，韩国古典综合数据库 http://db.itkc.or.kr/index。

一理之妙。一理之妙不在乎他，在庭前松树耳。拱把之妙终为合抱，毫厘之微竟至轮囷，则无形而有形也。森森郁郁无非元气，千枝万叶复归于根，则有形而无形也。师道之一而二二而一者，何尝异乎是？①

无论“悟”的方式、方法如何千殊万变，“千枝万叶”终究要“复归于根”，“悟”本身的思维运作机制就是对个体自我心智与人格的提升，并将主体心智与人格引向良性发展的轨道。主体自我精神的完善无疑将使其创作思维更加完善，也无疑将助益其创作的完美呈现。

其三，朝鲜古典诗学将“妙”与“悟”合为一体，即为“妙悟”。“妙悟”的诗学理念，也形象地传达出了朝鲜古代诗家对文学创作思维的更为深入的理解。如李穑言：

六义即废，声律对偶又作，诗变极矣。古诗之变纤弱于齐梁，律诗之变破碎于晚唐。独杜工部兼众体而时出之，高风绝尘，横盖古今。其间超然妙悟不陷流俗，如陶渊明孟浩然辈代岂乏人哉！然编集罕传，可惜也。今陶孟二集，仅存若干篇，令人有不满之叹。然因是以知其人于千载之下，不使老杜专美天壤间。是则编集之传，其功可小哉？又况唐之韩子，宋之曾苏，天下之能文辞者也，而于诗道有慊，识者恨之。则诗之为诗，又岂可以巧拙多寡论哉？予之诵此言久矣。及读及庵先生之诗，益信先生诗似淡而非浅，似丽而非靡，措意良远，愈读愈有味，其亦超然妙悟之流欤！②

① 成伣：《虚白堂文集卷之九·题一庵松堂诗卷后》，韩国古典综合数据库 http://db.itkc.or.kr/index。

② 李穑：《牧隐文稿卷之九·及庵诗集序》，韩国古典综合数据库 http://db.itkc.or.kr/index。

李穑认为没有流传于后世的古人诗歌，是由于诗人废弃“六义”而使诗歌流于“声律对偶”，诗道也败于诗歌风格的“纤弱”与“破碎”之中。杜甫之诗所以能够“高风绝尘，横盖古今”，源于其对天地自然的“超然妙悟”。“妙悟”是使诗歌具有永恒魅力的主导力量，所以，朝鲜朝正祖云：“文章原无二致，在于自得妙悟。”①“上自三百篇，下至宋明诸家，欲窥其藩篱，掇其英华，亦往往见作者笔意而得其妙悟。”②

“妙悟”既然对文学作品本身的价值如此重要，那么，其有何独具的本质特征，创作主体该如何把握其本性，又该怎样追觅创作的“妙悟”之境？对此，朝鲜古代诗家金正喜有精辟的论述：

> 书法与诗品画品同一妙境，如“西京古隶”之斩钉截铁凶险可畏，即“积健为雄”之义；青春鹦䳇，插花舞女，即“援镜笑春”之义；游天戏海，即“前招三辰，后引凤凰”之义。无不与诗通，并不外于“超以象外，得其环中”一语。有能妙悟于《二十四品》，书境即诗境耳。至若“羚羊挂角，无迹可寻”自有神解在，神以明之，又非踪迹可觅耳。③

金正喜以为诗、书、画三者创作的审美特征，在本质上是一致的，诗、书、画三位一体，自古而然。诗的品位虽不可以直观，但可以借由能够直观感知的书、画，培养与累积诗品方面的素养，此乃所谓“书境即诗境”。申翼相则从“诗道”着眼，发掘“妙悟”的特质：

---

① 李祘：《弘斋全书卷百六十二·日得录二·文学〔二〕》，韩国古典综合数据库 http://db.itkc.or.kr/index。

② 李祘：《弘斋全书卷百六十三·日得录三·文学〔三〕》，韩国古典综合数据库 http://db.itkc.or.kr/index。

③ 金正喜：《阮堂先生全集卷八·杂识》，韩国古典综合数据库 http://db.itkc.or.kr/index。

诗道难言也,区区于吟咏之末,而不求乎包相之中者,难与言诗也。诗固易言哉!然非言之难也,知之为难也。非有自得于心而妙悟于神化之境者,不能知也。然非知之难也,能之为难也。苟无天得之才以充所悟之极,其孰能之。夫能者知之实,而才者不可学而能之也。古人云:“诗有别才。”信乎!①

申翼相认为追求诗歌创作的“妙悟”境界,作为创作主体的诗人首先必须有“能”有“才”,用“天得之才”充实“所悟之极”,这样才能“自得于心而妙悟于神化之境”。这对于文学创作思维而言,不可不谓真知灼见。其他朝鲜古代诗家言“妙悟”者,如:

严羽曰:“禅道惟在妙悟,诗道亦在妙悟。惟悟乃为本色……然悟有浅深、有分限、有透彻之悟,有但得一知半解之悟。汉魏尚矣。谢灵运至盛唐诸公,透彻之悟也。他虽有悟者,皆非第一义也。”又诗评曰:“孟襄阳学力下韩退之远甚,而其诗独出其上者,一味妙悟而已。”以此观之,学力固难,而妙悟尤难。②

弄意则如乘风御云,促节则如鞭霆行雨,放之则如囊沙初决巨浪排空,收之则如柝声一击万骑敛蹄,此是诗家大关键,惟妙悟者能之。③

献吉劝人不读唐以后书固甚狭陋,然此犹以师法言可也。至李于鳞辈作诗,使事禁不用唐以后语,则此大可笑。夫诗之作贵在抒写性情,牢笼事物,随所感触,无乎不可。事之精粗,言之雅俗,犹不当

① 申翼相:《醒斋遗稿册九 · 题季会诗跋》,韩国古典综合数据库 http://db.itkc.or.kr/index。

② 李睟光:《芝峰类说卷九 · 文章部二》,蔡美花、赵季主编:《韩国诗话全编校注》(第二册),人民文学出版社 2012 年版,第 1044 页。

③ 郑斗卿:《东溟诗话》,蔡美花、赵季主编:《韩国诗话全编校注》(第二册),人民文学出版社 2012 年版,第 1408 页。

拣择，况于古今之别乎？于鳞辈学古初无神解妙悟，而徒以言语模拟。故欲学唐诗须用唐人语，欲学汉文须用汉人字。若用唐以后事则疑其语之不似唐，故相与戒禁如此，此岂复有真文章哉？元美亦初守此戒，至续稿不尽然，盖由晚年识进，兼亦势不行耳。①

我东诗律多数石洲、东岳、翠轩、简易，而简易文胜翠轩，往往甚高着，然亦有些欠处。东岳半是酬唱调，石洲太软媚，独朴讷斋兼有诸能，当为第一耳。文章元无二致，在于自得妙悟。悟在于此，则可以推及于彼，故诗文往往有相袭转幻处。②

又曰："律诗如四时，一二须条达如春，三四须蕃畅如夏，五六须掣制如秋，七八须肃穆如冬。"又曰："某常言，看好山水，眼中须有章法。述好山水，口中须有章法。右丞满胸章法，其为画家鼻祖，岂无故而然！"又曰："写荒凉一经佳笔，便令荒凉都不复觉，甚至乃有反以为清绝景事者。"又曰："写山僧必写其置酒，写美人必写其学道，写秀才必写其从猎，写武臣必写其读书，谓之翻尽本色，别出妙理。"又曰："笔墨之事真是奇绝，都来不过一解四句、二解八句，而其中间千转万变，并无一点相同。政如路人面孔都来不过眼鼻耳口四件，而并无一点相同也。"看此诗话，则学诗者自有明心见性之妙悟矣。③

李虞裳号云我，李惠寰用休弟子，倭译也。颖悟，诗别出机柚，不点世俗腐陈语，自化成一家言，清警超脱。早年诗多不传，其诗采入于王考《清脾录》中者不少，而或有余存者，故又收于此，只取妙悟出

① 金昌协：《农岩杂识》，蔡美花、赵季主编：《韩国诗话全编校注》（第四册），人民文学出版社 2012 年版，第 2840—2841 页。

② 李祘：《弘斋日得录》，蔡美花、赵季主编：《韩国诗话全编校注》（第六册），人民文学出版社 2012 年版，第 4754 页。

③ 李圭景：《诗家点灯卷二》，蔡美花、赵季主编：《韩国诗话全编校注》（第七册），人民文学出版社 2012 年版，第 5857—5858 页。

尘之句而已。①

心与境会，境与天会，宫商自谐，华实兼备。清切者如灵山石盘，润泽者如蓝田美玉，雄健者如风樯阵马，高古者如黄钟大吕，森严者如旋旗剑戟，华丽者如锦绣花卉，美意者则如乘风御云……此是诗家大关键，惟妙悟者能之。若夫超然入神，得其三昧，又在言语之外，而臣不得献之于君，父不得传之于子，有数存乎其间尔。噫！诗之难学有如此，则学之而悟之者几人？悟而之能造其妙为一世正宗者，亦几人也？世之掇拾粗白自以为诗者，诗云乎哉？②

总而言之，立足于创作思维视角，朝鲜古代诗家对“妙”与“悟”以及二者的合体“妙悟”的诗意发微探幽，表明朝鲜古典诗学对文学创作思维规律的不懈探索及清醒的自觉意识。

第三节　总括创作机理的范畴：“才”与“法”

创作主体或为外物触动，或为内情郁结，顿时“兴”起创作的冲动，欣然而有神妙的构思与诗意呈示。因此，文学创作不同于非文学写作，它虽不排斥用“理”，但也绝不偏尚或重点突出这“理”，而是特别讲究运思的精微，此为“天机”“神”及“妙悟”等经典范畴备受朝鲜古典诗学重视的深层原因。这些范畴所获得的思维成果，若要转化为可供感知的审美对象，尚需创作主体借助于一定的艺术技巧进行倾心营构。这个倾心营构的过程，就是创作构思落实与完成的过程，也即艺术表现的过程。

① 李圭景：《诗家点灯卷六》，蔡美花、赵季主编：《韩国诗话全编校注》（第八册），人民文学出版社 2012 年版，第 6219 页。

② 竹圣堂主人：《海东诗话》，蔡美花、赵季主编：《韩国诗话全编校注》（第十册），人民文学出版社 2012 年版，第 8512—8513 页。

朝鲜古代诗家对文学创作的表现阶段,也进行了充分而深入的思索。从范畴的创设与使用现象来看,他们通常以"才"这个范畴为中心,提携起一系列后序的和相关的概念与范畴,进而探讨创作主体在文学创作表现阶段中所起的统摄作用,以及应该注意和避讳的问题。而以"法"为核心,也提携起一系列的相关范畴,进而思考在创作思维成果落实与完成的过程中,客体方面所要解决的问题。前者属创作论中的作家论,后者则为创作论中的方法论。

一、"才"及其所牵衍的范畴序列

"才"作为创作论的核心范畴,往往用以指称创作主体在创作与审美方面的才能与才华。在字源学意义上,"才"的本义为"初生的草木",后来逐渐被引申为各种创造活动中的天赋才能。

关于"才",中国古典诗学有丰富的理论阐释,笔者在此不一一赘言,清代诗家徐增对"才"之于文学表现的意义与作用论述得颇为全面,徐增言:

> 诗本乎才,而尤贵乎全才。才全者能总一切法,能运千钧笔故也。夫才有情,有气,有思,有调,有力,有略,有量,有律,有致,有格。情者,才之酝酿,中有所属;气者,才之发越,外不能遏;思者,才之径路,入于缥缈;调者,才之鼓吹,出以悠扬;力者,才之充拓,莫能摇撼;略者,才之机权,运用由己;量者,才之容蓄,泄而不穷;律者,才之约束,守而不肆;致者,才之韵度,久而愈新;格者,才之老成,骤而难至。具此十者,"才"可云全乎!①

在创作论意义上,徐增明确地把"才"视为掌控文学创作中所有因素

① 徐增:《而庵诗话》,上海书店出版社 1994 年版,第 86 页。

的机杼，既统摄主体内在的“情”“思”与“气”等范畴，又关乎文本外在的“格”“律”与“致”等范式，“才”是联结主体与对象的中枢范畴，也是文学创作由内而外的关键性因素。

朝鲜古代诗家对文学创作中“才”的功用与价值亦有较全面而深刻的体认与领悟。尹愭言：

> 古之为文章者，既有天才，又有笃工，时世且高，故如彼其盛也。今人既无其才，又无其工，时世且递降而欲匹之，譬如女子虽大声裂喉，必不及男子，其终嗄而已矣。儿童虽委身极力，必不胜壮者，其终仆而已矣。今考已然之迹可验，《三百篇》为诗之祖，而变风变雅已不及于正风正雅；降而汉魏，有汉魏之体；唐有唐之体，而唐又有初盛中晚之别；宋有宋体，明有明体，皆有下而无高。《尚书》为文之祖，而自《典谟》至《费秦》，其高下等渐何如也？汉之贾董马班，唐之韩柳，宋之欧苏，明之王李，各自为一代之雄，而其体亦随时而变。此盖天地自然之运，而非人所可强也。①

尹愭立论于文学的时代变迁，认为古代作家的“天才”因素是“古代文章”兴盛的主因。后之作者与“古之为文章者”相比，“既无其才，又无其工”，其文章自然不如古之作。这种天壤之别是不以人的主观意志为转移的客观规律，因为创作主体之才源于“天地自然之运，而非人所可强也”。大多朝鲜古代诗家都倾向于主体之“才”是由“天”所赋予的，如郑道传言：

> 吾道之兴衰，在于人才。而天下之才，自古以为难，天也，非人之

① 尹愭：《无名子集文稿册十二・井上闲话・古之为文章者》，韩国古典综合数据库 http://db.itkc.or.kr/index。

所能为也。牧隐先生主盟吾道,以兴起斯文为己任,有忧于此,其亦久矣。今称达可则曰“豪爽卓越”,子虚则曰“缜密精切”。盖亦乐得英才,深喜之之辞也。古人于斯文之兴衰,未尝不推之于天,而以得人为难。①

“吾道”即诗道的兴衰取决于人才的兴盛与否,但“天下之才”源于天道自然,“非人之所能为也”。任元浚亦言:

天生间世之才,必与之以精粹浑厚之资,俾际夫亨嘉熙洽之运,发为事业则弥纶参赞,以辅成一代之治化。着为文章则笙镛黼黻,以贲饰国家之太平。虽然人才之生也实难,而遭世之治也亦难。攻文章者未必能于事业,而为事业者固不能于文章,全而有之,盖亦难矣。②

当然,对此也有不同的意见,有朝鲜古代诗家认为,人之“才”虽得之于天纵,即所谓“天纵奇才”,但也不能据此否认人之“才”分中有后天习得的成分,如申翼相在《题季会诗跋》中言:

诗道难言也,区区于吟咏之末,而不求乎包相之中者,难与言诗也。诗固易言哉!然非言之难也,知之为难也。非有自得于心而妙悟于神化之境者,不能知也。然非知之难也,能之为难也。苟无天得之才以充所悟之极,其孰能之。夫能者知之实,而才者不可学而能之也。古人云:“诗有别才。”信乎!自古操觚墨者何限,而能造诗道之奥亦不多见,岂非局于才而然也。季会自在髫髦,已有惊人之语。年

① 郑道传:《三峰集卷之四·李牧隐送子虚诗序卷后题》,韩国古典综合数据库 http://db.itkc.or.kr/index。

② 任元浚:《保闲斋集序》,韩国古典综合数据库 http://db.itkc.or.kr/index。

长而业精，得于风花雪月之中者，无非可玩而可咏。置诸作者之域，盖不多让。所谓“别才者”，非耶？季会乎勉哉！荆山之璞非不美也，而琢而磨之后，为万世之宝。南山之竹非不直也，而栝而羽之后，其入也深。才虽得于天，而苟无习与才成，化与智长之功，则不可言诗道之极矣。①

在申翼相看来，虽然诗人之“才”是不可以“学而能之”的，虽然“诗道”是“天得之才以充所悟之极”的体现，虽然他也认同古人“诗有别才”的理念，但是，得之于天的人之“才”，如果没有“习与才成，化与智长”的后天修习，也不可能实现“诗道”的完美呈示。这种认识，无疑是符合文学创作的本质规律的看法，在创作论上具有积极的意义与价值。

关于创作主体之“才”对于文学创作及其创作成果的积极价值，朝鲜古代诗家则普遍认同。早在高丽时期，李奎报就曾言道：

夫诗以意为主，设意尤难，缀辞次之。意亦以气为主，由气之优劣，乃有深浅耳。然气本乎天，不可学得。故气之劣者，以雕文为工，未尝以意为先也。盖雕镂其文，丹青其句，信丽矣。然中无含蓄深厚之意，则初若可玩，至再嚼则味已穷矣。②

李奎报所言之“诗以意为主，设意尤难”，旨在强调主体之“才”对文本审美价值的潜在影响。因为所谓“设意”之深浅完全取决于主体之“才”的高下，“气之优劣”亦即“才”之高下，这是毋庸置疑的。同为高丽时期的李仁老，也非常重视文学创作中“才”与“意”的内在关系，其在《破闲集》中言：

---

① 申翼相：《醒斋遗稿册九·题季会诗跋》，韩国古典综合数据库 http://db.itkc.or.kr/index。

② 李奎报：《东国李相国全集卷第二十二·论诗中微旨略言》，韩国古典综合数据库 http://db.itkc.or.kr/index。

琢句之法，唯少陵独尽其妙。如“日月笼中鸟，乾坤水上萍”“十暑岷山葛，三霜楚户砧”之类是已。且人之才如器皿，方圆不可以该备，而天下奇观异赏，可以悦心目者甚夥。苟能才不逮意，则譬如驽蹄临燕越，千里之途，鞭策虽勤，不可以致远。是以古之人虽有逸才，不敢妄下手，必加琢炼之工，然后足以垂光虹霓、辉映千古。至若旬锻季炼、朝吟夜讽，捻须难安于一字，弥年只赋于三篇，手作敲推，直犯京尹，吟成大瘦，行过饭山，意尽西峰，钟撞半夜，如此不可缕举。及至苏、黄，则使事益精，逸气横出，琢句之妙，可以与少陵并驾。①

李仁老认为，诗人之“才”如器皿，款式多样，千差万别，不可能完全恰切地呈示出天下所有“奇观异赏”的美。但无论诗人之“才”如何相异，任何诗人在诗歌创作中都必须做到使“才”与“意”妥帖相符，“逸气横出”即是“才华横溢”。如果“才不逮意”，虽有“逸才”，也不可“妄下手”。

对于“才”之因人而异的特性，朝鲜古代诗家亦有诸多深入而多元的探析，其中颇具代表性的，如林象德所言：

人之中有圣人焉、贤人焉、众人焉、不及众人焉，又有恶者焉，此所谓才也。盖亦其不齐者才，而其性未尝不齐也。上焉者，其才视其性者也；中焉者，其才不及乎性者也；下焉者，其悖乎性者也。其才视其性者，纯乎天命者也；其才不及乎性者，人欲杂乎天命者也；其才悖乎性者，人欲灭乎天命者也。上焉者才而性之者也，中焉者矫其才而复其性者也，下焉者役乎才而离乎性者也。月一至而违焉者，非其性之罪也。其至者，性也；其违者，才也。且夫天之所以命乎人而与生俱生者，只有曰仁、曰礼、曰信、曰义、曰智而已矣。受而行之者人

① 赵钟业编：《修正增补韩国诗话丛编·第一卷·破闲集》，韩国太学社1996年版，第49页。

也，行之而未得其正者，其人之才不及而欲为祟也，非天之命之也然也。方其与生俱生也，何尝有不义之体、不智之信、不仁之义、不礼之智哉？苟如是，则中焉以下者，扰扰乎不胜其与生俱生者之多也。彼跖者，其才悖乎性者也。其才悖乎性，故用其性也从乎悖然，而非其生之固有，此言奚为而出乎跖之口也。用之从乎悖者，才也，人欲也；生而固有之者，性也，天命也。夫所谓才者何也？气也。所谓性者何也？理也。吾之说通乎理气者也，韩子之说以气而混乎理者也。①

林象德从不同视角揭示出了“才”的多元内涵，个人之“才”之所以有所分别，是因为人之“才”的优劣、高下与其“性”是否“纯乎天命”密切相关。成伣对人之“才”亦有独到的认知，他言道：

才难不其然乎？人莫难于有才，而能兼众才为难。能知人之有才，而俾之各当其任尤为难。夫才有大小，职有难易。小或可以治易，而至于事之难者，则非至大之才，不能一朝居。②

成伣认为，人才之难不在于是否有才，其难在于“能兼众才”。知道一个人有才不难，而使有才之人“当其任尤为难”。

高丽以后，朝鲜古代诗家更是积极地从不同侧面揭示主体之“才”，对于文学创作及其创作成果的巨大价值，如其所言：

夫诗者随其才之高下发于性情，非可以智力求，非可以勉强得。或有厄穷而能之者，或有显达而能之者，又有穷者达者而不能者。盖

① 林象德：《老村集卷之三·原性辨设难》，韩国古典综合数据库 http://db.itkc.or.kr/index。

② 成伣：《虚白堂文集卷之七·送庆尚道都事李君序》，韩国古典综合数据库 http://db.itkc.or.kr/index。

受之天者才分，成于人者学力。学力或可强，才分不可求。①

文运之于时运，相为表里而有升降。盖光岳气全而人才盛，人才盛而雅音作，文辞之与政化乃流通无间矣。我国家之始兴，天地运盛，异才间出。当时以文鸣世者皆勋臣硕辅，如三峰郑先生、浩亭河文忠公、松堂赵文忠公、独谷成文景公、星山李文景公及我外祖阳村权文忠公，皆以雄伟杰出之才遭遇显隆，功烈炳炜。其发而为言语文辞者，舂容博大，有治世之音。呜呼！岂特文章而已哉！②

文章国家之元气而与政教相为流通。盖天生豪杰之才，予之精英温粹之资，蕴于己而为道德文章，措诸事而为功名勋烈，之二者不可不相须也。然天未尝不生人才，而世无作何耶？岂不由于遭遇施设之难乎？如或值文明之运，翘英振秀，是虽无作，作则可以追配古之作者矣！③

文章与世道升降，古人有云："汉不如三代，唐不如汉，宋不如唐。"此言信矣。然人禀光岳清秀之气发为文章，天之生才岂古与今之大相远乎？三代尚矣，唐之文章岂尽不如汉，宋之文章岂尽不如唐？此特举其大略言之尔。非但中国为然也，吾东方历代以诗名家者，非一二数。至我朝，文运方隆，一时宏博之儒以文章著名者，前后相望，各有集行于世。余未尝不涉猎其藩篱，常自谓："我朝文章岂尽出中原才士之后，岂尽不及于古人欤？"④

天之生才何尝以人之所处而丰啬之哉？故诗以《三百篇》为

---

① 车天辂：《五山集卷之五 · 诗能穷人辩》，韩国古典综合数据库 http://db.itkc.or.kr/index。

② 徐居正：《四佳文集卷之六 · 独谷集序》，韩国古典综合数据库 http://db.itkc.or.kr/index。

③ 徐居正：《四佳文集卷之六 · 私淑斋集旧序》，韩国古典综合数据库 http://db.itkc.or.kr/index。

④ 姜浑：《木溪先生逸稿卷之一 · 颜乐堂集序》，韩国古典综合数据库 http://db.itkc.or.kr/index。

祖,而若里讴巷谣之发于情者殆居其半,不必朝廷大夫而后有此诗也。虽然我东人有地阀相尚之风,于是乎人各随其所处而异其所业。其不齿士者便视操觚墨为外事,曰:“书足以载簿牒耳?进于是,亦越之章甫?”此岂才之过也?若有人之出乎其间,不以不见,采而不愠。情之所感形而为言,言之所形着而为诗,自然为昭代之风谣。①

综上所述,关于“才”,朝鲜古代诗家所突出强调的是:诗是随着诗人“才之高下”而“发于性情”的;诗是由“雄伟杰出之才遭遇显隆,功烈炳炜”而唱响的“治世之音”;作为“国家之元气”的文章是“天生豪杰之才,予之精英温粹之资,蕴于己而为道德”所创造出来的艺术作品,等等,这些论断有一个共同的旨归,即把创作主体之“才”视为衡量文学得失成败的一个关键性指标。

“才”作为指称文学表现过程中主体方面统摄作用的核心范畴,其内涵具有多维的意义指向:“才”的天赋特性,内隐为文学作品的情感;“才”的发扬流溢,外化为文学作品的气势;“才”的幽微莫测,又幻化为文学作品的“天机自然之妙”,同时将精神性的存在转化为物质性的文字表达。所以,朝鲜古代诗家自然就要从“才”之属性的不同视角渗透,进而牵衍出“才”的诸多后序范畴。在此,我们择其要者着重阐析。

其一,“才调”。“才调”作为指称文学表现的诗学范畴,由“才”与“调”两个独立的单一范畴结合而成,其中“才”侧重指主体内在的创作个性与精神特质,“调”则偏指“才”外化后形成的作品之总体风格样貌,二者合而称之曰“才调”,主要指创作主体的才气及其外呈后的作品格调。例如,李奎报有诗云:“咸郎才调世皆知,奠雁高门早叶龟。”②申叔舟诗

① 吴泰贤:《华谷集序》,韩国古典综合数据库 http://db.itkc.or.kr/index。

② 李奎报:《东国李相国全集卷第十四·古律诗·次韵琴相国喜得外孙有作》,韩国古典综合数据库 http://db.itkc.or.kr/index。

曰:“夏山才调本无敌,诗成千首轻王侯。”①皆把“才调”作为评判诗人及其诗歌作品高下、优劣的一个尺度标准。丁范祖言:

> 文章有以才调胜者,有以法度胜者,偏胜非其至者。然与其佻儇以为才,噭噪以为调,而丧其性情之真,曷若典硕醇质,不失古作者法度哉!抑法度诚胜,而未始不兼才调。②

丁范祖强调“才调”与“法度”对文学作品而言,缺一不可,所谓“偏胜非其至者”。相较而言,虽然他似乎更突出“法度”(后面将详释)的重要性,但其意绝非漠视或降低“才调”的作用与价值,因为丁范祖在另一个语境中亦曾言道:

> 读之,则冷然若冰瀑泻崖,而琮琤满谷;皎然若玉壶涵月,而晶光外澈;凄然若雁嘶霜蛩鸣草,而天机流动,其才调之美如此。细玩之,则比物托事,辞旨深远,类有道者之言,而不掩其性理之发。③

在朝鲜古代文学批评实践中,朝鲜古代诗家对于“才调”范畴没有过多的理论探幽与发微,主要是在品评诗人或品藻诗歌时,常常以“才调”的高下而论诗人诗作之短长。例如:

> 郑处士天游以诗鸣于世,其叔父古玉碏尝称其才调绝等,曰:“‘鸟啼春有意,花落雨无情’者,非仙语乎?”④

---

① 申叔舟:《保闲斋集卷第十一·七言古诗·次谨甫用工部韵见示》,韩国古典综合数据库 http://db.itkc.or.kr/index。

② 丁范祖:《海左先生文集卷之二十二·葵亭集序》,韩国古典综合数据库 http://db.itkc.or.kr/index。

③ 丁范祖:《海左先生文集卷之二十·泛斋遗稿序》,韩国古典综合数据库 http://db.itkc.or.kr/index。

④ 梁庆遇:《霁湖集卷之九·诗话·郑天游以诗鸣于世》,韩国古典综合数据库 http://db.itkc.or.kr/index。

先生少时所著述，诗多而文少。考其诗，有铿然之音，超然之气，乃天分然也。闻当时瀛馆诸公号能诗者，皆服其才调，以为莫及云。①

且以警绝遒逸为写景之品，圆活赡畅为言情之品，亦似未确。凡此，只视其人才调之如何耳，岂写景者无圆活赡畅，而言情者无警绝遒逸哉？是皆画景物事情以分其品之过也。②

闻壶谷南丈来松山就拜，因被挽一宿。夜间语及联珠集事，公曰："尊大人兄弟诗品，若以妄见论之，则先公诗才调最高。其成熟东里胜，地步之大则东郭似然。"且曰："白洲之诗，吾意国朝来，惟石洲外，恐无其右。"③

呜呼悲哉！淑人才调绝伦。先君子常目谓吾家道韫："今读其词，芳洁雅靓，有林下之风。"④

今人之气力才调远不逮于古人，而欲效古人之作，虽呕心沥血，若非蹈袭葫芦，必至刻画唐突，甚则杜撰生硬，不近理不成语。纵使香人口而瞠俗眼，如盛饰婢子终不似夫人模样也。盖诗欲陶写咏叹，比兴讽戒，言有尽而意无穷。文欲通畅明正，摭实去诞，辞无碍而理有余，故所谓色响调格皆自此而生，所谓纪律波澜皆自此而起。是则在其才与工，而至于时世。则一日之间尚有朝暮之异，一元之中岂无古今之殊乎？故为诗文者但当随其才而勉之，不可强其所不及。不及而强之，则未有不为寿陵余子之学步而匍匐也。或难之曰："然则今不必学古，而惟鄙俚之是取乎？"曰："岂谓是也。"病夫世之稍有名

① 林泳：《静观斋先生集跋》，韩国古典综合数据库 http://db.itkc.or.kr/index。

② 金昌协：《农岩集卷之十七·答任大仲》，韩国古典综合数据库 http://db.itkc.or.kr/index。

③ 李喜朝：《芝村先生文集卷之二十八·杂记》，韩国古典综合数据库 http://db.itkc.or.kr/index。

④ 南有容：《雷渊集卷之十三·蜡菊歌三迭跋》，韩国古典综合数据库 http://db.itkc.or.kr/index。

字者，辄扬眉自高，曰："我为唐为汉。"不知者从而推之。吾独怪其胡不曰："我为《周南》《召南》《尧典》《舜典》，而下就汉唐乎？"夫子曰："辞达而已矣。"岂欺我哉！①

以上朝鲜诗家所言，皆以"才调"为准的品评诗人、赏鉴诗歌，如其所言"称其才调绝等""皆服其才调""只视其人才调之如何耳""淑人才调绝伦""今人之气力才调远不逮于古人""先公诗才调最高"等等，概而言之，朝鲜古代诗家认为，诗人的才思决定和制约着作品格调之高下。可见，"才调"即是朝鲜古典诗学中用以批评文学表现的一个常用语。

其二，"才情"与"才性"。朝鲜朝文人沈錥言：

情则性之动而有为，才则性之具而能为者也……西山曰："善者性也，而能为善者才也。性以体言，才以用言……天便似天子，命便似将诰敕付与人，性便似人所受职事，情便似亲临这职事，才便似去动作，行做许多事。"②

沈錥分析了"才"与"情""性"的内在关联性，关于"情""性"范畴的本原性特质，前已论及。当"情""性"范畴与"才"连用后，二者的本原性地位屈尊下移。在创作论层面上，它们成为"才"的后续因素，与"才"结合后，就以"才"为主导与核心，被称为"才情"或"才性"。对此，高丽诗家崔滋在《补闲集》中有言：

诗文以气为主，气发于性，意凭于气，言出于情。情即意也，而新奇之意，立语尤难，辄为生涩。文顺公遍阅经史百家，熏芳染彩，故其

---

① 尹愭：《无名子集文稿册十二 · 井上闲话》，韩国古典综合数据库 http://db.itkc.or.kr/index。

② 沈錥：《樗村先生遗稿卷之三十六 · 答文甫》，韩国古典综合数据库 http://db.itkc.or.kr/index。

辞自然富艳，虽新意至微难状处，曲尽其言而皆精熟。尝赋《明皇念奴》云："帝意方专眷玉环，尚知娇艳念奴颜。若均宠幸分人谤，老羯何名敢作难？"虽使古人幸出此新意，其立语殆不能至此工也。夫才胜其情，则虽无佳意，语犹圆熟；情胜其才，则辞语鄙靡，而不知有佳意。情与才兼得，而后其诗有可观也。①

崔滋在此虽强调了"性"与"情"对诗之发生的本原性意义，但他同时也指明在文学的表现阶段，"才胜其情，则虽无佳意，语犹圆熟；情胜其才，则辞语鄙靡，而不知有佳意"。只有"才""情""性"兼备，诗才有可供观赏的审美价值。

由前论可知，作为本原性范畴的"情"与"性"往往是一体而不可分的，言"情"必言"性"，曰"性"也必离不开"情"。二者合称或曰"情性"，或曰"性情"，称谓虽异，本质则无甚差别。与"才"联结为"才情""才性"，二者亦有诸多相联、相通，而无太多相异。朝鲜古代诗家以"才情""才性"为准的进行文学批评时，也常常将二者结合在一起进行考量。但在具体的诗学批评中，"才情"的使用频率往往高于"才性"，如许筠诗云"赏月有佳篇，才情推第一"②。朝鲜朝诗家吴翻在诗学理论层面上，深入地阐释了"才情"为文学表现所造就的审美效应，其言道：

才情之发于诗者常翩翩霞举，旁通岐黄之术风角之方，兹岂非向所谓三者咸萃于一家者耶？《古玉》诗曰"鼎有淮王药，人传许椽家"，盖实录也。③

① 赵钟业编：《修正增补朝鲜诗话丛编·第一卷·补闲集》，韩国太学社1996年版，第107页。

② 许筠：《惺所覆瓿稿卷之一·丁酉朝天录》，韩国古典综合数据库 http://db.itkc.or.kr/index。

③ 吴翻：《天波集第四·北窗，古玉两先生诗集序》，韩国古典综合数据库 http://db.itkc.or.kr/index。

内隐的主体之“才情”一旦“物态化”于诗歌形式之中，就会赋予诗歌以勃勃生气，甚至使其流光溢彩，于寸纸薄绢间蕴藉着宏阔绵延的诗意空间。对此，朝鲜古代诗家常娓娓道来：

> 元诗大抵富丽浓艳，才情烂漫，雕缋满眼，绝无宋人老硬崚嶒之态。时尚之迁于此可见，而亦其乘除之理然也。①
>
> 则其才之所禀何如也？本其天资近道，体素质默，神情内朗，动由矩矱。平居俨然若有深思，稠人广坐，文辩交错，而未尝嗃说一辞。宾友间往往服其器度，而不知其才情并美，词理共贯乃如是也。②
>
> 较其平日记识之博，才情之美，不啻文豹之一斑矣。然其词气雍容，结撰缜密。绝无衰季矜巧骋奇之态，则后之深于诗道者，当自识之矣。③
>
> 惟其造语轻快，才情溢发，譬如凤雏初生先具九苞之章，河源一泓已含万里之势。区区公交车之章程，于君何有哉？④
>
> 朴楚亭短小劲棱，大有慷慨，才情蓬勃，草隶惊座，志慕中原，奇气横绝。⑤

朝鲜古代诗家在诗学批评过程中，单独或直接以“才性”论释的时候颇为少见。与中国的情形不同，“才性”范畴在朝鲜古代更多地被用于纯粹的人物品评，即便出现在诗学批评中，也往往偏重于由对诗人在日常生

① 李宜显：《陶谷集卷之二十八 · 陶峡丛说》，韩国古典综合数据库 http://db.itkc.or.kr/index。

② 李植：《泽堂先生集卷之九 · 沈生安世遗稿序》，韩国古典综合数据库 http://db.itkc.or.kr/index。

③ 李植：《泽堂先生别集卷之五 · 草塘集序》，韩国古典综合数据库 http://db.itkc.or.kr/index。

④ 洪大容：《湛轩书外集卷一 · 与严昂书》，韩国古典综合数据库 http://db.itkc.or.kr/index。

⑤ 李德懋：《青庄馆全书卷之十九 · 雅亭遗稿》，韩国古典综合数据库 http://db.itkc.or.kr/index。

活中的人格、行迹、志节、操守与个性等方面的品藻，而转入对其诗歌的品评，即由人品观其诗品。如：

> 翁为人亢介不俗，有奇节危行，轮囷卓荦不可磨沕之气，困隘落拓，遂放浪自豪。幽郁牢骚慨慷之所发，混以酒而寓之诗。诗天分也，家学也，才性超越秀隽。古近体不致工于格律调响之间，奔放激迅，神机活动，往往造境。①

其三，“才学”“才力”“才识”“才气”等。这类范畴主要侧重于从创作主体的个人主观条件出发，探索文学表现的相关问题。在这一方面，朝鲜古代诗家虽或多或少地都有所涉猎，但大多没有展开深入的追问，只在有意无意间谈及而已。虽阐释不够充分而深入，但其毕竟是朝鲜古典诗学创作论思想的有机构件，不能弃而不论。朝鲜古代诗家对此类范畴的认识与解读约略如下。

论“才学”，则如：

> 士之行斯世也，其犹舟乎？有其才为之楫，有其命为之顺风，然后利有攸往矣。有才与命，其志之或卑，犹之楫完风利。而操舟者非其人，焉能任万斛之重，致万里之远，以济其不通乎？员外辛侯束发读书，敏而好问，扬镳翰墨之场，游刃簿书之数，可谓有其才矣。筮仕不几年，历提学代言，迁密直佥议，仍为星郎东省，可谓有其命矣。引旧故同升诸公，咨耆艾以谐庶政。正色匡君主，推诚待宾，可谓有其志矣。今以朝官被召，腾装而西笑。才之奇，命之达，志之大，将于是

---

① 郑元容：《经山集卷十二・泊翁集序》，韩国古典综合数据库 http://db.itkc.or.kr/index。

乎益见矣。①

戴敏早以豪迈之才不事媒进，肆意于文章，诸子百家靡不搜括。晚年遭遇有大设施，其发为辞藻者高古简洁，笔法精诣，得江左法。②

两先生皆以温柔敦厚之资，雄伟豪杰之才周旋使事，从容甚度。其暇日，则陟降原隰，周览景物。凡山川地理民风国俗，触于目，讽于口，牢笼殆尽。铿乎埙篪之迭奏，戛乎金石之相宣。雄篇杰作，愈出愈奇。③

目之所向，手辄应之，虽欲不中，得乎？故工不足以尽其才，力不足以贯其工，气不足以持其力，志不足以驭其气，神不足以通其志。虽使后羿临之，亦不能为之师也，为文亦犹是尔。才欲其茂，学欲其博，力欲其劲，气欲其厚，志欲其专，工欲其熟，至其神也。④

论“才力”，则如：

文之为言经纬之谓也，经者道也，纬者气也。经纬错综，自然成章，即所谓文章也。语其至则虞夏商周，圣人之书可以当之。下此而秦汉唐宋诸子之文，各得圣人之余绪，非其全也。而皆莫不以道为经，以气为纬。道有偏正，气有衰盛，而文以之高下大小焉。若夫述作之工，变化之妙，惟视其才与力所到耳。自夫大道散而元气漓，文由是弊焉。世之为文者，不揆诸道，不养夫气，徒规规于言辞章句之

---

① 李齐贤：《益斋乱稿卷第五·送辛员外北上序》，韩国古典综合数据库 http://db.itkc.or.kr/index。

② 徐居正：《四佳文集卷之六·骑牛先生赠玩易斋诗序》，韩国古典综合数据库 http://db.itkc.or.kr/index。

③ 徐居正：《四佳文集卷之四·皇华集序》，韩国古典综合数据库 http://db.itkc.or.kr/index。

④ 成大中：《青城集卷之五·为申武人赠人序》，韩国古典综合数据库 http://db.itkc.or.kr/index。

末，日趋于萎弱也卑近也，古圣人载道之文遂不可见矣。①

论“才识”，则如：

鸣呼！公言行才识皆可为士君子之师范，诗特其绪余尔。晚年闲居，又与牧隐同里闬，杖屦相邀，吟哦往复。二老风流高致，读其诗可以想见也。②

金永晖字国舒，家在光州石堡村。一生杜门养生，颇爱修炼家法。绕屋满栽枸杞，以其根枝蒸煮粟米做饭，其叶实做菜做酒，常自啖啜。时见同好客至，辄出而劝之。才识不凡，言语慷慨，有足以感动人者矣。③

论“才气”，则如：

为诗先论才气，次观韵格。不取其肉，唯取其骨。清新婉丽，奇健精密。豪而无杂，淡而不俗。有姿有味，温润典雅。顿悟而得，神妙而化。始盛为宗，晚宋为下。斯可言诗，以俟知者。④

栗谷才气过人，博识多闻，仓促之际尚有此错，几未免贻笑。况才不过相国，而当此任者不亦难乎？⑤

---

① 洪良浩：《耳溪洪良浩全书卷十六·再答申文初书》，韩国民族文化社 1982 年版，第 136 页。

② 权近：《阳村先生文集卷之十七·柳巷先生韩文敬公文集序》，韩国古典综合数据库 http://db.itkc.or.kr/index。

③ 郑弘溟：《畸翁漫笔》，韩国古典综合数据库 http://db.itkc.or.kr/index。

④ 李晬光：《芝峰先生集卷之二十一·诗说赞》，韩国古典综合数据库 http://db.itkc.or.kr/index。

⑤ 权应仁：《松溪漫录》，韩国古典综合数据库 http://db.itkc.or.kr/index。

其发言成诗，才气荡溢如此。①

其词言成诗，才气荡溢。②

朝鲜古代诗家所谓的无论是“才调”“才情”“才性”，还是“才学”“才识”“才气”“才力”，其皆根植于一“才”字，所以，“才”是朝鲜古典诗学用以阐释文学创作主体潜质与能力的一个经典范畴。

二、“法”及其涵括的范畴序列

如果说“才”是文学表现过程中主体方面必须秉承的素养与潜质，那么，“法”则是文学表现过程中客体方面不可或缺的准则与规范。传统文学的创造有着极其鲜明而强烈的程式化特征。对此，朝鲜古代诗家有普遍的认同心理，朝鲜朝诗家申维翰言：

至我素王删诗书，诗取周之风雅颂为法，书取唐尧以下典谟训命为法，以诏天下万世，是如宫室衣裳弧矢舟车，法制一定，天下由之。嗣而有楚骚、汉郊祀、古诗十九首，诗之冢嫡也。西汉君臣诏制章奏，书之昭穆也，是如夔典乐而夷典礼，钟鼓玉帛，有伦有则。至此而天下之为诗文法度，昭乎若日星之揭矣。③

朝鲜古代诗家在诗学批评过程中极为重视“法”的功用与价值，甚至认为个人的荣辱都“在于章句之工”与否。任圣周言：

今世发身取荣之道惟在于章句之工，何用彼经传为哉？对偶奇

① 柳梦寅：《於于野谈》，韩国古典综合数据库 http://db.itkc.or.kr/index。

② 无名氏：《青丘韵钵》，韩国古典综合数据库 http://db.itkc.or.kr/index。

③ 申维翰：《青泉集卷之六·题诗书正宗后》，韩国古典综合数据库 http://db.itkc.or.kr/index。

巧之文利于吾身者尚且不能读，何暇闲漫读经传哉？虽或以余力读之，亦不过取于句法训诂之间，而过于目腾于口而已，未尝会之以心，体之以身。见其戒训之严切，思其义理之精微，徒知其文字之可用于成章构文之际，而不知其明法之切紧于日用动静之间，趋于彼益深，离乎此益远。日蹈危地而自以为安也，日就愚下而自以为高也。一日二日，病根已固，反复沉痼，用药无地，将不免枉过一世而不自知也。①

朝鲜古代诗家在文学实践中如此推崇“对偶奇巧之文”，即为诗之“法”，旨在精进而透辟地揭示出文学表现过程中的内在肌理。对于什么是文学表现必须遵循的“法”，朝鲜朝诗家南公辙明确地解释道：

何谓法？篇有篇法，句有句法，字有字法。序记有序记法，碑志有碑志法，章疏策论有章疏策论法，书牍题跋有书牍题跋法。法相师而不相袭，序记主醇雅齐整，碑志务摹写风神，铺叙简而赅，章疏策论导情欲婉而切，述事欲明而核。其或川横驰骛，变化百出，而各至工力之所及。尺牍题跋清新奇绝，纤细断续，时有烂草戏作，各极其妙。学文如学书，在其人通变之如何，故曰“法相师而不相袭”。②

南公辙较全面地指明了创作之“法”的各种表现形式，尤其是明确指出不同体裁的文学样式，必须遵循其独具的法则。同时，他特别强调篇法、句法、字法与不同体式的“法”则之间应该“法相师而不相袭”，此论深契创作落实与完善过程的内在肌理。金昌翕则从另一个方面，凸显“作诗之法”的重要性。

---

① 任圣周：《鹿门先生文集卷之二十·自序》，韩国古典综合数据库 http://db.itkc.or.kr/index。

② 南公辙：《金陵集卷之十·与金国器载琏论文书》，韩国古典综合数据库 http://db.itkc.or.kr/index。

夫诗歌之事虽曰小技，原厥权舆，则九叙之用六义之蕴，非可以轻心探求，亦不可以粗心论之也。是故，人有不求则已，求则必期乎深得。不论则已，论则必综其本末。而后，方为不苟。且以朱子之大而其劝人以作诗之法：《三百篇》外，辄以《楚辞》汉古为无上准范，参以阮郭之深婉，要以陶柳之萧散，而犹恐其变之不善，法之或废也，盖于病翁箏诗三致其意焉。后之学诗者欲觅其门径源流之归，诚不可舍是而他求。①

金昌翕自觉地意识到，诗歌创作虽然是“小技”，但对诗人而言意义非凡，决不可掉以轻心，即便如朱熹那样的大诗人都非常注重“作诗之法”，“后之学诗者”又怎能“轻心探求”，更不可“粗心论之”。

1.“法”的同序范畴——“法度”

“法”是一个宽泛而又模糊的诗学范畴，看似具体可循，实则充满无限变数，落实到文学实践中显得“大而无当”。因此，朝鲜古代诗家在文学批评实际中常常颇为睿智地以“法度”代言“法”。在“法度”一语中，所谓“法”，指文学表现中约定俗成的技巧法则、规矩和程式等，其特点是僵硬划一；所谓“度”，则指对约定俗成的“法”依据不同的话语氛围作出的适当调整，其特性则灵便自适。“法度”意味着不变之中有变，但又万变不离其宗，其中包孕着东方文化特有的审美韵味，也更能灵活而恰切地反映出纷繁复杂的文学现象之本质。所以，朝鲜古代诗家在诗学批评中更多地使用“法度”范畴，而很少直接言“法”，他们从不同侧面对“法度”展开形象而多元的思索与阐发。如金时习杂著《山林第二》言：

清寒子笑而问之曰：“尔所谓规绳者何？”曰：“法度也。”曰：“法

① 金昌翕：《三渊集拾遗卷之十五 · 与拙修斋赵公》，韩国古典综合数据库 http://db.itkc.or.kr/index。

度者何?"曰:"憗其衣冠,尊其瞻视,如执玉,如奉盈。有威可畏,谓之威。有仪可则,谓之仪。彼山林之士麻衣襤衫仅容于踵膝,葛巾岸倒不庇于鬓耳,焉有束带矜庄,衣冠俨然之理乎?且虎鹿鱼鸟不是立轨之群,岩壑危深非可憗步之场,所言规矩何所施哉?"清寒子大噱曰:"子徒知在世之方准,不悟出世之绳律也。姑为汝教之,夫道无方轨,法无定准。子知饰身之有度,不知大道之标格者也。盖士之所守者道也,所操者志也。守其道则虽无服饰而威仪有章,操其志则事越规矩而法度粲然。"①

上述对话,以极其直观易感的外在形象,站在理论的高度上阐明了无形内蕴的"法度"内涵,易于我们快捷地感知到"法度"所统摄的内容,它是沟通主体与对象,联结内在心灵与外部世界的中枢。其运行的机制是:内"操其志"(即"度"),即便"事越规矩",但"法度粲然";外"守其道"(即"法"),即便身无服饰,仍"威仪有章"。简言之,就是"志于道"。"道"即"法",具有某种稳定性;"志"即"度",则具有某种变动性。("志"与"道"二范畴,前已论及,此不赘言其义)以"志于道"来阐明"法度"的内涵,言简意赅,形象地揭示出"法度"的本质特性及运行轨制。朝鲜朝郑弘溟则从时代变迁、世代交替的层面言"法度"道:

夫所谓矫而改之者,特一时之法度耳。法度者,久则弊,弊则改。犹忠弊而质,质弊而文。圣贤见其弊也,不得不因时改变,以新一代之耳目。而顾亦有所不改者存焉,夫文亦然。其章句之短长,习尚之异同,则一弊而一改,或优而或劣者有之。惟其气之漓者终不可使之淳,言之驳者终不可使之粹。循古及今,愈久愈下,有同履狶者然。

① 金时习:《梅月堂文集卷之十·杂著·山林第二》,韩国古典综合数据库 http://db.itkc.or.kr/index。

然则文之盛衰,时代之使然也。时代之升降,气数之使然也。噫!元和一去万物衰谢之时,虽有孤荣独秀拔乎其萃,安得与众卉群芳争其春乎?玄始已逖正声流湎之后,虽有郑卫桑濮悦于里耳,安得与朱弦疏越同其和乎?此其文之所以有升降也。呜呼!岂独文乎哉!①

"法度"之变因"时代之升降",时代的变迁则"气数之使然"。看似消极宿命的论调,却暗合于文学历史发展进程的真实状况。同时,也客观地凸显出了文学表现的历时性特点。

除此类集中阐发"法度"外,朝鲜古代诗家则更多的是在具体的批评语境中,因地制宜、因人而异地使用这个范畴,在创作论意义上展开深刻的诗学批评,我们可从中领略到朝鲜古典诗学对"法度"范畴的深刻认知与体悟。择其要者如下:

先生之诗虽本经史,法度森严而亦复纵横出入于蒙庄佛老之书。②

陶隐李先生生于高丽之季,天资英迈,学问精博。本之以濂洛性理之说,经史子集百氏之书靡不贯穿。所造既深,所见益高,卓然立乎正大之域。至于浮屠老庄之言,亦莫不研究其是否敷为文辞,高古雅韵,卓伟精致,以至古律骈俪,皆臻其妙,森然有法度。③

其为文章皆本之仁义忠信,优柔和畅,卓荦恢闳,不烦绳削而自有法度。两汉之要妙,盛唐之隽永,仿佛于风诵之余虽弄翰戏语,率然而作,亦信其为有德者之言。此亦其江河之量弘涵演迤,而遇风成

① 郑弘溟:《畸庵集卷之十·记辨·文以代降辨》,韩国古典综合数据库 http://db.itkc.or.kr/index。

② 徐居正:《牧隐集附录·牧隐诗精选序》,韩国古典综合数据库 http://db.itkc.or.kr/index。

③ 权近:《阳村先生文集卷之二十·陶隐李先生崇仁文集序》,韩国古典综合数据库 http://db.itkc.or.kr/index。

文，奇变百出，非可以笔墨蹊径而求之者也。①

因以味乎其诗，则藻思之奇，无一陈言，格律超迈，法度严密。信乎类其人矣。古所谓“劲气沮金石，正声谐韶濩”者。②

余观公诗思致益爽，格法愈精，殆是青出于蓝乎？要其经学为之根本，发为英华，而不失韩子正葩之义。是祖有是孙，其诗类其人。文亦法度齐整，笔迹清劲端重，并如其诗其人。吁可敬也！③

故其文醇质而不流乎肤率，鸿丽而不失之雕绘。内咀经旨之粹，而旁采秇苑之隽。华实兼备，斐然成一家言也。诗亦典赡轩爽有法度，而间为濂洛要妙之致。盖诗文均之为当世巨匠也。④

文章有以才调胜者，有以法度胜者，偏胜非其至者。然与其佻儇以为才，噭噪以为调，而丧其性情之真，曷若典硕醇质，不失古作者法度哉！抑法度诚胜，而未始不兼才调。⑤

翁于文章有神解，而其得之石湖申公者为多。其为文典雅赡逸，喜往复曲折，以风情相感慨。诗又澹宕而有致，纡余而弗迫，弗失诗人之旨。翁雅不喜劳神穷思以伤其性灵，其于为文章也亦然。故骤而视之，若无甚异焉。然其法度气调深有合于古大家遗范，非世之涂冶以为丽，雕镂以为巧者所可及也。⑥

---

① 金宗直：《占毕斋文集卷之一·申文忠公文集序》，韩国古典综合数据库 http://db.itkc.or.kr/index。

② 李景奭：《白轩先生集卷之三十·文稿·鹤谷集序》，韩国古典综合数据库 http://db.itkc.or.kr/index。

③ 李端夏：《畏斋集卷之五·绿水亭诗集后叙》，韩国古典综合数据库 http://db.itkc.or.kr/index。

④ 丁范祖：《海左先生文集卷之二十一·江左集序》，韩国古典综合数据库 http://db.itkc.or.kr/index。

⑤ 丁范祖：《海左先生文集卷之二十二·葵亭集序》，韩国古典综合数据库 http://db.itkc.or.kr/index。

⑥ 金钟秀：《梦梧集卷之四·浣岩集序》，韩国古典综合数据库 http://db.itkc.or.kr/index。

> 今天下之文,患无真气而不合于古人之法。合古法者或拘牵模拟,不能自变化。是以能文者甚多,求其瑰玮魁杰沉深博雅,庶几古作者立言者,则不少概见……是编之中,其体各异,而其敦厚温柔,本乎《诗》者也,其典则法度本乎《书》者也,其错综变化本乎《易》者也,观于《礼》以着其庄敬焉,观于《春秋》以着其谨严焉,是皆养气而积理,故可以论其醇而合于古。①

> 风雅之变为古体,故无格律之拘,随意抒到,若无法度而有法度。六朝之变为近体,故规矩准绳,日严日密,非才莫能工。是以,世之学为诗者必先以近体,其才且工,亦莫今时盛也。②

首先,需要说明的是,上面列举了众多有关朝鲜古代诗家论释"法度"的条目,旨在说明朝鲜古典诗学对为诗"法度"的高度重视,这有些超乎我们的想象。在惯常的心理定势下,我们往往先入为主而又想当然地小觑"域外汉诗"的艺术水准与审美价值。但是,当我们突然发现,朝鲜古代诗家对为诗"法度"犹如"执玉""奉盈"般尊奉的时候,这不能不让我们肃然起敬,甚至痛改以往我们对"域外汉诗"的无知、自大与傲慢,以平等对话的态度重新审视与评判"域外汉诗"的审美价值与功过得失。

其次,从上述诸多诗话中,我们可明显地感知到,"法度"在朝鲜古典诗学批评语境中,绝不是一个空泛的概念,其内涵往往具有一定的灵活性与变动性,常常会基于某一具体的语境而彰显出其内质的某一确定性。这表明"法度"的内涵在朝鲜古典诗学批评中是开放的、发展的、多元的。它既有确定性的一面,即"守其道";又有不确定性的一面,即"操其志",而作者之"志"因创作个性的不同,是很难划一的。

---

① 南公辙:《颖翁再续稿卷之二·古文源流序》,韩国古典综合数据库 http://db.itkc.or.kr/index。

② 洪翰周:《海翁文稿卷三·题襟帖序》,韩国古典综合数据库 http://db.itkc.or.kr/index。

最后,从上述诸多例文中,我们可以明显地感受到“法度”在朝鲜古典诗学批评中有着丰富的意义指向,其中“法度森严”“法度齐整”“森然有法度”“法度严密”等,可以将其统括为“森严”;“不失古作者法度”“法度气调深有合于古大家遗范”“合于古人之法”等,可以“尊古”涵括之;“典赡轩爽有法度,而间为濂洛要妙之致”“两汉之要妙,盛唐之隽永”等,可以“神妙”称之;“若无法度而有法度”“不烦绳削而自有法度”等,实质上就是“无法之法”,即“自然”法则之谓也。

总之,“森严”“尊古”“神妙”与“自然法则”等“法度”的内蕴与旨趣,也就是朝鲜古典诗学批评在创作论意义上,对“法度”(即“法”)之普遍价值的诉求。这些针对“法度”的审美价值趋向,潜在而又直接地影响着朝鲜古代汉诗创作的方方面面,进而以“法”或“法度”为内核牵衍出诸多的后序范畴。

2.“法”的下位范畴:“字法”“句法”与“章法”

朝鲜古代诗家在文学的表现阶段,为更有效地呈现文学构思阶段的思维成果,非常自觉地奉行“为诗法度”,甚至明确地将其落实到具体的每一个细节。如有诗家云:“窃观先生之文,字有字法,句有句法。”①亦有诗话载:“客曰:‘子之文既平易流便,其所谓法古者,当于何求之?’余曰:‘当于字法、句法、章法求之。’”②

“字法”“句法”与“章法”(也称“篇法”),是“法”或“法度”在文学表现层面上最直观的感性形式,朝鲜古代诗家对这三者都有一定的认知,朝鲜朝诗家徐命膺以《尧典》为例,对三者分别进行了详细地解说:

> 百工技艺莫不有法,况文章乎?文章有篇法句法字法,而三者非至后世始有之,自《尧典》已然。当虞史为《尧典》,先之以心法行实,

① 乡岐胤:《介庵先生文集序》,韩国古典综合数据库 http://db.itkc.or.kr/index。

② 许筠:《惺所覆瓿稿卷之十二·文部九·文说》,韩国古典综合数据库 http://db.itkc.or.kr/index。

次之以修齐治平，又次之以创制立度，又次之以用人得人，而尧之所以为尧尽之，此所谓篇法也。考测之数，取其对待，故其立文，亦必对待，置闰之数，取其奇零，故其立文，亦必平仄，此所谓句法也。始以钦明，中以钦若，及其终也，再言钦哉，一反结之，一正结之，此所谓字法也。《尧典》乃包牺氏作六书后最初出之书，而结构照缀已如此。信乎！文章法度即是天施地设，而与夫危微精一之十六言同其功用也。①

可见，朝鲜古代诗家对“字法”“句法”与“章法”的认识是非常全面而深刻的，并在文学创作与批评中积极地恪守之，由“字法”而“句法”，由“句法”而“章法”，三者的综合性审美效应使得“法度”给人以“森严”与“自然”等美感。

首先，对“字法”的推敲。徐命膺言：“始以钦明，中以钦若，及其终也，再言钦哉，一反结之，一正结之，此所谓字法也。”②可见，他是从理性层面而言的。而大多诗家则是随感而发，只是表现为一种观念上的认识，没有进行过多的说明：

观其字法，纯若金，劲若铁，蔚若松柏。孰谓枯项黄馘之境，乃能办此业耶？③

杜诗用事无迹，看来如自作，细察皆有本有出处，所以为圣。韩退之诗字法皆有所本有出处，句语多其自作，所以为大贤也。苏子瞻诗句句用事，而有痕有迹，瞥看不晓意味，必也左考右检，采其根本，

① 徐命膺：《保晚斋集卷第十六·蠡测篇》，韩国古典综合数据库 http://db.itkc.or.kr/index。

② 徐命膺：《保晚斋集卷第十六·蠡测篇》，韩国古典综合数据库 http://db.itkc.or.kr/index。

③ 赵絅：《龙洲先生遗稿卷之十一·七老宴会诗序》，韩国古典综合数据库 http://db.itkc.or.kr/index。

然后仅通其义，所以为博士也。①

字有响处干处伏处收拾处，迭而不乱处，强而不努处，引而不费力处，开阖处呼唤处。字不亮则句不雅，章不妥则意不渎，二者备而乃可以成篇。余之文只悟此也，古之文亦行此也。今之所谓解者亦未必觑此，况不解者否？②

传曰"仁者乐山，智者乐水"，公之德与其所好可谓协矣。况公之诗律如唐，字法如晋，画亦入于高妙。三绝之名夫岂多让乎虔哉！③

字法龙蛇妙，文程律吕悬。④

神思超有象，字法入无伦。⑤

东宫在潜邸时亦寓意于辞藻，多聚古书。有《三清洞》诗一绝在柳进士希发箧中，谨伏请诵之。诗曰："丹壑阴阴翠霭间，碧溪瑶草绕天坛。烟霞玉鼎灵砂老，萝月松风鹤未还。"诗语清冷，字法亦奇。圣人制作，自非世人之雕章。吁！其可敬也已。⑥

由以上诗话论评，我们可以看出，朝鲜古代诗家对文学表现中的"字法"颇为重视，但无过多的理思，对"字法"的说明多依凭于直接的感性体验。但我们从中仍可窥见朝鲜古典诗学之于"字法"的价值诉求。概而

① 丁若镛：《与犹堂全书·第一集诗文集第二十一卷·文集·寄渊儿》，韩国古典综合数据库 http://db.itkc.or.kr/index。

② 许筠：《惺所覆瓿稿卷之十二·文部九·文说》，韩国古典综合数据库 http://db.itkc.or.kr/index。

③ 朴彭年：《朴先生遗稿·三绝诗序》，韩国古典综合数据库 http://db.itkc.or.kr/index。

④ 洪彦弼：《默斋先生文集卷之三·长短篇·送金梦祯希寿观察岭南》，韩国古典综合数据库 http://db.itkc.or.kr/index。

⑤ 洪彦弼：《默斋先生文集卷之三·长短篇·次杜工部赠鲜于韵》，韩国古典综合数据库 http://db.itkc.or.kr/index。

⑥ 许筠：《鹤山樵谈》，韩国古典综合数据库 http://db.itkc.or.kr/index。

言之,在创作论意义上,朝鲜古典诗学在"字法"方面明显地表现出对"劲""亮""响""奇""雅""有所本"等价值诉求,其至高境界就是要达到"无迹""高妙""无伦",自然也就极力反对"乱""哑""死""俗""有痕迹"及"无所本"等劣习。

其次,对"句法"的凝练。在字、句、章三者之中,这是朝鲜古代诗家最重视的部分,论述也是最详细的。徐命膺释"句法"言:"考测之数,取其对待,故其立文,亦必对待,置闰之数,取其奇零,故其立文,亦必平仄,此所谓句法也。"[①]有朝鲜朝诗家于其诗歌作品中直接借"句法"表达自我的诗艺理念,例如李奎报诗云"珠玑落处目一寓,句法清新字体古"[②],李穑诗云"落笔生风句法新,妙龄才过十三春"[③]"字形从古变,句法逐时移"[④]"几年吟啸叹吾衰,句法何曾怪与奇"[⑤],徐居正诗云"世情闲更妙,句法老尤奇"[⑥],李荇诗云"文章四海伽耶伯,句法词华独老成"[⑦],李珥诗云"病怯杯心凸,慵惊句法新"[⑧]。

亦有朝鲜古代诗家纯粹从理论层面,论说"句法"的相关性及特性,如洪汝河就从朝鲜古代文学创作的实际出发,对"句法"范畴展开全方位的阐释:

---

① 徐命膺:《保晚斋集卷第十六·蠡测篇》,韩国古典综合数据库 http://db.itkc.or.kr/index。

② 李奎报:《东国李相国全集卷第八·古律诗·崔大博宗连和赠徐学录》,韩国古典综合数据库 http://db.itkc.or.kr/index。

③ 李穑:《牧隐诗稿卷之二·诗·次闵童子诗韵　因题兴王寺》,韩国古典综合数据库 http://db.itkc.or.kr/index。

④ 李穑:《牧隐诗稿卷之九·诗·即事》,韩国古典综合数据库 http://db.itkc.or.kr/index。

⑤ 李穑:《牧隐诗稿卷之十七·诗·自咏》,韩国古典综合数据库 http://db.itkc.or.kr/index。

⑥ 徐居正:《四佳诗集卷之二十九·诗·小园》,韩国古典综合数据库 http://db.itkc.or.kr/index。

⑦ 李荇:《容斋先生集卷之三·七言律·赠仲说》,韩国古典综合数据库 http://db.itkc.or.kr/index。

⑧ 李珥:《栗谷先生全书卷之一·诗·与诸公会》,韩国古典综合数据库 http://db.itkc.or.kr/index。

东国文章家于句法全然放倒，仆亦何由晓得耶？自年前始知寻讨句法谓之有所得，则未也。大抵作文句法犹治军，先结伍法，伍法不明，虽百万兵，无所用之。作文无句法则虽有大海翻澜之势，不满识者之一哂，无足观也已。第大海翻澜之笔力，要从句法中推演出。吾东不晓句法，故亦无此大家数理，势然也。大抵累字为句，一字二字可至十余字为句。其中字意紧重者，拨转居之句首，连接字要不错先后，至句末字照应，然后方为一句。如汉书上帝朕本亲郊，而后土不得亲祀，可见下字有先后处也。晦庵许多书牍句法个个如此，累句为章句，紧重者居章首；连接句皆要历落分明，至末句与首句相应结之，然后方为一章；次章要承接首章，不当插入他意；第三章又要承接次章，累章为篇；末章与首章相应结撰，然后方成一篇。①

其实，早在高丽前期，朝鲜古代诗家对"句法"范畴就已十分珍视，同时，亦有精湛的理论阐发。如李仁老《破闲集》中有言：

琢句之法，唯少陵独尽其妙。如"日月笼中鸟，乾坤水上萍""十暑岷山葛，三霜楚户砧"之类是已。且人之才如器皿，方圆不可以该备，而天下奇观异赏，可以悦心目者甚夥。苟能才不逮意，则譬如驽蹄临燕越，千里之途，鞭策虽勤，不可以致远。是以古之人虽有逸才，不敢妄下手，必加琢炼之工，然后足以垂光虹霓、辉映千古。至若旬锻季炼、朝吟夜讽，捻须难安于一字，弥年只赋于三篇，手作敲推，直犯京尹，吟成大瘦，行过饭山，意尽西峰，钟撞半夜，如此不可缕举。及至苏、黄，则使事益精，逸气横出，琢句之妙，可以与少陵并驾。

---

① 洪汝河:《木斋先生文集卷之四 · 答李奉彦》，韩国古典综合数据库 http://db.itkc.or.kr/index。

李仁老对“句法”进行了富有诗意的阐发,指出文学表现中的“句法”的操作要达到以下几点:一是要“勤加炼琢”,二是“才”要“逮意”,三是“琢句要妙”。若此,方为“句法”的完美实现。李仁老的“句法”理念,无疑抓住了“句法”审美的根本所在,在朝鲜古典诗学批评史上具有开创性的意义与价值。

在大多情形下,朝鲜古代诗家往往结合具体的诗人诗作,以“句法”为切入点,思索文学表现的相关问题。择其要者如下:

> 拙斋公继登巍科,深得乃家之风,诗文清粹,句法森严,绰有气度。①
>
> 诗有句法,平澹不流于浅俗,奇古不邻于怪僻,题咏不窘于象物,叙事不病于声律,然后可与言诗。②
>
> 积学既久,深有闻见。摛词敷藻,自中绳墨。句法甚精,音调甚清。又遇具眼人,有所斤正。今世之识诗家正路者,无出左右者。③
>
> 发诸诗骚亦然,其句法清且壮,逼古调而脱俗气。④
>
> 《玉峰集》句法精炼,音调响亮,中律度,读之锵然有金石声。真所谓正其趋向,而得声之精者也。⑤
>
> 其为诗多积而薄发,遇有唱酬辄操笔立就。虽连篇累什,绝无艰

---

① 李纯亨:《懒斋集卷首·仁川世稿序》,韩国古典综合数据库 http://db.itkc.or.kr/index。

② 沈义:《大观斋稿卷之四·杂著·记梦》,韩国古典综合数据库 http://db.itkc.or.kr/index。

③ 李珥:《栗谷先生全书拾遗卷之三·书·与宋颐庵》,韩国古典综合数据库 http://db.itkc.or.kr/index。

④ 洪圣民:《拙翁集卷之九·慕远录》,韩国古典综合数据库 http://db.itkc.or.kr/index。

⑤ 李廷龟:《月沙先生集卷之三十九·玉峰集序》,韩国古典综合数据库 http://db.itkc.or.kr/index。

难窘束意。句法浑全，情境妥适，耻为尖奇新警语。①

纵观以上言论，我们可清楚地看到，朝鲜古代诗家往往以“森严”“平淡”“奇古”“精炼”“浑全”等概念与范畴，阐明其对“句法”的价值诉求。创作论上的这种内在价值追求，也在一定程度上制约着文本形态的风格特色，渐而形成一种文学风尚。由此可见，“句法”的特质及其造就的综合性审美效果，不但影响着文本自身的审美价值，甚至会引导整个社会文学习尚的大致走向。如洪圣民言：

讲诵圣贤之书，将以达其义而会其理也。欲识理趣先要达文义，欲达文义先要学句法。经义之不明由句法错了，句法之错薛弘儒误之也。经文句读弘儒以俚谚足之，一句分作两句，破碎不成句，文义粗通，而句法顿失。前辈谓古人所作存而不删，后学则诿诸当而不觉其非，句法既失则章法篇法次第错了。及《朱子集注》东来，法门明白，顿胜汉唐诸家。而我国本不晓句法，以致朱子法门全然不晓路脉，经义不明，都坐此病。于《诗》不知比兴，于《易》不辨今古，于《四书》不晓照应关键。夫以中国学士贯穿经艺，尚见谓经生学究无适用之学，况我国之士不达于文义者耶？今若建院当先立讲规，读《春秋》先左氏而订以胡传，读《易》先本义而参以程传，读《四书》则以照应关键为主。然不先通晓句法章法，则将何所据？②

由此可见，朝鲜古代诗家对“句法”的重视程度，将“句法”视为字法、句法、章法三者中最核心的因素。无论是文学创作还是文学欣赏，首先都

① 崔锡鼎：《明谷集卷之十二·鸥浦集跋》，韩国古典综合数据库 http://db.itkc.or.kr/index。

② 洪圣民：《木斋先生文集卷之五·咸宁书院立约文》，韩国古典综合数据库 http://db.itkc.or.kr/index。

必须要“达其义而会其理”，这是文学的根本旨归，而要“达义”“会理”，就必须具备熟练地掌握和运用语词的技巧与能力，这要求为文者必须首先修习“句法”。在创作论意义上，朝鲜古代诗家对“句法”的强调与重视，深深地切合了文学自身创作技巧的规律性，体现出朝鲜古典诗学之于“句法”的高度理论自觉。

最后，对“章法(篇法)”的谋划。徐命膺解释道：“先之以心法行实，次之以修齐治平，又次之以创制立度，又次之以用人得人，而尧之所以为尧尽之，此所谓篇法也。”①朝鲜古代诗家对“章法”亦有从不同侧面的理解与认知，如朝鲜朝诗家李宜显言：

> 文有以平畅为长者，亦有以简奥为主者。要之脉络不紊，叙致有法，俱合于文章规度则斯已矣，正不必偏主一格也。近来称文者辄以简之一字为言，句字务为短涩，简之为言岂但以句字求之哉？篇法章法无不皆然。若简其句而冗其语，则何贵其简。脉络相戾，叙致不整，则何贵其简。姑以明人证之，明人动引先秦，务欲简奥其句法，而叙事则极其繁芜。彼固下视欧曾，而实则欧曾叙事甚简，大胜于明人。明人才力之雄固非后人之比，而犹且如此，况其他乎？②

李宜显从当时朝鲜古代文学创作的实际出发，对极端地以“简”为尚的创作倾向进行了深刻的批评，明确指出“章法”的关键不在于字句是“简”还是“繁”，而在于使文章“脉络不紊，叙致有法”，违背了这一根本，“章法”也就无从谈起了。其他有关论说“章法”的言论如：

---

① 徐命膺:《保晚斋集卷第十六·蠡测篇》，韩国古典综合数据库 http://db.itkc.or.kr/index。

② 李宜显:《陶谷集卷之二十八·杂著·陶峡丛说》，韩国古典综合数据库 http://db.itkc.or.kr/index。

长律昉于审言，百韵创于子美，前作后述无容拟议。嗣是效仿，率归汶汶，盖气欲完则才不充，辞欲修则事未核。饤豆既繁，正味难调。眩饰虽工，真色易枯。或意尽而辞蔓，或小得而大失。未见韩信之益办，徒闻相州之师溃。用是守约，讳言斯道。观海氏之述怀就于片晷，弗曾更稿而铺置明白，结撰精严，音节赴会，篇法合矩。其出处之伸屈，趣造之离合，世运之污隆，气机之迭迁，咸归于一垆。运锤无瑕，忧时悱恻，征古慨愤，诠情播义，骋顿泄抑，亦皆出于忠厚之蔼然。则斯得风人之致，成一家言，岂彪蔚于词场，帜树于文坛哉？①

余尝以孟子"以意逆志"四字，为读书符诀，古人作书不惟义理事功，虽篇法起结文辞之末技，莫不各有其志。今以吾之意逆古人之志，融合无间，相说以解。②

余见其藻思之工丽，篇法之圆妙，愳然以惊，有望于精诣也。③

根据以上所论，我们可以析理出朝鲜古代诗家在文学表现的"章法"方面，所追求的完满样态。如论者往往以"平畅""简奥""脉络不紊""叙致有法""合矩""圆妙"等概念与范畴，提出自己积极的"章法"思想与主张，其中的"圆妙"范畴，应是朝鲜古代诗家所孜孜以求的"章法"的完满样态，借由前已论及的"妙"范畴，我们可以感悟到朝鲜古代诗家所追求之"章法"完美的直感韵味。

总而言之，朝鲜古典诗学对文学表现过程中"字法""句法"与"章法"的阐发与重视，深刻地表明朝鲜古代诗家非常认同"法"对于文学表现的巨大意义，这也符合文学创作的客观规律。

---

① 申翊圣：《乐全堂集卷之八・书李子时百韵排律后》，韩国古典综合数据库 http://db.itkc.or.kr/index。

② 洪大容：《湛轩书外集卷一・杭传尺牍・与梅轩书》，韩国古典综合数据库 http://db.itkc.or.kr/index。

③ 崔昌大：《昆仑集卷之十六・祭金生显昌文》，韩国古典综合数据库 http://db.itkc.or.kr/index。

三、"法"的不同方式及其效果:"活法"与"死法"

朝鲜古代文学创作论意义上的"活法"与"死法"之谓,出自中国诗学传统。其中,"活法"一词,源自南宋江西诗派的诗家吕本中,其言道:

> 学诗当识活法。所谓活法者,规矩备具而能出于规矩之外,变化不测而不背于规矩也。是道也,盖有定法而无定法,无定法而有定法。知是者则可与言活法矣。谢玄晖有曰:"好诗流转圆美如弹丸。"此真活法矣。近世惟豫章黄公,首变前作之弊,而后学者知所趋向,毕精尽知,左规右矩,庶几至于变化不测。①

"死法"一词,语出南宋叶梦得,其言道:"今人多取其已用字模放用之,偃蹇狭陋,尽成死法,不知意与境会,言中其节,凡字皆可用之。"②

所谓的"活法"与"死法",是指文学创作过程中运用既定法度——"定法"的两种不同方式,及其所造成的截然相反的审美效果。在这一层面上,以"法"为轴心牵衍出三个相互关涉的范畴:"定法""活法"与"死法"。如前文所论,"法"指文学表现的技巧、法则、规矩和程式,当它一旦成为约定俗成的、必须无条件遵循的法度,也就成了"定法"。"死法"意味着文学表现墨守成规,僵硬少变。"活法"则是指对文学表现法则与成规的灵活运用,中其规矩又富于变化,即所谓执"法"有"度"。其极致就是"若无法度而有法度"③,即由"法度自然"而造成的"神妙"效果,也就是"无法之法"的化境。在诗学批评中,"活法"与"死法"往往相对而言,彼此互释,几乎成为一种惯例。

---

① 吕本中:《后村先生大全集卷九十五·夏均父集序》,韩国古典综合数据库 http://db.itkc.or.kr/index。

② 叶梦得:《石林诗话》卷中,人民文学出版社 1990 年版,第 106 页。

③ 洪翰周:《海翁文稿卷三·题襟帖序》,韩国古典综合数据库 http://db.itkc.or.kr/index。

朝鲜古典诗学虽没有像中国那样,对这三个范畴展开鞭辟入里的梳理与探究,但在朝鲜古代诗家的一些诗话批评中,我们仍可窥见朝鲜古代诗家对这三个范畴及其相关性进行理性思考的状况。朝鲜古代诗家的追问首先发端于对墨守“定法”的质疑与批判,在此基础上,大力倡扬“活法”,极力反对“死法”。由此可见,“活法”与“死法”的辩驳,起因在于“定法”是应该固守,还是应该批判性地运用的问题。关于“定法”问题,在朝鲜古代汉文学传统中一直是个不老的话题,主张积极奉行者始终大有人在,特别是大力倡扬形式主义诗风的北宋“江西诗派”在朝鲜半岛文坛的广为推崇,尤其是苏轼与黄庭坚甚至被尊奉为宗师,其影响甚或贯穿整个朝鲜朝文学发展的历史。在这样一种诗学语境中,朝鲜古代的形式主义诗风大行其道,影响之深、之广、之远,甚至远远超乎人们的想象,在诗学批评中亦如是。诗家洪翰周言:

> 律诗体裁本自精严,使事必核,用韵必妥,对耦必精,字句必当,声调必协。毋窘语毋累字毋痴辞,境景情事各占位置,不敢放过,不敢懈怠,故谓之律。律者,军律法律乐律也,不亦难且慎乎?古人至以为七律古无完篇者,此也。独盛唐诸公气力雄健,纵横随意,不逾法度。如老杜千秋逸才,一人而已,此其可易言乎哉?①

这种严格遵循例律的文学创作之风,在朝鲜半岛文坛一直迟迟不曾落幕,虽然一直都有反对的声音,但始终被占据主流的形式主义声浪压制与包围着,未能有效地形成一股强劲的反制浪潮。这种状况一直延展到十八世纪末期“北学派”的兴起,北学派文人针对当时文坛颓丧与僵化的形式主义创作风气纷纷揭竿而起,高举文学创新的旗帜,对一直以来统领

---

① 洪翰周:《海翁文稿卷五·评李贞钦诗后》,韩国古典综合数据库 http://db.itkc.or.kr/index。

文坛风骚的形式主义文风口诛笔伐，并展开积极的反思与探索。如其所言：

> 诗岂有定法？言之理到，横说竖说无所不可，如孟子言诗太半遗却本旨，专取其义，最为活法。谨妆为宝藏，待他日晴窗讽玩，以资兴感，无负盛意也。①
>
> 缘情为至礼，写境为真文，文何尝有定法哉？②
>
> 文章安有定法哉？理何必先民所恒训，语何必前贤所恒道。当快脱粘缚，直段步武，门户则特立，而洞天则别开也。或掇拾古人字句，岂曰文章名世哉！③

上述例证分别是洪大容、朴趾源与李德懋的言论，这三位诗家恰恰都是朝鲜十八、十九世纪"北学派"中的代表人物。他们对文学创作固守成法的质疑与批判，基本代表了北学派力主创新的文学主张。北学派文人在文学创作上极为强烈地反对盲目仿古和追求奇特技巧的形式主义诗学理念，大力倡导"文以写意""法古创新"与"模写真境"的颇具现实主义风范的创作精神，为当时文坛带来一股弥足珍贵的新鲜气息。

在文学创作层面上，朝鲜古代诗家所主张的不拘泥于"定法"，并不是就要坚决全盘推翻"定法"本身，而是要摒弃把"定法"变得僵硬呆板，泥古不化，了无生气的"死法"。如其所言：

> 奉去绡本四帧，二帧作崇山巨壑，深林老木，悬崖飞流，空阔处或

---

① 洪大容：《湛轩书外集卷一·杭传尺牍》，韩国古典综合数据库 http://db.itkc.or.kr/index。

② 朴趾源：《燕岩集卷之二·伯姊赠贞夫人朴氏墓志铭》，韩国古典综合数据库 http://db.itkc.or.kr/index。

③ 李德懋：《青庄馆全书卷之四十八·耳目口心书〔一〕·耳目口心书》，韩国古典综合数据库 http://db.itkc.or.kr/index。

填补楼阁寺观亦佳。毋袭古人死法，须用自家胸中见成丘壑，而苍峭奇壮中另具一种秀润古雅之态，方可谓真正士大夫画矣。凡画，仿古人则笔势局促而天机不活，限标题则意匠枯燥而精神顿减。须不仿古人，不限标题，然后自然气韵生动，意态具足方有出神入妙之境矣。①

弟之前日之书只据一时所见而写去，后来点检无一语无病痛。盖知识偏陋，故意象局促。所自以加意于行处者都是死法，又无非己私人为之所发，而全不见天理流行之实。以是而论人之病真可谓自在泥涂，而议人上山矣。②

法须气以活，气须意以昌。若拘于法囿于气，而意不足以自运。法是死法，气是腐气，非文之至者也。文章是气之精者，故及其至也自有神化之妙。又与气质通，故其小大厚薄清浊精粗，各肖其人而莫之相似，如人面之不同也。③

学问有活法有死法，我东儒者阐明性理者不为不多，而率皆有依样拘束之病，所以无真正大英雄气象。④

朝鲜古代诗家之所以反对“死法”，是因为它诟病于“笔势局促”“意匠枯燥”“意象局促”“不见天理流行”“天机不活”“囿于气”等局限性，进而阻滞了“文气”的贯动流畅，使得创作出来的文学作品给人以“法是死法，气是腐气”的颓落、瘦扁之感，了无生趣，满目枯寂。于是乎，朝鲜古

① 李夏坤：《头陀草册十三·与画师书》，韩国古典综合数据库 http://db.itkc.or.kr/index。

② 闵遇洙：《贞庵集卷之六·答金尊甫》，韩国古典综合数据库 http://db.itkc.or.kr/index。

③ 吴熙常：《老洲集卷之二十三·杂识〔一〕》，韩国古典综合数据库 http://db.itkc.or.kr/index。

④ 正祖：《弘斋全书卷百六十三·日得录三·文学三》，韩国古典综合数据库 http://db.itkc.or.kr/index。

代诗家极力要求扭转文学表现的这种衰败无力的颓相,倡之以具有“秀润古雅”“气韵生动”“出神入妙”等生趣盎然而又积极奋进的文学创作新风尚,也就是于“死法”“定法”中生发出“活法”来,给文学创作以勃勃生趣。如其所言:

> 道在于彝伦事物之间,工存乎日用应酬之际。零星凑合,着紧理会,脚踏实地,步步做去,至于深造而有得焉。则常谈之中自有妙用,死法之中自有活理。精义入神之妙一以贯之之实,亦不离于此而自为吾有矣。①
>
> 常谈之中必自有妙理,死法之中必自有活法,然后乃能如是焉尔。然非我明宣圣学,真得尧舜孔孟之心法,又焉能嘉悦而不厌哉。②
>
> 盖朱书义理纯实无新奇诡特之观,文词平易少高古简径之趣。然至纯实处自有活法,极平易中自有妙理,惟用力多而造道深。③

朝鲜古代诗家认为“活法”与“死法”是相对而言的辩证关系,“活法”只有在“死法”的映衬下,才能彰显其存在的价值与意义,没有“死法”的反衬,“活法”也就自然失去了存在的价值,“活法”就常常流溢于“常谈”与“死法”干瘪与僵硬的躯壳中。所以,朝鲜古代诗家发现,“常谈之中自有妙用,死法之中自有活理”“常谈之中必自有妙理,死法之中必自有活法”“至纯实处自有活法,极平易中自有妙理”等等。故此,李穑诗

---

① 李象靖:《大山先生文集卷之二十八 · 答赵圣绍》,韩国古典综合数据库 http://db.itkc.or.kr/index。

② 宋时烈:《宋子大全卷一百三十七 · 葛川先生文集序》,韩国古典综合数据库 http://db.itkc.or.kr/index。

③ 李象靖:《大山先生文集卷之六 · 答权江左》,韩国古典综合数据库 http://db.itkc.or.kr/index。

云:“笔锋劲直光如射,诗法平和味自醇。”①

综上所述,朝鲜古典诗学的创作论范畴涵盖了文学创作的发生、构思及文学作品的完成,这三个方面实际上囊括了整个文学创作过程中方方面面的核心理论问题,而这一切在朝鲜古典诗学中都是由表示思维活动的“天机”这一范畴连贯为一体的。例如创作发生之初,创作主体在勃“兴”之时,可能已虑及如何行“法”的问题;而在创作的完成阶段,创作主体在任“气”用“法”的过程中,也要不断养“兴”以求振起,所以整个文学创作过程虽可以阶段化论之而实际上又呈示出一体化的整一征象。其潜隐的逻辑联动关系如下:兴→神思→无法,具体而言:

“兴”包括“感物而兴”与“感情而兴”两个方面,进而“养兴”“发兴”,进而“兴会”“伫兴”,进而“兴寄”“兴托”“兴讽”等。

“天机”是最为复杂的范畴,包括三大方面,即构思、精思、沉思;虚静、养气、妙悟;神与物游、想象。进而衍生出“才、胆、识、学、力”与“法”两大系统,“法”又分为“定法”与“语法”。“定法”又分为字法(响、亮、稳、健等)、句法(浑然、直率等)、章法(血脉、波澜等);“语法”则包含“神”“妙”“脱化”等范畴。“无法”即“自然”。

由此可见,在文学创作过程中“兴”“天机”与“无法”之间是互逆联结而又双向互动的关系。唯有如此,创作主体之“兴”才不是无法定位的“漫兴”,文学文本之“法”也绝非呆板僵硬、不能超越的“死法”。

---

①　李穑:《牧隐诗稿卷之二十五·诗·哭易庵成壮元》,韩国古典综合数据库 http://db.itkc.or.kr/index。

第六章 朝鲜古典诗学的文本论范畴

如果说创作论范畴侧重于理性的追究,是整个朝鲜古典诗学范畴批评体系中最精微深刻的内在质理,那么,文本论范畴则偏重于感性的体认,是朝鲜古典诗学范畴批评体系中最为多姿多彩的外在形态。在文本论范畴中,我们将主要梳理与揭示出文学文本的形态与风格方面的核心范畴,及其所掌统的范畴序列。在朝鲜古典诗学中,所有关于文本方面的问题阐述几乎都被囊括在"体"之中,现代的文本理论则往往倾向于将古代之"体"称之为"文本形态"(或作品形态)。

第一节 朝鲜古典诗学对"体"的言说

"体"作为一个概念、术语或范畴,在汉文化语境中有多重的意义指向。作为一个单纯的诗学范畴,应该始于三国时期,曹丕《典论·论文》:"夫人善于自见,而文非一体,鲜能备善,是以各以所长,相轻所短。"其后,南朝刘勰《文心雕龙·体性》:"若总其归途,则数穷八体:一曰典雅,二曰远奥,三曰精约,四曰显附,五曰繁缛,六曰壮丽,七曰新奇,八曰轻靡。"宋苏洵《史论上》:"由是知史与经皆忧小人而作,其义一也。其义一,其体二,故曰史焉,曰经焉。"清黄遵宪《人境庐诗草·自序》:"尝于胸中设一诗境:一曰,复古人比兴之体;一曰,以单行之神,运排偶之体……

一曰,用古文家伸缩离合之法以入诗。”等等,中国古代诗家的这些精辟言论,都是从不同层面对作为诗学范畴之“体”的深入理解与阐释。除散论外,亦有论文体的专著,如明代吴讷的《文章辨体》、徐师曾的《文体明辨》等。

一、“体”:文本形态范畴的总称

朝鲜古典诗学虽没有专门论文体的理论著作,但其对“体”作为文本形态的相关问题也都有其一定的清醒而自觉的意识,并从不同立场与视角触发并阐明了“体”的性质、分类、功用与价值等问题。

总括而言,虽然朝鲜古典诗学中“体”范畴的含义极为繁复多样,甚至有些混乱无序,但大致可以概括出“体”在三个层面的内涵:

其一,指文学体裁。即“体”之为体的本体,就是指不同的文学样式。它是由文本的内容、形式及风格等诸多因素综合作用构成的文学总体特质,或文学中某一种类、某一流派及具体文本的整体特征。朝鲜朝诗家郑介清言:“体者,效法之谓。”①徐居正言:“代各有文,而文各有体”②成三问言:“诗之体有古今之变,而学者所共业,万世不可易者。其体有四焉,雅颂骚些古诗律诗是也。”③李瀷言:“其为雅为颂,各有体裁,不可乱也。若使风可变为雅,雅可变为颂,则其四诗篇目为虚设矣。”④朝鲜朝“北学派”诗家李书九在《对策・文体》一文中,对“体”的特性进行了细致的言说:

---

① 郑介清:《困斋先生愚得录卷之二・释义・公而以人体之为仁说》,韩国古典综合数据库 http://db.itkc.or.kr/index。

② 徐居正:《四佳文集卷之四・东文选序》,韩国古典综合数据库 http://db.itkc.or.kr/index。

③ 成三问:《成谨甫先生集卷之二・八家诗选序》,韩国古典综合数据库 http://db.itkc.or.kr/index。

④ 李瀷:《星湖先生全集卷之四十一・杂著・豳诗说》,韩国古典综合数据库 http://db.itkc.or.kr/index。

文有一代之体，而与世道相污隆，读其文可以论其世也。周道降而策士纵横，汉业弘而西京尔雅，之文之体孰使之然欤？二陆迥映之词珠流璧合，六朝绮丽之唱鸟过花飘，世乱则同而文体之异何欤？长江秋注，千里一道，而不能回既倒之澜。轻缣素练，窘于边幅，而不害为明时之辅。抑亦文体之得失，不关世道之盛衰欤？欲革浮华而大诰是作，黜去险怪而学体丕变。庸俗之方本不在于言语，而正趋之要亶不外于取舍欤？俚之而有官体俳体之讥，诡之而有时学时文之诮，是将气格之随人而莫之可矫欤？毋或奖进之失宜而转以成习欤？概文以世降，而体不得不变。唐虞而有典谟之体，商周而有训诰之体，流而为汉唐正宗，派而为宋明诸家。虽其元气之厚薄与时消息，类皆循蹈轨范，羽翼经传，以鸣一代之盛而不失典雅之体矣。我朝文明鸿匠接武，耻读非圣之书，羞道非法之言。穷则攻传后之业，达则治需世之文。黼黻皇猷，贲饰至象，一见其书可知为治世之音也。近来文风渐变，其所谓操觚之士，不本乎《诗》《书》六艺之文，埋头用心，反在于稗家小品之书。发而为诗文骈俪之作也，笔未落纸，气已索然。譬如昏睡之人时作谵呓，自以为极其巧透之妙，而不成葫芦之画，殆同迷藏之戏。用之乡党而反不如学究陈言，用之朝廷而无以行大小词命。求之前代无此体段，考之我东无此品格。是果，孰从而传法之也？予为是闷。每对筵臣未尝不以变文体之说，反复申戒，不翅勤恳。而听我藐藐，成效漠然。如欲一洗啁啾之陋，咸归醇正之域，蕴之为经术，著之为文章，庸成一代之体，俾新八方之观，则其道何由？①

以上朝鲜古代诗家言论中的“体”，都是就某种具体文学样式的整体

① 李奎报：《东国李相国全集卷第二十二·论诗中微旨略言》，韩国古典综合数据库 http://db.itkc.or.kr/index。

特征而言的，即探究文本之“体”之所以为体的相关问题，也就是探讨或揭示不同文学体裁的独特之处。

其二，指文学风格。所谓“风格”，是指主体的创作个性在文学文本的有机整体中通过言语结构所显示出来的，能引起读者持久审美享受的艺术独创性。朝鲜古典诗学批评中的“体”，有时并不涉及文本的形体格式，主要针对文学文本的风格而言。如李奎报颇为著名的诗歌《九不宜体》论：

> 诗有九不宜体，是予所深思而自得之者也。一篇内多用古人之名，是载鬼盈车体也。攘取古人之意，善盗犹不可，盗亦不善，是拙盗易擒体也。押强韵无根据处，是挽弩不胜体也。不揆其才，押韵过差，是饮酒过量体也。好用险字，使人易惑，是设坑导盲体也。语未顺而勉引用之，是强人从己体也。用常语，是村父会谈体也。好犯语忌，是凌犯尊贵体也。词荒不删，是莨莠满田体也。能免此不宜体格，而后可与言诗矣。人有言诗病者，在所可喜，所言可则从之。否则，在吾意耳，何必恶闻，如人君拒谏终不知其过耶？凡诗成，反复视之，略不以己之所著观之。如见他人及平生深嫉者之诗，好觅其疵失，犹不知之，然后行之也。凡所论不独诗也，文亦几矣，况古诗者？①

文学风格是文本价值最直接而又最直观的感性内容，也是文本审美意义与价值最集中的呈示。朝鲜古代诗家在诗学批评实践中，论“体”之风格的内容最多，也最为丰富。如其所言：

---

① 李奎报：《东国李相国全集卷第二十二·论诗中微旨略言》，韩国古典综合数据库 http://db.itkc.or.kr/index。

我东文体数百年前率皆顺易，后来稍稍复古，一洗骫骳，可谓奇矣！其果得作者之体者有几人欤？前后得失亦可言欤？夫文辞，奇者易溺于艰滞，顺者多流于率易。要之，均失于古体耳。古人云："文无难易，惟其是耳。"岂不信哉！伊欲业文者，无二者之病，多积薄发，不专一能，终至于各识其职，其道何由？①

大抵诗文华丽则取华丽，清淡则取清淡，简古则取简古，雄放则取雄放，各成一体而自底于法。岂有爱梅竹而欲尽废群卉，好竽瑟而欲尽停众乐乎？此嵩善子胶柱固执之见也。嵩善虽死而哓哓者犹未已，故作文变，以晓世之学为文者。②

古今文章家固多兼包众体矣。然长于文者诗或类文，专于诗者文亦类诗，岂非同工异曲为尤难哉？今先生绩学既富，文体咸备，蔚然为一代大家。而乃其诗简古清绝，出入三唐，虽累韵迭篇，而终不失调格，此诚古人之所希有者。③

人声之精者为言，而言之精者为诗。诗必正其趋向，不杂烦声，方可得声之精而能入作者之域矣。盖自诗道之屡变，郊寒岛瘦各有其体，而尚奇者伤于僻，务赡者流于杂。门路一差，格力日卑。诗之正声几乎熄矣。④

这些论述，都是从宏观层面剖析"体"的风格特色。但是，在朝鲜古典诗学批评实践中，对"风格"范畴关注的重心主要聚焦在具体诗人方面。在

① 郑弘溟：《畸庵集卷之十 · 策问 · 文体》，韩国古典综合数据库 http://db.itkc.or.kr/index。

② 成伣：《虚白堂文集卷之十三 · 文变》，韩国古典综合数据库 http://db.itkc.or.kr/index。

③ 李植：《泽堂先生集卷之九 · 芝峰集跋》，韩国古典综合数据库 http://db.itkc.or.kr/index。

④ 李廷龟：《月沙先生集卷之三十九 · 玉峰集序》，韩国古典综合数据库 http://db.itkc.or.kr/index。

朝鲜古代诗家的习惯性心理定势中，他们普遍地认同“诗品出于人品”的价值评判准则，“品诗”实际上就是“品人”。同理，人的品性如何，也直接影响到其诗歌的品质优劣及品第高下。如其所言：

诗言志。志者，心之所之也。是以读其诗，可以知其人。盖台阁之诗气象豪富，草野之诗神气清淡，禅道之诗神枯气乏。古之善观诗者，类于是乎分焉。自唐宋以来，释氏之以诗名世者，无虑数百家。贯休、皎然唱之于前，觉范、道潜和之于后，往往与文人才士颉颃上下。然峭古清瘦之气有余，而无优游中和之气，终未免诗家酸馅之讥。然是岂强为而然哉？蔬笋之气，不得不尔也。桂庭，国初诗僧，与千峰雨上人齐名。论者以谓千峰之诗高古简洁，清新峭峻，有本家风骨；桂庭之诗飘飘俊逸，随意放肆，无方外之气。①

我国自殷太师歌《麦秀》以来，世慕华风。文学之士前后相望：在高句丽曰乙支文德，在新罗曰崔致远。至高丽五百年间，作为文章以传于世者，无虑数十家，如金富轼、李奎报、郑知常、李仁老诸人，各擅其名。降以益斋，始以古文词名，稼亭、樵隐，从而和之。至于牧隐，早承庭训，北学中原，得师友渊源之学。既东还，延引诸生，奖论成就，圃隐、陶隐、浩亭、惕若、阳村、三峰，皆见而兴起者也。至我朝，文章日振，比肩接武，视罗、丽而尤盛，亦不可一二计也。然余尝闻之先辈，言大家则前有四佳、占毕，后有挹翠、容斋。言正宗则孤竹、石洲，言理致则冲庵、龟峰。且如企斋、湖阴、简易、东岳，或和平典雅，或奇健浑重，皆能羽翼前后，以鸣国家之盛，其彰明较著者也。近世东溟、郑公立帜词坛，振耀一代，西汉之文，盛唐之诗，于斯复见。②

---

① 徐居正：《四佳文集卷之六 · 桂庭集序》，韩国古典综合数据库 http://db.itkc.or.kr/index。

② 赵钟业编：《修正增补韩国诗话丛编 · 第四卷 · 旬五志》，韩国太学社 1996 年版，第 640—641 页。

对某一个具体诗人的风格进行品评的现象，在朝鲜古典诗学批评实践中是最常见、最普遍的批评形式。几乎在每一个诗人诗集的序跋中，我们都随处可见这种诗歌批评的形式。如其所言：

> 体裁雄浑峻壮，沈郁渊远，虽富而不侈，虽核而不凿，虽奇而不堀，尤精于骈俪，深得陆宣公文法，真可谓奇伟不凡之才矣！①
>
> 先生之于诗不凝滞于一，众体皆备。有雄浑者，有丽藻者，有冲澹者，有峻洁者，有豪以赡者，有严以重者，有奥而深者，有典而雅者。当合全集而观之，可以想富哉之气象，复何事于精选哉！②

其三，形体。即仅就文学文本的外在样貌与格式所言。在朝鲜古典诗学批评实践中，对诗文外在形式因时代变迁而发生变化的状况，朝鲜古代诗家有太多的感慨与评述。如其所言：

> 诗道之难言久矣。自雅颂废，骚人之怨悲兴。《昭明》之选行，而其弊失于纤弱。至唐律声作，诗体遂大变，李太白、杜子美尤所谓卓然者也。宋兴，真儒辈出，其经学道德追复三代。至于声诗，唐得是袭，则不可以近体而忽之也。然世之言诗者，或得其声而遗其味，有其意而无其辞。果能发于性情，兴物比类，不戾诗人之志者几希。在中国且然，况在边远乎？③
>
> 上自郊庙朝廷之乐歌，下至闾阎委巷之讽咏，凡可以感发善心而惩创逸志者无不具焉。诗之为诗岂在多乎哉？诗变而为骚，骚变而

① 徐居正：《四佳文集卷之四·太虚亭集序》，韩国古典综合数据库 http://db.itkc.or.kr/index。

② 徐居正：《四佳文集卷之四·牧隐诗精选序》，韩国古典综合数据库 http://db.itkc.or.kr/index。

③ 郑道传：《三峰集卷之三·愓若斋学吟集序》，韩国古典综合数据库 http://db.itkc.or.kr/index。

为词赋，再变而五七言出，至于律诗则诗之变极矣。然而“思无邪”之一言，可以蔽《三百篇》，则诗之道亦岂多乎哉?①

夫天地之间，一气而已，人得是气发而为言辞，诗者又言之精华也。是故，观人诗歌可以审天地气运之盛衰，余持此论久矣。匪懈堂与诸儒士选李杜韦柳欧王苏黄八家之诗凡几首，厘为几卷。仆窃得而观之，以为诗自风骚以后，唯唐宋为盛，唐宋间之所谓八家为尤杰然，宜匪懈堂之勤之也。然天地之气难盛而易衰，文章世道亦与之升降。宋不唐，唐不汉魏，汉魏不风骚雅颂，如老者不复少。唯豪杰之士乃能出类拔萃，不为时气所变化。齐梁之末，诗道几弊，得唐李杜氏而复振，韦柳从而和之。至五代又弊，得宋欧王氏复兴，苏黄又从而继之。今读其诗、想其人，千载之下使人起敬。吁其盛哉！然诗家独推李杜为称首，韦柳以下评论纷纷，是亦不可以不知也。噫！观是选者，苟能磨励洗濯，以变习俗之气，沂黄苏之流，登李杜之坛，以入于雅颂之堂。②

综合以上论释，我们发现，朝鲜古代诗家明确地将文本的“体”与“格”分而言之。“体”即诗体的外感形式，如“雅颂”“风骚”“词赋”“五七言”“律诗”及“唐诗”“宋词”等等，是诗歌具体可感的呈现格式。“格”则是指诗歌的时代风格、流派风格或诗人自我的诗歌风格，如“宋不唐，唐不汉魏，汉魏不风骚雅颂”“骚人之怨悲兴”“《昭明》之失于纤弱”“韦柳”与“苏黄”等等。从中，我们亦可感悟到，朝鲜古代诗家在陈述“体”之时代流变的同时，也融入了自我对历史变幻的深深浩叹与沉重思索。“风格”的内涵不但因不同时代、不同个人而异，而且也因时代与个人的

① 河仑:《浩亭先生文集卷之二 · 圃隐先生诗卷序》，韩国古典综合数据库 http://db.itkc.or.kr/index。

② 朴彭年:《朴先生遗稿 · 八家诗选序》，韩国古典综合数据库 http://db.itkc.or.kr/index。

差异而有优劣、高下之别。

> 文章之在天下也，虽以古今时代而有异，其高下盛衰则随世道之升降，与政治之隆替而形焉。然文莫难乎诗，诗乃文之精者也。夫自雅颂降而为国风，变而为骚词，为汉魏、为六朝、为隋唐，为宋元诸体。作者辈出，人各异律，而斯可以观世知政矣。吾东方，世称文献之国，文章之士代不乏人。高句丽之乙支文德，新罗之崔致远。至于前朝，金侍中富轼、李相国奎报是其尤者也。迨于季世，益斋李公倡以古文之学，牧隐父子从而和之，其如圃隐之严重、陶隐之精炼、三峰之豪宕，皆名家大手，而阳村权先生亦其一也。阳村身任斯道，研穷性理，发明五经之微义，以开来学之户牖，其有功于斯文大矣！岂独诗乎云哉！此实五百年教育之英材，天其遗我祖宗之朝者也。逮我庄宪大王抚熙洽之运，阐文明之化。礼乐典章于是乎粲粲，人材文物于是乎彬彬，有若河东郑文成公、高阳申文忠公、宁城崔文靖、乖崖金文莫不翘英振秀，以鸣国家之盛。四佳徐先生规模之大，原委乎李杜，步趣之敏，出入乎韩白，而其清新豪迈，雅丽和平，备诸家而成一大家……（其诗）宏深广阔，汪洋浩汗，如水之行地，汇而为湖海，流而为江河，折而为泾渭，潴而为池沼，随其大小而盈焉。①

综上所述，在朝鲜古典诗学批评实践中，“体”范畴的内涵是多元、多层次的。但在朝鲜古代诗家的批评话语中，“体”范畴的任何一个内涵倾向都不是独立出现的，其内涵的多重意义指向往往交叉使用，只不过是在具体的批评语境中，其价值取向往往有所偏重而已。在后面的论释中，将侧重就“体”的“风格”内涵展开讨论。

---

① 任元濬：《四佳集序》，韩国古典综合数据库 http://db.itkc.or.kr/index。

二、“体”的下位范畴——“体格”与“体势”

朝鲜古典诗学批评以“体”作为文本形态范畴的总摄，然而，文本形态变化多端而又千姿百态，把林林总总的形态因素统统以“体”言之，既不科学，也不符合文学自身的本质特性与规律性。故而，朝鲜古典诗学批评以“体”为基干与核心向外扩散，根据不同的语境氛围，衍生或延展出“体”的诸多下位范畴或后序范畴。其中，以“体”为上位范畴，最为活跃、出现频率较高的下位范畴如“体格”“体势”“体性”“体调”“体式”与“体裁”等等，进而聚合为一个以“体”为中枢的范畴群。这个范畴群中的每一个子范畴，都是作为“体”在不同话语批评实境中的化身或代言人，行使着“体”的表述功能。下面将选择其中几个颇具代表性“体”的下位范畴，试作分析。

其一，“体格”是“体”的下位范畴中最活跃的一个子范畴，尹愭言：“体者，体格也。时俗之体格不无变移，理固然矣。”①指明“体格”与“体”的内涵是完全一致的，之所以称“体格”而不称“体”，可能是由于语言习惯使然。“体格”有两个意义指向：一是体裁格调，二是体制格局。

在朝鲜古典诗学批评中，诉求于“体格”之“体制格局”内涵的主张，如成伣言：“文章体格发挥于汉而流衍于晋，盛行于唐而大备于宋。”②但在更多的批评话语实际中，朝鲜古代诗家往往将二者糅合在一起进行分析，但较为关注“体格”的另一个意义指向——“体裁格调”。如柳梦寅言：“文章高古，非但措语命意叙顿俱有法，其体格不凡，如张锦裹铁，又如襮幞藏雕，而句句节节皆各得其位。”③其中“文章高古”是言体裁格调，而“句句节节皆各得其位”则言其体制格局。此类批评话语，在朝鲜

① 尹愭：《无名子集文稿册九·策题　凡十九条·时体》，韩国古典综合数据库 http://db.itkc.or.kr/index。

② 成伣：《虚白堂文集卷之十二·与楸功书》，韩国古典综合数据库 http://db.itkc.or.kr/index。

③ 柳梦寅：《於于集卷之五·答南都宪季献书》，韩国古典综合数据库 http://db.itkc.or.kr/index。

古典诗学批评中颇为常见,择其要者如下:

我东诗家以百数类,未免袭宋元口气。至求其体格高古,音节华畅,杰然高踔,薄风雅而窥汉唐,则盖寥寥矣。①

公为文本诸经传,典雅有体,不尚诸家险僻语,诗取初盛唐。曰:"前乎此者体格不完,后乎此者卑弱无力。至五言古体则有汉魏乐府。其尽善哉!"②

夫所谓高壮广厚与丽则清越,其为体格方圆固自不同,然流二而源一,始未尝不合。窃尝考古人言语,虽在其叙述铺陈,而言之不足意犹有余,则往往反复咏叹,自叶于声律者有之。及其约为比兴,稍变其短长耳,尚何乖离之有哉?惟其通融而相入也。故诗人之优游,骚人之清深,为文者不可少此意。③

看其体格不唐不宋,可知无所师承。而声调爽亮,气机横活,往往突如其来,造险出奇。忽如冷水之浇背迅雷之烨眼,殆令人胆掉神夺。及其徐绎而种种诸境之该,百态具呈,可愕可喜,不觉解颐而抚掌久矣,此诗虽谓之百年创格可也。④

韩子曰"诗正而葩",朱子取之。此诗之体格也,反是而志尚颇僻流荡,词意粗浊险怪,皆诗之外道也。今当以《三百篇》为宗主,熟读而讽咏之,此诗学之本也。⑤

---

① 权斗寅:《荷塘先生文集卷之四·省克斋诗稿序》,韩国古典综合数据库 http://db.itkc.or.kr/index。

② 张维:《芝峰先生集附录卷之一·行状》,韩国古典综合数据库 http://db.itkc.or.kr/index。

③ 金昌翕:《三渊集卷之二十三·仲氏文集后序》,韩国古典综合数据库 http://db.itkc.or.kr/index。

④ 金昌翕:《三渊集卷之二十三·何山集序》,韩国古典综合数据库 http://db.itkc.or.kr/index。

⑤ 李植:《泽堂先生别集卷之十四·学诗准的》,韩国古典综合数据库 http://db.itkc.or.kr/index。

其于文章体格元无艰易之可言，而肤浅淆杂，愈往愈甚，此固俗尚之使然欤，抑亦培养之失宜欤。何以则丕新文体？或顺或奇，各得其宜，俾有以张斯文而贲世道欤。①

朝鲜古代诗家所谓的“体格高古”“体格方圆固自不同”“看其体格不唐不宋，可知无所师承”“文章体格元无艰易之可言”等言论，都旨在形象地表明“体格”是朝鲜古典诗学言说诗歌之“体”的一个经典范畴。

其二，“体势”范畴也常常为朝鲜古代诗家所论及，主要指文学文本的形体态势。其中的“体”是实性范畴，可直接观感而知；“势”则是个虚性范畴，是由“体”的诸要素综合互动而造就的一种情绪氛围，须经由主体心理的整合后，方可感知得到。如朝鲜古代诗家言：

某近承盛作多矣，近体短章诚清警绝妙，唯未识长篇巨韵中纵笔放肆处。故以长篇试之，今蒙所和新篇辞语奔放，固在天地六合之外，甚叹甚叹，更何言哉！②

体势分工拙，情怀有浅深。不须多费力，只是要论心。松老欲倾盖，月明还碎金。丹青所未到，幽兴寄山林。③

朱子读书得其全篇体势，视缓急上下然后方始下字。是故，如造化施物，物物不同而无疏略复迭之语。④

其三，朝鲜古典诗学批评中的“体裁”与“体制”等范畴。朝鲜古代诗

① 李祘：《弘斋全书卷四十九・策问二・文体》，韩国古典综合数据库 http://db.itkc.or.kr/index。

② 李奎报：《梅湖遗稿・酬唱》，韩国古典综合数据库 http://db.itkc.or.kr/index。

③ 李穑：《牧隐诗稿卷十七・诗・独吟》，韩国古典综合数据库 http://db.itkc.or.kr/index。

④ 李恒老：《华西先生文集附录卷之六・赵性愚录》，韩国古典综合数据库 http://db.itkc.or.kr/index。

家有时也借用“体裁”或“体制”等阐释“体”的内涵，如以“体裁”言之者：

不足以章句体裁观之，实诗家之罪人也。初不意区区此戏之闻于世矣，乃反为公卿贵戚所及闻知，无不邀饮，劝令为之，则有或不得已而赋之者。然渐类倡优杂戏之伎，或观之者如堵墙，尤可笑已。方欲罢不复为，而复为今相国崔公所大咨赏。则后进之走笔者，纷纷踵出矣。但此事初若可观，后则无用。且失其诗体，若寖成风俗，焉知后世有以予为口实者耶？①

文者道之华，事之迹。道有升沈，事与时迁，随所遇而异其辞，乃势之自然也。是以典谟降而诰命行，风雅息而词骚作，《春秋》止而史传继出。以其章句而求之，先秦两汉已有体裁力量之不相等。就其实而要其归，则子美诗得《三百》之旨，孔明表有《伊训》《说命》之意。然则文不在乎言语句读之间，惟在于义理得失之如何耳。②

体裁雄浑峻壮，沈郁渊远，虽富而不侈，虽核而不凿，虽奇而不堀，尤精于骈俪，深得陆宣公文法，真可谓奇伟不凡之才矣！③

以“体制”言之者，如：

文辞德之见乎外者也，和顺之积，英华之发，有不容掩者矣。文辞与政化流通，体制随世道而升降，音节因风气而变迁。苟有禀光岳英灵之气，洞性命精微之理，达事物无穷之变，则其雄深雅健，要妙精

① 李奎报：《东国李相国全集卷第二十二·论走笔事略言》，韩国古典综合数据库 http://db.itkc.or.kr/index。

② 崔国述：《孤云先生文集编辑序》，韩国古典综合数据库 http://db.itkc.or.kr/index。

③ 徐居正：《四佳文集卷之四·太虚亭集序》，韩国古典综合数据库 http://db.itkc.or.kr/index。

华，可以配元气而伴造化，何世降风变之足虑哉？①

其体制之正驳，格韵之高低，余非能诗者，顾何能妄有评议？第其源委之所自，风化之所由，雅古醇清之有渊源，自不可诬。况此篇体格正变系乎风气之醇醨，固非选者之所可低仰。静夫之意其亦有见乎夫子编诗之义，而不废朱子羽翼舆卫之志乎？后之善观者，审其雅俗向背之辨而取舍之。②

择其可为楷范者若干首，分为前后集。前集十六卷以体编之，欲使人知其体制。后集二十九卷以类分之，欲使人从其类而用之。③

命题制述其体制要须简严精切，辞达而已，勿使险僻怪异，如或变更时体，倡率浮靡者罚。④

上述朝鲜古代诗家之所言，无论是称“体裁”还是称“体制”，都旨在阐明“体”范畴内涵比较稳定的一面，但它不是绝对的一成不变，而是一种相对的规定约制，如其所言“文者道之华，事之迹。道有升沈，事与时迁，随所遇而异其辞，乃势之自然也”“文辞与政化流通，体制随世道而升降，音节因风气而变迁”。

总之，“体”是朝鲜古典诗学批评在文本形态方面的核心范畴与统摄范畴，并且在具体的诗学批评中形成了一个以“体”为内核的庞大范畴群。朝鲜古代诗家以此为基础，从不同层面、以不同视角阐发朝鲜古典诗学关于文本形态的理念与价值取向。

朝鲜古代诗家对于文本形态的价值诉求，主要聚焦于对文学文本

① 李詹：《牧隐先生文集序》，韩国古典综合数据库 http://db.itkc.or.kr/index。

② 郑澔：《丈岩先生集卷之二十三 · 关北诗抄序》，韩国古典综合数据库 http://db.itkc.or.kr/index。

③ 成伣：《虚白堂文集卷之六 · 风骚轨范序》，韩国古典综合数据库 http://db.itkc.or.kr/index。

④ 金富伦：《雪月堂先生文集卷之四 · 福川乡校学令》，韩国古典综合数据库 http://db.itkc.or.kr/index。

“风格”的追求与叩问。如崔滋所言：

> 文以豪迈壮逸为气，劲峻滑驶为骨，正直精详为意，富赡宏肆为辞，简古倔强为体。若局生涩琐弱芜浅，是病。若诗则新奇绝妙，逸越含蓄，险怪俊迈，豪壮富贵，雄深古雅，上也；精隽遒紧，爽豁清峭，飘逸劲直，宏赡和裕，炳焕激切，平淡高邈，优闲夷旷，清玩巧丽，次之；生拙野疏，蹇涩寒枯，浅俗芜杂，衰弱淫靡，病也。
>
> 夫评诗者，先以气骨意格，次以辞语声律。一般意格中，其韵语或有胜劣，一联而兼得者尽寡，故所评之辞亦杂而不同。《诗格》曰：“句老而字不俗，理深而意不杂，才纵而气不怒，言简而事不晦，方入于《风》《骚》。”此言可师。①

所谓“豪迈壮逸”“劲峻滑驶”等一众词语，都是文学“风格”内涵的具体呈示，但其意旨绝不相同。如何将它们分类论之，确乎是个难题。由此可见，“风格”作为文学批评的术语、范畴，其内涵与外延是模糊而多元的，这就为我们切入“风格”视域制造了一定的障碍，由于划类标准不一、价值取向相异，导致对“风格”的阐释呈现出“众生喧嚣”而莫衷一是的困境。于是，选择一个自洽而严谨的切入视角，成为探究“风格”内涵的关键。中国学者汪涌豪言：

> 今拟从作品的声色、格调、韵致和意境四端切入，这四者，大抵正是古代作家、批评家探讨不同风格时通常择取的切入路径。由此出发，再考察风格范畴的衍生过程及其系统联系，庶几可以涵盖古人对作品形态不同层面的认识成果。而源远流长的古代文学风格论，在

① 赵钟业编：《修正增补韩国诗话丛编·第一卷·补闲集》，韩国太学社1996年版，第112页。

其融会总结期，也就是明清两代，被基本框限在由外而内、由粗而精、由具体而抽象的总的格局内，他们对不同风格的归纳和总结大体仍不脱此四个方面，既从中获得认识角度，又借以延展新的成果，这更使我们确信，由此入手，可以比较切实地把握传统风格论范畴的基本特征和体系脉络。①

借鉴这一切入路径，将可梳理与分析出朝鲜古典诗学在文本形态方面的范畴体系。

第二节　“声色”及其衍生而来的物质性范畴

“声色”一语本为并列结构，“声”与“色”属于同位范畴，二者连缀为一个诗学批评范畴，意在强调文本形态的理想状貌，有所谓“声响”而“色泽”之意，即用以指称文本的物质构成形态。在朝鲜古典诗学批评中，有时二者并置出现，如朝鲜朝诗家申景濬言：

> 气，流行于体者也；色，着于体者也；味，出于意者也；响，应于声者也。此诗之可以极为怡乐处，可以占心术之臧否寿夭贵贱之吉凶。其理至微，其术至妙。言之难说，画之难形。犹嗜酒者之说酒味于未饮酒者，不能说破，徒自忻笑而已。学者所当默体于心矣。②

“声”追求“响”的效果，“色”附着于禀气之“体”上，二者的协调就是文本的“意味”。而这只可意会不可言传，由于“其理至微，其术至妙。言之难

① 汪涌豪：《中国文学批评范畴及体系》，复旦大学出版社2007年版，第668页。

② 申景濬：《旅庵遗稿卷之八·诗作法总》，韩国古典综合数据库 http://db.itkc.or.kr/index。

说，画之难形”，因此，为诗者应该将其“默体于心”。形象地道明了“声”与“色”的内在关联，以及二者和合造就的审美体验空间。张维则在阐释“天机之妙”的过程中，将“声”与“色”并置考量：

> 诗，天机也。鸣于声，华于色泽。清浊雅俗，出乎自然。声与色，可为也。天机之妙，不可为也。如以声色而已矣，颠冥之徒可以假彭泽之韵，龌龊之夫可以效青莲之语。肖之则优，拟之则僭。夫何故？无其真故也。真者何？非天机之谓乎？……而凡形于口吻，动于眉睫，无非诗也者。及其章成也，情境妥适，律吕谐协，盖无往而非天机之流动也。①

中国古代诗家对“声”与“色”则解释得更加简单明了：“凡文者，在声为宫商，在色为翰藻”②，“诗之所贵者，色与韵而已矣”③，而“声取其谐，韵取其协”④。这样看来，在中国诗学批评语境中，“声色”特指文学文本所表现的意境格调或事物的动人色彩与风格。

一、朝鲜古典诗学批评中的“声色”范畴

在文本形态意义上，朝鲜古代诗家对“声”与“色”及其合成词“声色”有着自己切身的体认。他们也如中国古代诗家一样，对“声”与“色”及二者的合体“声色”的内涵与特性，分别予以解释和理解。

首先，朝鲜古代诗家对“声”范畴的理解与阐释，如金时习言：

---

① 张维：《溪谷先生集卷之六 · 石洲集序》，韩国古典综合数据库 http://db.itkc.or.kr/index。

② 阮元：《揅经室续集卷三 · 文韵说》，韩国古典综合数据库 http://db.itkc.or.kr/index。

③ 陆时雍：《诗镜总论》，人民文学出版社 1998 年版，第 216 页。

④ 吴莱：《渊颖吴先生文集卷十二 · 古诗考录后序》，韩国古典综合数据库 http://db.itkc.or.kr/index。

有天地自然之文,必有天地自然之声。声质为文,文著则鸣。乱世之文,其文轻薄,故声淫佚而不平;治世之文,其文敦厚,故声铿锵而至精。咏为赓歌,奏为九成。非宫非商,而宫而商;非丝非簧,而丝而簧。五声自中,八音自彰;畅于五脏,宣以五常。尽天地之音声,备大造之抑扬。拊击错综,抬搦低昂。声律身度,粲然有章。反入希声,大音之乡。撼彼主宰,冲漠苍苍。无声无臭,难状难方。不欲谐而声音自谐,不欲和而神人自和。无奏而奏,不歌而歌。夫如是者,乃舜命夔之妙旨。①

在文本形态意义上,金时习对“声”的理解与阐发可谓全面而精辟,并强调指出“声”的完美之境为“无声无臭,难状难方。不欲谐而声音自谐,不欲和而神人自和。无奏而奏,不歌而歌”,形象而深刻地揭示出大音稀“声”之于文本形态的积极意义与价值。亦有其他朝鲜古代诗家从不同层面对“声”范畴的文学价值进行阐发,如其所言:

人之生于世也,五脏具乎内,百骸形于外,其本则岂有声哉?有气积于内而发于外,然后为声焉。然则声于人者气也,声之出亦非一也……出于口而著于文,则为实声。实声之中,亦有正者邪者,或似正而邪者,或似邪而正者。人之发其声而好于人,好于人而著于文,著于文而合于正者,谓之善鸣。善鸣之功,厥惟艰哉?休壤崔立之几于善鸣者也,其文章虽不大成,其志则期乎正者也。②

人声之精者为言,而言之精者为诗。诗必正其趋向,不杂烦声,方可得声之精而能入作者之域矣。盖自诗道之屡变,郊寒岛瘦各有

① 金时习:《梅月堂文集卷之十九・八音克谐赞》,韩国古典综合数据库 http://db.itkc.or.kr/index。

② 李珥:《栗谷先生全书拾遗卷之三・赠崔立之序》,韩国古典综合数据库 http://db.itkc.or.kr/index。

其体，而尚奇者伤于僻，务赡者流于杂。门路一差，格力日卑，诗之正声几乎熄矣。①

天有阴阳，大小异气；地有刚柔，大小异质。气变于上而象生焉，质化于下而形具焉。日月星辰成象于天，水木土石成形于地。象动于天而万时生，形交于地而万物成，时之与物有数存焉。物有声色气味，声之数为盛。……在声，则阳为辟而阴为翕。②

夫诗在数为易，在声为乐，非知道者，其孰能语斯哉？③

以上言论都旨在揭示"声"的内涵的不同侧面，并指明"声"与文本形态审美价值的高下息息相关。对此，洪良浩言：

声者，无形无色而能鼓万物，其神之妙用乎？天有雷风，人有歌吟，器有律吕，无非神也……目之视，耳之听，心之觉，皆神也。众形毕呈于一视，群声咸凑于一听，万理皆彻于一觉，所谓不疾而速，不行而至者，亦神也。④

洪良浩更是将"声"提高到具有"神之妙用"的无上境地——"众形毕呈于一视，群声咸凑于一听，万理皆彻于一觉，所谓不疾而速，不行而至也"。由此可见朝鲜古代诗家对"声"范畴的重视程度。

其次，朝鲜古代诗家对"色"亦有自觉的认知。李奎报在《色喻》一文

---

① 李廷龟：《月沙先生集卷之三十九 · 玉峰集序》，韩国古典综合数据库 http://db.itkc.or.kr/index。

② 徐敬德：《花潭先生文集卷之二 · 声音解》，韩国古典综合数据库 http://db.itkc.or.kr/index。

③ 朴齐家：《贞蕤阁文集卷之一 · 炯庵先生诗集序》，韩国古典综合数据库 http://db.itkc.or.kr/index。

④ 洪良浩：《耳溪外集卷九 · 近取篇》，韩国古典综合数据库 http://db.itkc.or.kr/index。

中有言:“世有惑于色者。所谓色者,红耶?白耶?青耶?艧耶?日月星宿,烟霞云雾,草木鸟兽皆有色也……夫所谓色者,人之色也。”①李奎报虽未明确探讨文本形态意义上的“色”,但其中却暗示出,世间一切“色”都是相对于人而言的,离开了主体心理的感知与整合作用,万事万物之“色”将黯然无彩。权近言:“道虽不在乎色声,亦不离乎是之外矣。故古人之觉悟也,亦必有待而后得其音响之清亮,辞彩之精发,以入妙悟之处。此其所以好之笃求之勤而不已也欤?”②丁范祖亦言:“夫淡雅故不知者,毋或谓少华艳之色,而曷不睹夫质之素而绘为五章乎?”③二人皆从文本形态出发,揭示出“色”之于文本形态的重要价值。

综其所论,朝鲜古典诗学批评中的“色”,主要指文本辞藻的色彩以及由这种辞藻色彩造就而成的文学文本的情态,即所谓由“辞彩之精发”而营构出来的“妙悟”之处。

最后,朝鲜古代诗家把“声”与“色”凝聚为一个范畴,进而阐发其对文本形态的积极意义与价值,“声色”也因此成为朝鲜古代诗家从物质层面探析文本形态的一个主导范畴。朝鲜朝诗家崔淑精言:

> 论画者可以形似,而捧心者难言。闻弦者可以数知,而至言者难说。诗之出于声色意料之内者,可以形之于文字之间,传之于言语之中;出于形色意料之表者,只可心会,不可言传。徒知寄于文字者止是,而不求之文字之外而心会之,则非惟失诗之微旨。④

---

① 李奎报:《东国李相国全集卷第二十 · 色喻》,韩国古典综合数据库 http://db.itkc.or.kr/index。

② 权近:《阳村先生文集卷之二十 · 玉溪诗序》,韩国古典综合数据库 http://db.itkc.or.kr/index。

③ 丁范祖:《海左先生文集卷之二十二 · 葵亭集序》,韩国古典综合数据库 http://db.itkc.or.kr/index。

④ 崔淑精:《逍遥斋集卷之二 · 东人诗话后序》,韩国古典综合数据库 http://db.itkc.or.kr/index。

崔淑精认为,诗虽以“声色”为物质形态,但诗的真意又不在描摹“声色”的表象,必须脱离“声色”的束缚方可得之。否则,就违背了诗之为诗的宗旨。朝鲜朝诗家鱼有凤亦言:“善为诗者虽说声色光景,而写不可形言之,趣于声色光景之外,其要在心地之虚明洒落。”①这些理论认识都在一定程度上,彰显出“声色”之于文本形态的功用与较高的审美价值。其他关于“声色”范畴的颇具代表性的论调如:

以道观物者,道与物会。以形观物者,物以形迁。夫耳目之于声色,性也,了然含明。而凡天下有色之物,目必趋之,洼然窍聪。而凡天下有声之物,耳必随之,不期而来,不行而自至,彼焉知郑雅邪正之为辨?苟无道以摄之,则亦脱焉从之而莫之择耳。是故,有道者之于声色。②

四时之景寓诸目而成色,入于耳而为声者,末也。卿之意不在是也,必将因物反观,以寓夫无穷之趣于声色之表,而其乐之所存,人固不可得而知之。③

古人云“乾坤有清气,散入诗人脾”,清是诗之本色,若奇若健犹是第二义也。至于险也怪也沈着也质实也,去诗道愈远。清则高,高则不可以声色求也。诗必得无声之声,无色之色,浏浏朗朗,澹澹澄澄,境与神会,神与笔应而发之。然后,庶几不作野狐外道。故历观往匠,闲居之作胜于应卒,草野之音优于馆阁。盖有意而为之者,不若得之于自然也。④

---

① 鱼有凤:《杞园集卷之三十一·读书散录·杂说》,韩国古典综合数据库http://db.itkc.or.kr/index。

② 崔昌大:《昆仑集卷之六·送李子深游东南山水序》,韩国古典综合数据库 http://db.itkc.or.kr/index。

③ 李承召:《三滩先生集卷之十·林亭诗序》,韩国古典综合数据库 http://db.itkc.or.kr/index。

④ 申钦:《象村稿卷之五十 漫稿上·晴窗软谈》,韩国古典综合数据库 http://db.itkc.or.kr/index。

公之诗，古人之诗也，其语澹而冲，其韵浏而亮，故于鹤取之。其态色也幽而雅，其取材也简而洁，其体裁高孤而不群，故于梅取之。此其所以声应气求，宛转而相随也。①

上述例证所言及的“寓夫无穷之趣于声色之表”“诗必得无声之声，无色之色”“境与神会，神与笔应而发之”“有意而为之者，不若得之于自然”“以声应气求，宛转而相随”等，其归趣一也，即意在诉求文本形态之于“声色”的终极样态——“无声之声”与“无色之色”的自然妙合。于是，朝鲜古典诗学自然而然地生发出用以表述“声色”妙合状态的后序范畴或下位范畴。

二、“声色”涵括的范畴类型：“警”“圆”与“清”

如上所论，“声”与“色”聚合为一个相对稳定的诗学批评范畴，是指文学文本在“声”的和谐与“色”的适宜的共同作用下，所达到的一种综合性审美态势。这种综合性审美态势在不同文本中，甚至从同一文本的不同层面切入，都会给人以迥然有别的审美体验。因此，朝鲜古代诗家在描述各自不同的美感体验的过程中，就自然而然地择取自适的词语来传达。于是，在朝鲜古典诗学批评中就出现了诸多表述不同美感体验的术语、范畴，以此认同由“声色”效果造成的文本的不同风格样貌，如“和谐”“圆朗”“委婉”“悠扬”“遒劲”“悲慨”与“清华”等等。

就构成性质来看，在“声色”范畴中，“声”是从听觉感官而言的，“色”则是从视觉感官而言的，视、听感觉交融后的最佳程度就是和谐，朝鲜古代诗家更乐于以“谐”言之。所以，无论表述“声色”效果所造成的风格样貌的范畴如何多样，这些范畴最终都是由“声”“色”相“谐”所造就

① 李瀷：《星湖先生全集卷之五十二・梅鹤轩序》，韩国古典综合数据库 http://db.itkc.or.kr/index。

的审美效果。因此,“谐”(在朝鲜古典诗学批评中,有时也称“和谐”或“谐和”等)最能概括“声色”之于文本形态所造成的风格特色。也可以说,其他所有描述因“声色”作用而形成的文本风格的范畴,都由“谐”范畴所统摄。所以,朝鲜古代诗家非常看重“谐”的作用与价值。金时习在《八音克谐赞》一文中言:

> 有天地自然之文,必有天地自然之声。声质为文,文著则鸣。乱世之文,其文轻薄,故声淫佚而不平;治世之文,其文敦厚,故声铿锵而至精。咏为赓歌,奏为九成。非宫非商,而宫而商;非丝非簧,而丝而簧。五声自中,八音自彰;畅于五脏,宣以五常。尽天地之音声,备大造之抑扬。拊击错综,抬搦低昂。声律身度,粲然有章。反入希声,大音之乡。撼彼主宰,冲漠苍苍。无声无臭,难状难方。不欲谐而声音自谐,不欲和而神人自和。无奏而奏,不歌而歌。夫如是者,乃舜命夔之妙旨。①

“天地自然之文”(即天地自然之“色”)与“天地自然之声”的完美浑融,就会使“声律身度,粲然有章”,也就会达到“不欲谐而声音自谐,不欲和而神人自和”的终极审美境界。这也暗示出,“声色”交杂的绝佳状态就是“声音自谐”与“神人自和”。其他与此相类的言论,择其要者如下:

> 故其文皆冲远坦夷,沈厚弘重,不由铺排造作之巧而盎然,大羹之有余味也,希音之谐和于神人也,是岂后世名家疲精竭思之所可及哉。②

① 金时习:《梅月堂文集卷之十九·八音克谐赞》,韩国古典综合数据库 http://db.itkc.or.kr/index。

② 郭钟锡:《俛宇先生文集卷之百三十三·木溪先生逸稿序》,韩国古典综合数据库 http://db.itkc.or.kr/index。

吕公子久为近体诗三十首，声气谐和，造诣冲远。且其用字稳妥，一出自机杼，无牵强僻涩之病。要之，语不拘于字，意不拘于辞。①

其诗简淡清远，音韵谐和，不假雕饰。其文亦浑厚明白，诚意恳恻，有余味可诵。②

金章赤绂，若固有之。出言而金石自谐，触思而风云自随。其仁义之弸彸于中者，自然泄之于诗而不容掩也。③

读先生之诗音调古洁，词致激烈，致聘风骚，方驾乎中唐之际。和而清若笙磬之谐鸣，壮而哀如羽商之迭奏，奇伟之气溢发言外。④

其诗平雅锻炼，殆与盛唐谐声，其于诗可谓深矣。⑤

在"谐"统摄下，与"谐"的价值诉求相一致，朝鲜古代诗家用以说明"声"与"色"合融效果的诗学范畴类型繁多，在此无法一一道尽。我们只选择其中颇具代表性的几个方面：如"警"（包括"精警""警绝"与"清警"等）、"圆"（包括"圆朗""圆熟"与"圆转"等）、"清"（包括"清华""清丽"等）等加以剖析。

其一，以"警"为核心的范畴群。在文学批评语境中，"警"即"警策"之义，形容文学话语精炼扼要而含义深切动人，亦指精炼扼要而蕴涵丰富动人的文句。陆机《文赋》言："文片言而居要，乃一篇之警策"，李善注曰："以文喻马，言马因警策而弥骏，以喻文资片言而益明也。驾之法，以

① 李敏求：《东州先生文集卷之三 · 吕子久归去来辞集字律诗三十首跋》，韩国古典综合数据库 http://db.itkc.or.kr/index。

② 李汇载：《月峰先生文集卷之五 · 跋》，韩国古典综合数据库 http://db.itkc.or.kr/index。

③ 金宗直：《亨斋诗集序》，韩国古典综合数据库 http://db.itkc.or.kr/index。

④ 李铎远：《泉谷先生集序》，韩国古典综合数据库 http://db.itkc.or.kr/index。

⑤ 柳梦寅：《於于集卷之三 · 送洪牧李润卿序》，韩国古典综合数据库 http://db.itkc.or.kr/index。

策驾乘,今以一言之好,最于众辞,若驱驰,故云'警策'。"

朝鲜古代诗家徐居正《东人诗话》言:"有全篇之粹然者,有一字一句而警策者。"在朝鲜古典诗学批评中,崔滋最为重视"警"范畴的使用,其《补闲集》中有很多的诗话批评是以"警"为价值取向的,试举几段例言如下:

> 古今多以美女比花。文烈用美人事,意虽精当,事则刍狗。眉叟用龙阳事,此诗家意外之喻,最警。
>
> 金状元莘鼎颂文顺公《游鱼》曰:"圉圉红鳞没复浮,人言得意好优游。细思片隙无闲暇,渔父方归鹭又谋。"《闻莺》曰:"公子王孙拥绮罗,要凭娇唱助欢多。东君亦学人间乐,开了千花遣尔歌。"问予曰:"孰胜?"予曰:"莺诗浅近,鱼诗雄深,且有比兴之趣,此为绝胜。"状元曰:"不然。今古莺咏皆不及此意,唯公新凿。夫意虽雄深,已陈则常也。虽浅近,新凿则可警。"
>
> 学士诗警于眼,相国诗警于心。

也有朝鲜古代诗家,以"精警"来阐释"警"之内涵的,如:

> 其诗固精警圆整有作者体,而可传不在是也。独其往往高举远迈之意,隐映咏叹之间。①
>
> 长胤公作宰戒以廉白奉公。喜为诗,不作衰世细巧语,而自精警有法,笔画亦遒健。凡其本之性分而发为行艺者又如此。②

---

① 丁范祖:《海左先生文集卷之二十·静斋遗稿序》,韩国古典综合数据库 http://db.itkc.or.kr/index。

② 丁范祖:《海左先生文集卷之二十六·资宪大夫知中枢府事洪公墓碣铭》,韩国古典综合数据库 http://db.itkc.or.kr/index。

公文词赡鬯，诗律精警，举业特余事。①

今执事之诗泛博矣，不偏于精警，恣肆矣，不专于枯苦。选之者当何从？从大家耶？从名家耶？②

朝鲜古代诗家，有时也用“新警”“警绝”“清警”“奇警”“峭警”“豪警”与“警切”等范畴，站在各自不同的诗学立场上，深入阐发“警”的内涵。在此各举一例如下：

学者读经史百家，非得意传道而止，将以习其语，效其体，重于心，熟于工。及赋咏之际，心与口相应，发言成章，故动无生涩之辞。其不袭古人而出自新警者，唯构意设文耳。③

东国无猿，古今诗人道猿声者皆失也。嘉靖丙午，王行人鹤游汉江，有诗曰：“绿尊隐浪浮春蚁，长笛吹风啸暮猿”，大提学骆峰申公和之曰：“汉水即今逢彩凤，楚云何处听啼猿。”盖已巳夏张行人承宪奉诰命而来，骆峰迎江上。今闻出使楚国，故下句云尔。押“啼猿”字而无斧凿痕，最为警绝。④

李珪能文章，罕世之才也。其《百祥楼》诗曰：“睥睨平临萨水湄，高风猎猎动旌旗。路通辽海三千里，城敌隋唐百万师。天地未曾忍战伐，山河何必系安危。凄然欲下新亭泪，楼上胡笳莫谩吹。”词意逡迈。且如“蛩吟野径秋声急，雀噪柴门暮景疏”亦清警。⑤

皇祖《九月二十五日夜月》云“已将凉扇藏秋箧，渐见寒钩挂晓

① 丁范祖：《海左先生文集卷之三十四·哭戚从兄申峻岳文》，韩国古典综合数据库 http://db.itkc.or.kr/index。

② 俞汉隽：《自著卷之二十一·答丰墅李公书》，韩国古典综合数据库 http://db.itkc.or.kr/index。

③ 崔滋：《补闲集》，韩国古典综合数据库 http://db.itkc.or.kr/index。

④ 鱼叔权：《稗官杂记》，韩国古典综合数据库 http://db.itkc.or.kr/index。

⑤ 洪万宗：《小华诗评》，韩国古典综合数据库 http://db.itkc.or.kr/index。

帘”,体物精妙。文顺公再三和李需《咏白》云“刍光朝未退,窗色醉方醒”,亦为奇警。①

《七夕》诗:“天风吹月入栏杆,乌鹊无声子夜闲。织女明星来枕畔,正知身不在人间。”句读颇入峭警,绝无烟火。姑未的为谁所作?或谓闺人题咏。②

权石洲与车五山共次僧轴韵,到“风”字,石洲先题曰:“鹤边松老千秋月,鳌背云开万里风。”自诧其豪警。③

南尚书二星谪白川时,郑维岳贻书,言“吾叔今年运气不佳,愿勿过饮”。盖郑即公族侄而解谈命,故以此勖之也。公不答书,只于牍背题四韵诗以还之。其一联云:“万事懒从詹尹卜,一生长恨楚臣醒。”警切可喜。④

总之,朝鲜古代诗家对“警”范畴展开了积极多元的发微探幽,如用“精”“新”“清”“奇”“绝”“豪”“峭”及“切”等一系列修饰词注解“警”的蕴涵。于此可见,围绕“警”构筑而成的范畴群在朝鲜古典诗学批评实践中的活跃程度,也从另一个层面显示出朝鲜古典诗学批评的广阔性与深入性。

其二,以“圆”为基干的范畴群。在诗学批评视域内,“圆”的内涵意指文本“声”与“色”自然和鸣的自为状态。在汉文化语境中,“圆”是一个极富生命张力的隐喻词。《周易·系辞上》言:“蓍之德,圆而神”,王弼注之曰:“圆者,运而无穷”。刘勰较早将其导入文学批评视域,《文心雕龙·体性》言“思转自圆”,《熔材》篇言“首尾圆合,条贯统序”,《风骨》篇言“骨采未圆”,等等,都从不同侧面突出了“圆”意指文学形式的某种美

① 崔滋:《补闲集》,韩国古典综合数据库 http://db.itkc.or.kr/index。

② 《东诗丛话》,韩国古典综合数据库 http://db.itkc.or.kr/index。

③ 洪万宗:《小华诗评》,韩国古典综合数据库 http://db.itkc.or.kr/index。

④ 金昌协:《农岩杂识》,韩国古典综合数据库 http://db.itkc.or.kr/index。

满状态。自此而后,“圆”愈来愈成为文学批评的常用语,并以其为轴心组建成一个庞大的范畴网络。

在朝鲜古典诗学批评中,并未发现有诗家单独就“圆”之本义进行阐发,朝鲜古代诗家往往把它作为一个不证自明的概念、术语或范畴来使用,突出其强烈的感悟与感知的色彩。如朝鲜朝诗家金得臣对佛家“圆相”的阐发与感悟:

> 粤自世之众生之生也,灵灵一物,昭昭于血囊之中。血囊者,身是已;一物者,心是已。一物或曰本心王,本心王或曰活物,活物或曰实相,实相或曰圆相。人之一身之内,心为主宰,故称其本心王活物。言之则死,不言则活,故禅家所以讳。实相者无名无象,而以虚为实,故谓之实相。圆相者图其一物,必以为圆,故谓之圆相。盖合而言之,皆是灵灵一物也。是以离世异俗、入山祗行之徒以圆相之明,为禅门之第一义。则欲明其圆相者,不以公案而何以乎哉?佛之为佛,由于圆相之明而见其相之本色也。祖师之为祖师,亦由于圆相之明而见其相之本色也。然明其圆相也,常常念于一千七百公案上,加鞭于疑去疑来,终至于吃其狗子,一朝顿悟然后实相圆明。①

金得臣虽不是站在文学的立场上,但他对佛家“圆相”的悟解,对于我们知晓朝鲜古典诗学批评中的“圆”的蕴意,无疑有莫大的启悟。在文学批评语境中,“圆”确乎是一个具有强烈体验色彩的诗学范畴。朝鲜古代诗家对“圆”的表述,与佛家之悟“圆相”的思维路径与方式颇为相像。如:

> 郑司谏知常云:“雨歇长堤草色多,送君南浦动悲歌。大同江水

① 金得臣:《柏谷先祖文集册五·圆相庵序》,韩国古典综合数据库 http://db.itkc.or.kr/index。

何时尽,别泪年年添作波。”燕南梁载尝写此诗作“别泪年年涨绿波”,余谓“作”“涨”二字皆未圆,当是“添绿波”耳。①

三李句法相似,然相国词语重复未圆,当树降幡。②

体素(李斯文春英号)登永保亭有诗曰“月从今夜十分满,湖纳晚潮千顷宽”,句圆意足。③

三段诗评都充满了浓烈的模糊色彩,“未圆”与“圆”究竟是一种什么样的貌态,恐怕也只能意会之而不可言传之。朝鲜古代诗家针对“圆”的这种极大的不确定性,似乎是为了减弱其模糊与朦胧,而在具体的批评实践中,往往附加一个修饰说明性的词语,以明确其批评指向。例如以“熟”字释“圆”,而构成“圆熟”。

句有难于对者,沉吟良久,不能易得,即割弃不惜,宜也。方其构思,思若深僻则陷,陷则着,着则迷,迷则有所执而不通也。惟其出入往来,变化自在,而达于圆熟也。或有以后句救前句之弊,以一字助一句之安,此不可不思也。④

(李学士眉叟)尝赋《明皇念奴》云:“帝意方专眷玉环,尚知娇艳念奴颜。若均宠幸分人谤,老羯何名敢作难?”虽使古人幸出此新意,其立语殆不能至此工也。夫才胜其情,则虽无佳意,语犹圆熟。⑤

余尝朝京,过十三山驿,见壁上长沙贞老题字云“清趣掩人古堞东,十三山带夕阳红。旁人错比巫山看,若比巫山更一峰。”未知贞老为何人,其诗语圆熟。⑥

---

① 李齐贤:《栎翁稗说》,韩国古典综合数据库 http://db.itkc.or.kr/index。

② 徐居正:《东人诗话》,韩国古典综合数据库 http://db.itkc.or.kr/index。

③ 梁庆遇:《霁湖诗话》,韩国古典综合数据库 http://db.itkc.or.kr/index。

④ 李奎报:《白云小说》,韩国古典综合数据库 http://db.itkc.or.kr/index。

⑤ 崔滋:《补闲集》,韩国古典综合数据库 http://db.itkc.or.kr/index。

⑥ 曹伸:《谀闻琐录》,韩国古典综合数据库 http://db.itkc.or.kr/index。

> 李显郁之魔长篇大作亦能之，至于散文皆圆熟。①
>
> 近得《松溪集》，阅玩则句法圆熟，押韵不窘，下笔成篇，愈去愈出，如富家长者贱用粟帛，亦文章手也。②
>
> 林诗浓丽，梁诗圆熟，荪谷玉峰最逼唐韵，而荪谷首末两句却平平，不若玉峰起得结得皆磊落清新。③

在诗学批评语境中，“圆熟”即纯熟之意，指代文本形态的“声”与“色”结合后的一种完满程度，即“出入往来，变化自在”。朝鲜古代诗家有时也以“浑”或“融”修饰“圆”，构成“圆浑”与“圆融”。在此，“浑”与“融”的意义基本相通，可以互释。例如：

> 容斋诗虽格力不及挹翠，而圆浑和雅，意致老成，足为一时对手。其五言古诗往往有绝佳者，非东岳所及也。④
>
> 以今观之，东皋之作圆浑雄赡，固是佳作，而五峰诸公之才至于阁笔者何哉？盖两公皆具眼者，真知其善故耳。世之粗解押韵者强次人韵，自以为能，良可哂也。⑤
>
> 心存恬漠嫌烦闹，诗要圆融耻巧尖。⑥
>
> 盖子平诗简洁如其人，脱去陋俗。其遒丽典正本之唐人，而晚又取裁于诚斋、后村之间，圆融有味，殆欲无遗恨。文亦清修雅健，与诗为两至，往往机妙发见，神致萧散，非近世之所有。⑦

---

① 许筠：《鹤山樵谈》，韩国古典综合数据库 http://db.itkc.or.kr/index。

② 梁庆遇：《霁湖诗话》，韩国古典综合数据库 http://db.itkc.or.kr/index。

③ 洪万宗：《小华诗评》，韩国古典综合数据库 http://db.itkc.or.kr/index。

④ 金昌协：《农岩集卷之三十四·杂识·外篇》，韩国古典综合数据库 http://db.itkc.or.kr/index。

⑤ 金得臣：《终南丛志》，韩国古典综合数据库 http://db.itkc.or.kr/index。

⑥ 赵泰亿：《谦斋集卷之十二·诗·与季成叔平》，韩国古典综合数据库 http://db.itkc.or.kr/index。

⑦ 尹凤朝：《圃岩集卷之十二·顺庵集序》，韩国古典综合数据库 http://db.itkc.or.kr/index。

此处的"圆浑"与"圆融"都是圆通的意思,指称文本"声"与"色"和谐后周密畅达的状态,即"圆浑和雅"与"圆融有味"。也有一些朝鲜古代诗家,往往乐于以"转"释"圆",称之为"圆转",如其所言:

> 宋真宗《赏花钓鱼》诗,丁晋公谓应制云"莺惊凤辇穿花去,鱼畏龙颜上钓迟。"忠宣王宴禁池,白赞成元恒诗"琉璃晴色潋方池,鱼乐无心上钓丝。柳外曲栏帘半卷,燕轻微雨小晴时。"词语玲珑,圆转可爱。①
>
> 鹅溪《遣怀》诗曰:"梦里分明拜圣颜,觉来依旧在天端。恨随春草离离长,泪滂疏篁点点斑。万事不求忠孝外,一身空老是非间。瘴江生死无人问,烟雨孤村独掩关。"清婉圆转若鹅溪者,可谓能尽少时之才也。②
>
> 霁湖梁庆遇曰:"李东岳宰秋城时,与仆登俯仰亭赋诗,仆敢唐突,先首颔联云:'残照欲沉平楚阔,太虚无阂众峰高'自以为得隽语。东岳次曰:'西望川原何处尽,东来形胜此亭高'下句隐然如老杜'海右此亭古',语势略似。可谓投以木瓜,报之琼琚云。"以余观之,东岳诗虽似圆转无欠,终不如霁湖新清突兀。③

在此,"圆转"即指文本话语在"声色"意义上的宛转、通畅,即如其所言的"圆转可爱"与"清婉圆转"。

当然,在朝鲜古典诗学批评中,围聚在"圆"范畴群周围,还有诸多"圆"的子范畴,不再一一阐明。在此,仅列举其中的典型范式,以证明"圆"范畴群在朝鲜古典诗学批评中的有效存在。

---

① 徐居正:《东人诗话》,韩国古典综合数据库 http://db.itkc.or.kr/index。
② 洪万宗:《小华诗评》,韩国古典综合数据库 http://db.itkc.or.kr/index。
③ 洪万宗:《小华诗评》,韩国古典综合数据库 http://db.itkc.or.kr/index。

然吉哉之诗，天才也。虽未尝规规模画，而清圆朗润，类能逼古人之妙。至其属辞温柔，称物芳洁，而其情性之发必依于中正。后有善观者，庶几得吉哉之所存矣。①

公为文长于四六，晚好诗律，调韵圆朗，论者谓可观性情。②

翰林学士吴学麟《重游兴福寺》云："日改物自改，事移人又移。鹤添新岁子，松老去年枝。院院古非古，僧僧知不知。悠然登水阁，重验早题诗。"出语圆滑，曲尽重游之意。③

于是观公之所贬驳，则必有以知诗道之不可如是。见公之所褒美者，则必有以知诗道之决不可不如是。即所谓不加绳墨，而方圆自正者也。④

黄铉从旁诵陶隐《扈从》诗："鼓角沧江动，旌旗白日阴。词臣多侍从，会见献虞箴。"三峰忽开眼，令铉再诵，曰"语韵清圆似唐诗"。⑤

女子之能诗者自古罕有，况此才难之时乎？有称玉峰女道士者，其郎君方受百里之命，因公事抵京师，时北戎充斥，女作诗寄郎云曰："干戈横异书生事，忧国唯应鬓发苍。制敌此时思去病，运筹今日忆张良。源城流血山河赤，阿堡迷氛日月黄。京洛音微常不达，沧湖春色亦苍凉。"沧湖，所居水名也，见即到其家，又书一绝云："柳外江头五马嘶，半醒愁醉下楼时。春红欲瘦临妆镜，试画梅窗却月眉。"二诗清圆壮丽，似非出于妇人之手，甚可嘉也。⑥

李相国俊民甫西关方伯时，有诗云："每过香山山下路，山灵应

---

① 吴瑗:《月谷集卷之九·太华集序》，韩国古典综合数据库 http://db.itkc.or.kr/index。

② 李敏辅:《寒松斋集卷之四·行状》，韩国古典综合数据库 http://db.itkc.or.kr/index。

③ 崔滋:《补闲集》，韩国古典综合数据库 http://db.itkc.or.kr/index。

④ 徐居正:《东人诗话》，韩国古典综合数据库 http://db.itkc.or.kr/index。

⑤ 徐居正:《东人诗话》，韩国古典综合数据库 http://db.itkc.or.kr/index。

⑥ 权应仁:《松溪漫录》，韩国古典综合数据库 http://db.itkc.or.kr/index。

笑往来频。君恩不许归田里，三度关西鬓发新。”意思圆阔，有古人气象。①

张溪谷为文章圆畅驯熟，为大一家。②

余近得滓溟子尹顺之诗稿而观之，其诗非唐非宋，而自成一家，格清语妙，句圆意活，深造古人阃域。③

近年有“南草联句诗”行于世者，余不能尽记。而有曰“胆破闻日本，金丝自吕宋。编叶同贯鱼，斩笋似骟豵。几承防灰散，绳穿去津壅。”倭人以南草为胆破怪。吕宋，南方国名，又称金丝草。骟，即牡豕去势之称。此非徒句作圆满，足以观博览矣！④

今人作诗多用强韵，盖用韵为之叶于声律诗而已。若用强韵，则牵挂于韵字，岂能尽诗意耶？故万首唐诗绝无强韵，而近世则甚多。如《网巾》诗曰：“小嫌针孔阔嫌銎，巧学蜘蛎不学蛩。朝来敛尽千茎发，台笠缁冠总附庸。”又《砚滴》诗曰：“河滨遗坟历周秦，吞吐清波两穴因。形静玉山心乐水，孰如其智孰如仁？”又《杜鹃》诗曰：“尔身本自蜀蚕鱼，飞入江南误属猪。邵子闻之心不乐，天津桥上驻蹇驴。”此等诗虽用强韵，意思平圆无斧凿之痕，可佳。⑤

上述“清圆”“圆朗”“圆滑”“方圆”“圆阔”“圆畅”“圆满”与“平圆”等范畴，与前已论及的范畴共同构筑为以“圆”为主导的庞大的范畴群，形象地呈示出朝鲜古典诗学对“圆”范畴阐发的广度与深度。

其三，以“清”为中枢构建而成的范畴体系。在汉文化语境中，文本形态论意义上的“清”作为一个诗学范畴，始于三国时期曹丕的《典论·

---

① 许筠：《鹤山樵谈》，韩国古典综合数据库 http://db.itkc.or.kr/index。

② 洪万宗：《小华诗评》，韩国古典综合数据库 http://db.itkc.or.kr/index。

③ 洪万宗：《小华诗评》，韩国古典综合数据库 http://db.itkc.or.kr/index。

④ 佚名：《古今诗话》，韩国古典综合数据库 http://db.itkc.or.kr/index。

⑤ 佚名：《古今诗话》，韩国古典综合数据库 http://db.itkc.or.kr/index。

论文》"文以气为主，气之清浊有体，不可力强而致。"曹丕将"清"与"浊"作为对立的范畴引申到诗学批评领域，他认为文学风格的形成，主要取决于作家的气质才性，而作家的气质才性又有清、浊之分，清、浊即高、下。朝鲜古代诗家亦持此论，李奎报言："夫清者，浊之对，激其浊则必有扬清之议。"①朝鲜朝诗家李象靖也是从"清""浊"相对、相反的角度阐释"清"的内涵，较李奎报更深入而形象一些：

> 二五之气有清有浊，人禀其清而物得其浊。然清浊之中，又自有清浊。故得清之清者为圣贤，得清之浊者为愚不肖。得浊之清者为飞鸟，得浊之浊者为走兽。而鸟兽之中，又自有清浊，极多般样，难以一概论也，草木亦然。②

李象靖对"清""浊"在人与鸟兽草木，也即世间万物中的存在样态进行了深入的探析，由于作为天地万物之本原的"气"有清浊之分，因此，禀气而生的世间万物自然也有清浊之别。但二者的效果是截然相反的。同时，在"清""浊"本身亦有清浊之异。在"清"与"浊"的对举中，其价值取向无疑在于对"清"的诉求，因此，有朝鲜古代诗家单就"清"以析之，崔致远言："语言雄亮，清也，真所谓威而不猛者。始孛洎灭，奇踪秘说，神出鬼没，笔不可纪。"③朝鲜朝诗家朴弼周则对"清"进行了更深入的阐释：

> 心本是清底物事，而其有不清者，以为物所蔽也。如镜之本明而尘蚀之，则不能明。水之本止而风撼之，则不能止。欲清心者，亦只

---

① 李奎报：《东国李相国全集卷第十五 · 上崔相国》，韩国古典综合数据库 http://db.itkc.or.kr/index。

② 李象靖：《大山先生文集卷之三十八 · 答儿大学或问疑义》，韩国古典综合数据库 http://db.itkc.or.kr/index。

③ 崔致远：《孤云先生文集卷之三 · 智证和尚碑铭》，韩国古典综合数据库 http://db.itkc.or.kr/index。

> 去其为蔽者而已。试略言之,则物欲侵乱非清也,喜怒颠错非清也,凡有一念之发不合于理者,亦非清也。以至前念之既过者留滞不化,后念之未来者有意将迎。凡若此类,皆不得为清也。①

如果将朝鲜古代诗家对“清”的解释移置于诗学批评中,可将其内涵概括为“清新流丽”。

纵观整个朝鲜古典诗学批评,由于“清”具有广泛的包容性和活跃的沟通能力,因而它的派生能力极强。以“清”为根干集合而成的范畴群是朝鲜古典诗学批评体系中庞大壮观的序列之一。在朝鲜古典诗学批评中,以“清”为主干而极为常见的范畴有清新、清丽、清华、清峙、清士、清令、清贵、清鉴、清通、清流、清畅、清婉、清疏、清直、清伦、清选、清才、清远、清辞、清易等;颇为常见的有清淡、清秀、清寂、清峭、清妙、清冽、清奇、清隽、清腴、清疏、清趣、清高、清空、清深、清真等;不常见的则有清超、清圆、清寒、清凄、清老、清亮、清沆、清利、清灵、清娇、清挺、清整、清艳、清紧、清邃、清微、清妍、清苍等。

在此,我们不可能将以上范畴一一道尽,只择取朝鲜古典诗学批评中相对活跃的两个范畴,即“清新”与“清丽”加以探究,而且这两个范畴与本节论述的逻辑内容也极为切近。

“清新”一词,在文本风格论意义上,其意指为“清美新颖”或“清爽新鲜”。“清新”是朝鲜古代诗家颇为青睐的一个范畴,李奎报诗云:“归来作诗似泉涌,句法清新辄惊众。”②在具体的话语批评实践中,朝鲜古代诗家也往往以“清新”为准则,进行诗歌批评。

---

① 朴弼周:《黎湖先生文集卷之六 · 辞职仍陈戒疏》,韩国古典综合数据库 http://db.itkc.or.kr/index。

② 李奎报:《东国李相国全集卷第八 · 古律诗 · 又分韵得“动”字,赠觉公兼简玄公》,韩国古典综合数据库 http://db.itkc.or.kr/index。

观公之诗虽寂寥如此,清新而有致,隽永而有味。譬若昆山之片玉,桂林之一枝,具眼者将有取焉,固不系于言之多少也。①

其为诗也清新流丽,殊类其为人,敬之之于诗道,可谓成矣。②

先生之诗本之以性理之学,推之以雅颂之正,不怪诡以为奇,不藻饰以为巧,清新雅淡,高古简洁,虽古之作者,无以加也。③

先生其真三昧于诗者也欤! 若夫规模之大原委乎李杜,步趣之敏出入乎韩白。而其清新豪迈,雅丽和平,备诸家而成一大家,先生其真集成于诗者也欤!④

今观平斋之平淡温醇,容轩之清新雅丽,正有家法,足以传后。翼平之言,盖有所见矣。⑤

以上朝鲜古代诗家之言论,都只是就某一单个文学现象的单一风格而言的,或者说只是在微观层面上揭示"清新"范畴的内质。朝鲜古代诗家有时也站在整个文学高度或时代纵横变换的宏观层面上,在与其他迥异范畴同时共存的氛围中,彰显"清新"的特质:

诗言志。志者,心之所之也。是以读其诗,可以知其人。盖台阁之诗气象豪富,草野之诗神气清淡,禅道之诗神枯气乏。古之善观诗者,类于是乎分焉。自唐宋以来,释氏之以诗名世者,无虑数百家。贯休、皎然唱之于前,觉范、道潜和之于后,往往与文人才士颉颃上

---

① 闵钟显:《梅湖遗稿跋》,韩国古典综合数据库 http://db.itkc.or.kr/index。

② 郑道传:《三峰集卷之三 · 若斋遗稿序》,韩国古典综合数据库 http://db.itkc.or.kr/index。

③ 徐居正:《四佳文集卷之六 · 泰斋先生文集序》,韩国古典综合数据库 http://db.itkc.or.kr/index。

④ 任元濬:《四佳集序》,韩国古典综合数据库 http://db.itkc.or.kr/index。

⑤ 徐居正:《四佳文集卷之五 · 铁城联芳集序》,韩国古典综合数据库 http://db.itkc.or.kr/index。

下。然峭古清瘦之气有余，而无优游中和之气，终未免诗家酸餡之讥。然是岂强为而然哉？蔬笋之气，不得不尔也。桂庭，国初诗僧，与千峰雨上人齐名。论者以谓千峰之诗高古简洁，清新峭峻，有本家风骨；桂庭之诗飘飘俊逸，随意放肆，无方外之气。①

诗之体盛于唐而兴于宋，然其间所赋之诗，豪放美丽，清新奇怪，则或有之矣。至如简古精纯，平淡深邃，寄兴托比，自与唐人无校，则独圣俞一人而已。余之欲见是集久矣，于去年冬始得寓目，不觉屈膝。遂掇其精英选为一帙，有所难晓，略加批注，欲与鲤庭初学者共之。子为我序之。叔舟尝观古之评宛陵诗者，或曰"工于平淡"，或曰"句句精炼"，或曰"如朱弦疏越，一唱三叹"。大抵诗之豪放美丽、清新奇怪者，则固有以动人耳目，夫人得而悦之。若简古精纯平淡深邃者，则知之者鲜矣，而好之者尤鲜矣。至于好而乐，则非深得夫天机于牝牡骊黄之外者，未易以到也。②

"清丽"作为诗学批评范畴，在朝鲜古典诗学批评中具有"清新华美"或"清秀魅力"的意旨。有时也含有"清亮"之意，以突显文本之"声"的效果。朝鲜古代诗家对"清丽"范畴评述颇多。如其所言：

文顺公著述最盛，而公所为绝句古诗多零落不传于世。然玉堂唱酬之作雄俊清丽，非文顺公所能及也。③

公其仲子也，有隽才，善属文，尤工歌诗，清丽雅健，蔼然有正始音。④

① 徐居正：《四佳文集卷之六·桂庭集序》，韩国古典综合数据库 http://db.itkc.or.kr/index。

② 申叔舟：《保闲斋集卷第十五·宛陵梅先生诗选序》，韩国古典综合数据库 http://db.itkc.or.kr/index。

③ 黄景源：《梅湖集序》，韩国古典综合数据库 http://db.itkc.or.kr/index。

④ 崔粹翁：《梅湖公小传》，韩国古典综合数据库 http://db.itkc.or.kr/index。

今先生出燕山，过卢龙，抵襄平，度鸭绿以归。凡四千里间，海岳崇深，山川流峙，城郭楼台之殊制，风土民物之异宜，古今兴废之迹，往往仿佛而犹存，莫不穷探远讨以极瑰诡之观，亦足以增其奇气而发其壮怀矣。则其动于中而见乎文辞者，必将日大以肆，雄放清丽，可以鸣国家之盛矣！①

伏观两先生之诗，清丽雅致，各有其态。②

洪舍人侃诗秾艳清丽，其《懒妇引孤雁》篇最好，似盛唐人作。③

丽朝学士陈澕，洪州人，诗甚清丽，与李奎报同时。④

张宁(诗)稍似清丽，而又脆软无骨，终归于小家。⑤

李公睟光，号芝峰，雅操出尘，历尽世变未尝少挫，亦能见几而作，免于机阱，真所谓金玉君子也……(其诗)格韵清丽，自不可及。⑥

丽朝作者，各自成家不可枚举。赵石涧云仡称："丽朝诗十二家，盖金侍中之典雅，郑学士之婉丽，金老峰之巧妙，李双明之清丽，梅湖之浓艳，洪崖之清邵，益斋之精缬，惕斋之清赡，圃隐之豪放，陶隐之蕴藉，各擅其名。"⑦

云谷、冲徽与溪谷、东岳最亲。其《南溪渔笛》诗曰："南溪秋水碧如罗，杨柳风丝拂岸斜。渔父一声烟里笛，渚禽惊起夕阳沙。"语颇清丽。⑧

---

① 李承召:《三滩先生集卷之十・送张行人使还诗序》，韩国古典综合数据库 http://db.itkc.or.kr/index。

② 李廷龟:《月沙先生集卷之四十・皇华集序》，韩国古典综合数据库 http://db.itkc.or.kr/index。

③ 许筠:《惺所覆瓿稿卷之二十五・说部四・惺叟诗话》，韩国古典综合数据库 http://db.itkc.or.kr/index。

④ 李睟光:《芝峰类说》，韩国古典综合数据库 http://db.itkc.or.kr/index。

⑤ 柳梦寅:《於于野谈》，韩国古典综合数据库 http://db.itkc.or.kr/index。

⑥ 张维:《溪谷漫笔》，韩国古典综合数据库 http://db.itkc.or.kr/index。

⑦ 洪万宗:《小华诗评》，韩国古典综合数据库 http://db.itkc.or.kr/index。

⑧ 洪万宗:《诗评补遗》，韩国古典综合数据库 http://db.itkc.or.kr/index。

概而言之,“清”作为一个范畴,其蕴涵极为丰富,就审美情趣而言,它具有超凡脱俗的美学特质。明人胡应麟言:“清者,超凡绝俗之谓。”如果从文学文本的意境、风格及语言层面看,则具有轻盈、流丽、潇洒的特色。胡应麟言:“若格不清则凡,调不清则冗,思不清则俗。”①“清”范畴受到诗学批评家一致的高度重视,清代王士禛甚至把司空图《二十四诗品》中的“清奇”称为“品之最上者”。②

总而言之,“声色”作为朝鲜古典诗学批评中具有强大生命力的一个范畴,它集中体现了朝鲜古代诗家对文本话语的严格要求,它主要侧重反映出文本话语的声音、音韵与敷采着墨等物质构成基础,以及这种物质构成在文学文本中的具体呈示。

第三节　由文本的格制与体调——“格调”导源出的范畴类型

文学文本在“声色”这一实性构成形态的基础上所生成的样态,我们称其为“格调”。“格调”又有诸种风格范型,如朝鲜朝诗家南龙翼言:

《箕雅》盖以东方诗雅由箕而作也,古排少于律绝者,我东古诗大逊于中华,排律则元非适用故也。七言多于五言者,诗家用功极于七字律,而五字绝则工者绝无故也。略于古而详于今者,盖因前朝诗集存者无几,亦由于吾从周之义也。窃尝论之,罗氏事唐正当诗运隆盛之际,而孤云以前若律若绝,不少概见何哉!其后楚楚可称者,只朴仁范数子而止。则抑何寥寥哉!意者,尔时椎朴犹未开,而干戈抢

① 胡应麟:《诗薮》,中华书局1986年版,第193页。

② 王士禛:《带经堂诗话》,中华书局1990年版,第218页。

> 攘亦未遑于文学故也。丽代之英，崔清河始倡，而作者辈出。雄博则李文顺、李牧隐、林西河，豪放则金文烈、金英宪、郑圃隐，流丽则郑司谏、金内翰、李银台、陈翰林、郑雪谷、郑圆斋，精炼则李益斋、高平章、俞文安、金惕斋、李陶隐、李遁村诸公，皆以所长鸣世，各臻其妙，可谓盛矣！本朝之秀，自郑三峰、权阳村以后，握灵珠、建赤帜者代不乏人，而乘运跃鳞，莫过于成宣两朝。方之李唐，则开天之际。比诸皇明，则嘉隆之会。或铿锵焕烨，擅馆阁之高名。或淡泊枯槁，极山林之幽趣。或音调清婉，咀唐之华。或情境谐惬，夺宋之髓。此外楂梨橘柚各有其味，长短肥瘦无非本态。下至虫吟之苦、萤爝之微，皆足为声为色，而亦可见其性情右文之化。①

南龙翼的这段言论，旨在说明“格调”在朝鲜古典诗学批评中有着多元异样的风格范式。

在汉文化语境中，“格调”合为一词前，“格”与“调”各有其独立的内涵。“格”原指一定的量度，《逸周书·五权》有“政有三格五教”之谓，朱右曾注之曰“格，量度也”。“格”作为一个诗学批评术语被使用始于唐代，王昌龄《诗中密旨》言：“诗意高，谓之格高；意下，谓之格下。”自此，“格”作为诗学批评术语逐渐为越来越多的诗家所接受，成为诗学批评的惯用语，意指文学文本的体制、体格，更多地诉求于文学文本的量度与骨质。“调”的原初意义是“和”，作动词使用则为“调和”。起初被广泛地运用于对个体人格与才性的品评，至六朝开始被摄入诗学批评的视域，指称文学话语的声调或调声，作为辨声的依据，它更多地追求文本形态的韵致。概而言之，“‘格’贵高古拔俗，以力度见长；‘调’贵风华情深，以深婉取胜。”②至唐宋，“格”与“调”开始逐渐糅合为一个词使用，通常以“格

① 南龙翼：《壶谷集卷之十五·箕雅序》，韩国古典综合数据库 http://db.itkc.or.kr/index。

② 汪涌豪：《中国文学批评范畴及体系》，复旦大学出版社 2007 年版，第 176 页。

调”言之,有时也称“调格”。“格调”作为诗学范畴,就是在“格”与“调”两个各自独立又相互关联的诗学术语、概念的历史发展中形成的,由于“格”偏于文学创作立意方面的思想情趣的格式,“调”则偏重于文学话语声律句法方面的体制,其蕴涵不仅包括了“格”与“调”的诸多含义,同时,二者的浑融又生发出诸多新的意指。

一、朝鲜古代诗家对“格调”的阐释

在朝鲜古典诗学批评实践中,朝鲜古代诗家对“格”与“调”及其浑融体“格调”的阐发,虽不像中国古代诗家那样既有广度又有深度,但他们在不自觉地论说中仍彰显出其对“格调”的多元把握与透彻剖析。朝鲜朝诗家吴光运言:

> 大抵诗有六物,格也、调也、情也、声也、色也、趣也。六者阙其一,非诗也。格欲如明堂制度也;调欲如和銮节奏也;情欲如天地氤氲,百卉含葩也;声欲如大钟弘亮,朱弦疏越也;色欲如瑞日卿云,疏星朗月也;趣欲如永昼炉熏,鸟啼花落,抱琴引睇,闲云倦鹤也。①

所谓“格”就是“明堂制度”,所谓“调”则是“和銮节奏”。吴光运的解释基本概括出了“格”与“调”的主导意指。由此可见,“格”偏重于实指性的一面,“调”则倾向于虚指性的一面。他在批评北宋江西诗派时说:“江西派矫以偏枯生拗,毁格伤雅,其失尤甚。皆可取者少,而可弃者多。”②其所谓“雅”,即为“调”也。此亦可见,朝鲜古典诗学之于“格调”的价值诉求,在“格”与“调”的偏重上有相异的倾向。俞汉隽在其《文诀》一文中言:

---

① 吴光运:《药山漫稿卷之十一 · 诗指》,韩国古典综合数据库 http://db.itkc.or.kr/index。

② 吴光运:《药山漫稿卷之十一 · 诗指》,韩国古典综合数据库 http://db.itkc.or.kr/index。

> 文有四纲、五基、四质、六用、三调，文有成法，大序三始，六忌居六用之下，成法之上者为中位……纲者，网之纪也；基者，除地而为址也；质者，犹受和之甘受采之白也；用者，变而通之之谓也；位者，位置也；调者，犹饮食之均味、琴瑟之理弦也；法者，所谓已成之法度也。序者，犹一二三四之次也；始者，原也；忌者，忌讳也。①

其中的“法”即“格”，俞汉隽解释“调”为“犹饮食之均味、琴瑟之理弦也”。他也将“格”理解为实性的范畴，而认为“调”是虚性范畴。结合其他论释，我们可以确认，这一理念在朝鲜古典诗学批评中是被普遍认同的。朝鲜朝诗家赵缵韩则把“格调”与“声律”并置，进而揭示出“格调”的意义与价值。

> 世之论北窗者，率举其奇踪异迹，曰：“如是如是，岂神仙中人欤！”论古玉者，率举其高风遐致，曰：“如是如是，岂道家者流欤！”由是言之，仙与道流仅伯仲间耳。余应之曰：“伯与仲俱仙也，非一仙而一流。则虽伯仲，而非伯仲也。”论之者曰：“何据而知之乎？”曰：“以其诗而知之耳。伯诗淡雅，若无蹈袭而调格自高。仲诗清和，若无碍滞而声律自高。盖俱入盛唐，同音而异致者也。何则清故淡，和故雅？”调格者，诗之体也；声律者，诗之用也。体用俱高，则无间然矣。岂以调律之有异，而疑其仙与道流之有差乎？②

将“调格”比附于道家、“声律”比附于儒家，既然儒、道各有其存在的价值，那么分别作为诗之体、诗之用的“调格”与“声律”也就自然有其不同

---

① 俞汉隽:《自著卷之二十六·文诀》，韩国古典综合数据库 http://db.itkc.or.kr/index。

② 赵缵韩:《玄洲集卷之十五·北窗·古玉诗序》，韩国古典综合数据库 http://db.itkc.or.kr/index。

的功用价值。纵观其例论,我们可以感觉到,赵缵韩所言之“调格”偏指“格调”中的“调”,而“声律”则暗指“格调”中的“格”。他强调调格、声律之于文本形态并重,实际上是突出“格调”中的“格”与“调”同等重要,并无孰轻孰重、孰高孰下之分。这一认知深契文本形态创造的客观规律。

总之,在文本形态意义上,“格调”是朝鲜古典诗学批评中的一个经典范畴。它是由“格”与“调”两个单体范畴浑融而成,由于“格”在其中意指一定的量度、式样和标准,多用于指称文本的体制体格,故有“格法”“格制”“格度”等后序范畴。由于“调”意指音调和声调,用于文学批评是指文本音调和基于作者才性气质而形成的文本体象,故有“体调”“才调”“气调”等范畴。“格”与“调”合而言之,指称的是一种根植于格制、体调基础上的高古遒劲而不失逸雅规矩的文本形态品格,因此它对于文学创作的意义较之“天机”“神思”“妙悟”等虚性范畴可能更为实在、具体,故而称之为实性构成范型。

二、“格调”在朝鲜古典诗学批评中的实践

通过上述对“格调”在文本意义上之内涵与外延的阐幽发微,我们发现,“格调”既有其作为具体文学运动观念的价值取向,也有其作为整个文明成果的一般美学内涵的呈示。即便从具体文学运动观念的层面看,“格调”也有其不可抹却的巨大贡献和价值,因为它同样反映了文艺创作和审美趣味的某些普遍而内在的规律和规范。

朝鲜古典诗学对“格调”范畴的批评,其批评指向应该是多元的、开放的,我们在此择取时代、个人及具体文本作品的视角与层面,导入朝鲜古代诗家以“格调”范畴进行诗学批评的具体实际。

首先,朝鲜古代诗家以宏观的视野,探析“格调”所折射出来的时代意义,彰显“格调”的时代蕴意。

盖诗欲陶写咏叹,比兴讽戒,言有尽而意无穷。文欲通畅明正,

摭实去诞,辞无碍而理有余,故所谓色响调格皆自此而生,所谓纪律波澜皆自此而起。是则在其才与工,而至于时世。则一日之间尚有朝暮之异,一元之中岂无古今之殊乎？故为诗文者但当随其才而勉之,不可强其所不及。不及而强之,则未有不为寿陵余子之学步而匍匐也。或难之曰:“然则今不必学古,而惟鄙俚之是取乎?”曰:“岂谓是也。”病夫世之稍有名字者,辄扬眉自高,曰:“我为唐为汉。”不知者从而推之。吾独怪其胡不曰:“我为《周南》《召南》《尧典》《舜典》,而下就汉唐乎?”夫子曰:“辞达而已矣。”岂欺我哉!①

诗者文之精华也,太上格调,其次声韵,其次体裁,其次思致。格调声韵得之于天,体裁思致可以人巧造极。自古以诗名家者多矣,得其体裁思致者十之六七,若晚李、赵宋名家是已。得其声韵者堇二三,若中唐诸家是已。至如得其格调者,盛唐数家之外,盖寥寥无闻。诗岂可易言乎哉？诗道莫盛于李唐,谭诗者以太白为诗仙,子美为诗圣。岂不以宗庙百官制作具备故谓之圣,水月空花色相超绝故谓之仙耶。高氏廷礼深于知诗,其编品汇也,以子美为大家,太白及王孟为正宗,其意盖曰“得之天者为上”,亦“礼乐从先进”之义也。本朝之诗,中叶以前皆效宋人,概不出苏陈范围。穆陵之世,文士郁兴,稍稍步骤于三唐。操觚讲艺者举能羞道宋元,而犹未能尽洗习气,独荪谷、石洲号为近唐,实有倡道正始之功。以余观于鸣皋任公之诗可与权李鼎时参盟,其于格调声韵,殆庶几焉。②

以上两段论述,共同指出了一个客观的文学现象,即不同时代的作家及其作品的“格调”都有其无法抹却的时代印痕,进而形成一个时代文学相对

① 尹愭:《无名子集文稿册十二·井上闲话》,韩国古典综合数据库 http://db.itkc.or.kr/index。

② 崔锡鼎:《明谷集卷之八·鸣皋集序》,韩国古典综合数据库 http://db.itkc.or.kr/index。

稳定的“格调”蕴涵。“一元之中岂无古今之殊乎”“格调声韵得之于天”等体悟,都是朝鲜古代诗家针对“格调”随世代交替而发生改变的现实发出的喟叹。

朝鲜古代诗家强调与认同时代格调,其本意并不完全在于揭示文学发展的时代特色和历史规律,更有要深入到前代文本之中“随其才而勉之”,于话语的声情中辨别其气象的深意。这是重视“格调”审美的朝鲜古代诗家所提出的辨别时代格调、获得敏锐的审美感受力与高雅趣味的具体途径和方法。

其次,朝鲜古代诗家的“格调”批评往往以人为本,把诗人的品性与其诗的格调结合在一起进行考量。

> 凡世间风月云雨、山林泉石、宫室衣食、花果鸟兽,人事之是非得失、富贵贫贱、死生疾病、喜怒哀乐,至于性命理气、阴阳幽显、有形无形,可指而言者,一寓于文章。故其为辞也,水涌风发,山藏海涵,神唱鬼酬,间见层出,使人莫知端倪。声律格调不甚经意,而其警者则思致高远,迥出常情,非雕篆者所可跂望。①
>
> 然诗本性情,其发于咳唾之余者,足以知其志之所存。况格调清雅如其为人,诵之而其有不知者乎?②
>
> 诗者,发于性情者也,观其诗可以知其人矣。工部之忠义,有秋色争高之气;放翁之豪宕,有志迈宇宙之象。其余陶元亮之古雅,鲍参军之俊逸,由其有如此之性情,故自然有如此之音韵。观于园翁李公之诗,又征其益信也。不佞尝屡获从容于公矣。公仪宇俊爽,襟怀洒落,世利芬华无足以动其心。而至于是非邪正之辨,则确乎有贲育不能夺者。及至酒后微醺,则谈论风生,志气激昂,其视世间俗子辈

① 李珥:《栗谷先生全书卷之十四·金时习传》,韩国古典综合数据库 http://db.itkc.or.kr/index。

② 李绛:《药圃集序》,韩国古典综合数据库 http://db.itkc.or.kr/index。

若将浼焉,盖超然有出尘之想,而无一点凡陋之态。故其为诗也,响色清迥,格调峭洁,惊人之语,拔俗之韵,有非粉饰为美、雕琢为巧者所可仿佛也。信乎性情之发,有不可诬者矣。①

得其平生所为诗若千百篇,大抵矜持太过,爱惜太甚,非良时佳景得接会心人,不浪吟咏酬酢,以故形于纸墨之间。数亦不甚多,细而味之,音节清亮,格调感慨,放浪诙谲。②

朝鲜古代诗家所谓"格调清雅如其为人""观其诗,可以知其人",由识人而观诗,由诗品而人品,即"诗品出于人品"。这不只是中国古代文学批评的传统价值观念,也是朝鲜古代诗家在诗学批评过程中自觉不自觉的心理定势。同时,也彰显出东亚汉文化圈在传统诗学价值观上的某些一致性。

最后,朝鲜古代诗家从文学的本质、特性及规律出发,挖掘"格调"之于文本形态的审美价值与意义。

窃谓诗者,出于性情,达乎声音,讽之自然,有神动天随之妙者,斯为至矣!若夫务奇巧为险涩语,以人所难解为工,非知诗者也。故其所以自勉,格取高,调取逸,意取远,辞取洁,以寻古作者门路之正。斟酌古今,激扬清浊,浑融变化,合为一格,不出于唐杜之间。此非敢曰能之,其意则然矣。③

若其诗之格调,文之体规,有非懵陋所敢议,而窃谓当时丽王之所称"禀东壁之精,擅西京之手"者。④

① 尹东洙:《敬庵先生遗稿卷之八·园翁集序》,韩国古典综合数据库 http://db.itkc.or.kr/index。

② 任希圣:《在涧集卷之二·许汝正烟客诗卷序》,韩国古典综合数据库 http://db.itkc.or.kr/index。

③ 洪世泰:《柳下集序》,韩国古典综合数据库 http://db.itkc.or.kr/index。

④ 宋焕箕:《止浦集序》,韩国古典综合数据库 http://db.itkc.or.kr/index。

目之曰《联珠诗格》，其为声也，谐格调、中律吕、理性情而追《三百》，祛淫哇而洗六朝。其于后学，岂曰小补之哉？①

若夫为诗则其多为最，而杂言、五言、七言具焉，古体、绝句、律诗该焉。风神之爽，兴象之旷，音律之清圆，格调之秀妍。率以皇明嘉隆诸子之评意，其出入乎开元大历之间而宋之杰出者。或有以方驾，则继玉峰余响而与松湖伯仲，亦惟是诗焉耳。②

朝鲜古代诗家所谓“格取高，调取逸，意取远，辞取洁”，体现了朝鲜古代诗学对“格调”之文学本质及审美特性的深刻认知，“格高调逸”也极为形象而传神地揭示出了“格调”的诗性韵味。

三、“格调”的衍展范畴——“高古”

如上所述，“格调”要追求一种“格高调逸”的审美至境，这就必然离不开对诗歌的某种品味（品位）、品质、质量之高要求。所以朝鲜古代诗家在运用“格调”展开诗学批评时，常常以“高”这一类形容词作为修饰，如上文引洪世泰在《柳下集序》中所言的“格取高”。类似这样的论调，在朝鲜古典诗学批评中俯拾即是：如“诗格高古，笔迹奇健”③“高古清婉，以得其格调”④“格力高古，韵致清远”⑤“格高律新”⑥“诗格高淡”⑦，等

① 成汝信：《浮查先生文集卷之三・联珠诗跋》，韩国古典综合数据库 http://db.itkc.or.kr/index。

② 黄胤锡：《颐斋遗稿卷之十一・孤舟集序》，韩国古典综合数据库 http://db.itkc.or.kr/index。

③ 金正国：《思斋集卷之四・摭言》，韩国古典综合数据库 http://db.itkc.or.kr/index。

④ 金昌缉：《圃阴集卷之六・澄怀录序》，韩国古典综合数据库 http://db.itkc.or.kr/index。

⑤ 李象靖：《大山先生文集卷之四十三・温溪李先生逸稿序》，韩国古典综合数据库 http://db.itkc.or.kr/index。

⑥ 徐居正：《东人诗话》，韩国古典综合数据库 http://db.itkc.or.kr/index。

⑦ 崔滋：《补闲集》，韩国古典综合数据库 http://db.itkc.or.kr/index。

等。同时,朝鲜古代诗家在以“高”修饰“格调”时,常常是“高”与“古”并用,凝聚构成为“高古”范畴。于是,我们发现,“高古”事实上成为朝鲜古代诗家揭示“格调”至高境界时,使用频率最高的一个范畴。如:

新罗真德女主《太平颂》载于《唐诗类记》,其诗高古雄浑,比始唐诸作不相上下。①

李陶隐、郑三峰齐名一时,李清新高古而乏雄浑,郑豪逸奔放而少锻炼,互有上下。②

(卜者金伦的侍奉小奚)诗曰:“碧山云万叠,沧海阔无边。为问缘何事,归心北阙悬。”诗格高古,笔迹奇健。③

(牧隐诗)辞义精到,格律高古。④

白玉峰光勋《弘景废寺》诗曰“秋草前朝寺,残碑学士文。千年自流水,落日见归云。”雅绝高古。⑤

(李奎报)古律绝数千百篇,无一语一句道得清明洒落,高古宏阔。⑥

我朝诗当以李容斋为第一,沉厚平和,淡雅纯熟。其五言古诗入杜出陈,高古简重。⑦

李和隐时恒曰:“卞之益高古简雅,绝异世俗文字,笔亦佶屈,有一家之法。”⑧

卞斯文之益,字叔谦,故自称曰卞叔,即荆山爴最少子。为文章

---

① 李奎报:《白云小说》,韩国古典综合数据库 http://db.itkc.or.kr/index。

② 徐居正:《东人诗话》,韩国古典综合数据库 http://db.itkc.or.kr/index。

③ 鱼叔权:《稗官杂记》,韩国古典综合数据库 http://db.itkc.or.kr/index。

④ 李塈:《艮翁疣墨》,韩国古典综合数据库 http://db.itkc.or.kr/index。

⑤ 洪万宗:《小华诗评》,韩国古典综合数据库 http://db.itkc.or.kr/index。

⑥ 金昌协:《农岩杂识》,韩国古典综合数据库 http://db.itkc.or.kr/index。

⑦ 洪重寅:《东国诗话汇成》,韩国古典综合数据库 http://db.itkc.or.kr/index。

⑧ 金渐:《西京诗话》,韩国古典综合数据库 http://db.itkc.or.kr/index。

极高古,居然秦汉。①

由上可见,“高古”实际上是朝鲜古典诗学批评中的一个经典范畴,其意指可以概括为“高雅古朴”,隐约地暗示着一种高远古雅、不涉俗韵的文本形态风格。

“高古”是一个混生的诗学范畴,它是由“高”与“古”两个单体范畴聚合而成。朝鲜古代诗家对“高”与“古”及“高古”各自的内涵没有进行具体地解释,似乎把“高古”当作一个不证自明的概念、范畴而使用。但是,中国古代诗家对此则有着明确而详细的阐明。司空图《二十四诗品》“高古”单设一目,并极富诗意地说:

畸人乘真,手把芙蓉,泛彼浩劫,窅然空踪。月出东斗,好风相从,太华夜碧,人闻清钟。虚伫神素,脱然畦封,黄唐在独,落落玄宗。

首先以“畸人”(即真人)形象暗喻“高古”高迈、亘久的特点;次以风月为烘托,以太华夜钟反衬出“高古”浑融的韵致;终以寄思于太古、风神超乎世俗规范的行止概括出“高古”孤高傲世的精神实质。以此为始点,后世文人纷纷对“高古”进行不同的体悟。较具代表性的如明代陶明濬《诗说杂记》释“高”“古”云:“何谓高?凌青云而直上,浮颢气之清英是也。何谓古?金薤琳琅、黼黻溢目者是也。”李梦阳《驳何氏论文书》言:“高古者,格也。宛亮者,调也。”这些解读,与司空图的主旨显然有所不同。

结合中国古代诗家对“高古”的悟读,我们可将朝鲜古典诗学批评中的“高古”意旨概括为以下三个方面:

第一,朝鲜古典诗学对“高古”的批评,旨在倡扬古典的美学精神与传统,意在维护纯正的古典主义的审美旨趣。如其所言:

---

① 金渐:《西京诗话》,韩国古典综合数据库 http://db.itkc.or.kr/index。

我东诗家以百数类，未免袭宋元口气。至求其体格高古，音节华畅，杰然高踔，薄风雅而窥汉唐，则盖寥寥矣。余不解诗，独不喜俗下语。间于具君鸣谦甫家，得所谓省克斋者诗稿而读之，抑何奇也？其词秀而清，其调俊而雅，其玲珑也如水壶之贮月，其烂烨也如春林之敷花，往往逼盛唐阃域，即晚近以诗名者。①

陶隐李先生生于高丽之季，天资英迈，学问精博。本之以濂洛性理之说，经史子集百氏之书靡不贯穿。所造既深，所见益高，卓然立乎正大之域。至于浮屠老庄之言，亦莫不研究其是否敷为文辞，高古雅韵，卓伟精致，以至古律骈俪，皆臻其妙，森然有法度。②

吾东人鲜有作词者，益斋后无复继者。仆久病无聊，忽承玉堂直学士辱示所制三词，且谓求正。此事古闻而今始见之，奉读再三，不觉沈疴去体。观其词意高古，格律森严，虽置古人作中，不多让焉。况敢有所评议耶？③

诗贵于简洁高古，澹而有味，公之诗有焉。诗安用多乎哉？诗者非欲其夸多而斗靡也，特有所感而发之于诗而已。“《诗三百》，一言以蔽之，曰思无邪。”思之邪正而诗之美恶随之。善观人者，观于诗；善观诗者，观于思。④

其句律高古从容，苍然其色，琤然其声。独追古作者为俦，期至于感人而后已，可谓盛矣！夫学诗故能言，能言故可以使四方，宜乎

---

① 权斗寅：《荷塘先生文集卷之四·省克斋诗稿序》，韩国古典综合数据库 http://db.itkc.or.kr/index。

② 权近：《阳村先生文集卷之二十·陶隐李先生崇仁文集序》，韩国古典综合数据库 http://db.itkc.or.kr/index。

③ 申光汉：《企斋别集卷之七·歌词·夏初临一阕》，韩国古典综合数据库 http://db.itkc.or.kr/index。

④ 金澍：《寓庵先生遗集卷之五·高阳世稿序》，韩国古典综合数据库 http://db.itkc.or.kr/index。

> 歌诗能动物也。①
>
> 和仲之于文章所养既深，所见亦卓。根于心、发于辞者，高古冲澹，温厚雅赡，蔚然成家，有古作者之风。若使遭遇显隆，奋肆揄扬，以鸣国家制作之盛，则其所施夫岂小哉。②
>
> 诗亦出入汉魏，翼以少陵，高古雅健，不事肤革。已而，谓此不足为吾儒究竟事业，遂专精六经，以及濂洛关闽，浸涵演迤，至忘寝食。见解精确，工夫笃实，非挽近拘儒可论也！③

朝鲜古代诗家所谓的“体格高古，音节华畅”“高古雅洁，卓伟精致”“词意高古，格律森严”“简洁高古，澹而有味”“高古从容，苍然其色”“高古冲澹，温厚雅赡”“高古雅健，不事肤革”等，都旨在倡扬一种古典的诗歌美学传统，是对正统诗美价值的执意奉行。

第二，朝鲜古典诗学追求“高古”的风格，目的在于抗斥诗歌创作的技术化与僵硬化，倡导古典主义格调的刚劲骨质。如其所言：

> 况景濂诗高古闲远，绰有理趣。观于水竹，终日对青山之咏，使人想慕其志尚之正大，胸襟之洒落，有不染于俗学势利之白。宜其潜德幽光，启发贤子之学行，蔚然为国初名家也，讵不伟欤！④
>
> 其文高古奇崛，深厚严密，汪洋大肆，有堂堂丈夫气，而无雕刻纂组安排费力之态。其间所论帝王得失，人物优劣，兵田之制，常变之礼者，其命意正，立言粹，出入经史，罗络古今，爬疏剔抉，明白宏阔，

① 李詹：《双梅堂先生箧藏文集卷之二十五·朴判事日本行录跋》，韩国古典综合数据库 http://db.itkc.or.kr/index。

② 徐居正：《四佳文集卷之六·真逸集序》，韩国古典综合数据库 http://db.itkc.or.kr/index。

③ 金昌协：《农岩别集卷之四·诸家记述杂录》，韩国古典综合数据库 http://db.itkc.or.kr/index。

④ 柳圭：《景濂亭集序》，韩国古典综合数据库 http://db.itkc.or.kr/index。

皆可实用，而不为空言。①

诗言志。志者，心之所之也。是以读其诗，可以知其人。盖台阁之诗气象豪富，草野之诗神气清淡，禅道之诗神枯气乏。古之善观诗者，类于是乎分焉。自唐宋以来，释氏之以诗名世者，无虑数百家，贯休、皎然唱之于前，觉范、道潜和之于后，往往与文人才士颉颃上下。然峭古清瘦之气有余，而无优游中和之气，终未免诗家酸馅之讥。然是岂强为而然哉？蔬笋之气，不得不尔也。桂庭，国初诗僧，与千峰雨上人齐名。论者以谓千峰之诗高古简洁，清新峭峻，有本家风骨；桂庭之诗飘飘俊逸，随意放肆，无方外之气。②

朝鲜古代诗家所强调的“高古闲远，绰有理趣”“高古奇崛，深厚严密，汪洋大肆，有堂堂丈夫气”“高古简洁，清新峭峻，有本家风骨”等，旨在对呆板的形式主义诗风的拒斥，意在倡导一种刚劲、古朴的诗歌风格。

第三，朝鲜古代诗家力主“高古”的美学精神，是为了反抗卑俗、媚世的不良创作风气与文学思潮。

诗者，言之文也，言出于心而成文，岂浅之为诗者哉？及庵以醇厚之资遭遇盛时，其所以存养其心者有素。故其诗冲淡高古，读之使人知有作者之风。③

其文章皆本之经教，典雅有体，不尚诸家险僻语。为诗尤冲澹高古，清而不苦，温而不迫，优入唐宋阃域。非得之性情之正，风雅之法，能乎？④

---

① 金榦：《厚斋先生集卷之四十·题任大年遗稿后》，韩国古典综合数据库 http://db.itkc.or.kr/index。

② 徐居正：《四佳文集卷之六·桂庭集序》，韩国古典综合数据库 http://db.itkc.or.kr/index。

③ 李仁复：《及庵诗集跋》，韩国古典综合数据库 http://db.itkc.or.kr/index。

④ 郑葵阳：《泰斋先生文集卷之五·附录·行状》，韩国古典综合数据库 http://db.itkc.or.kr/index。

先生之于诗本之以性理之学，推之以雅颂之正，不怪诡为奇，藻饰为巧，清新雅淡，高古简洁，虽古作者无以加也。①

若夫幽琼泠朗，闹嚣险仄，境之取舍也。简要平澹，僻怪烦酷，词之进退也。韶和苍远，以求其气韵，而浮淫迫促则黜焉。高古清婉，以得其格调。②

夫以所存有，为诗之本。而其所事有，在于诗之外。则发于咨嗟咏叹者，宜其闲淡而有余味，高古而无俗累。与夫世之噶月吟风侈然以自多者，其高下浅深可同日语哉！③

朝鲜古代诗家所倡导的“冲淡高古”“冲澹高古”“高古简洁”“高古清婉”“闲淡而有余味，高古而无俗累”等诗歌风格，其宗旨是对“险僻语”“怪诡为奇，藻饰为巧”“僻怪烦酷”“浮淫迫促”“与夫世之噶月吟风侈然以自多者”等诗风的深刻批评。

总而言之，朝鲜古典诗学批评极力倡扬“格高调逸”的“高古”美学传统，主要是出于维护纯粹诗教正统的良苦用心。以此为基点，朝鲜古典诗学批评非常重视主体人格的纯正底蕴和传统文化的优秀内涵，落实到诗学批评方面，表现为强烈推崇典范作品完美的形态风貌。

第四节　由文本虚性因素生发的范畴：“韵”与“境”

前面，笔者已详细而深入地梳理与分析了朝鲜古典诗学批评体系中，

① 徐居正：《四佳文集卷之六・泰斋集序》，韩国古典综合数据库 http://db.itkc.or.kr/index。

② 金昌缉：《圃阴集卷之六・澄怀录序》，韩国古典综合数据库 http://db.itkc.or.kr/index。

③ 李象靖：《大山先生文集卷之四十三・静乐斋金公诗集序》，韩国古典综合数据库 http://db.itkc.or.kr/index。

在“体”范畴统摄下的两个经典范型——“声色”与“格调”，及以“声色”与“格调”为主干聚合而成的两个极为庞大的范畴网络。经由综合析理，我们完全可以确信，“声色”与“格调”在整个朝鲜古典诗学批评体系中属于实性范畴的维度。其中，“声色”的物质构成性质已经非常明显，与之相比，“格调”的物质性相虽弱化一些，但仍可以在“声色”的基础上，通过心智不太复杂的整合与调适后，是易于感知和把握的。但是，文本形态的审美张力与生命律动并未戛然而止，也不可能就此完结。随着文本形态诗意空间的无限拓展，主体更深层次的心理机能也被充分激发而活跃流动，以便于使自我的“本质力量”更深入地去捕捉，在与客体“合一”的刹那间“碰撞”出来的灵光一现的“火花”。这就进入了“体”的无限纵深之域，即所谓“虚无之境”，自由体味神妙的“景外之景，象外之象，韵外之旨，味外之致”那种无法言传的、迷醉的“高峰体验”，即“意在言外，趣在法外”的境界。朝鲜古典诗学批评有众多用以表述这一自然灵妙之境的范畴，如“妙”“神”“味”“境”“天机”“自然”与“道”，等等。

从朝鲜古典诗学批评的现实出发，以文本形态的理论加以衡量，以上诸多具有某些同质性的范畴，可以用“韵”和“境”这两个带有“播散”①性质的范畴加以涵括。

一、“韵”及以其为中枢的范畴序列

在汉字文化圈语境中，从文字发生学角度考察，上古并无“韵”字，故

① 结构主义的关键词。据德里达解释，播撒和一词多义不同，一词多义的意义可以被集中并整体化，而播撒的意义总是片段的、多义的和散开的，像撒播种子一样，将不断延异的意义“这里撒播一点，那里撒播一点”。播撒瓦解了语义学，因为它产生了无限多样的语义效果，因而它不受作者支配，而且其多种意义不能被整体化而构成作者意图的一部分。但是同延异一样，播撒是积极的：它不是意义的失落，而是肯定了意义的无限数量。播撒最引人注目的特征之一是“不可确定的”这一术语的出现，它彻底搅乱文本，使人无法最终判断其意义。播撒可以是文本在不同的语境中显示截然不同的意义，并得到互相矛盾的解释。于是，中心、结构、根源、本质都被德里达剥离出去，只剩下延异和播撒。

此，东汉许慎的《说文解字》中亦无收录的痕迹。从原始文献看，“韵”字较早出现于中国的魏晋时期，始见于《晋书·律历志》“魏武时，河南杜夔精识音韵”的记载，三国时的张揖在《广雅》中释“韵”曰，“韵，和也”。这一释言也为后世学者普遍认同。“韵”字从其产生之日起就注定了它与汉字文化的审美传统不可分割的血肉关联。起初被摄入魏晋人物品评的视域，成为魏晋人物品评话语中位阶颇高的惯用语，指称人物行止优雅、气度翩翩的不凡样貌。晋代王坦之《与谢安书》言：“人之体韵，犹器之方圆，方圆不可错用，体韵岂可易处？”以此为价值诉求，久而久之，便衍生出“风韵”“神韵”“气韵”“雅韵”与“遒韵”等有关个体人格风度的后序范畴。

后来，又逐渐由“品人”转入到“品文”，南朝梁时的萧子显在《南齐书·文学传论》中言：“文章者，盖情性之风标，神明之律吕也。蕴思含毫，游心内运，放言落纸，气韵天成。”于是，“韵”便一发而不可遏止地成为中国传统诗学批评中一个具有超强生命力的关键词。

朝鲜古典诗学则直接把“韵”作为一个成熟而完备的现成范型来使用。这种情形在朝鲜古典诗学批评实践中极其普遍，如“语韵清华，句格豪逸。”①“音韵皆高绝浏幽，自非人间语。”②“其韵尚谐，然血脉不相连。”③“至于色韵精雅，当以李益斋齐贤为宗。”④“格韵清越，不杂尘累。”⑤“格韵清远，用意甚切，盖以自况。”⑥“凡作书为诗，须无意于佳乃佳，须以神韵意思为善。”⑦“颇有韵致，笔力亦遒劲可爱。”⑧等等，在这个

① 崔滋：《补闲集》，韩国古典综合数据库 http://db.itkc.or.kr/index。
② 洪万宗：《小华诗评》，韩国古典综合数据库 http://db.itkc.or.kr/index。
③ 李仁老：《破闲集》，韩国古典综合数据库 http://db.itkc.or.kr/index。
④ 郑泰齐：《菊堂排语》，韩国古典综合数据库 http://db.itkc.or.kr/index。
⑤ 洪万宗：《小华诗评》，韩国古典综合数据库 http://db.itkc.or.kr/index。
⑥ 洪万宗：《小华诗评》，韩国古典综合数据库 http://db.itkc.or.kr/index。
⑦ 李建昌：《宁斋诗话》，韩国古典综合数据库 http://db.itkc.or.kr/index。
⑧ 吴翻：《天坡集·第二·诗》，韩国古典综合数据库 http://db.itkc.or.kr/index。

以"韵"为主干的庞大范畴群中,我们择取"韵致"为例,对"韵"范畴的美感韵味展开深入地探究。

在诗学批评意义上,"韵致"一语,指称被批评对象的"气韵情致",用以描摹文本形态更为透辟和超脱的境界。对此,朝鲜古代诗家有诸多的注解,但其使用"韵致"的价值诉求,主要集中在以下几个方面:

其一,强调文本形态的"韵致"之美,表明朝鲜古代诗家旨在借此追求一种淡泊自然、含蓄空灵、意在言外的文本风格表现,故而,"韵"的审美价值诉求往往指向虚豁超脱而非"实"指。

余闻诗而无韵致,文而无气格,则犹水母之无虾,固无以传诸后。就使传之,其传也不远。世之所谓操觚之家,靡不猎声、耦饰、采泽,斗巧夸靡,以鼓其价。而求诸韵致与气格,则得之者盖鲜矣。①

沈梧川示余以故洪鹿门《朝天别章》,当时诸学士之诗无不载焉。下有《五台释松云》近体一首,颇有韵致,笔力亦遒劲可爱。题此以归之。②

《鹿鸣》首章以汉音翻译而缓节长讽,别有无限韵致,每读一遍辄敲石磬以和之,尤发古意。③

日蒙惠之手书,并投程诗十五篇。书辞既高妙可喜,诗又精工有韵致,信乎其富于文词也。往年得见数篇,固悦其才思之敏悟,句语之清警。④

崇祯纪元之乙酉春,家亲阅《晦翁诗集》得十梅诗者,以新装十

① 李景奭:《白轩先生集卷之三十·文稿·天坡集序》,韩国古典综合数据库 http://db.itkc.or.kr/index。

② 吴翻:《天坡集第二》,韩国古典综合数据库 http://db.itkc.or.kr/index。

③ 金昌翕:《三渊集卷之三十五·日录·庚子》,韩国古典综合数据库 http://db.itkc.or.kr/index。

④ 崔昌大:《昆仑集卷之十二·答许生统》,韩国古典综合数据库 http://db.itkc.or.kr/index。

帖短屏,授从兄凤韶而命曰:"吾常爱晦翁此诗韵致清逸而意有余也,汝须以是十梅画之。"①

林公深以为然,为文章本源经传,下暨洛闽诸书,无不咀嚼厌饫。而辞雅理实,诗亦格古而有韵致,尤该洽于史志。②

永叔之诗格力老实有韵致,《鹤山录》一卷尤理畅而调圆。③

情景相会,必以诗发之。曼声长咏,韵致疏朗。骤而遇之者,疑其非烟火人也。④

世之论诗者遇其韵致浑朴,则曰"此不清逸,非唐调";论笔者见其点波屈变,则曰"此不劲整,非晋体"。彼岂尽苟好为訾论哉?盖其所见止于《唐诗抄选》,而谨守一律;拘于《笔阵》《兰亭》,而专局一法。殊不知唐人大家全集,府库甚备,无物不有。已先包陈陆苏黄在内,不止于一段清逸而已。《淳化》《十七》等帖,地步非一,无体不存。⑤

朝鲜古代诗家对文本形态"韵致"的不懈追求,实际上可以反映出朝鲜古典诗学审美理想的某一侧面,即不以气势、意境雄浑取胜,而是转向主体的心境和意绪方面。"韵致"以淡泊含蓄、清新自然至上,虽稍欠激扬壮阔之情,却寓涵着摇曳绵绵之意,使人能进入更为细腻的审美感受和体验之中。

---

① 尹凤久:《屏溪先生集卷之四十三·家藏短屏记》,韩国古典综合数据库 http://db.itkc.or.kr/index。

② 洪良浩:《耳溪集卷三十一·副率任公墓碣铭》,韩国古典综合数据库 http://db.itkc.or.kr/index。

③ 俞汉隽:《自著卷之十六·朴永叔胤源鹤山诗录序》,韩国古典综合数据库 http://db.itkc.or.kr/index。

④ 奇正镇:《芦沙先生文集卷之二十八·东里处士传》,韩国古典综合数据库 http://db.itkc.or.kr/index。

⑤ 姜朴:《菊圃先生集卷之十二·诗笔辨》,韩国古典综合数据库 http://db.itkc.or.kr/index。

其二，在“韵致”的传达和表现上，朝鲜古代诗家有时也特别偏重于强调主体诗人超迈不俗的内在精神自由与雅致情趣之美。

> 文章小技也，而能之者鲜，一世不数人，况在棣萼。交辉齐美者尤不易得……崔简易亦尝赠公以文，有曰：“先生见说，为文章当使时人着黄面卷看，固已壮而信之矣。”及属就鸭岛观铚艾日，治诗于吾，爱其风雅韵致。夫以简易之具眼，既信而爱之矣。又以公之才学，方诸良玉利刀，孰玉之良刀之利而不为人所珍也哉！①
>
> 自古词翰之士多才命相仇之叹，而未有若君之甚者。古语曰“诗能穷人”，君之穷亦坐于诗者耶？嗟乎惜哉！君之诗清婉赡畅，多有韵致。②
>
> 宗君景仁访余于泽畔，留旬日。往观智异山，归路又登临晋阳之矗石楼，过星州，入伽倻山，访红流洞，宿海印寺，所到辄有吟。既归，录一律三绝，投寄要和。余为之再三讽咏，足见其风流韵致，有所自来。③
>
> 有处士权公讳俔者，酷慕渊明之为人也，自号南窗，又图《归去来辞》于壁上，以寓意焉。其所著诗若文无事乎雕饰，而天然有自得之妙，其亦闻渊明之韵致者欤？④

由此可见，朝鲜古典诗学中的“韵致”，不只是简单而宽泛地就诗的意象含蓄蕴藉而言，其中更寄寓着极为强烈的精神个性追求，其独特的审美理

① 李景奭：《玄谷集序》，韩国古典综合数据库 http://db.itkc.or.kr/index。

② 任埅：《水村集卷之八 · 高崖集序》，韩国古典综合数据库 http://db.itkc.or.kr/index。

③ 金圣铎：《霁山先生文集卷之二 · 诗 · 次宗孙始元纪行诸诗》，韩国古典综合数据库 http://db.itkc.or.kr/index。

④ 许愈：《后山先生文集卷之十四 · 南窗权公诗集跋》，韩国古典综合数据库 http://db.itkc.or.kr/index。

想往往与个体的人格气度密切相关。

其三，朝鲜古代诗家尤为强调诗人“韵致”与文本形态“韵致”的完美融合，要求做到诗品即人品，人品亦诗品：

> 自风雅之亡，后世为诗者率绣绘肝肾，吟弄风月而止尔。曷足与论于性情之正哉？唯唐杜甫氏为诗家正宗，韵致冲澹，诚意恻怛，盖不相背于赋兴之遗旨。千载之下，想见其为人。①
>
> 今其所著，仅有寂寥数十首诗耳。而格力高古，韵致清远，发于肆笔之余者，大抵忧国思田之心，埙篪勉励之意。②
>
> 而别有四者之友，琴为峄阳之友，磬为泗滨之友，《南华》为心友，竹榻为梦友。此友于物而友其闲情也，是皆高出世外，遗落人间，而优游于汗漫之域者也。而究其实则不过寄空名于寥廓，托虚影于韵致，尚诡而斗奇，诧高而夸幽而已。③

大多朝鲜古代诗人认为，诗人“韵致”应与诗歌“韵致”并重，且浑融无间，这一追求彰显出朝鲜古典诗学深厚的儒家诗教精神，是对《论语·雍也》所倡扬的“文质彬彬，然后君子”诗教理想的切实践行。

综上所述，“韵致”作为一个诗学批评范畴，无疑是朝鲜古典诗学批评中的一个经典范式。从价值实现的过程来看，“韵致”在朝鲜古典诗学批评中，绝对具有独立构筑其美学价值、开拓其审美空间的潜能，实践亦证明了这一点。如上面例证中所言的“风雅韵致”“精工有韵致”“韵致清逸”“风流韵致”“韵致清远”“韵致疎朗”“渊明之韵致”“韵致冲澹”“韵

---

① 李沃：《博泉先生诗集卷之九·田居录·和杜篇》，韩国古典综合数据库 http://db.itkc.or.kr/index。

② 李象靖：《大山先生文集卷之四十三·温溪李先生逸稿序》，韩国古典综合数据库 http://db.itkc.or.kr/index。

③ 尹愭：《无名子集文稿册八·策·文房四友》，韩国古典综合数据库 http://db.itkc.or.kr/index。

致浑朴”等等，其中，每一个词组的词干都是“韵致”，所以，又构成了以“韵致”为中枢的范畴序列，这也是“韵”范畴向纵深拓进的实证。

在朝鲜古典诗学批评中，就文本形态的美感风格之表现而言，朝鲜古代诗家往往乐于使用“远韵”“清韵”“逸韵”“高韵”及“天韵”等范畴展开批评活动。实际上，这些范畴都是由“韵”的内在审美意识和精神指向所驱动的。在这一层面上，“韵”的美学本义常常被表现得最为纯粹和充分。所以，中国当代学者徐复观说：“所谓韵，则实指的是表现在作品中的阴柔之美。但特须注重的是，韵的阴柔之美，必以超俗的纯洁性为基柢，所以是以‘清’‘远’等观念为其内容。”①因此，我们可以说，“清远”是把握“韵”范畴序列的关键词。

在诗学批评语境中，“清远”的意旨是“清明高远”或“清美幽远”。用以指称文本形态更为幽深曼妙的诗意情态。它是由两个单体范畴“清”与“远”浑融而成的复合范畴。至于“清”与“远”各自的意旨，在汉语语境中，由于美学立场与价值诉求的不同，而呈现出众声喧哗，莫衷一是的局面。在本书的阐释逻辑中，“清”的内涵我们在前面已论及其在文本“声色”层面的意义指向，而在“韵”的范畴层面，其意指某种可见而不可及的、超凡脱俗的气质，是“韵”的内涵在纵向标杆上的提升或深入，指称“韵”之“清纯”的美质，如朝鲜古代诗家宋翼弼言：

> 凡人之才有差，气使之然也；圣人之才无差，得气之清也；天之才或不能无差，亦气使之然也。盖圣人纯得其清，凡人清浊不齐，天地之气亦不齐。②

与“清”相应，“远”则意指可感而不可触的、绵绵不绝的气韵，是

① 徐复观：《中国艺术精神》，春风文艺出版社1987年版，第154页。

② 宋翼弼：《龟峰先生集卷之三·太极问》，韩国古典综合数据库 http://db.itkc.or.kr/index。

“韵”的外延在横向境遇中的拓展或延伸，指称“韵”之“绵远”的美感。朝鲜古代诗家对此亦有其深入的理解：

且士有迹近而心远者，心苟远矣，则地自偏矣。虽处薮泽之下，心慕荣进，则不可谓之遁也。虽处朝市之间，志在沉冥，则不可不谓之遁也。况吾居虽密迩洛下，而江湖环合，蹄辙之所未到。尘纷之所不及，幽琼清绝，邈若不接于人境，倘佯渔钓，足以遁吾迹也。何必远逝荒绝之区而托身嵁岩之间哉！①

其为诗思之深者悲以郁，虑之远者爽以永，声律铿锵，有俯仰感慨之音。②

上述言论虽未直接而明确地论及“清远”，但从朝鲜古代诗家的诸多论释中，可以约略窥探到我们在此所探讨的“清远”内质的一些隐喻信息，即“清远”范畴所聚焦的两个方面：一是“行迹之远”，二是“心虑之远”。无论是侧重外在行止的“行迹之远”，还是偏重内在情志的“心虑之远”，其指归皆在于一种超越现实存在的人的“诗意栖居”③。

简而言之，从文本形态论意义上看，“清远”就是指称文本形态的一

① 任守幹：《遁窝遗稿卷之三 · 遁斋记》，韩国古典综合数据库 http://db.itkc.or.kr/index。

② 黄景源：《江汉集卷之八 · 晋庵集序》，韩国古典综合数据库 http://db.itkc.or.kr/index。

③ “人诗意地栖居”是德国古典诗人荷尔德林的诗句，哲学家海德格尔借诠释其诗来解读存在主义，又以存在的维度解读诗，海德格尔在《人，诗意地栖居》中阐释道：“如果我们把这多重之间称作世界，那么世界就是人居住的家……作为人居于世界之家这一尺度而言，人应该响应这种感召：为神建造一个家，为自己建造一个栖居之所”，“如果人作为筑居者仅耕耘建屋，由此而羁旅在天穹下大地上，那么人并非栖居着；仅当人是在诗化地承纳尺规之意义上筑居之时，他方可使筑居为筑居；而仅当诗人出现，为人之栖居的构建、为栖居之结构而承纳尺规之时，这种本原意义的筑居才能产生”。

种有趣味的内质,也是一种"有意味的形式"①。朝鲜古代诗家在具体的诗学批评实践中,非常重视对"清远"审美内质的追求,他们纷纷从不同的立场与视域出发,对"清远"的诗意特质展开了深入的追问。于是,"清远"也就顺理成章地成为朝鲜古典诗学批评中指称诗歌美"韵"的一个经典范畴。

朝鲜古代诗家对"清远"美质的理解与感悟主要集中体现在以下方面:

其一,朝鲜古代诗家以"清远"暗喻文本"韵致"的超凡脱俗、兴寄深远与韵外之致。如朝鲜古代诗家言:

> 余不能诗,然略解诗意。大概诗当以清远冲澹、寄意于言外为贵,不然则只是陈腐语耳。古今绝句中,如李白"洞庭西望楚江分,水尽南天不见云。日落长沙秋色远,不知何处吊湘君",真有千万里不尽之意,卓乎不可及。其次,如刘禹锡诗"春江月出大堤平,堤上女郎连袂行。唱尽新词欢不见,红霞映树鹧鸪鸣"亦绝唱,读之令人神气叙畅,而大堤风景若在眼前。吾东人诗气象局促,难可议此,惟李胄《题忠州自警堂诗》,"池面沉沉水气昏,夜深鱼踯枕边闻。明宵泊近骊江月,竹岭横天不见君",语颇自然而有远致,非他人学诗所及也。②

① 英国文艺批评家克莱夫·贝尔于19世纪末提出的理论,认为文学文本的各部分、各素质之间以独特方式排列、组合起来的"形式"是"有意味"的,它主宰着作品,能够唤起人们的审美情感。在贝尔看来,审美的情感不同于生活中的情感,只是一种纯形式的情感,人们在审美时,不需要生活的观念和激情,只需要对形式、色彩感和三度空间的知识,审美是超然于生活之上的。基于这种认识,贝尔否定叙述性的艺术品,认为这类作品只具有心理、历史方面的价值,不能从审美上感动人。他尤其称赞原始艺术,认为原始艺术通常不带有叙述性质,看不到精确的再现,只能看到有意味的形式。形式之有意味,是因为形式后面隐藏着物自体和终极实在本身。艺术家的创作目的,就是把握这个"终极实在",人们不能靠理智和情感来把握这个"实在",只能在纯形式的直觉中,才能把握它。

② 柳成龙:《西厓先生文集卷之十五·杂著·诗意》,韩国古典综合数据库 http://db.itkc.or.kr/index。

李氏微甚世所贱者，流离困悴备见于诗，乃其兴寄清远，音节铿锵。合作者足以洗一代之陈，践古人之迹，讵不伟欤？①

其有韵之文则遣辞豪逸，寄趣清远；寥乎短句，汪洋乎大篇，纵横踔厉，自成巨观。②

呜呼！诗本性情，即此百篇之诗，而公之性情之正亦可见矣。使后之人诵其诗而知其人，惕然有感励兴奋之心。则其有补于世教，顾不大欤？余读唐诗，见张睢阳《闻笛》之作、颜平原《登桥》之诗，非当世诗人刻意求工之比。而后之君子独钦诵而不厌，盖其大节之伟然者特为人所慕，而秉彝好德之心自有不能已者。不然则彼王维、储光羲之诗，非不清远闲澹，极诗之美也？斯岂非伦纲义理之为重，而语言声病之为轻欤？若公诗之传乎久远，亦不以其文词之工也。③

其为诗清远出尘，若苍岩诸绝，师友胜会，江山故事，极意书写，可作诗家惇史。文亦辞简而意婉，洵有德者之言也。④

今东华子之诗幽然之光深眇而不露，则不几于衣锦尚絅，闇然而日章者乎？窈然之声清远而不迫，则不几于朱弦疏越，一唱而三叹者乎？⑤

然今读而咏之，韵节清远，意想冲澹，翛然无有辛荤尘滓之累，又往往杂以伤时闷世遗荣乐闲之意，使后世尚论之士得而诵焉，亦或因

① 任相元：《恬轩集卷之三十 · 荪谷集跋》，韩国古典综合数据库 http://db.itkc.or.kr/index。

② 权斗寅：《荷塘先生文集卷之五 · 题李君则关东录后》，韩国古典综合数据库 http://db.itkc.or.kr/index。

③ 闵遇洙：《贞庵集卷之九 · 南忠壮公诗集序》，韩国古典综合数据库 http://db.itkc.or.kr/index。

④ 许熏：《舫山先生文集卷之十六 · 茅溪集序》，韩国古典综合数据库 http://db.itkc.or.kr/index。

⑤ 李献庆：《艮翁先生文集卷之二十三 · 题东华子诗卷后》，韩国古典综合数据库 http://db.itkc.or.kr/index。

此而知其所存之万一也。①

及其归发其装，得“纪行诗”数百篇。读而讽之，其色华，其味腴，其音调清远悲惋如商羽错奏，而卒之以变征，然后又知君于《诗三百》不惟诵之，而能鼓吹之也。②

朝鲜古代诗家所谓的“清远冲澹、寄意于言外为贵”“兴寄清远”“清远闲澹，极诗之美”“清远出尘”“清远而不迫，一唱而三叹”及“韵节清远，意想冲澹，翛然无有辛荦尘滓之累”等言论，反映出朝鲜古典诗学追求清雅而有远致的文学品位。而“只是陈腐语耳”“气象局促”“刻意求工”及“语言声病”等言辞，则表明朝鲜古代诗家对那些无“清远”之韵，而又委琐的文本形态之鄙弃与批判。

其二，朝鲜古代诗家认为要达到“清远”的境界，必须在立意与表现方式上不同凡俗，不为俗套所累，勇于求变创新。如其所言：

国朝以诗名家者，虽有铺张藻丽之称而才不逮意，气局而语卑，罕能自拔于流俗。独公力追先古，深造正始，翛然清远，卓尔高蹈。发扬振厉而不入于狂怪，隐约闲静而不病于枯槁，霭然有一唱三叹之遗音。呜呼盛矣！此乃天机之自动，声色之自美耳。岂郊岛之伦雕琢绨绘，以求知于一世者比哉！③

余曰：“知诗方可论诗，作诗固未易，知诗亦未易也。”诗可易言哉？盖才虽出群，所积不博，气不雄；所积虽博，苟无其才，格不高。

---

① 李象靖：《大山先生文集卷之四十五·海山逸稿跋》，韩国古典综合数据库 http://db.itkc.or.kr/index。

② 李献庆：《艮翁先生文集卷之二十一·含翠洪侍郎君择秀辅出塞录跋》，韩国古典综合数据库 http://db.itkc.or.kr/index。

③ 李敏叙：《西河先生集卷之十二·崔孤竹集跋》，韩国古典综合数据库 http://db.itkc.or.kr/index。

知此则可以言诗。诗可易言哉？先生儿时《咏雪》作五言诗，先辈大惊，以为不可及。及长，博览百家书，发之于诗。禀才既高，所积又博，故其气沉郁，其思冲澹，其声清远，有古作者风。①

故其文发挥性灵，理致清远。诗亦风情所寄，泱乎有正始之音，虽不事藻丽靡曼，而其语皆高妙出尘，璧随和在璞，吐彩流润，片章只言，邮传万口。见古文异书，心甚乐之。然讽味数回，宣畅志意而已。②

其为文平铺典实，不事雕镂而理自到。诗亦清远萧散，而不流于浮靡。见之者皆知其实有所事，而非空言也。③

朝鲜古代诗家所谓的"铺张藻丽，而才不逮意，气局而语卑，罕能自拔于流俗""郊岛之伦雕琢绨绘""所积虽博，苟无其才，格不高""藻丽靡曼""不事雕镂""病于枯槁"及"不流于浮靡"等，都旨在批驳绮靡庸俗而消极低落的文风，进而大力倡扬创作命意与艺术表现的"力追先古，深造正始，翛然清远，卓尔高蹈，发扬振厉""天机自动，正色自美""其气沉郁，其思冲澹，其声清远""发挥性灵，理致清远"及"平铺典实"等积极向上的文学风尚。朝鲜古代诗家的这些进步主张，表明朝鲜古典诗学对文学正能量的主动践行，这无疑是一种应大力倡扬的文学倾向。

其三，朝鲜古代诗家认为，文本形态之"韵致"是否具有"清远"的品格，与主体诗人的人格遭际及人生价值追求息息相关。如其所言：

文章亦雄浑有典则，诗亦闲淡清远，陶写性灵，不止为吟风弄月

① 郑斗卿：《沧浪先生诗集序》，韩国古典综合数据库 http://db.itkc.or.kr/index。

② 申大羽：《李参奉集序》，韩国古典综合数据库 http://db.itkc.or.kr/index。

③ 赵德邻：《玉川先生文集卷之七·近始斋金先生文集序》，韩国古典综合数据库 http://db.itkc.or.kr/index。

而已。惜乎其沈沦下位，不能展布其所蕴也。[①]

公为人倜傥环伟，有高识奇气，其文长于诗，韵格清远。[②]

今其所著，仅有寂寥数十首诗耳。而格力高古，韵致清远，发于肆笔之余者，大抵忧国思田之心，埙篪勉励之意。读而味之，亦可以得先生之万一。[③]

司空表圣《诗品》云“晴雪满汀，隔溪渔舟”，此境之清远也。继之曰：“可人如玉，步屧寻幽”，此情之温雅也。有是境必有是情，非可意人，何以发其幽独？人皆谓静而后诗能工。[④]

至若诗章唱酬清远出尘，皆有德者之言。[⑤]

故其诗风调清远，得之性情，持论甚亢，谓汉魏六朝盛唐而下亡诗。[⑥]

（金冲庵净诗）曰：“枝柯摧折叶鬖髿，斤斧余身欲卧沙。望绝栋梁嗟已矣，枒楂堪作海仙槎。”格韵清远，用意甚切，盖以自况。[⑦]

综合以上内容，“清远”作为朝鲜古典诗学批评的经典范畴之一，反映出朝鲜古代文学创作的积极向上的一面，对于彰显文学价值的正能量是一种极大的助益。它所折射出来的朝鲜古代诗家的积极浪漫主义情

---

① 金泳：《松亭先生文集附录 · 墓碣铭并序》，韩国古典综合数据库 http://db.itkc.or.kr/index。

② 朴世采：《南溪先生朴文纯公文正集卷第六十九 · 跋龙溪遗稿》，韩国古典综合数据库 http://db.itkc.or.kr/index。

③ 李象靖：《大山先生文集卷之四十三 · 温溪李先生逸稿序》，韩国古典综合数据库 http://db.itkc.or.kr/index。

④ 韩章锡：《眉山先生文集卷之七 · 石楼诗卷序》，韩国古典综合数据库 http://db.itkc.or.kr/index。

⑤ 许熏：《舫山先生文集卷之十六 · 安斋集序》，韩国古典综合数据库 http://db.itkc.or.kr/index。

⑥ 丁范祖：《海左先生文集卷之二十 · 乐翁诗稿序》，韩国古典综合数据库 http://db.itkc.or.kr/index。

⑦ 洪万宗：《小华诗评》，韩国古典综合数据库 http://db.itkc.or.kr/index。

怀,对当下的文学创作仍有极大的启示意义。

在朝鲜古典诗学批评中,与"韵"同位,在修饰"格调"的功用上具有同等性质与作用的范畴还有很多,如"趣""味""妙""神""淡""枯""瘦""远""清""幽""虚""闲"等范畴及其子范畴"气韵""风韵""神韵""雅韵""韵味""古淡""枯淡""幽远""闲适""瘦硬""风骨""天机"等等,其中的有些范畴,我们前已论及,有些或将在后面论释,此不赘言。

总而言之,"韵"等虚性文本形态范畴的丰富庞杂与多姿多彩,形象地彰显出朝鲜古典诗学批评的活跃性与系统化,看似纷繁凌乱的诗学批评表象中,蕴蓄着周严、缜密的逻辑体系。

二、"境"及以其为枢纽的范畴序列

在诗学批评语境中,"境"的内涵与外延都是模糊漂移而又变幻莫测的。在字源学意义上,"境"的最初意指为"疆界","外臣之言不越境"①之谓也;同时,它也指称精神心态,所谓"定乎内外之分,辩乎荣辱之境"②是也;佛教传入后,这一意指又被拓展为佛家用以称谓"心意对象的世界",如佛境、法境、尘境与色镜等,如龚自珍言:"唐圭峰大师曰:'《般若》诸经,一气数百非字,一气数百不字,一气数百无字。'夫佛,一代时教,立此一门,显此一境,标此一谛"③;"境"还有一个意指,即"地域"或"处所",如陶渊明《饮酒其五》云,"结庐在人境,而无车马喧",此意后来又被引申为"境地"或"境界",如韩愈诗曰,"文工画妙各臻极,异境恍惚移于斯。"④

"境"被引入诗学批评,较早见于刘勰《文心雕龙》。《文心雕龙·诠赋》言:"赋也者,受命于诗人,而拓宇于《楚辞》也。于是荀况《礼》《智》,

---

① 《国语·鲁语上》,中华书局 1985 年版,第 96 页。

② 《庄子·逍遥游》,中华书局 1982 年版,第 9 页。

③ 龚自珍:《龚自珍全集·正〈大般若经〉》,人民文学出版社 1983 年版,第 215 页。

④ 韩愈:《韩愈文集·桃园图》,人民文学出版社 1986 年版,第 136 页。

宋玉《风》《钓》，爰锡名号，与诗画境，六义附庸，蔚成大国。”①此处的“境”指称文体境域。自此，“境”作为一个诗学批评范畴为越来越多的诗家所关注。到唐代，“境”的内涵得到了更大的拓展，王昌龄为“境”在诗学批评领域的丰富与完善功不可没，其《诗格》云：

> 诗有三境：一曰物境，欲为山水诗，则张泉石云峰之境；极丽绝秀者，神之于心，处身于境，视境于心，莹然掌中，然后用思；了然境象，故得形似。二曰情境，娱乐愁怨，皆张于意而处于身，然后驰思，深得其情。三曰意境，亦张之于意而思之于心，则得其真矣。②

唐代以后，“境”范畴逐渐成长为诗学批评的惯用语。

“境”在朝鲜古典诗学批评中的广泛应用是在朝鲜朝中后期，朝鲜古典诗学批评中的“境”范畴汲取了中国诗学批评中的积极因素，并立足于自我的文学实践，对“境”范畴的内涵有自己深入的理解。如朝鲜朝诗家徐滢修在阐释“境”的内涵时言：

> 且夫境者心之器也，影事实色皆境也，浮根业识亦境也。境之不寂而求其心之空，不亦颠乎？③

言“境”之为“心之器”，揭示出了“境”的主观色彩；言“影事实色”与“浮根业识”皆为“境”也，指明了“境”的客观属性。这说明“境”是由主观与客观两方面因素共同作用的结果与产物，徐滢修还进一步强调了主客观

---

①　刘勰著，范文澜注：《文心雕龙注》，人民文学出版社 1978 年版，第 134 页。

②　中国社会科学院文学研究所文艺理论研究室王大鹏等编：《中国历代诗话选》（一），岳麓书社 1985 年版，第 38 页。

③　徐滢修：《明皋全集卷之八·须弥庵记》，韩国古典综合数据库 http://db.itkc.or.kr/index。

结合的具体条件，即主观方面的“心之空”与客体方面的“境之寂”，这就形象而深刻地揭示出了“境”的构成对象及对象的性质，同时，它也体现了朝鲜古代诗家对“境”范畴特质的深刻认知与把握。成海应则从更具体的层面阐释了“境”之产生的实际情形：

> 境也者，由何术而得之？曰：“有物交于前，随所见而为境，惟有心者得之。既得之，不以神凝之，又无以持其境，境而至于持则斯久矣。”吾久居田野，见山水林木禽兽虫鱼之变化，与夫烟雾霜雪云月四时之晦明相接乎前，皆吾所谓境者。吾悠悠而感于心，然后境始与吾心合，于是乎穆然而清，泠然而善，苍然而远，有足以自娱乐者。然是犹有形者，若因心而生想，因想而生形，因形而生境者，其惟神乎！①

“境”源发于具有审美属性的“物”（即“物境”）促动了“有心”之人“以神凝之”，所以，成海应认为“境”的产生首先是有“物”（即“物境”），在“有形者”（即“物境”）的激发下，诗人充分调动起自己的诸种心理功能，于是“因心而生想，因想而生形，因形而生境”，进而揭示出“境”得以产生的主观心理基础。体现了朝鲜古典诗学对“境”之内涵的深入把握。也有朝鲜古代诗家从“境”与“情”的关联性切入，表明他们对“境”之于文学的内在价值之深刻认知，于是，将其称之为“情境”，即朝鲜古典诗学批评由“物境”发现而进入到对“情境”的发微：

> 发乎心者情也，遇乎耳目者境也，情固随境而迁，而耳目之官必听于心焉……诗足以发其喜，喜可以长其诗，然后心不为耳目所役，

① 成海应：《研经斋全集卷之十一·复书竹下哀李琴师文后》，韩国古典综合数据库 http://db.itkc.or.kr/index。

而情亦不随境而迁。①

起潜寄书曰:"一时萍聚,淋漓跌宕,忽而庄语,忽而谐语,极天下之至文。尝谓真气不死,真情不断,千里万里,窈窈默默,流丝袅空,不可踪迹,皆情境也。"②

性之德于吾心者,必发于事物之应,然后致其用焉。故性之发者,谓之曰情。其应于顺境者,曰喜、曰乐、曰爱、曰欲。应于逆境者,曰怒、曰哀、曰恶。此七者,情之目也。情是不由心之较计,而从其所性,自然发出者也。③

朝鲜古代诗家从"情"的视角言"境",体现了朝鲜古典诗学批评对"境"的发掘由外物而内心的运思逻辑。"发乎心者情也,遇乎耳目者境也,情固随境而迁,而耳目之官必听于心焉",深刻地阐明了"情境"与"物境"之物我交融的密切关系,并进而强调"情境"具有强烈的主观感情色彩,如其所言的"情固随境而迁,而耳目之官必听于心""性之发者谓之情",就形象地证明了这一认知。

朝鲜古典诗学在具体的批评实践中,除上述解释"境"的经典言论外,还有诸多颇具代表性的观点,择其要者如下:

自古名区胜地无处不有,然天悭地秘必待贤人而后发焉,非有仁智之德者,不能与于此也。过此境者凡几人乎?霜露蒙翳,狐兔交迹,微大父之贤,孰肯开荒构亭而自乐于湖山之景哉?非独自乐,亦

① 李晚秀:《屐园遗稿卷之二·原集·送李仲辉名集斗赴燕序》,韩国古典综合数据库 http://db.itkc.or.kr/index。

② 李德懋:《青庄馆全书卷三十二·清脾录·陆筱饮》,韩国古典综合数据库 http://db.itkc.or.kr/index。

③ 张显光:《旅轩先生文集卷之六·学部名目会通旨诀》,韩国古典综合数据库 http://db.itkc.or.kr/index。

使人人眷慕乐而不忘也。则其惠博哉？嗟乎！有是人则有是地，有是地则有是亭，有是亭则有是景，有是景则有是诗。彼此相须，物理之必然也，岂寻常夷等之人所能度哉？①

天下事，惟寓境与作诗不可苟。寓境者与目谋，作诗者与心谋，境接乎目而诗出于心。以我之内而交物之外，融神会精，合契而寄致焉者。岂可苟而已乎？②

夫披襟而纳冷籁，褰帷而挹清辉，以跌荡于觞咏，此因乎胜者也。升乎高以撷秀，临乎深以网肥，此待乎境者也。亦或有离人群、遗世俗，长往而不返，深入而不出，此绝乎物者也。虽其迹或浅或深，而志有精有粗，然必有一于是而后始可以语夫闲也。③

诗道难言也，区区于吟咏之末，而不求乎包相之中者，难与言诗也。诗固易言哉！然非言之难也，知之为难也。非有自得于心而妙悟于神化之境者，不能知也。然非知之难也，能之为难也。苟无天得之才以充所悟之极，其孰能之。夫能者知之实，而才者不可学而能之也。古人云："诗有别才。"信乎！自古操觚墨者何限，而能造诗道之奥亦不多见，岂非局于才而然也。④

夫水之波生于境也，风之薄石之碍，地势之不平，鲵鸥之盘桓，孰非境也？或纹如縠，或垂如绅，或跳如珠，或转如轮，或屹如山，或吼如雷。拔木崩岸，前奔而后迫，左合而右决，既息而忽兴，若往而复返，怪奇不可测者，孰非与境而变也？物与我相际是境也，我不可独

① 鲜于浃：《遁庵先生全书卷之五·遗文·沧浪亭诗集序》，韩国古典综合数据库 http://db.itkc.or.kr/index。

② 李敏求：《东州先生文集卷之二·溟州行录序》，韩国古典综合数据库 http://db.itkc.or.kr/index。

③ 金锡胄：《息庵先生遗稿卷之九·闲轩说》，韩国古典综合数据库 http://db.itkc.or.kr/index。

④ 申翼相：《醒斋遗稿册九·题季会诗跋》，韩国古典综合数据库 http://db.itkc.or.kr/index。

存于天地之间而与群物处。天地亦物也,虽欲无物,得乎?物既有也,则其相际也焉可无乎?有而无着于有,有亦无也。水固物之无情也,与诸境遇也无情,薄之碍之,未尝嗔怨。故彼物之为境者,亦无情于水,不相为冤业。而惟人也,物之中最有情,其能如水,不亦难乎……师之诗文谋锓诸梓,远求弁文于余。异哉!其文简淡,得之吾家者多,固可传于后,然而皆师遇境谩应之陈迹耳。何必区区于是哉。①

山若增而高,水若增而清,其自得也,有非言语文字之所及也。如不领其要则无异瞽者之青黄也,其与系名缰缚尘缨者何殊哉?夫然则道虽不离于境,而亦不杂乎境也。②

深入朝鲜古典诗学批评的实际,我们发现,朝鲜古代诗家在运用"境"的理论展开诗学批评的过程中,根据不同的批评语境与氛围,往往为"境"添加一个自洽的修饰词,于是,朝鲜古典诗学批评就构筑成了一个以"境"为机杼的庞大范畴群,如"实境""情境""仙境""意境""妙境""神境""佳境""虚境""悟境""境界""化境"与"物境"等等,在这个颇为壮观的范畴网络中,可称之为经典范畴的为"情境""妙境"与"神境"。

1. 朝鲜古典诗学批评中的"情境"

所谓"情境",即情景与环境。在文本形态论意义上,"情境"是由文学文本形态的虚性因素造成的,它是文本是否具有美感效应的先决条件,主要表现为主体的直觉体验。朝鲜古代诗家徐居正言:"作诗非难,能造

---

① 申景浚:《旅庵遗稿卷之三·秋波集序》,韩国古典综合数据库 http://db.itkc.or.kr/index。

② 朴彭年:《朴先生遗稿·送云谷游香山序》,韩国古典综合数据库 http://db.itkc.or.kr/index。

情境，模写形容，一言而尽，此古人所难也。”①南龙翼言：“绝句必得情境，然后可祛除冗语。”②洪万宗言：“凡作者非贵吟咏，贵逼情境。”③这些主张都在一定程度上突出强调了“情境”对于文学创作及文本形态的重要意义。张维更是把“情境”提升到“天机”的层面来观照，并强调“情境”中的“情”应以“真”为本。张维言道：

> 诗，天机也。鸣于声，华于色泽。清浊雅俗，出乎自然。声与色，可为也。天机之妙，不可为也。如以声色而已矣，颠冥之徒可以假彭泽之韵，龌龊之夫可以效青莲之语。肖之则优，拟之则僭。夫何故？无其真故也。真者何？非天机之谓乎？世之人以诗观诗，不以人观诗。若然者，岂唯不得其人，并与其诗而失之。诗可易言乎哉？石洲之诗，谈者谓百年来所未有，此固以诗论也，乃余实得其人焉。余生公后几二十年，弱冠幸得从公游。为人广颡哆口，疏眉目，貌伟而气豪。言论磊落动人，间杂诙谑。性酷嗜酒，酒后语益放。傲睨吟啸，风神散朗。即不待操纸落笔，而凡形于口吻，动于眉睫，无非诗也者。及其章成也，情境妥适，律吕谐协，盖无往而非天机之流动也。④

张维认为，“情境”的优美不能规避诗人主体的“真情”，只有诗人的创作是其真情的自然流露，才会造就诗歌作品形态的“情境妥适，律吕谐协”，才会蕴藉出“天机流动”的审美效果。申钦认为，虽然朝鲜古代汉诗与中国诗歌在形式上存在着客观的差异，但二者在“情境”塑造上并无二致：

---

① 徐居正：《东人诗话》，韩国古典综合数据库 http://db.itkc.or.kr/index。

② 南龙翼：《壶谷诗话》，韩国古典综合数据库 http://db.itkc.or.kr/index。

③ 洪万宗：《诗评补遗》，韩国古典综合数据库 http://db.itkc.or.kr/index。

④ 张维：《溪谷先生集卷之六·石洲集序》，韩国古典综合数据库 http://db.itkc.or.kr/index。

今岁公自燕回，示钦《朝天词》，其响浏浏，艳而不失于正，丽而不爽于雅，清而不病于萎，婉而不落于靡。虽近世以歌曲名者，皆莫及也。昔之泥而未畅者，果安在哉？钦于是始知公之才之得于天者全，由诗而歌，而歌亦臻于妙也。中国之所谓歌词，即古乐府暨新声，被之管弦者俱是也。我国则发之藩音，协以文语。此虽与中国异，而若其情境咸载，宫商谐和，使人咏叹淫佚，手舞足蹈，则其归一也。①

申钦指出，不同文学或可因民族文学习惯与惯例的迥然有别，在文学形式上呈现出迥异的样态，但在文学的某些本质方面——如“情境”的构筑上是一致的，如其所言：“我国则发之藩音，协以文语。此虽与中国异，而若其情境咸载，宫商谐和，使人咏叹淫佚，手舞足蹈，则其归一也。”这也是所有文学的共性，它体现了朝鲜古典诗学对文学之某些普遍规律的深刻认知。

在朝鲜古典诗学批评中，涉及“情境”时，更多的是体现在诗歌批评实践中，在此情形下，朝鲜古代诗家常常把“情境”视为一个无需解释的惯用语来使用，这在朝鲜古典诗学批评中是最普遍，也是最常见的形式。试举几个要例如下：

诗之有律非古也，始于唐而盛于唐。自宋明以来，流波漫矣。其为体以精致为工，然缀辞丽矣而不能发其意，命意新矣而不能精其辞，皆非其至者，此所以学之者虽多而罕臻其奥也。沈君圣凝少聪慧，有绝人之艺，其为诗尤长于律，排辞比句靓密要妙，往往或出奇巧以惊人目。意之所向，辞亦从之。辞之所就，意在言先。情境妥适，绝无慢声死语。信其天才之高，非近世诗学者所能及也。②

---

① 申钦：《象村稿卷之三十六·书芝峰朝天录歌词后》，韩国古典综合数据库 http://db.itkc.or.kr/index。

② 李德寿：《西堂私载卷之三·悟斋集序》，韩国古典综合数据库 http://db.itkc.or.kr/index。

郑雪谷誧《梁州客馆别情人》诗“五更灯影照残妆，欲话别离先断肠。落月半庭推户出，杏花数点满衣裳。”郑诗尤清绝，能写出一时情境。①

情境之谐和，当以权石洲铧为宗。②

孙景锡《壬辰九日》云“黄花似着伤心泪，白酒还为罕世祥”，张甲奎《送友人客游》云“檐日应空映，园花只独香”，皆情境谐合，讽诵有余韵，世所脍炙。③

《悔轩集》虽是俗下文字，而诗颇曲写情境，文亦切近事务，不害为近世名家。④

挹翠之诗以唐人之情境，兼宋人之事实，其天才绝高处，虽置之中朝诸家，未必多让。⑤

柏谷《田家》诗云：“篱敝翁嗔犊，呼童早开门。分明雪中迹，昨夜虎过邨。”孙必大《田家》诗云：“日暮把锄归，稚子迎门语。东家不慎牛，吃尽溪头黍。”两作俱绝佳，而柏谷之作模写情境逼真，胜于“古木寒烟裹”之句云。⑥

由朝鲜古代诗家对“情境”的理论阐发与实践应用，我们可以看出朝鲜古典诗学对“情境”范畴的重视，也从另一个侧面证明“情境”是朝鲜古典诗学批评中的一个经典范畴。

2. 朝鲜古典诗学批评中的“妙境”

所谓“妙境”，即神奇美妙的境界。作为诗学批评范畴，“妙境”是由“妙”与“境”两个单体范畴浑融而成的复合范畴。关于“妙”与“境”的诗

① 徐居正：《东人诗话》，韩国古典综合数据库 http://db.itkc.or.kr/index。
② 南龙翼：《壶谷诗话》，韩国古典综合数据库 http://db.itkc.or.kr/index。
③ 洪重寅：《东国诗话汇成》，韩国古典综合数据库 http://db.itkc.or.kr/index。
④ 李祢：《日得录》，韩国古典综合数据库 http://db.itkc.or.kr/index。
⑤ 李祢：《日得录》，韩国古典综合数据库 http://db.itkc.or.kr/index。
⑥ 洪重寅：《东国诗话汇成》，韩国古典综合数据库 http://db.itkc.or.kr/index。

学内涵,我们前已论及,此不赘言。就“妙境”一词而言,其词干显然为“境”,“妙”则是对“境”的修饰,用以指明“境”的某种特殊的审美效果。朝鲜古代诗家对“妙境”的理解与运用集中表现在以下两个方面:

其一,朝鲜古代诗家在诗歌创作中,直接流露出对“妙境”的体悟与把握,并传达出其对“妙境”审美价值的认知。如:

山中最深处,妙境可图看。①

羸骖欲出怯深泥,咏罢君诗暗觉凄。妙境自应超色相,天机元不滞荃蹄。②

寓目清诗发,潜心妙境存。③

人寰有深睡,四顾亦悠哉。由来清妙境,非可属如来。④

诗因妙境浑疑幻,酒有奇功不怕寒。⑤

雨度山气佳,鸟集林光暮。芳草暗前阶,白水盈古渡。病余杂虑省,偶与清景遇。真意言已忘,妙境神独悟。徐起理幽屐,道气生步步。吟罢对青山,意中立乔树。谁与共幽情,耿耿抱冲素。⑥

诗中有画画中诗,宇宙长留志士悲。红豆雨销云淡淡,碧芦风定夜迟迟。由苏入杜拈花顷,悟雪听秋证墨时。妙境随吾情性感,篆烟

---

① 金时习:《梅月堂诗集卷之十·诗·游关东录·圆寂庵》,韩国古典综合数据库 http://db.itkc.or.kr/index。

② 张维:《溪谷先生集卷之三十·七律·迭韵赠仲渊》,韩国古典综合数据库 http://db.itkc.or.kr/index。

③ 任埅:《水村集卷之一·诗·马上口占》,韩国古典综合数据库 http://db.itkc.or.kr/index。

④ 金昌翕:《三渊集卷之七·诗·寂照庵示明行》,韩国古典综合数据库 http://db.itkc.or.kr/index。

⑤ 车佐一:《四名子诗集·廿三日宿正方山城伽蓝,共主人次唐人韵》,韩国古典综合数据库 http://db.itkc.or.kr/index。

⑥ 李象靖:《大山先生文集卷之一·诗·斋居夏雨》,韩国古典综合数据库 http://db.itkc.or.kr/index。

初宿紫藤枝。①

借助诗歌创作阐发“妙境”的理念，一方面说明了“妙境”理论的实用性特征，另一方面也说明了“妙境”理念在朝鲜古代诗坛的广泛流播与普遍认同。

其二，朝鲜古代诗家在诗学批评实践中，常常在“妙境”意义上展开对文本形态的鉴赏与批评，并从中揭示出“妙境”的某些特质。

韵书之分声配字，协而成章，诚发泄人文之大机钥尔。虽然字义有限，匠心易局。作者常患不能究极变化，恣肆毫墨，于是有使事庇材之法……若夫词垣之会，拈韵授简，而开卷乍阅则奇思坌涌。妙境神会，押韵愈多而创语愈新，有滚滚百篇之势，其助发鸿藻之力何如哉！②

鸣呼混沌！尔之死矣夫何为？浑之不可复醇兮，琢之不可复医。炼石之巧兮不能补，立极之勤兮无所施。神无力兮帝无功，历万劫兮终无期。赖一脉之未泯兮，得均赋于含灵。能绝利而一源兮，在收视而反听。存妙境于希夷兮，契至精于窈冥。③

书法与诗品画随同一妙境，如西京古隶之斩钉截铁，凶险可畏，即积健为雄之义。青春鹦鹉，插花舞女，援镜笑春之义。游天戏海，即“前招三辰，后引凤凰”之义。无不与诗通，并不外于“超以象外，得其环中”一语。有能妙悟于《二十四诗品》，书境即诗境耳。至若

① 申纬：《警修堂全稿册二十八·覆瓿集七·李小山解元裕新近又入宝苏之室，和余〈赠鄗南〉诗佳甚，复用原韵，以证墨缘》，韩国古典综合数据库 http://db.itkc.or.kr/index。

② 丁范祖：《草涧先生文集附录·大东韵玉序》，韩国古典综合数据库 http://db.itkc.or.kr/index。

③ 张维：《溪谷先生集卷之一·吊混沌氏词》，韩国古典综合数据库 http://db.itkc.or.kr/index。

“羚羊挂角,无迹可寻”自有神解在。神以明之,又非踪迹可觅耳。①

诗固难能,亦难言也。譬诸兵法,如赵括之易言而自以为能者,是未得其妙焉者也。余少时尝从事于诗而不着力,既弱冠成进士便弃笔砚,不敢以是自任。盖知其难能也。间因沈病屏绝人事,颇阅古今诸集,尤好始盛唐诗法。观其体格,究其意趣,稍有所自得。然后益信其难言也。苟非沈潜玩索,顿悟妙境,则固不足道。若一字之未谐,一语之未妥,亦不得为能矣,诗果易言乎哉。②

值妙境则性情自正,音响自谐。③

楚亭之诗才超而气劲,词理明白,亦能记实。尝仿渔洋山人《怀人绝句》例,为当世所见闻名流贤士……此皆快脱尘臼,优入妙境。盖其人品,慨慕古人,艳羡中国。故超悟解脱,语奇思壮如此。④

崔东焕,号华圃,少有诗名闻于汉北,与余同金刚之游。至晚无获,以吟咏游于洛下,一月所得为累百余篇。有曰“鸡鸣远郭霜千树,鹰去长川月一桥”,又曰“千年流水僧无语,四月空山鸟自啼”,自以为透得妙境,不以贫穷介意。以是自喜,老不知止,诗之感人有如是者矣。⑤

《芝峰类说》称浮碧楼、练光亭、百祥楼、统军亭皆西关名胜云云。只若李穑之“城空一片月”,黄元之“长城一面溶溶水”,忠肃王之“草远长堤青一面”,柳成龙之“日落青齐界”之等句,乃谓其题咏

① 金正喜:《阮堂先生全集卷八·杂识》,韩国古典综合数据库 http://db.itkc.or.kr/index。

② 李睟光:《芝峰先生集卷之二十·别录》,韩国古典综合数据库 http://db.itkc.or.kr/index。

③ 李德懋:《青庄馆全书卷三十四·清脾录〔三〕》,韩国古典综合数据库 http://db.itkc.or.kr/index。

④ 李德懋:《青庄馆全书卷三十五·清脾录〔四〕》,韩国古典综合数据库 http://db.itkc.or.kr/index。

⑤ 佚名:《古今诗话》,韩国古典综合数据库 http://db.itkc.or.kr/index。

之最佳者。然以余所见,忠肃王浅稚不足称也,西厓亦非得无语,黄元老仪已经古人评击,惟牧老是唐人妙境。①

金千龄《永济道中》诗曰“羸马凌兢驿路赊,隔林猇吠是谁家。黄昏月落郊原黑,认得前村荞麦花”,结语入妙境,未尽磨炼。②

通过以上两个方面的评介,我们可清楚地发见,朝鲜古代诗家无论是在诗歌创作过程中,还是在诗歌欣赏与批评之际,他们于有意无意间揭示出了“妙境”所具有的两个特质:一是“清”,如“寓目清诗发,潜心妙境存”“由来清妙境”等;二是“神”,如“真意言已忘,妙境神独悟”“妙境神会”“神以明之,又非踪迹可觅耳”等。

3. 朝鲜古典诗学批评中的“神境”

所谓“神境”,即神妙的意境,在词语构成上以“境”为词干,“神”则是“境”的修饰成分,用以指称“境”的神妙程度或状态。朝鲜古代诗家有时也乐于以“神境”作为诗学批评的一个尺度标准,如申钦在论说苏轼诗歌时曾言:

东坡诗文俱神境也,世之学唐者常訾之,若简摘其艳丽,略为数卷书行于世。何渠不若唐家时世妆耶?只以家数甚大,埳井之见,有望洋之叹尔。如《四时词》置之唐集,则温、李未必为前茅。每咏其《绝句》,“梨花淡白柳深青,柳絮飞时花满城。惆怅东栏一株雪,人生看得几清明”,其俛仰迁逝之意寓于风花烟柳之间,可谓十分地位。其《过巫山用杜子美韵》曰:“巴俗深留客,吴侬但忆归。直知难共语,不是故相违。东县闻铜臭,江陵换夹衣。丁宁巫峡雨,慎莫暗

① 金渐:《西京诗话》,韩国古典综合数据库 http://db.itkc.or.kr/index。

② 《东诗丛话》,韩国古典综合数据库 http://db.itkc.or.kr/index。

> 朝晖。"太逼杜家，苟非易牙之口，难辨其为淄为渑。①

申钦认为苏轼诗歌的主要审美价值在于其有"神境"，因苏轼诗歌作品具有"神境"的特质，所以，从诗歌艺术上看，苏诗的审美价值可与杜甫诗歌相媲美。

朝鲜古代诗家对"神境"的理解与阐释也是多元视角并存的，如朝鲜朝诗家申光洙在其《赠申鹏举序》中言：

> 诗有神境，是物也寓于无形之中，忽然而来，忽然而逝，遇之而若可见，即之而无所得。譬如野马烟波，袅娜渺茫，远望可见，薄而视之则虚空也。然此在作者自得之，难以言语形容之也。故父不得以与诸子，兄不得以与诸弟，他人无得以与也。②

申光洙是从"神境"本身的性质着眼，揭示出了"神境"在构成及运行中的某些特性。"是物也寓于无形之中""难以言语形容"之谓，是言"神境"自身构成方面的特色。"忽然而来，忽然而逝，遇之而若可见，即之而无所得""远望可见，薄而视之则虚空也"之论，则形象地概括出了"神境"展开之特点。

更多的朝鲜古代诗家，则立足于主体诗人的视角，从"神境"的创造方面切入，进而发掘出"神境"的某些特质，如其所言：

> 故长于文者不必诗，长于诗者不必文。盖神境难造，才力有限，不专则无以为宝于后也。今人则以无能为役于古人之才，所歉者一

① 申钦：《象村稿卷之五十一·漫稿中·晴窗软谈》，韩国古典综合数据库 http://db.itkc.or.kr/index。

② 申光洙：《石北先生文集卷之十五·赠申鹏举序》，韩国古典综合数据库 http://db.itkc.or.kr/index。

艺，所艳者众长。窥斑于东，尝胾于西。问其业则若不专一能，考其成则糟粕之葫芦之画。此无他，不专故也。①

贯华堂曰："文章有圣境、有神境、有化境，匪有一副大经济、大议论、大才情者，圣境不可到，神境不可知，化境不可为。"余读古欢堂，以为信然。②

凡文字能于笔墨之外，言所欲言者，意匠深远，神境旷爽，然后得之。此非徒古文古诗为然，士之攻乎科程文字者亦复如此……司马子长陋六艺之游，而博其游于山水，灵心洞脱，孤游浩杳，笔墨之外能言其所欲言。虽无先王六艺之学，亦能深远其意匠，爽朗其神境，诚可谓壮于游矣。今诗赋四六皆乐之流，而论策义疑亦古六艺之遗旨也。苟能游心于笔墨之外，不束缚驰骤，乐而无厌，优游而入之，如古人之游于艺，则其为文字也恢其神境，廓其意匠，精华甚充，颜色甚悦。出而耀于人，未有不目瞠而口呿者。③

朝鲜古代诗家所谓的"神境难造，才力有限，不专则无以为宝于后也""凡文字能于笔墨之外，言所欲言者，意匠深远，神境旷爽，然后得之"，以及引用中国古代诗家金圣叹"匪有一副大经济大议论大才情者，圣境不可到，神境不可知，化境不可为"等论断，都旨在强调主体诗人独具的才力、才情与才思等创作个性，对"神境"塑造与构成的潜在制约与影响，这深刻地揭示出了"神境"因人而异的个性特征，正如朝鲜古代诗家所言"故父不得以与诸子，兄不得以与诸弟，他人无得以与也"。

也有一些朝鲜古代诗家从书画层面着眼，认为诗、书、画虽使用媒介

---

① 蔡济恭：《樊岩先生集卷之三十二 · 龟洲集序》，韩国古典综合数据库 http://db.itkc.or.kr/index。

② 成周永：《古欢堂诗稿卷之七 · 柳洋漫赏集题词》，韩国古典综合数据库 http://db.itkc.or.kr/index。

③ 李种徽：《修山集卷之四 · 六游堂记》，韩国古典综合数据库 http://db.itkc.or.kr/index。

不同，虽表现为不同的艺术样式，但在“神境”之审美效果上是一致的。如金正喜所言：

御扁双擎奉揽，龙章系是初观。历代帝王家法书阅已多矣，未闻晋词之铭蟋蟀之篇，有似西京古法。钦阮百回，琮趣千载，奚止于一段鸭水。天纵之圣，固当如是。人工之妙，特造神境，又非俗谛凡观所敢窥测其万一。吾辈之得于奎文晟运，亦欧虞诸人所未有耳。不敢久留于旅次，因伻恭还，都留不备。①

钱侍郎画兰，近世宗之，入于神境。当与书家之石庵并称，以赵子固之笔左出，赵鸥波之三转而妙，为真诀秘谛焉！②

在朝鲜古典诗学批评中，把“神境”作为一个经典范畴而对其进行全面阐释与发掘的，则是朝鲜朝诗家李种徽，他在《秦汉文粹序》一文中，对“神境”范畴展开了多元、多视角的阐微探幽。

凡物备而后乃成，匏土革木金石丝竹，一不和则非乐也；青黄黑白赤，一不调则非采也；甘苦酸咸辛淡，一不均则非味也。至于文亦然，理致也、才格也、神境也，亦一不备而文不成。夫理致也、才格也、神境也者，我所自有而亦不能不有待也，其待蛇蚹耶？蜩翼耶？盖尝论之，理致生于学，才格生于人，神境生于山川风土。三物备而文有本，其出不竭而变亦无穷，此所以为有待也。然其得于山川风土人物者，常十之五六，而欲以学求之者，世或比之干萤老蠹，以其流动之体猝不可得诸古纸堆中者故也。是故，东人为文多局于山川风土人物，

① 金正喜：《阮堂先生全集卷四・与南圭斋〔二〕》，韩国古典综合数据库 http://db.itkc.or.kr/index。

② 金正喜：《阮堂先生全集卷六・题吕星田画梅兰菊竹帧》，韩国古典综合数据库 http://db.itkc.or.kr/index。

> 以其登眺,则无华之秀、岱之圆、天台之岩、峨嵋之削……其造语也,恒患于固陋。而其取材也,恒苦于枯寂。其欲依样而模画之者,类皆手涩而眼生,此所以文成而无流动之体也。然秦汉以后,能有神境惟昌黎得其二三,而柳子厚山水诸记与李杓直等数书亦颇流动。宋六家六一与长苏最有神境,而余子百篇或有数首之近似,而皇明诸家又不足以语此。然则其有神境者,虽华人难得如此矣。尝观秦汉之文,以神境而生理致,理致与神境合而材格自成。是以,神境全而三者亦无不备,此其所以为至也……所谓神境者,如可文字间得之,则此其门户也,基址也。然是书之入东方,自高句丽同文魏晋而家诵户习,以至今日卒不得其仿佛,则所谓蛇跗也、蜩翼也,将无足以为待耶?其亦为山川之所局,果不能以生神境耶?然苏子瞻蜀人也,子云,相如亦蜀人也,其为文章盖已得之蜀中十之八九。则高丽与蜀犹之中原之外也,使其有子长,凡在三韩之南。其峭竖而奇拔者皆可以为吴楚也,峡束而矶激者皆可以为巫巴也。浿萨之口,汉带之间,其浩淼而横驶者亦皆可以为江淮河汉也。鸡林、泗沘、东州、武陵、崧阳、乐浪之墟,其荒烟零落,池台平而草树没者,又无非登眺感慨吊古伤远之迹,则是无之而不神境也,而亦无之而非操毫之士。然卒不近似者,是无子长而已也!①

这完全就是一篇有关于"神境"范畴的专论文章,论者不仅从不同艺术形式、不同地域特色、不同作家的个性等宏观层面,也从文本本身的话语使用、形式体制、形态风格等微观层面,鞭辟入里地分析了"神境"的诸多特性。由此可见,朝鲜古典诗学对"神境"的理论阐释是颇为丰富与完善的。这也从另一个层面反映出,"神境"是朝鲜古典诗学批评中的一个经典范畴。

除上述"情境""妙境"与"神境"外,朝鲜古典诗学批评中的"境"范

---

① 李种徽:《修山集卷之二·秦汉文粹序》,韩国古典综合数据库 http://db.itkc.or.kr/index。

畴序列还有“意境”(此范畴在中国古典诗学中极为活跃,而在朝鲜古典诗学中则显得颇为冷寂,故未专门言之)、“化境”“佳境”“悟境”及“境界”等范式,也往往被朝鲜古代诗家用于具体的批评实践之中。但这类范畴与前三者相比,其经典性要相对弱化一些。然而,它们的存在也是不容忽视的,正是由于它们的存在,才丰富了朝鲜古典诗学中的“境”范畴群,也进而增添了朝鲜古典诗学的光彩。

4.“境”的经典呈示形态——“浑融”

“浑融”即浑合、融合之意,意谓不同事物相融会而不外显的状貌。作为一个诗学批评范畴,它在朝鲜古典诗学批评中的使用频率并不是很高。同时,“浑”与“融”亦可各自作为独体范畴而存在。我们前面所指涉的不管是“情境”“妙境”“神境”,还是“意境”“化境”“悟境”及“境界”等,作为“境”的下位范畴,它们都暗含着主体与客体的有机融合。我们在此捻出“浑融”范畴,意在以其描述“境”的下位范畴中主客融合的情形与程度,以“浑”称谓主客相遇的现象事实,以“融”称谓主客相遇后理想之和合程度,“浑融”即是指称各类“境”之经典呈示范型,它也是各类“境”之勃勃生机的具体呈示。朝鲜古代诗家无论是在诗歌创作中,还是在诗学批评中,都自觉不自觉地流露出这样的自觉意识。如其所言:

> 情境自融谁领得,古来抗志在衰迟。①
>
> 元有天下,四海既一,三光五岳之气浑沦磅礴,动荡发越,无中华边远之异。故有命世之才杂出乎其间,沈浸浓郁,揽结粹精,敷为文章,以贲饰一代之理,可谓盛矣!②
>
> 造化本无心,何常有所弄?不屈与愈出,只在虚而动。有名万物

---

① 李穑:《牧隐诗稿卷之九·诗·咏菊》,韩国古典综合数据库 http://db.itkc.or.kr/index。

② 李穑:《牧隐文稿卷之七·益斋先生乱稿序》,韩国古典综合数据库 http://db.itkc.or.kr/index。

母,真宰乃宗总。融者自为流,结者自为壅。①

怀贤期要妙,遇境兴圆融。②

秦汉以前其气浑然,曹魏以降光岳气分,规模荡尽,文与理固蓁塞也。唐兴,文教大振,作者继起,初各以奇偏仅能自名,逮至李杜韩柳,然后浑涵汪洋,千汇万状,有所总华。宋之欧苏亦能奋起,追轶前光。呜呼盛哉!吾东方牧隐先生质粹而气清,学博而理明,所存妙契于至精,所养能配于至大。故其发而措诸文辞者,优游而有余,浑厚而无涯。其明昭乎日星,其变骤乎风雨。岿然而崒乎山岳,霈然而浩乎江河。贲若草木之华,动若鸢鱼之活,富若万物各得其自然之妙。③

为文章不事雕饰,而浑浩圆融,自成一体。④

方其意与境会,赏与心融也。⑤

诗歌之妙与山水相通,夫清迥峻茂,奇丽幽壮,其为态多变,其为境难穷,望之而神耸,即之而圆融。此山水之胜也,而诗歌亦然。故二者相值而精气互注焉,景趣交发焉,是固有莫之然而然者矣。⑥

上引诗句或言论,如"情境自融谁领得""三光五岳之气浑沦磅礴,动荡发越,无中华边远之异""融者自为流,结者自为壅""其气浑然""浑涵汪洋,千汇万状,有所总华""浑厚而无涯""浑浩圆融,自成一体""意与境

① 车天辂:《五山先生续集卷之一·次药圃见赠韵》,韩国古典综合数据库 http://db.itkc.or.kr/index。

② 金昌翕:《三渊集拾遗卷之七·诗·与玄君守中游清平》,韩国古典综合数据库 http://db.itkc.or.kr/index。

③ 权近:《牧隐先生文集序》,韩国古典综合数据库 http://db.itkc.or.kr/index。

④ 李玄逸:《葛庵先生文集卷之二十六·先兄将仕郎庆基殿参奉存斋先生行状》,韩国古典综合数据库 http://db.itkc.or.kr/index。

⑤ 崔昌大:《昆仑集卷之十四·榆岾寺重建募缘文》,韩国古典综合数据库 http://db.itkc.or.kr/index。

⑥ 金昌协:《农岩集卷之二十一·俞命岳、李梦相二生东游诗序》,韩国古典综合数据库 http://db.itkc.or.kr/index。

会，赏与心融也”与“其为境难穷，望之而神耸，即之而圆融”等，都在不同侧面上以“浑”或“融”来指称文本形态中主客交汇后的理想图景，“浑浩圆融”之谓即简称“浑融”。由此可见，“浑融”范畴在朝鲜古典诗学批评中的使用频率虽不甚高，但仍为诸多诗家所重视，又由于它可以形象而传神地描摹出主客因素在“境”中的最佳融合状态，故此，我们也把它视为朝鲜古典诗学批评中的一个经典范畴。

但是，在朝鲜古代汉文化语境中，“浑融”更多的是被当作一个哲学范畴来使用，用以指称“理”与“气”融合的理想状态。如朝鲜古代诗家所言：

理气浑融元不相离。心动为情也，发之者气也，所以发者理也。非气则不能发，非理则无所发，安有理发气发之殊乎？①

理气之分，正在通局之间，今曰“非惟理通，气亦有通”恐未安。理者，浑融无隔碍而不止，联属无间断者也。气者，联属无间断，而不能浑融无隔碍者也。若但联属无间断而亦可谓通，则理之得为通初不在此，若必浑融无隔碍而方得为通，则气而谓之通。焉可乎哉？理虽若有终始彼此之差别，而始之理实是终之理，彼之理实是此之理，此之谓浑融无隔碍也。气虽亦终始彼此之联属，而始之气不是终之气，彼之气不是此之气，焉得为浑融无隔碍哉？②

太极之理、在于大者谓之理，天理之赋于人者谓之性，合性与气为主宰于一身者谓之心，心性发之于外者谓之情。性是心之体，情是心之用。盖理气浑融元不相离，而其动而发者气也，其所以动而发之者理也。非气则不能发，非理则无所发，理气交发之论不成道理也。

① 李珥：《栗谷先生全书卷之十四·人心道心图说》，韩国古典综合数据库 http://db.itkc.or.kr/index。

② 金昌缉：《圃阴集卷之五·理气辨》，韩国古典综合数据库 http://db.itkc.or.kr/index。

是以,人心道心之异者,亦非有理气互发也。道心亦不离乎气,而其发也为道义,故属之性命。人心亦本乎理,而其发也为口体,故属之形气,方寸之中岂有二心?①

"理气浑融元不相离",这几乎是朝鲜古代诗家的普遍共识,同时,他们也强调主体的心、性、情等内在本质的外显,同样受理气的统摄。"理"与"气",一个主内,一个主外,二者结合的理想状态就是"浑融"。而主体的心、性与情虽是内在的,但当其与外在对象相接触时,也就必然面对主客如何相处的抉择。无疑,主客相交相合的最佳程度也是"浑融",其中"浑"显示出主客碰撞时的无序与混乱之状态,"融"则指称物我不分的效果。所以,"浑融"(有时也称"混融"或"融浑")一语在一定程度上蕴蓄着某种生命的张力,彰显着个体生命的骚动与律动,它是一个流溢着生命活力的经典范畴。在朝鲜古代诗家的诗歌创作与批评中,我们很容易体悟到这一点。

首先,朝鲜古代诗家在其诗歌创作中,流露出"浑融"的诗歌形态理念,如其在诗歌中写道:

区区一国讵能容,为子须营天地笼。道气自冲风可驭,世缘都尽雪浑融。云何及此悬车境,无故还为失马翁。果若腾装春草绿,忍看含泪露桃红。雨云翻覆回头顷,日月亏盈转眼中。姑且小留徐俟变,莫凭鲈脍去江东。②

金刚全体在先生,吐出奇辞昔作评。郑敾画神方有敌,槎川诗健未能争。应从妙境浑融意,将与灵山共敝名。病枕欣然看海岳,少文

① 俞棨:《市南先生别集卷之七 · 杂识〔八十三条〕》,韩国古典综合数据库 http://db.itkc.or.kr/index。

② 李奎报:《东国李相国全集卷第五 · 古律诗 · 次韵朴学士和笼字韵诗来赠》。

休道卧游情。①

一朝洞会胸中豁，凑合圆浑融万殊。②

朝鲜古代诗家所谓的“应从妙境浑融意，将与灵山共敞名”与“一朝洞会胸中豁，凑合圆浑融万殊”既是诗歌语言，也是诗学理念的传达。以诗歌形式寓涵着诗人对“浑融”诗学的深入思考，这也在一定程度上彰显了东方诗学形式的独特性，诗歌创作与诗学理念的表露交相辉映且相映成趣。

其次，朝鲜古代诗家主要是在诗歌批评实践中，通过对具体诗人诗作的审美观照，突出其对“浑融”诗学的诗性追问。如其所言：

余从曹汝益得其诗二卷，盖遗失三卷，而余存者只此。读之，遒切简重盖出于黄陈而微秾，比诸太虚则浑融过之。所乏格也、响也、藻也，其亦国朝名家哉！③

公才格天得，俊厉横放，有宁瑕而璧、宁蹶而千里之意，文艺固秀拔矣。既又从事于先生长老之门，刻苦力学，深透理义之奥，观乎旅轩、苍石之所称许而可知也。盖敛其气于规矩践履之间，而诗文亦济以典重平实。然其英华逸发，自露天机，惜也天不与年，使未底乎浑融神化之境。④

清札枉已多日，而冗扰稽谢乃尔，是岂可与论诗乎？示喻欲深究此道，溯自删后，贯乎三唐，而浑融成一家，诚不可草草为也。⑤

---

① 朴准源：《锦石集卷之四·诗·偶阅渊翁集，见题金刚内外山图，欣然有赋》，韩国古典综合数据库 http://db.itkc.or.kr/index。

② 李恒：《一斋先生集·诗·赠白秀才》，韩国古典综合数据库 http://db.itkc.or.kr/index。

③ 许筠：《惺所覆瓿稿卷之五·文部二·题适庵遗稿序》，韩国古典综合数据库 http://db.itkc.or.kr/index。

④ 李玄锡：《游斋先生集卷之十六·松巢集跋》，韩国古典综合数据库 http://db.itkc.or.kr/index。

⑤ 金昌翕：《三渊集卷之十九·答朴泰观》，韩国古典综合数据库 http://db.itkc.or.kr/index。

窃谓诗者，出于性情，达乎声音，讽之自然，有神动天随之妙者，斯为至矣！若夫务奇巧为险涩语，以人所难解为工，非知诗者也。故其所以自勉，格取高，调取逸，意取远，辞取洁，以寻古作者门路之正。斟酌古今，激扬清浊，浑融变化，合为一格，不出于唐杜之间。此非敢曰能之，其意则然矣。①

栗谷先生论花潭曰："微有说气为理之病。"至于《大学小注》，陈北溪驳之曰："理气元不相离，非有合也。"又闻尝论《太极图说》"妙合而凝"，不如朱子"浑融无间"之说也，后世必有知其解者矣。②

金（节斋宗瑞）李（月沙廷龟）二公格力浑融，欲逼开元，孤舟以下，音调浏亮，绝似元和，亦时代使然耳。③

又见曾若，其诗盖以浑融圆熟为主意。余曰："文章不必专主一门，随地从心。有时以险媚，有时以险怪，有时以新奇，有时以平易。或洪或纤，或浮或沉，但不失古人之旨，而其变化伸缩在吾手中也。失古人之旨则杂说也，而非好文章也。"仍指盆菊曰："此其或斜或立，或仰或偃，黄花绿叶紫茎白根厥状多方，不可谈悉，毕竟菊也。凡物皆可类推矣。假使吾为唐，人为宋，则责人之不如吾之为唐也而为宋乎。则岂公论哉？"曾若曰："唯。"④

邵雍，字尧夫，晚喜为诗，平易浑融，造诣理奥，有《击壤集》二十卷。⑤

"别离三载始相逢，往事悠悠似梦中。毁誉是非身尚在，悲欢出处道还同"（按：时公归自会津谪所而作）。后人评曰："此二句词意

---

① 洪世泰：《柳下集序·自序》，韩国古典综合数据库 http://db.itkc.or.kr/index。

② 郑弘溟：《畸翁漫笔》，韩国古典综合数据库 http://db.itkc.or.kr/index。

③ 金渐：《西京诗话》，韩国古典综合数据库 http://db.itkc.or.kr/index。

④ 李德懋：《青庄馆全书卷之六·婴处杂稿〔二〕·观读日记》，韩国古典综合数据库 http://db.itkc.or.kr/index。

⑤ 李德懋：《青庄馆全书卷之二十四·编书杂稿〔四〕·诗观小传》，韩国古典综合数据库 http://db.itkc.or.kr/index。

浑融，咀嚼有余味，洗尽前古骚人迁谪中酸苦之语。”①

朝鲜古代诗家所谓的“比诸太虚则浑融过之”“浑融神化之境”“贯乎三唐，而浑融成一家”“斟酌古今，激扬清浊，浑融变化，合为一格，不出于唐杜之间”“浑融无间”“格力浑融，欲逼开元”“其诗盖以浑融圆熟为主意”“平易浑融，造诣理奥”及“词意浑融，咀嚼有余味，洗尽前古骚人迁谪中酸苦”等批评话语，都在不同层面上指出了主客“浑融”的诗“境”，所蕴藉的综合性审美效应与含蓄圆妙的审美效果。

当然，朝鲜古代诗家的诗学批评绝不仅仅以“浑融”称谓诗境中主客完美合一的风格样貌，也有一些与“浑融”在这一意义上几乎具有同质性之范畴，如“浑厚”范畴的使用：

历数东方绝唱，有曰近代诗浑厚如遁村“焚香祈道泰，对食愿年丰”“雁声落日江村晚，闲咏新诗独倚楼”，沉痛如遁村“晚来江上风波恶，何处深湾系钓舟”，豪壮如遁村“待得满船秋月白，好吹长笛过江楼”，闲适如遁村“安得卜邻成二老，杏花春雨耦而耕”，枯淡如遁村“瘦马鸣西日，羸童背朔风”。②

其文典重简雅，诗尚宋调，平铺浑厚，可以仿想其气象。③

可见所造之深，所守之确，而仰不愧天，俯不怍人矣。唯其存于中者如此，故发而为文章者雄深而雅健，浑厚而和平，爱君许国之意溢于言词之表。其有关于人伦世教为甚大，岂止辞语之精、声律之工

① 郑道传：《三峰集卷之二・七言律诗・原城同金若斋见按廉使河公、牧使偰公赋之》，韩国古典综合数据库 http://db.itkc.or.kr/index。

② 李必行：《遁村杂咏补编・师友渊源录》，韩国古典综合数据库 http://db.itkc.or.kr/index。

③ 李景在：《浩亭先生文集序》，韩国古典综合数据库 http://db.itkc.or.kr/index。

而已哉?①

吾东方牧隐先生质粹而气清,学博而理明。所存妙契于至精,所养能配于至大。故其发而措诸文辞者,优游而有余,浑厚而无涯。②

故言公者,言公之道德政事而不言文章。公亦以经济致理为急务,而不雅尚文藻。留意著述,随作而弃之。然当时词命多出其手,浑厚醇正,发越以肆,不求工而益工,不求奇而自奇。③

其为诗文优游浑厚,法律森严,少处浊世,自鸣其胸中之蕴。④

李东岳学士诗格浑厚秾丽,实罕世之才,佳作不可胜记。⑤

有时"圆融"也有与"浑融"及"浑厚"一样,彼此可以互换,用以指称诗歌之"境"的美学张力。如其所言:

傲吏停琴意,观鱼与客同。日斜波潋滟,烟澹树青葱。未觉闲忙异,真成物我空。何论汎江胜,小大境圆融。⑥

则彼仲尼之登岱,濂溪之濯缨,亦何为也?岂皆舍其内养而徇于外境者乎?以吾之真乐会天地之佳界,内外圆融,其乐益深,何彼此相易之有?自有藩篱,深藏一室,惟恐山水之夺吾乐,其意似广而实

① 权采:《圃隐先生诗卷序》,韩国古典综合数据库 http://db.itkc.or.kr/index。

② 权近:《阳村先生文集卷之二十 · 恩门牧隐先生文集序》,韩国古典综合数据库 http://db.itkc.or.kr/index。

③ 洪应:《保闲斋集序》,韩国古典综合数据库 http://db.itkc.or.kr/index。

④ 金宗直:《占毕斋文集卷之一 · 亨斋先生诗集序》,韩国古典综合数据库 http://db.itkc.or.kr/index。

⑤ 梁庆遇:《霁湖集卷之九 · 诗话》,韩国古典综合数据库 http://db.itkc.or.kr/index。

⑥ 金昌翕:《三渊集卷之八 · 诗 · 濠上亭赠李使君子文》,韩国古典综合数据库 http://db.itkc.or.kr/index。

狭，似通而实滞矣。①

盖子平诗简洁如其人，脱去陋俗。其遒丽典正本之唐人，而晚又取裁于诚斋、后村之间，圆融有味，殆欲无遗恨。文亦清修雅健，与诗为两至，往往机妙发见，神致萧散，非近世之所有。②

上引朝鲜诗家所言诗文作品形态的“平铺浑厚”“浑厚而和平”“浑厚而无涯”“浑厚醇正”“优游浑厚”“浑厚秾丽”，以及诗文作品形态的“小大境圆融”“以吾之真乐会天地之佳界，内外圆融，其乐益深”“圆融有味”等评语，实质上，都是立足于不同的视角揭示出了文学之“境”中主客因素“浑融”的状态与程度，也就是说“浑厚”“圆融”与“浑融”三者虽取向不同，但在揭示诗“境”的构成功能方面，具有同样的功能。只不过“浑厚”与“圆融”对诗“境”的描摹，远不如“浑融”更为形象与贴切罢了。

总而言之，在文本形态论意义上，朝鲜古典诗学批评中的“浑融”是描摹文学之“境”的一个最为经典的表现形态，因此，也可以说“浑融”是朝鲜古典诗学批评的一个经典范畴。

通过上面的分析，我们可以确证，“浑融”是称谓文学之“境”的经典范式。既然如此，那么，文学之“境”的“浑融”又是如何实现的呢？对此，朝鲜古代诗家主要梳理出三条路径：

其一，是“心”与“境”的浑融。李穑言，“金刚在吾心，心与境何异”③，河仑言，“心与境静，而往往有得其道者”④，权近言，“心与境会，三

① 金昌翕:《三渊集卷之二十六·溪谷漫笔辨》，韩国古典综合数据库 http://db.itkc.or.kr/index。

② 尹凤朝:《圃岩集卷之十二·顺庵集序》，韩国古典综合数据库 http://db.itkc.or.kr/index。

③ 李穑:《牧隐诗稿卷之二十二·诗·自宽》，韩国古典综合数据库 http://db.itkc.or.kr/index。

④ 河仑:《浩亭先生文集卷之二·送枫岳僧序》，韩国古典综合数据库 http://db.itkc.or.kr/index。

复吟已”①，金榦言，“心与境会，发于吟咏，摹写甚工，趣味无穷”②“心与境遇，其感也深”③，等等，都旨在强调主体内在之“心”与诗歌外在之“境”的互渗互融，是造成诗“境”之“浑融”的一个必然途径。

其二，是“神”与“境”的浑融。还有一些朝鲜古代诗家则从主观之“神”与客观之“境”的妙合无垠着眼，探寻达于文学之“境”诗意“浑融”的幽深曲径。如朝鲜古代诗家所言“挹翠神与境造，格以韵清，令人有登临送归之意”④“子厚山水记皆神与境会，都在笔墨蹊径之外，自有不昧者存。”⑤“浏浏郎郎，澹澹澄澄，境与神会，神与笔应而发之”⑥“融化屈折，各有体裁，往往情艳机动，境与神会，若笙磬相宜而有遗音”⑦“故神与境得，心与象虚，真趣盈溢，意到而声通矣”⑧“若不用心目而超绝境外者，惟神是已，譬犹镜之虚明而物来自照，森罗万像，莫逃其真，此神之妙也”⑨，等等。

其三，是“意”与“境”的浑融。朝鲜古代诗家亦有从“意”与“境”的层面开辟“境”之“浑融”的蹊径，如朝鲜朝李景奭言：“意与境会，文质彬

---

① 权近：《骑牛先生文集卷之二 · 诸贤唱酬》，韩国古典综合数据库 http://db.itkc.or.kr/index。

② 金榦：《厚斋先生集卷之一 · 诗 · 次三田浦李都事观鱼亭韵》，韩国古典综合数据库 http://db.itkc.or.kr/index。

③ 金允植：《云养续集卷之二 · 兰居诗钞序》，韩国古典综合数据库 http://db.itkc.or.kr/index。

④ 李祘：《弘斋全书卷百六十一 · 日得录一 · 文学》，韩国古典综合数据库 http://db.itkc.or.kr/index。

⑤ 金允植：《云养集卷之十四 · 八家涉笔上》，韩国古典综合数据库 http://db.itkc.or.kr/index。

⑥ 申钦：《象村稿卷之五十 · 漫稿上 · 晴窗软谈》，韩国古典综合数据库 http://db.itkc.or.kr/index。

⑦ 李植：《泽堂先生别集卷之五 · 玄洲集叙》，韩国古典综合数据库 http://db.itkc.or.kr/index。

⑧ 郭钟锡：《俛宇先生文集卷之百三十五 · 俭岩诗集序》，韩国古典综合数据库 http://db.itkc.or.kr/index。

⑨ 金允植：《云养续集卷之二 · 兰居诗钞序》，韩国古典综合数据库 http://db.itkc.or.kr/index。

彬，气豪而程古，调谐而造理。”①

可见，朝鲜古典诗学认为，主体方面的“心”“神”“意”与客观存在的“境”的融会贯通，是文学之“境”达于“浑融”的必由之路。

综括全章，我们对朝鲜古典诗学批评在文学文本层面上的经典范畴的阐释逻辑是：经由文本形态的“声色”“格调”“韵致”与“意境”角度切入文学文本的“体”，进而清楚地感知到这四类文本形态之间有着密切的意义关联与逻辑递进关系，同时，它们又各自对应着特定的风格范畴。这种对应在一定程度上恰恰说明了朝鲜古代汉文学文本风格的范畴类型虽丰富繁杂，但仍可进行归类并使之系统化。虽然有些范畴，我们并未论及，但从其内在逻辑推衍，可概括如下：

文本之“声色”讲究“警”“圆”“清”的特质，其肯定性的风格类型有“精警”“圆朗”“整齐”“鲜明”“哀急”“清华”等；不言而喻，与之相反的否定性风格类型则应为“晦”“俗”“繁碎”“衰讽”等。

文本之“格调”追求“高古”的美质，其肯定性的风格类型有“雄深”“逸雅”“峭拔”“浑老”“闲雅”“劲健”等，与之相对的否定性风格类型则有“浅切”“卑弱”“滑利”“平衰”“切近”“板拙”等。

文本之“韵”强调“韵致”的意味，追求“清远”的美感，其肯定性的风格类型有“澄淡”“玄淡”“简约”“温润”“超朗”等，而与之相对的否定性风格类型则有“昏浊”“繁实”“尽”“露”“滞浊”等。

文本之“境”追求“浑融”的境界，其肯定性的风格类型有“深厚”“质实”“宏壮”“深静”“神奇”“圆融”等，而与之相对的否定性风格类型则有“浅促”“平庸”“隘小”“狭窄”等。

以上四个方面的诗学范型互相影响，交互作用，进而交相辉映，因此造就了文学文本多姿多彩的风格样貌与含蓄蕴藉的生活图景，它更是朝鲜古典诗学批评范畴体系化的有力佐证。

---

① 李景奭：《北渚先生集序》，韩国古典综合数据库 http://db.itkc.or.kr/index。

第七章　朝鲜古典诗学的接受论范畴

就文学自身的规律性而言,也就是从文学的内部来看,所有的文学理论都可以归结为两大方面:即文学的创作论与文学的接受论。文学创作论是以文学的创造者——作家或诗人为中心,探究作家或诗人应如何更好地创作文学文本;文学接受论则是以文学的接受者——读者为中心,探析读者应怎样更有效地鉴赏与批评文学文本。作为文学的两端,二者交集之点就是文学文本,因此,文学创作与文学接受在理论上也互渗交糅,因为它们的旨趣最终都聚焦于文学文本。从这个意义上看,朝鲜古典诗学批评的创作论范畴与文本论范畴大部分也都适用于阐释文学接受的相关问题,如创作论中的“兴味”“天机”“妙悟”等范畴及其序列,对于揭示接受主体的接受心理与接受动机,有一定的启示;而文本论中的“声色”“格调”“韵”“境”等范畴及其序列,对于挖掘接受对象的“召唤结构”是十分必要的,甚至其中的一些范式本身就是朝鲜古代接受论的经典范畴,如“味”与“悟”等。所不同的就是切入的视点有别,进而导致诗学价值取向的相异。

在某种意义上,可以说朝鲜古典诗学是朝鲜古代文人对作家、作品展开鉴赏与批评的结晶。在这些丰富的理论成果中,有一部分是特别针对鉴赏与批评本身而言的,通常称之为鉴赏论或批评论,我们在此则称之为“接受论”。同本质论、创作论与文本论一样,在朝鲜古典诗学批评的接受论中也有一系列活跃的概念与范畴,众多的观点与主张凝聚为一个或几个意义精深、包蕴丰富的经典范畴，它们连缀着朝鲜古代文人对文学创作认识的主体部分，成为构筑朝鲜古典诗学批评范畴体系的主要一环。

在接受美学的意义上，文学作为一种接受活动首先必须有接受对象——文学文本，其次要有接受者——读者，而且二者之间应形成一种隐性的感应关系，也就是作为被接受的文学文本的“召唤结构”与作为接受主体的读者的“期待视野”①必须相适应，也就是说文本的“召唤结构”在某种程度上能够满足读者的“期待视野”。因此，文学的接受活动就是读者以其潜在的“期待视野”为基础，借助一定的文学批评方式及方法，解构文学文本“召唤结构”的过程。

将接受美学的理念融入朝鲜古典诗学批评的实践，意味着朝鲜古代文学接受的发生，要求文学文本有“味”道（即召唤结构），诗家（即接受者、批评主体、读者）要有能力以什么方式介入文本，并借助什么方法“悟”出文本的“味”道。文学文本的“味”道，即我们前面论释的文本在“声色”“格调”“韵致”与“境”等方面集中呈示出来的风格魅力，此不赘言。在此，我们将着重探究诗学批评的主体是以什么方式及方法展开诗学批评的。

在文学接受或文学批评的方法论意义上，我们发现朝鲜古代诗家在接受或介入文学文本的方法上，形成了“观”（涵括“博观”“通观”“谛观”与“深观”等范畴）、“味”（涵括“寻味”“熟味”“玩味”“谛味”与“深味”等范畴）、“悟”（涵括“妙悟”）等范畴及其序列。同时，这些方法的运用与主体自身的素养密切相关。也就是说，作为批评主体的读者，自我的文化修养与才学决定着其“妙悟”文本之“味”的程度和水平。

---

①　是接受美学的术语，由德国接受美学的代表之一尧斯提出。指接受者由现在的人生经验和审美经验转化而来的关于文本形式和内容的定向性心理结构图式，它是审美期待的心理基础，大体上包括三个层次：文体期待、意象期待、意蕴期待。这三个层次与文本的三个层次是相对应的。接受者的“期待视野”不是一成不变的，每一次新的文学接受，都要受到原有的“期待视野”的制约，然而同时又都在修正拓宽着“期待视野”。因为任何一部优秀文本都具有审美创造的个性和新意，都会为接受者提供新的审美经验。

第一节　朝鲜古典诗学规范文学接受主体的范畴

在接受美学意义上，一个完美的文学接受活动的发生，对接受主体有着更高的要求：即作为接受主体的读者在面对具有“召唤结构”的文学文本时，他应具备相应的审美判断力，能够对文学文本作出具有一定水准的评判。在朝鲜古典诗学批评语境中，所谓接受者的审美判断力，就是古代诗家在其“为学”历程中积淀的“才学”根柢，在文学接受的刹那间彰显出来的感知判断能力。如李齐贤言：“士之行斯世也，其犹舟乎？有其才为之楫。”①强调了才学对于读书人的重要意义，认为没有才学的人将寸步难行。成倪言：“人莫难于有才，而能兼众才为难。能知人之有才，而俾之各当其任尤为难。夫才有大小，职有难易。小或可以治易，而至于事之难者，则非至大之才，不能一朝居。”②强调人拥有才能并不难，难的是能够博兼众才，难的是如何更有效地施展其才华。因为人的才学有不同的表现方式及价值诉求，并且亦有优劣、高下之分。朝鲜朝林象德在其《原性辨设难》一文中，对人之“才”有精辟的论释：

人之中有圣人焉、贤人焉、众人焉、不及众人焉，又有恶者焉，此所谓才也。盖亦其不齐者才，而其性未尝不齐也。上焉者，其才视其性者也；中焉者，其才不及乎性者也；下焉者，其悖乎性者也。其才视其性者，纯乎天命者也；其才不及乎性者，人欲杂乎天命者也；其才悖乎性者，人欲灭乎天命者也。上焉者才而性之者也，中焉者矫其才而

① 李齐贤：《益斋乱稿卷第五·送辛员外北上序》，韩国古典综合数据库 http://db.itkc.or.kr/index。

② 成倪：《虚白堂文集卷之七·送庆尚道都事李君序》，韩国古典综合数据库 http://db.itkc.or.kr/index。

> 复其性者也，下焉者役乎才而离乎性者也。月一至而违焉者，非其性之罪也。其至者，性也；其违者，才也。且夫天之所以命乎人而与生俱生者，只有曰仁、曰礼、曰信、曰义、曰智而已矣。受而行之者人也，行之而未得其正者，其人之才不及而欲为祟也，非天之命之也然也。方其与生俱生也，何尝有不义之体、不智之信、不仁之义、不礼之智哉？苟如是，则中焉以下者，扰扰乎不胜其与生俱生者之多也。彼跖者，其才悖乎性者也。其才悖乎性，故用其性也从乎悖然，而非其生之固有，此言奚为而出乎跖之口也。用之从乎悖者，才也，人欲也；生而固有之者，性也，天命也。夫所谓才者何也？气也。所谓性者何也？理也。吾之说通乎理气者也，韩子之说以气而混乎理者也。①

朝鲜古代文人认为，一个人在其人格属性上是圣人、贤人、众人，还是不及众人，甚或是恶人，是由其“才”与“性”所决定的。“夫所谓才者何也？气也。所谓性者何也？理也”之论，即是认为“理”的参悟与“气”的积养，是决定一个人才质优劣的先决条件。

基于此，朝鲜古典诗学对接受主体的规范，主要集中体现在对“虚静”“养气”“澄心”等几个经典范畴，以及与其相关的范式的理解与阐释之中。

一、“虚静”：文学接受主体必要的心理准备

“虚静”的理念，较早见于《老子·十六章》，“致虚极，守静笃。万物并作，吾以观复。”②把“虚”和“静”，即人的心灵的净化视为正确认知客观物象的主观条件。刘勰首先将“虚静”延引至诗学批评视域，“文之思也，其神远矣。故寂然凝虑，思接千载；悄焉动容，视通万里……是以陶钧

---

① 林象德：《老村集卷之三·原性辨设难》，韩国古典综合数据库 http://db.itkc.or.kr/index。

② 《老子》，中华书局 1982 年版，第 42 页。

文思,贵在虚静,疏瀹五藏,澡雪精神。”①对文学活动中主体之“虚静”心态,刘勰给予了深刻的诗学概括。

在接受美学之意义上,“虚静”作为一种审美的方式,意味着接受主体在接受文学文本的过程中,应该尽一切努力排除杂念,宁静专一,思理调畅,志气和谐,使自我的精神达到高度纯净与自由自在的诗意境界。

朝鲜古代诗家对此有着极为深刻的认知与体悟。李穑诗云:“妙处参虚静,残生守寂寥。是非谁复顾? 到老竟嚣嚣”。② 权近在释“虚”时云:“虚者即吾心之本体,而众理之所具也。故欲正其心者,必虚其中,而后私欲不留而天理常存。行道者亦虚其心,而后骄吝不生而己德益尊。是虚者,实之本也。”③李滉释“静”曰:“虽百虑烦扰,而所谓至静者固自若也,心一也。所谓纷纭者何物? 所谓至静者何物也? 心之神明不测,变化周流,操则存而静,舍则散而昏,或烦或散,疑在操舍之间。心无二也,其曰百虑纷扰。而所谓至静者,固自若也云尔。”④由此可见,朝鲜古代诗家将“虚静”视为古代知识分子修身为学,乃至存身立命的根本与前提。他们甚至把“虚静”上升至哲学的高度加以审视与观照,如其所言:

> 太虚虚而不虚,虚则气,虚无穷无外,气亦无穷无外。既曰虚,安得谓之气? 曰虚静即气之体,聚散其用也,知虚之不为虚,则不得谓之无老氏曰“有生于无”,不知虚即气也。又曰虚能生气,非也。若曰虚生气,则方其未生是无有气,而虚为死也。既无有气,又何自而生气? 无,始也;无,生也。既无始,何所终? 既无生,何所灭? 老氏

---

① 刘勰:《文心雕龙·神思》,人民文学出版社 1982 年版,第 152 页。

② 李穑:《牧隐诗稿卷之十九·诗·夜吟》,韩国古典综合数据库 http://db.itkc.or.kr/index。

③ 权近:《贞斋先生逸稿卷之二·字说》,韩国古典综合数据库 http://db.itkc.or.kr/index。

④ 李滉:《退溪先生文集卷之十二·答崔见叔问》,韩国古典综合数据库 http://db.itkc.or.kr/index。

言虚无,佛氏言寂灭,是不识理气之源,又焉得知道?①

天地未辟之前,万物未生,其气一于虚静,所谓湛一气之本也。然即此湛一虚静之中,而轻清重浊刚柔燥湿之气无不具焉,此则气之不齐也。及其天地既辟,则轻清者为天,重浊者为地,刚柔燥湿者为五行万物,而其变至于不可穷。向使无轻清重浊刚柔燥湿之已具者,即此天地万物之不同者从何处来耶,故自其天地未辟、万物未生之时而言,则谓之湛一虚静。②

试以心言之,人受天地之中以生,则其心犹天地之有阴阳也,而太极之真于是乎在也,其未感物也。湛然虚静,若无一物,是则所谓无声无臭之妙也。而来教所云寂者也,然其至虚至寂之中,此理浑然,无所不备,故感而遂通天下之故。若寂而又灭,则是寂然木石而已。其所以为天下之大本者何在?③

故心常妄动,而道体不见。圣人无欲,故心常虚静。而道体流行也,无欲则寂然之中。定理森然者,正义之体也;感通之际各当其理者,中仁之用也。静而动之机不息,动而静之理自在者,又静中之动,动中之静也。然则其虚静者通贯动静之主也,寂然者感通之主也,正义者中仁之主也,动中之静者动用之主也,而寂然只是虚静之未感,心之静也。动中之静即是正义之呈露,理之静也,理之静只在于心之静。则四个静只是两个静,两个静又是一个静也。此是一静字,包得那四个静意。而无欲,故静者也。④

---

① 徐敬德:《花潭先生文集卷之二・太虚说》,韩国古典综合数据库 http://db.itkc.or.kr/index。

② 韩元震:《南塘先生文集卷之三十二・书玉溪与黎湖寒泉往复书后》,韩国古典综合数据库 http://db.itkc.or.kr/index。

③ 李彦迪:《晦斋先生集卷之五・答忘机堂第一书》,韩国古典综合数据库 http://db.itkc.or.kr/index。

④ 柳致明:《定斋先生文集卷之八・答金文瑞别纸》,韩国古典综合数据库 http://db.itkc.or.kr/index。

朝鲜古代哲人所谓的“湛然虚静,若无一物,是则所谓无声无臭之妙也”“圣人无欲,故心常虚静”等论断,都旨在强调“虚静”之于宇宙人生的本原意义与价值。由此可断言,“虚静”是朝鲜传统文化哲学中的一个经典范畴。

由于“虚静”体现着朝鲜传统文化哲学的价值倾向,因此,它自然也为朝鲜古代诗家所重视,并将其运用到具体的诗学批评实践中。如其所言:

> 故惟虚静寡欲者,真知山水之乐,而又不刚毅果敢以进,则虽十步之内,阔焉如千里。夫以虚静寡欲之心,行之以刚毅果敢之力,非君子而能之乎?①
>
> 其诗和平易直,其文明白缜密,书札订辨之切,疏劄规箴之深,与夫当消长危疑之际,言论风旨无非出于诚而济以明者。比昔所见闻,鲜有不合,然后益验先生之心未尝一日而放也。盖此心既收,专一虚静,则道理昭著。自然流出有若是者,焉可诬哉!②

朝鲜古代诗家认为,在文学接受中唯有“虚静寡欲”,主体才能真正体悟到“山水之乐”;唯有接受主体以“虚静”的心态待之,文本的蕴意才会自然昭著。可见,“虚静”是接受主体进入文学接受佳境的必要心理准备,但只有高明的接受者(即“君子”或智者)方可为之。如果超越文学接受的视域,“虚静”之于天地间万事万物皆有其积极的意义,所以,申钦言:“虚者,天之象;静者,地之象。自强不息,天之虚也;厚德载物,地之静也。”③

---

① 韩章锡:《眉山先生文集卷之九 · 书蓬莱唱酬录后》,韩国古典综合数据库 http://db.itkc.or.kr/index。

② 卢守慎:《苏斋先生文集卷之七 · 晦斋先生集序》,韩国古典综合数据库 http://db.itkc.or.kr/index。

③ 申钦:《象村稿卷之四十九 · 外稿第八 · 野言》,韩国古典综合数据库 http://db.itkc.or.kr/index。

二、“养气”:文学接受主体提升精神境界的必要方式

朝鲜朝诗家申钦言:“忘形以养气,忘气以养神,忘神以养虚。”①如果将其逆向推衍,则是“虚以养气”。依据这样的逻辑,主体之所以“虚静”其心神,是为了“养”其“气”也。“忘气以养神”则指明“养气”的最终目的是“养神”,所以,“养气”是主体提高其精神修养的主要路径。

“气”在朝鲜古典诗学范畴批评体系中的本原地位与价值,其多重蕴含前已论及。在此,我们所言的“养气”中的“气”则偏指个人先天秉承的元气或正气,“养气”意即“保养元气,涵养本有的正气”。在诗学批评视域中,“养气”就是指培养文学活动主体在文学修养与素养方面的自我精神个性及气质,显然,它涵盖了文学创作的主体与文学接受的主体。因此,“养气”既是文学接受意义上规范接受主体的经典范畴,也是创作论意义上言说创作主体创作个性的范畴。

在文学接受意义上,朝鲜古典诗学非常重视“养气”之于接受主体的重要意义与价值。李穑诗云:“养气乃明道,交修自有时。”②宋时烈言:“惟冀静中观书玩理,存心养气,以扶斯文之一脉,不胜幸甚。”③郑道传言:“儒者所以存心养气,必以义理为之主也。”④尹根寿诗云:“养气以为本,读书以为辅。血气苟不盛,万卷终莽卤。”⑤这些理念,在不同层面上指出了“养气”的目的、意义与方式,进而彰显“养气”之于文学活动主体的积极意义。

---

① 申钦:《象村稿卷之四十九 · 外稿第八 · 野言》,韩国古典综合数据库 http://db.itkc.or.kr/index。

② 李穑:《牧隐诗稿卷之七 · 自咏》,韩国古典综合数据库 http://db.itkc.or.kr/index。

③ 宋时烈:《宋子大全卷五十一 · 疏 · 与金延之》,韩国古典综合数据库 http://db.itkc.or.kr/index。

④ 郑道传:《三峰集卷之十 · 理谕心气》,韩国古典综合数据库 http://db.itkc.or.kr/index。

⑤ 尹根寿:《月汀先生别集卷之四 · 诗 · 漫录》,韩国古典综合数据库 http://db.itkc.or.kr/index。

概而言之,朝鲜古代诗家所谓的"养气",往往强调的是主体内在之道德修养功夫,也就是说,"养气"的价值诉求在于:强调处于文学活动中的主体要时时涵养人与生俱来的"浩然之气"。关于"浩然之气"的价值内涵,朝鲜古代诗家有其深刻的体认,朝鲜朝金得臣在其《养浩堂序》一文中有着精彩的论释:

> 人也,禀天地之正气,而正气,浩然之气也。子三操存本然之心,欲养浩然之气则固不可弗养者也。然则所谓浩然者,气充满于体,其曰道理之气,其曰义理之气,其曰至大至刚之气,皆气也。而有其气则有其体,有其体则气不可不充于体,体者气之器也。是以,古之圣人知其然也,正其心而不屈挠,成其意而能养气,以至于至大无外而弥六合,以至于至刚无形而退藏于密,则其气之至大至刚莫非由在我之体,亦莫非由能养之功用?至矣!圣人之养之也。尽矣!圣人之浩然之气也。然养之亦难矣哉!子三能知圣人之养其道耶?子三读圣人书而学圣人者也。今乃欲静处一堂,涵养本心,研穷天理,养浩然之气,其意不大也耶?苟能体圣人之养气,正心而不挠,诚意而直养,不有亏欠时,务去私累,不至饥乏,心广体胖,无入而不自得,又无所作为以害之。则其气至大而天下莫能载,至刚而天下莫能破,于天下万事无所疑惧而不动心矣。①

在金得臣看来,"养气"所"养"之"气"就是"浩然之气",也就是"正气",是人与生俱来的本然之气,它的完满呈示形式就是"至大至刚",其至大则"无外而弥六合",其至刚则"无形而退藏于密"。"浩然之气"能否达于完美的程度,这完全取决于个人涵养的功夫如何。但是,个体的"浩然

① 金得臣:《柏谷先祖文集册五·养浩堂序》,韩国古典综合数据库 http://db.itkc.or.kr/index。

之气”一旦达到“至大至刚”的完美境界，个体人格也就能够得以完满实现，如金得臣所言：“其气至大而天下莫能载，至刚而天下莫能破，于天下万事无所疑惧而不动心矣。”

于此可见，朝鲜古代诗家极为重视自我本身具有的“浩然之气”的保养与涵养，并且充分意识到涵养“浩然之气”的同时，必须“集义与道”或“配义与道”，这样才能使所养之气达到至大至刚的境地，也就是说，“养气”的目的是为了提升自我的社会道德感与自我良知，即所谓“正气”。如其所言：

夫大化流行，二五之精氤氲轇轕，人乃生焉。所以生者即天地之气也，故其为气也至大至刚。夫惟至大也，放诸天地而准；至刚也，触诸金石而贯。其体本自浩然，第在乎善养之尔。养之得其道，则吾之气天地而已矣。彼馁焉而不充者，养之失其道也。于此有道焉，惟集义乎？集义者，事皆合义之谓也，义吾固有也，不可须臾离也。而吾所为反乎是，则吾岂慊乎哉？有毫发不慊于心，气斯馁矣。虽一动静语默之间，无少愧怍，心广体胖，则所谓浩然者流动充满，随处发见，将不可胜用矣。故曰是集义所生也。①

伏望殿下智虑已正，而益慎于微。嗜欲已淡，而益谨其防。明天理人欲之分，适饮食节宣之宜。喜怒当理，动静遵度，养气养德合而为一焉。②

窃意心不能自不动也，其所以不动者，盖由气得其养，故也。养气无他道，只集义便其事也。然义又不可徒集，必知至而物格。于天下之言，莫不有以究极其理而洞然无疑，然后推而至于行事，亦无不

① 李崇仁：《陶隐先生文集卷之四 · 送李浩然赴合浦幕序》，韩国古典综合数据库 http://db.itkc.or.kr/index。

② 李珥：《栗谷先生全书卷之四 · 辞应教兼陈所怀疏》，韩国古典综合数据库 http://db.itkc.or.kr/index。

> 循乎理而慊于心也。然则不动心虽为此章之骨子，而至论其用力处则又专在养气上，其言自不得不详也。归重之在于养气又何疑焉？“不动心”三字虽于中间不曾提起，然其意则盖亦包在论养气集义处，如曰善养吾浩然之气，则心可以自能不动矣，如曰以直养而无害无是馁也，行有不慊则馁也，有事勿正勿忘勿助长，莫非包含不动心意在其中。至于心字脉络则恐止于生于其心，害于其政一段。盖此“心”字虽为蔽陷离穷而言，然与不动心之“心”却只一心，非有二也。①

朝鲜古代诗家所谓的“养之得其道”“养气无他道，只集义便其事也”“养气养德合而为一焉”等，都旨在强调“道义”是“养气”的终极价值诉求。至于如何在“养气”的过程中兼顾“道”与“义”，朝鲜古代诗家亦有深刻的理解，朝鲜朝李恒老在其《养气说》一文中言道：

> 学者养气之密，孰有加于此者乎？曰：“然则所谓发前人之所未发者，果何谓也？”曰：“如四端之理布列方册，而其目始见于《孟子》。性善之实百圣之所共由，而其说始出于《孟子》。若执此而疑前人之有阙，则是何异于疑秦之无庐、燕之无函之类乎？”知言养气之说亦如此。曰：“孔子曰克己，孟子曰养气，己与气一也，而曰克曰养，无乃相反乎？”曰：“克己之己指气之不循理者而言也，养气之气指气之不违理者而言也，是以曰克曰养。虽若相反，而其归则未尝不同也。”曰：“浩然之气或以为孟子之所独有，或以为众人之所同有，果何适从？”曰：“二说皆不可不知也。”今夫指一点石火之瞥然明灭者，曰此与太阳光焰融液天壤流铄金石者不同。指一滴蹄水之涓然断续

① 李喜朝：《芝村先生文集卷之五 · 上尤庵先生浩然章问目》，韩国古典综合数据库 http://db.itkc.or.kr/index。

者,曰此与大海波澜包涵山岳吐纳江河者不同。此则孟子与众人所不同也。一点火,火也;太阳火,火也。火岂有二?一滴水,水也;大海水,水也,水岂有二?此则孟子与众人所同也。惟其不同也,故众人不及孟子;惟其同也,故人皆可为孟子。曰:“孟子知言养气之实,有可以考证者欤?”①

李恒老指出“养气”之道首先在于“克己”,他从孟子的“养气说”中获得启示,认为“己”与“气”本是一体,“克己”就是为了使自我之气的运行遵循“理”的道统,“养气”就是为了使气的流动不违背“理”的规律。所以,“克己”是“养气”的基础和前提。能否“克己”取决于个人的自我意志,在这一点上,众人与孟子是一样的。不同的是,孟子做到了“克己”,所以他是圣人。而众人未能“克己”,所以是众人。李恒老以此揭示出“养气”的自为性与自律性特征。

朝鲜古代诗家认为,对于处在文学活动中的主体而言,“养气”的功效在于有助于文学活动的主体能够达到“清心”“广志”“知言”“明理”等境地,锻炼和提升自己,进而使自我更有效地融入文学活动之中,从中既能更深入地感知外在世界,亦能更大限度地提升自我的精神世界。如其所言:

嘉山韵水随意偃仰,而万虑消尽,一尘不到,则其清心养气之助也。夫以存乎内者专静而不杂,养于外者洁清而无累,则其潜修默玩,进进而不已者,必有所独觉而人不及与闻者矣。②

为文以气为主,养气以志为本。志广则气雄,志隘则气劣,势当然也。今之学者欲究经旨以待有司之问,其志先局于句读训诂之间,

① 李恒老:《华西先生文集卷之二十四・养气说》,韩国古典综合数据库 http://db.itkc.or.kr/index。

② 李象靖:《大山先生文集卷之四十三・鹤沙金先生文集序》,韩国古典综合数据库 http://db.itkc.or.kr/index。

专务记诵，取辨于口，其于义理之蕴文章之法有不暇致力焉。又恐一言不中，以见斥黜，羞赧畏惮，其气先拙，此乃文才气习靡然猥琐之由也。①

敬以持志，直以养气，则本末相资，内外交养，而胸中之所存者常浩然而不馁。以故，其见于行者，孝友著于家庭，信义孚于朋友，教化行于门第。而当斯文显晦之机，倡率多士，为排云叫阖之举。辞严义正，有以感回天意而不知一时威势之为可畏。及其群诽众妒，遭削名付签之辱，则杜门静扫，笃志勖学，怡然有以自乐而不知贫贱厄困之为可苦。迹其平生，守身应物之道，盖庶几乎持志养气而有得于孟氏之训者矣。②

孟子之所以为真正大英雄，不过知言养气二者而已。知言是穷理之效，而养气非集义则不可，此岂外于日用间哉？③

丈夫七尺之躯，其所受于天者至大。苟能知言养气而充其至大者，则立身持操确然而不挠，酬世应务浩然而有余。不为威慑，不为利诛，置诸危难之地而不迷，授之盘错之事而不疑。举天下之物，无有龃龉于其间而动其心者。虽排难解纷折冲千里之外，犹将谈笑而指挥。况奉咫尺之书，讲旧好于一苇可航之地哉？④

不动心之义重在养气，来谕固好矣。但养气知言俱是不动心之功，而知言又在其先，则安可舍而不言耶？此愚之意也。⑤

---

① 权近：《阳村先生文集卷之三十一·论文科书》，韩国古典综合数据库 http://db.itkc.or.kr/index。

② 李象靖：《大山先生文集卷之四十四·百拙庵柳公遗卷序》，韩国古典综合数据库 http://db.itkc.or.kr/index。

③ 宋时烈：《宋子大全卷五十四·书·与金久之》，韩国古典综合数据库 http://db.itkc.or.kr/index。

④ 李承召：《三滩先生集卷之十一·送弘文馆校理金君欣奉使日本诗序》，韩国古典综合数据库 http://db.itkc.or.kr/index。

⑤ 朴世采：《南溪先生朴文纯公文集卷第四十二·答李同甫问》，韩国古典综合数据库 http://db.itkc.or.kr/index。

养气不厚，见理不明，而好议论，欲以仰及于古人，则虽极文章之妙，取适于己而有娱于人，君子盖有所不取。邹孟氏有言曰："予岂好辩哉？予不得已也。"嗟乎！人非有不得已之意而好议论，鲜不蹈其失者也。盖不得已而言，古人之文也。非不得已而言，今人之文也。欲学古文者，当审于是而得之。①

朝鲜古代诗家认为，"清心养气"则"必有所独觉而人不及与闻者矣"，而"养气以志为本，志广则气雄""敬以持志，直以养气，则本末相资，内外交养，而胸中之所存者常浩然而不馁""养气不厚，见理不明，而好议论""苟能知言养气而充其至大者，则立身持操确然而不挠，酬世应务浩然而有余""知言是穷理之效，而养气非集义则不可"等言论，都从不同层面阐明了"养气"对于主体修身养性的重要价值与意义，所以，朝鲜古代诗家言"养气如养性"。②

"养气"对于作为接受主体的读者在接受文本过程中的积极作用，朝鲜古代诗家有着自我真切的感受和体悟。如其所言：

文章之根柢在于积理，如养气之功在于集义，故文贵主经。是编之中，其体各异，而其敦厚温柔，本乎《诗》者也，其典则法度本乎《书》者也，其错综变化本乎《易》者也，观于《礼》以着其庄敬焉，观于《春秋》以着其谨严焉，是皆养气而积理，故可以论其醇而合于古。③

然而古有以城市为山林者，苟使此心定迭而不移于外物，则自可以读书观理，收心养气。不觉其日就规矩，而怠惰放肆之习自不干于

---

① 南公辙：《颖翁再续稿卷之二・古文源流序》，韩国古典综合数据库 http://db.itkc.or.kr/index。

② 尹行恁：《硕斋别稿卷之三・薪湖随笔・孟子〔上〕》，韩国古典综合数据库 http://db.itkc.or.kr/index。

③ 南公辙：《颖翁再续稿卷之二・古文源流序》，韩国古典综合数据库 http://db.itkc.or.kr/index。

心身矣。然则纷华盛丽,虽使日接于聪明,顾何妨于藏修哉?①

丹青家与词翰家相通,自古诗人雅流多嗜之,每遇四时闲日,焚香静坐,拂几展对,往往神融意会,有境外之趣,令人可以养气,可以蠲烦,谓之艺苑清宝者非耶?虽然痴人前难说梦,此可与知者道也。②

朝鲜古代诗家所言的"养气而积理,故可以论其醇而合于古","收心养气",则"不觉其日就规矩,而怠惰放肆之习自不干于心身矣","养气"可谓"艺苑清宝"等,都表明了其在自我的切身实践中,真切地体悟到了主体的"养气"功夫之于文学接受的积极影响。从这个层面看,"养气"是朝鲜古典诗学批评规范文学接受主体接受倾向的一个经典范畴。

三、"澄心":文学接受主体的最佳心绪状态

朝鲜古代诗家申钦在其《野言》一文中有言:"心虚则澄,坐定则静。"他又说道:"清明在躬,天理昭明。""内观其心,心无其心。外观其形,形无其形。远观其物,物无其物。""行于心而不为心役,行于世而不为世移,行于事而不为事凝者,其庶矣夫。"③结合前面所言之"虚以养气",那么,"心虚则澄,坐定则静"意谓"虚静养气"将造成主体心灵的澄澈洁净,即具有"澄心"的审美效果。从接受美学视角而言,"澄心"是接受主体在文学接受过程中应有的心绪状态,如林椿诗云:"默坐澄心牢闭口,不复谈空还说有"④。

---

① 宋时烈:《宋子大全卷一百四十四·听溪窝记》,韩国古典综合数据库 http://db.itkc.or.kr/index。

② 金尚宪:《清阴先生集卷之三十九·题尹洗马敬之饮中八仙图》,韩国古典综合数据库 http://db.itkc.or.kr/index。

③ 申钦:《象村稿卷之四十九·外稿第八·野言》,韩国古典综合数据库 http://db.itkc.or.kr/index。

④ 林椿:《西河先生集卷第二·古律诗·戏书谦上人方丈》,韩国古典综合数据库 http://db.itkc.or.kr/index。

“澄心”作为一个诗学批评范畴，其寓意源自道家“心斋”与“坐忘”的理念，意谓“使心绪清静”，也就是《老子》十章所言的“涤除玄鉴”之意。在朝鲜古典诗学批评家中，权近对“澄心”的阐释颇为深刻而简明，他在《澄心庵诗序》中有言：

> 余虽不得负笈而往，获闻其绪论，然苟心同而气合，则千里而比肩也。故敢告之以平日之所尚论者，又继以澄心之说以就正焉。夫心具万理而为一身之主，人之所同然也，特为物欲之污，而不能不失其正。彼昏愚而不自省者，固不足责也，虽号为贤智者，亦不能无失。大而出处之节，小而言行之间，是非得失纷然万殊，盖由其学之有偏正，其心之有诚伪耳！学苟得其正而心苟诚于为善，则出可以兼善，处可以存道，不以身之出处而道有亏损也。不然，出非急于邀名，则必流于患失；隐非果于忘世，则必流于充隐。二者皆非也。吾闻先生通经而乐道，守正而有常，是其所谓澄心。盖以天理涵养，虚中而主敬，以去物欲之污，方寸之间，滢澈光明，天理流行，人欲净尽云尔。岂淡泊委靡若止水寒灰而已哉？所学正大，而事皆出于诚心；出处语默，动必合于道义。此先生澄心之效也。①

权近认为，所谓“澄心”就是“通经而乐道，守正而有常”。而要达到“澄心”的境界，主体必须做到“人欲净尽”“虚中而主敬”，并时时“以天理涵养”之。唯其如此，才能发挥出“澄心”的功效，即“所学正大，而事皆出于诚心；出处语默，动必合于道义”，甚至于“方寸之间”都彰显出“滢澈光明”的气质，都有“天理流行”。权近对“澄心”的内涵、践行方式及价值与功效的理解与阐释，可谓深刻而简明，显示出朝鲜古典诗学对“澄心”范

---

① 权近：《阳村先生文集卷之十八·澄心庵诗序》，韩国古典综合数据库 http://db.itkc.or.kr/index。

畴的深入把握。这可从以下几个方面得到印证：

其一,众多的朝鲜古代诗人以诗歌的写意方式折射出其“澄心”思想。朝鲜古代存在着大量的表现“澄心”境界的诗歌作品,现择其要者如下：

> 连旬困秋热,今夜兴何如。对影邀明月,澄心向太虚。光辉清可掇,忧患洗无余。更喜西林客,相寻到草庐。①
>
> 瓶锡飘飘万里游,乾坤渺渺眼前浮。澄心见已三生了,下脚行应一步休。皎月分江宁有碍,闲云出岫自无求。自惭蔽塞如墙面,长卧幽斋已白头。②
>
> 月明如昼山家夜,独坐澄心万虑空。谁和无生歌一曲,水声长是杂松风。③
>
> 迹隐推微玩古文,也嫌孤陋务多闻。澄心静里犹玄妙,炼意闲中岂自纷。详味可能终节解,苦吟方得更支分。当年事业须勤励,共此疏慵朝圣君。④
>
> 君子贵澄心,不为私欲克。⑤
>
> 默坐澄心镜,冥观造物情。鸢鱼自飞跃,动息各生成。草绿溪翁室,花明处士庭。阿谁参至理,妙契入无声。⑥

---

① 郑梦周:《圃隐先生文集卷之二·邀西邻李副令玩月》,韩国古典综合数据库 http://db.itkc.or.kr/index。

② 权近:《阳村先生文集卷之十·送僧游方》,韩国古典综合数据库 http://db.itkc.or.kr/index。

③ 金时习:《梅月堂诗集卷之三·题知止师房》,韩国古典综合数据库 http://db.itkc.or.kr/index。

④ 权好文:《松岩先生别集卷之一·赠卢秀才送别》,韩国古典综合数据库 http://db.itkc.or.kr/index。

⑤ 金安国:《慕斋先生集卷之三·诗·杂兴》,韩国古典综合数据库 http://db.itkc.or.kr/index。

⑥ 柳成龙:《西厓先生别集卷之一·观天地生物气象》,韩国古典综合数据库 http://db.itkc.or.kr/index。

列坐且澄心，妙处不容语。①

道书一部澄心读，禅偈千言破睡吟。②

默坐澄心认发微，从容活络自天机。③

皓月容光巷陌间，开门又是万深山。浮生歧路无时尽，随处澄心便得闲。④

"默坐澄心息万缘，收神反听静思玄。吾家日用都难阙，却怕人嘲止观禅。"右答《书意》，鄙以病问调药之方。答云："心源清净，思虑脱落，则浮热自消。"且曰："古人云：心清闻妙香"，又曰："安闲心曲冷如灰，默默无言护圣胎"，又曰："沧海风恬自起烟"，又曰："沧海月明珠有泪"。⑤

朝鲜古代诗人所谓的"对影邀明月，澄心向太虚""澄心见已三生了，下脚行应一步休""月明如昼山家夜，独坐澄心万虑空""澄心静里犹玄妙，炼意闲中岂自纷""君子贵澄心，不为私欲克""默坐澄心镜，冥观造物情""列坐且澄心，妙处不容语""道书一部澄心读，禅偈千言破睡吟""默坐澄心认发微，从容活络自天机""浮生歧路无时尽，随处澄心便得闲"等诗句，寓涵着丰富的"澄心"诗思，同时，也揭示出了"澄心"范畴的某些本质特征，如"静""妙""闲"与"天机"等内核。在此，诗歌的艺术表现与诗学理念的探幽发微有机地融为一体，也在一定程度上彰显出"澄心"范畴在

---

① 金昌翕：《三渊集卷之十三·感兴杂诗六》，韩国古典综合数据库 http://db.itkc.or.kr/index。

② 申维翰：《青泉集卷之二·诗·和赤岸李仲晦韵》，韩国古典综合数据库 http://db.itkc.or.kr/index。

③ 沈錥：《樗村先生遗稿卷之十一·诗·道中观猎》，韩国古典综合数据库 http://db.itkc.or.kr/index。

④ 金昌翕：《三渊集拾遗卷之九·步月偶吟》，韩国古典综合数据库 http://db.itkc.or.kr/index。

⑤ 具凤龄：《栢潭先生续集卷之二·答南正时甫彦经》，韩国古典综合数据库 http://db.itkc.or.kr/index。

朝鲜古典诗学批评范畴体系中的经典地位。

其二,朝鲜古代诗家常常以"为学"与"治学"之视角,强调"澄心"对君子修身养性的重要价值,同时发现"澄心"的境界往往于"静"中得之。如其所言:

> 凡读书之际,又必澄心静思,究其旨趣,博其理义。①
>
> 日近书册不必苦身焦思,须澄心静虑。日验其古人所已到未到处,反之于身,体之于心,勿以纷杂事挠之,闲泛思夺之。使方寸之量宽平正大,则庶有益矣。②
>
> 读书非欲务钓声名,内外交养,静坐澄心,此吾家第一义。莫学狂儿使气放心,专以收敛损约为事。久久神清业专,自见功效。③
>
> 君子之学欲主乎静,静以澄心,如彼古井,此心才放,圣狂俄顷。是以君子于此猛省,言动戒妄,思虑必整。孔子云乎静而后定,主静伊何,涵养用敬,然后此心常如明镜……为学须静处一室,不为尘心浮气所动,然后精神完而德业静矣。闻汝于今日有闲出入,想其相聚而语,亦不过闲说而已,宁有一毫有益于身上工夫也。须打破此习,然后德器凝定,而术业有成就之望耳。兹书六十四言略示规勉之意,程先生见人静坐,必叹其善学,今宜庄诵也。④
>
> 今诚仲之入山也,山重水袭,人境杳然,澄心静坐,万虑俱空。左右简编俯读而仰思,日从容丈席,讨论讲磨,以极精微之蕴焉,则将见

---

① 权愭:《炭翁先生集附录·家状》,韩国古典综合数据库 http://db.itkc.or.kr/index。

② 具凤龄:《栢潭先生文集卷之八·答权彦晦书》,韩国古典综合数据库 http://db.itkc.or.kr/index。

③ 黄俊良:《锦溪先生文集卷之四·寄滭侄瑛儿书》,韩国古典综合数据库 http://db.itkc.or.kr/index。

④ 李埈:《苍石先生文集卷之十四·主静箴·壬申秋日·示儿辈》,韩国古典综合数据库 http://db.itkc.or.kr/index。

雪岳清高灵淑之气。三渊子玲珑洒落之识，相与流通感发于方寸之间，陶甄其气质，而开扩其性灵，无复有飞扬浮躁纷闹驳杂之习矣。①

晓来，斋中虚窗听雪之余，默坐澄心，细绎近日所讲，益知《大学》规模节目有许多用工夫处，益见前古圣贤为人开晓深切，着明如此，警发多矣。②

朝鲜古代文人往往把“为学”视为治学士子的存身立命之本，因此，极为看重读书人为学治学的态度与方法。从上引言论中，我们不难看出，朝鲜古代文人普遍地把“澄心”当作为学治学的必要之义。认为只有以“澄心”的态度研究学问，才能够“究其旨趣，博其理义”“验其古人所已到未到处”，才能够做到“内外交养”，甚至能够“陶甄其气质”，进而发掘其“性灵”，以摒弃掉“飞扬浮躁纷闹驳杂之习”。同时，朝鲜古代文人亦体悟到，涵育“澄心”的态度必须以一“静”字为要义，如其所言“澄心静思”“澄心静虑”“静以澄心”“澄心静坐”与“默坐澄心”等，都旨在凸显“静”对于“澄心”的首要意义。毋庸置疑，“以静澄心”也是文学接受主体实现其“阅读期待”必备的心绪状态。

其三，朝鲜古代文人立足于文化哲学的维度，阐发“澄心”对于完善个体人格的积极意义与价值。如其所言：

盖澄心则私欲净，私欲净则天理发见。认取此发见者而默体之，自可见理与心一，而充养有端绪矣。③

领事卢守慎启曰：“心者万化之主也，一心澄明然后万理可穷，

---

① 鱼有凤：《杞园集卷之十九・送金诚仲入雪岳山序》，韩国古典综合数据库 http://db.itkc.or.kr/index。

② 李滉：《退溪先生文集卷之二十八・答金而精》，韩国古典综合数据库 http://db.itkc.or.kr/index。

③ 吴熙常：《老洲集卷之七・答闵元履》，韩国古典综合数据库 http://db.itkc.or.kr/index。

万事可做，故澄心乃本源事也。”先生启曰：“澄心固是本源，然心不能自澄，必日用之间念念省察，克己存理，久之澄然清明矣。”①

明道学立其本也，正心术修其源也。崇敬畏者非辟之心无自入，防逸欲者怠荒之念不能生。谨言行则内外一而民有则，弘器量则德有容而道自广，戒聪察则事有体而下不违，纳谏诤所以开耳目而知善恶，惧盈盛所以戒满溢而保成业，贵力行所以笃实行而及成功，此皆澄心出治之要。②

朝鲜古代诗家认为，主体之“心”是“万化之主”，而“澄心”之“澄然清明”又是自心之本源，可见，“澄心”之于主体修身养性的重要性。但人之心“不能自澄”，若要“心澄”，则必须净“私欲”，具体而言，就是要做到“明道学”与“正心术”。这样，就“自可见理与心一”，进而使得“澄心”深入到更深的层次——“悟”的境地。

综上所论，“虚静”“养气”与“澄心”是朝鲜古典诗学批评规范接受主体进行文学接受的核心范畴，“虚以养气”“心虚则澄”表明三者之间有着内在紧凑的逻辑联系，它们共同参与主体人格的建构与个体品性的塑造，对主体文化人格的形成与完善居功至伟。与此相应，朝鲜古典诗学批评鄙薄接受主体在接受态度上的心浮气躁、粗心大意与治学不精等不良习气，此不赘言。

第二节　朝鲜古典诗学指涉文学接受方法的范畴

在接受美学的意义上，并不是只要具备了较高的审美判断力，接受主

① 金宇颙：《东冈先生文集附录卷之四·年谱》，韩国古典综合数据库 http://db.itkc.or.kr/index。

② 申用溉：《二乐亭集卷之八·应制十条书屏序》，韩国古典综合数据库 http://db.itkc.or.kr/index。

体就能完满地展开其文学接受活动,这还涉及文学接受的方法论问题。文学接受的方法只能在文学接受的具体活动中去实践,是纷繁复杂而又变化万端的,不可能有制度性的规约,其名言、术语、概念与范畴也自然是形态万千的,不可能一一道尽。纵观朝鲜古代诗家所指涉的方法论范畴,本部分的论释将围绕“观”“味”“悟”等几个经典范畴及其范畴序列展开论释。其逻辑是:就“观”的范畴而言,侧重梳理接受主体对文学文本的感知方式;就“味”的范畴而言,着重分析接受主体对文学文本的体验方式;就“悟”的范畴而言,主要探究接受主体如何展开对文学文本的理性反思。由“观”而“味”,由“味”而“悟”,三者之间是逐层深入的逻辑递进关系。

一、“观”:文学接受主体的感知范畴

在汉文化语境中,“观”是个意旨颇为丰富的范畴类型,其本意是指主体用自己的感官去体察客观对象,即《周易 · 系辞下》“仰则观象于天,俯则观法于地”之谓。自《左传》有季札“观于周乐”①的记载起,“观”开始被引入艺术接受领域。“观”作为一个诗学范畴,应始于《论语 · 阳货》“诗,可以兴,可以观,可以群,可以怨”的诗歌价值论。至魏晋南北朝时期,刘勰提出了“六观”说:

> 是以将阅文情,先标六观:一观位体,二观置辞,三观通变,四观奇正,五观事义,六观宫商。斯术既行,则优劣见矣。②

自此以后,“观”作为一个诗学批评范畴逐渐为后世历代诗家所接受,进而成为诗学批评中的一个惯用语。

---

① 《左传 · 襄公二十九年》,中华书局 1982 年版,第 76 页。
② 刘勰:《文心雕龙 · 知音》,中华书局 1982 年版,第 69 页。

在文学接受意义上,"观"作为一个诗学范畴是接受主体心理审美活动的第一个阶段,是接受主体对文学文本进行感性直观的过程,即接受主体以自由的心理状态接纳文学文本,并融入其中,为随之而来的体"味"与感"悟"奠定基础。

朝鲜古代诗家对"观"的理解与阐释也是多元而复杂的,如李奎报诗云:"悠哉观物化,亦足养真趣"①,即是对"观"的本原意义的注解。"观"范畴的其他内涵在朝鲜古典诗学批评中都有不同程度的体现,此不赘言。在文学接受层面上,朝鲜古典诗学批评以"观"作为开展文学接受之始是极为普遍的,像"观某某诗""以余观之""由是观之""观其诗"等之类文学接受的开场词,在朝鲜古典诗学批评中俯拾即是:

予昔读梅圣俞诗,私心窃薄之,未识古人所以号诗翁者。及今阅之,外若苶弱,中含骨鲠,真诗中之精隽也。知梅诗,然后可谓知诗者也。但古人以谢公诗"池塘生春草"为警策,予未识佳处,徐凝《瀑布》诗"一条界破青山色",则予拟其佳句,然东坡以为恶诗。由此观之,予辈之为诗,其不及古人远矣。又陶潜诗恬淡和静,如清庙之瑟,朱弦疏越,一唱三叹。予欲效其体,终不得其仿佛,尤可笑已。②

古者置官采诗,非取其绨章绘句而已,欲以观其美刺而为之劝诫也。当之学任,荐抚江陵道,集其所为诗若干,名之曰《关东瓦注》。吟咏风月,摹写物像,固亦无让于前人矣。其感愤之作关乎风俗之得失,生民之休戚者十篇而九,读之使人惨然。呜呼!孰能诵之吾君之前乎?③

---

① 李奎报:《东国李相国全集卷第十三·六月二十日·久雨忽晴·与客行园中记所见》,韩国古典综合数据库 http://db.itkc.or.kr/index。

② 李奎报:《东国李相国全集卷第二十一·论诗说》,韩国古典综合数据库 http://db.itkc.or.kr/index。

③ 李齐贤:《谨斋先生集序》,韩国古典综合数据库 http://db.itkc.or.kr/index。

然观其文,或与浮图游,情好屡见于言语间,岂以其人皆能清志洁行,外荣辱一死生,高出于患失汩没利欲者万万乎？余诵其诗,读其书,想见其为人。①

予观雪谷之诗清而不苦,丽而不淫,辞气雅远,不肯道俗下一字。②

诗道所系重矣,王化人心,于是着焉。世教衰,诗变而为骚,汉以来五七言作,而诗之变也极矣。虽其古律并陈,工拙异贯,亦各陶其性情而适其事。就其词气而观之,则世道之升降也,如指诸掌。③

当合全集而观之,可以想富哉之气象,复何事于精选哉！然先生之诗虽本经史,法度森严,而亦复纵横出入于蒙庄佛老之书,以至稗官小说,博采不遗。是以末学谀闻,开卷茫然,有望洋之叹,此精选之不得不编也。④

诗原于性情者也,观其诗可以知其为人矣。则诗之于人,所系岂小哉?⑤

及观其诗《乞食》《贫士怨》《饮酒》等篇,但不胜其憔悴无聊,姑托酒以遣耳。得称于后世者如此,何欤？杜子美曰:"陶潜避俗翁,未必能达道。观其着诗集,颇亦恨枯槁。"韩退之读《醉乡记》,以为阮籍陶潜犹未能平其心,或为事物是非相感发,于是有所托而逃焉者也。⑥

① 李穀:《稼亭先生文集卷之八·送水精长老序》,韩国古典综合数据库 http://db.itkc.or.kr/index。

② 李穑:《牧隐文稿卷之七·雪谷诗稿序》,韩国古典综合数据库 http://db.itkc.or.kr/index。

③ 李穑:《牧隐文稿卷之九·中顺堂集序》,韩国古典综合数据库 http://db.itkc.or.kr/index。

④ 徐居正:《牧隐集附录·牧隐诗精选序》,韩国古典综合数据库 http://db.itkc.or.kr/index。

⑤ 河仑:《圆斋稿序》,韩国古典综合数据库 http://db.itkc.or.kr/index。

⑥ 郑道传:《三峰集卷之四·读东亭陶诗后序》,韩国古典综合数据库 http://db.itkc.or.kr/index。

由此可见,朝鲜古代诗家以“观”的方式切入文学接受活动,或者由其诗观其人,或者由其人观其诗,或者由其人其诗观其世。总之,接受主体对文学文本的认识与批评,大多为感官层面的感性直观,即只是对文本的体裁形制与声色形态所传达出来的文本之内部信息与外在信息的表象之简单感知,但这却是文学接受的起点与必然之径,正如朝鲜朝正祖李祘所言:

> 盖观诗之法只将意思想象去,非如他书之字字要捉缚教定了。故诗人美卫文公之“秉心塞渊”则曰“騋牝三千”,美鲁僖公之“思无邪”则曰“思马斯臧”,此皆举一反三之处,而不独赞美其马畜之蕃息而已。至于百里奚“饭牛”“牛肥”之比,始于先儒段氏之说,而永乐本取之,此则备其一说,亦自不妨矣。①

由此可见,即便是对文学文本表象的感性直观,朝鲜古典诗学仍讲究“观”的视域与质量,实际上就是要求接受主体对文本之“观”既要有广度,又要有深度。于是,朝鲜古典诗学批评围绕着“观”衍生出诸多“观”的子范畴或后续范畴。从“观”的广度而言,有“博观”“通观”等经典范畴;从“观”的深度而言,则有“谛观”“深观”等经典范式。

“博观”即广泛地观察与观览,在诗学接受论意义上,即要求接受主体要不断拓宽对外在事物的接受视域。朝鲜古典诗学批评所强调的“博观”之“博”主要集中在两个层面:

其一,“博观”追求物质层面的广收并蓄,即朝鲜古代诗家特别强调接受主体对古代经典文献的广泛接受,做到“博观”以致知。如其所言:

---

① 李祘:《弘斋全书卷八十五·经史讲义二十二·诗〔二〕·鲁颂》,韩国古典综合数据库 http://db.itkc.or.kr/index。

凡读书者，必也博观经书，无所不读，以洽其闻见，然后反就于约乎。抑鈝之意，以为必以《近思》或《小学》或《心经》或《大学》书，必就数书之中将一书沈潜看过。读此之时，不敢辄及他书，必待此一书首尾贯通，稍有所得，然后致博学之功，则何如无乃流于经约乎。①

求书于中国，以故多致书籍，博观往古。尤长于诗，清新得古雅体。若见一山一水一草木，苟适于意，必驻马讽咏，彷徨不肯去，不识旁人之指笑。又晓音律，所操无不精。②

先生为诗与文亦不乐熟软，力去陈言，独追古作者为徒。夫其中之所存，既拔乎萃而又博观古昔，冥探幽搜，撷芳咀华，靡所不至，以至于成。故源流混浑而气力雄劲，托兴幽远而称物芳美。③

示喻以通达古今，为初学之先务，而博观诸家之书，其留意进学之功如是甚善。然为学必先知要，如不知要而徒博之，则将不几于泛滥驳杂而不知所以自择者乎？至于天人之理，时措之宜，尤非初学之所急，诚不愿贤季之如是用力也。今日只合先从《四书》熟读而精思之，以为体验躬行之助，不亦可乎？且闭户独学不如朋友讲习之乐，每念君发愤追随，可以有相发之助。④

赵公东州儒素遥乘邹鲁之风，南国英灵独秀江湖之气。博观图籍，无一事之不知；妙解文章，有三冬之足用；玄机应物，照明月于情田。⑤

---

① 李滉：《退溪先生文集卷之三十三・答许美叔》，韩国古典综合数据库 http://db.itkc.or.kr/index。

② 成俔：《虚白堂文集卷之十三・金就盈传》，韩国古典综合数据库 http://db.itkc.or.kr/index。

③ 尹衢：《讷斋先生集附录卷第一・讷斋先生行状》，韩国古典综合数据库 http://db.itkc.or.kr/index。

④ 郑逑：《寒冈先生文集卷之五・答吴翼承》，韩国古典综合数据库 http://db.itkc.or.kr/index。

⑤ 任叔英：《疏庵先生集卷之五・送赵都事翊序》，韩国古典综合数据库 http://db.itkc.or.kr/index。

> 余尝耳食于古人之所论，知诗之难甚于为诗之难，其言岂不信哉！余之所善洪于海万宗博观古人载籍，于古人诗集尤极博矣。杜门一室，沈潜反复，凡诸毫倪妍丑，无不镜于灵台。于是采摭我东方名章杰句辑成一册，名之曰《小华诗评》，其多几乎万矣！①
>
> 公始肯为举子业，既而弃之。遍游名山川以广其志，博观天下书以考得失，杜门六十年以验其实。于是信口立言，横放历落，无一语涉乎当世人结习。吾亦不知其为何等力量，即函牛之鼎，染指一脔，而乐为之说。②
>
> 发之以吾心之所欲言，联属之而记出之于纸笔，则文章即是也。及其散漫颠倒，绝不成语，理意满于口，而手莫知所措也。然后反而取古人已成文字者，博观以读，然后始知读书之为学文之道。③

朝鲜古代诗家所谓的“凡读书者，必也博观经书”“多致书籍，博观往古”“博观图籍，无一事之不知”“博观古人载籍”“博观天下书以考得失”“博观以读，然后始知读书之为学文之道”等等，都旨在强调接受主体“博观”的重要性及其积极价值，即要求接受主体应广闻博识，以便“博观”以致知，此亦可见朝鲜古典诗学批评对“博观”的重视。但是“博观”古今经典还只是一种手段，并不是读书人的最终目的，如鱼有凤言：

> 夫君子之养心，固在乎端居而静坐，读书而玩理，又必博观乎名山大川、城郭楼观之胜，以之高明其眼目，恢廓其胸襟，疏通其精神，

---

① 金得臣：《柏谷先祖文集册五・小华诗评序》，韩国古典综合数据库 http://db.itkc.or.kr/index。

② 李瀷：《星湖先生全集卷之五十・松月斋集序》，韩国古典综合数据库 http://db.itkc.or.kr/index。

③ 李匡德：《冠阳集卷之十五・劝从侄曾孝读古文百选序》，韩国古典综合数据库 http://db.itkc.or.kr/index。

而荡涤其邪秽。夫然后方寸之间,充然而得,浩然而大也。①

鱼有凤认为,“读书而玩理”才是“博观”的真正旨趣所在。

其二,“博观”应追求精神层面的幽微理趣,即朝鲜古代诗家强调接受主体应叩问天下众理,做到“博观”以致思。如其所言:

先生为学不主一偏,不趋径约,务博观天下之书究极众理,以期达乎高明,而反造乎精约。②

其为学也深以厌烦径约为戒,必欲博观众理。盖自阴阳象数之微,理气性情之妙,伦常物则之着,节文仪章之繁,与夫天下国家兴亡理乱之故,贤人君子出处进退之说,莫不即物而致思,随事而精义,必冀有以脱然自得乎广博流通之域。③

鲜于遁庵讳浃崛起于迁徙流沔之中,不由师承,自知为学,凡圣贤之书无不究极。又东至京师,南游岭表,以博观而达其趣,求立于无疑之地,可谓豪杰之士矣。④

故君子之学博观天下之理而反诸己,以求其气禀之偏而克治之,然后私意去而天理明,德性复全于我矣。⑤

综合朝鲜古代诗家所谓的“务博观天下之书究极众理”“其为学也深

① 鱼有凤:《杞园集卷之十九 · 拟送金诚仲西游序》,韩国古典综合数据库 http://db.itkc.or.kr/index。

② 金昌协:《静观斋先生别集卷之四 · 状志后序》,韩国古典综合数据库 http://db.itkc.or.kr/index。

③ 林泳:《沧溪先生集卷之十六 · 静观斋李公状谱后序》,韩国古典综合数据库 http://db.itkc.or.kr/index。

④ 宋时烈:《宋子大全卷一百三十八 · 遁庵先生全书序》,韩国古典综合数据库 http://db.itkc.or.kr/index。

⑤ 洪汝河:《木斋先生文集卷之六 · 尊性斋记》,韩国古典综合数据库 http://db.itkc.or.kr/index。

以厌烦径约为戒，必欲博观众理”“博观而达其趣”“博观天下之理而反诸己”等等，显示出朝鲜古代诗家冀图通过“博观”以近理的潜在诉求，进而有助于接受主体穷理以致思。

通过朝鲜古典诗学批评对“博观”范畴内涵之广度的规约性诉求，我们可以确信，“博观”是朝鲜古典诗学批评主体接受层面的一个核心范畴。当然，除“博观”外，此类的范畴还有很多，我们仅将其中朝鲜古代诗家使用“通观”范畴的大概情形列举于下，既供有志于此者参研，也为弥补本部分所论之欠全。如朝鲜古代诗家论“通观”：

> 反复参究而得之，故妄信一斑之见，以断疏家之误。上章文理乍看诚若可疑，而以下章“患其过制”等语通观而熟玩，则其义自晓然矣，要非肤取而臆断者也。①
>
> 今合传文注疏而通观之，则彼此详略虽或差殊，然其大意句句相照，节节相应。以注考疏，未见其不合；以疏准传，亦未见其不同。而一串来历，同条共贯，此岂非十分分明，无少可疑者耶？②
>
> 圣人所不能知，而开自知之，其意盖曰“圣人知其才之可仕，故使之仕而已”。其心术隐微之中自有未能尽信斯理争个毫发者，圣人何以知之？他自知而言之，诚出不意，所以悦之也。若谓圣人初以开为已能信，闻其言然后知其未信也，则是其地位分数反减于圣人所料。何为说之哉？此盖专为说“开自知甚明”者，初非为说圣人知人如何。通观上下文势而领会，则意自可见矣。③

---

① 崔锡鼎：《明谷集卷之十六·论公私丧服变除之节札》，韩国古典综合数据库 http://db.itkc.or.kr/index。

② 金榦：《厚斋先生集卷之十二·答李君辅》，韩国古典综合数据库 http://db.itkc.or.kr/index。

③ 柳麟锡：《毅庵先生文集卷之十·答申德善问目》，韩国古典综合数据库 http://db.itkc.or.kr/index。

“博观”是言“观”之广度，但若只有广度又将使“观”显得过于浮泛，所以，朝鲜古典诗学批评不只是强调“观”的广度，更孜孜以求“观”的深度，这就牵引出“谛观”与“深观”等范畴类型。但朝鲜古典诗学批评言“深观”较少，言“谛观”较多。

所谓“谛观”，原意指认真而仔细地审视，在文学接受意义上，则指主体对文学文本更深入的欣赏与切实把握。对此，朝鲜古代诗家言：

> 高峰之文谛观之，亦未免有可议处，病在“官高自取”一句。然其大概非他作所及，用之何妨。尊文系语，文虽简而意则尽矣。①
>
> 俄而定神魄谛观则大河汪濊，不择地而泻，非必绳尺剪裁以为工，而难掩其厚积之发，文章有如此。比物连类，兴寄杂出，而大要归之道德伦理，学识有如此。身值昏朝，愤时嫉俗，草野抗叫阍之疏，虽未登彻，而已褫权奸之魄，气节有如此。②
>
> 余谛观之，有诗十余篇，乃辛君望、李汝守、李叔献诸公之制也。君望曰：“川平山欲断，桃杏数家村。罢钓人归晚，溪桥月一痕。岚尽青山出，江城半掩扉。相思望不极，日暮片帆归。”汝守曰：“霜落沧江冷，枫残古郭秋。夕阳人语闹，林外有归舟。古寺门初掩，疏钟下翠微。桥头人未渡，山雪暮霏霏。”叔献曰：“关路归心促，郊原雪意寒。分明故人迹，却在画屏间。”余三复沈吟，如见其人。③
>
> 谛观之，公之一家义气俱萃于此，岂联芳世稿徒以文藻显者比哉？其实迹伟节，诸公之序跋尽之，不佞无容赘为，抑有所深感焉。④

---

① 柳成龙：《西厓先生文集卷之十·答赵士敬》，韩国古典综合数据库 http://db.itkc.or.kr/index。

② 丁范祖：《海左先生文集卷之二十二·丹谷集序》，韩国古典综合数据库 http://db.itkc.or.kr/index。

③ 许篈：《荷谷先生朝天记〔上〕·万历二年甲戌六月》，韩国古典综合数据库 http://db.itkc.or.kr/index。

④ 李德馨：《汉阴先生文稿卷之十二·正气录跋》，韩国古典综合数据库 http://db.itkc.or.kr/index。

余读《武夷九曲诗》至“玉女插花”之句，犹疑夫语意之不侔。及谛观，方觉其为谕道阶级也。一曲谓为学之初，探讨蹊径，莫适所由也；次谓既寻路脉，一意精进，不为物欲牵挽也；次谓昔人已远，流年不住，宜勉力及时也；次谓道不行于世久矣，如月自在山，水自在潭，清明不息，无人见得，惟脚踏实地然后方觉也；次谓此理高深，真解实难，虽或有独至之妙，亦无人识别，但嘐嘐悦古而已也；次谓所造既深，不求人知，物与优游，乐自在也；次谓见识益高，不拘前迹，更有新知也；次谓穷深极高，莫非妙道，只患人之自画也；末曲谓道之极处，不离乎日用人伦之间，如桑麻之常业，有或更求小道之可观，即别是一端，而非君子之所取也。圣贤目击道存，从心吐辞，自然合乎理如此。用此从事，实为乐山者节度，岂不有裨哉！夫朱夫子后学之景慕也，得其言足矣，必欲揭其帧而瞻礼焉。今此轴即武夷之写真，既诵其诗，又一一验其始终浅深之迹，不亦愉快欤！①

来书累日谛观，有以见主理之见，确乎其的，渊乎其深。刊枝落叶，独观昭旷之原，兼亦不谬于单指之旧，乃曰理以自在，说神是就气上说理者。对言之不能无别，其舍己从人之美，令人艳服不已。盖鄙人亦非专昧于主理者，其必存一“气”字者，直以理不能无气故耳。初非为气分疏也，然其辨论之际，在高明则明快之见，或欠于周详。在钝根则包罗之说，或涉于泥水。然高明诋之以墨守，则似疑于立彼我、较胜负。斥之以束缊灌膏，则又虑夫煽主气之燎原，二者皆非其情也。正使今日一扫而从兄言，亦自不失为守吾之太玄，况理神之别之说，比旧益洒然者乎？其体则谓之易，鄙见差处乃在于专以易为气。然谓之体，则亦不可专作理矣。体质之云不但勉斋言之，朱子亦尝言之，其说见于《语类·子在川上》章。吾兄其偶忘之耶？夫无体

---

① 李瀷:《星湖先生全集卷之五十六·书武夷九曲图》，韩国古典综合数据库 http://db.itkc.or.kr/index。

之体，固不可以有形言，然其见于物而加一“质”字，则独非所谓从气看理者乎？①

学是吾人所为，而道是初学所难明，故必就先觉问之。然今余未曾知道，且劝伯孝取《小学》书从头至尾，字字理会，句句体行焉。是为经师随叩随应，愈取愈无尽，譬如山居不乏薪，舟行不乏水矣。至其与乡俗异处，又须力守所知，使吾之所立卓然，自别于庸庸者流，则始之笑侮，终必敬服，而吾学之及于物者亦大矣。伯孝其勉之，余既为此语，再谛观之，意味似太淡泊，然功夫却极切实，使伯孝苟能此，异时圣贤地位不患不能至也。②

朝鲜古代诗家认为，文学接受主体只有“谛观”文学文本，即所谓“三复沈吟”，主体对文本的接受才会“有所深感”“一一验其始终浅深之迹”“渊乎其深”“随叩随应，愈取愈无尽”。只有这样，才是真正的文学接受。朝鲜古代诗家对“谛观”的把握与运用，是“观”的纵向深入，彰显出朝鲜古典诗学批评对文学接受活动的深刻理解。

在朝鲜古典诗学批评中，与“观”属同类性质的范畴还有“鉴”与“细”等范畴及其所统摄的范畴序列。如“细”范畴，朝鲜朝诗家金守温诗云：“舍儒归佛是何心，此道元非物外寻。如识两门端的意，请看论语细参寻。”③此处的“细参”也属于文学接受主体的感知范畴类型。

“鉴”范畴在朝鲜古典诗学批评中，出现的频率也很高，并以其为主轴聚合成一个较活跃的范畴群，如“眼鉴”“鉴别”“藻鉴”“诗鉴”“评鉴”等，择其要者如下：

---

① 李种杞：《晚求先生文集卷之四·答郭鸣远》，韩国古典综合数据库 http://db.itkc.or.kr/index。

② 田愚：《艮斋先生文集后编续卷之五·示金南锡》，韩国古典综合数据库 http://db.itkc.or.kr/index。

③ 金守温：《拭疣集补遗·赠清寒梅月堂金说卿》，韩国古典综合数据库 http://db.itkc.or.kr/index。

凡有眼鉴者见人之诗，虽或未开，更加详审，不可泛忽。至于童稚之所作，亦须留念，观其步趋。今人不知后生之可畏，见其卑下则未及论诗，先轻易之，可叹！①

诗不贵有出处，朱子曰："'关关雎鸠'有何出处？惟当求其声调趣造之如何为之鉴别，岂以其有出处而不敢论哉？"②

金顺叔少时游关东，梦有神吟曰，"春融禹甸山川外，乐奏虞庭鸟兽间"，因言"此乃汝得路之语"，觉而记之。明年入庭试，燕山出律诗六篇，中有《春日梨园弟子沉香亭畔闲阅乐谱》之题，而押"闲"字。金思其句吻合，乃用之。书呈，姜木溪为考官，大加称赏，为状元。金慕斋素有文鉴，为参试官，言曰："此鬼语，非人诗也。"问之，金对以实。人皆服其藻鉴。③

尹公春年有诗鉴，见敬叔一律曰："君应读盛唐诗，必老杜也。"④

荷衣笑谢曰："年少辈果存効公之意，构成一文字未了之际，偶有此吟。"不谓公之明鉴至此也。⑤

总之，"观"及其同类范畴是接受主体通过文学文本，诗意地把握自然、人生与自我的特殊感知方式，"观"的特点就是以具体、生动的个别文学现象，彰显出事物的普遍规律与本质属性，它是接受主体感知文学文本的基本方式。

二、"味"：文学接受主体的体验范畴

在汉文化语境中，"味"是一个意蕴丰厚，姿态万千的范畴类型，原指

① 洪万宗：《小华诗评》，韩国古典综合数据库 http://db.itkc.or.kr/index。
② 申昉：《屯庵诗话》，韩国古典综合数据库 http://db.itkc.or.kr/index。
③ 洪重寅：《东国诗话汇成》，韩国古典综合数据库 http://db.itkc.or.kr/index。
④ 洪重寅：《东国诗话汇成》，韩国古典综合数据库 http://db.itkc.or.kr/index。
⑤ 洪重寅：《东国诗话汇成》，韩国古典综合数据库 http://db.itkc.or.kr/index。

物质的气味，及其刺激人引起生理反应的味觉，后来其内涵与外延不断被拓展和延伸。其发展脉络经历了一个由实用感觉范畴向哲学范畴，由哲学范畴向文艺美学范畴演变与转化的繁复历程。

“味”真正进入诗学批评视域则是在魏晋南北朝时期，在刘勰与钟嵘的诗学体系中被正式确立。自齐梁起，“味”作为一个诗学批评范畴，出现了各种各样的“诗味”理论，尤其是钟嵘的“滋味”说，司空图的“韵味”说，梅尧臣、欧阳修、苏轼等的“平淡有味”说，张戒、杨万里、姜夔等的“含蓄有味”说，谢榛的“全味”说，陆时雍等的“意境致味”说，王夫之的“风味”说等等。由此可见，在中国传统诗学批评中，“味”的范畴序列是一个庞大的集合，其活跃程度不言自明。

但是，无论“味”的范畴如何多姿多彩，其在诗学批评语境中的意旨主要集中在两个方面：一是指称文学活动主体（诗人与读者）审美接受的实践，涵盖“熟味”“玩味”“深味”“细味”“品味”“体味”“吟味”“详味”与“追味”等等一系列范畴；二是指文学文本自身所具有的，并且能够“召唤”主体自觉体验的审美特质，涵括“滋味”“韵味”“无味”“妙味”“禅味”“正味”“真味”“余味”“风味”“气味”与“味外味”等等一系列范畴。我们在此处的论析，以前者中的经典范畴为主。

在朝鲜古典诗学批评语境中，“味”往往被视为一个约定俗成的范畴为朝鲜古代诗家所普遍认同，主要指主体在文学接受过程中的审美感受与体验。如果说，朝鲜古典诗学批评中的“观”的范畴序列及其类型属于接受主体直观感知的范式，那么，“味”的范畴序列及与其同类性质的相关范型则深入到主体心灵的亲身体验层域。如朝鲜朝丁若镛言：“然读诗之法贵乎体验，诚如圣教，今不必更事考据矣。”①在朝鲜古典诗学批评中，指称接受主体主观体验的核心范畴主要有“味”“品”与“玩”等。其

① 丁若镛：《与犹堂全书第二集·经集第十九卷·诗经讲义卷三·大雅·荡之什·抑》，韩国古典综合数据库 http://db.itkc.or.kr/index。

中,最具代表性的莫过于“味”。与“味”同类的其他范畴,也都与“味”有着复杂的内在牵连,或者以“味”为中心共同构成一个复合范畴,如“品”与“味”复合成“品味”,“玩”与“味”则复合成“玩味”。因此,我们将以“味”为枢纽,探究主体文学接受的体验范畴。李奎报诗云:“作诗尤所难,语以得双美。含蓄意苟深,咀嚼味愈粹。”①“咀嚼”即反复体验的过程,体验愈深,诗“味”则愈纯。

朝鲜古代诗家在诗歌接受过程中,习惯于以“味”论诗,突出强调个人自我的主观审美感受与体验,并乐此不疲。如其所言:

> 得先生遗稿而伏读之,味其兴致闲远,辞意雅正,葩而劲,赡而简,雍容乎声律色臭,抑扬疾徐之间,而又不失乎骚家萧散冲澹之趣,盖深得乎唐人风格者也。②
>
> 李绩,字仲栗。工于诗,后攻庸学。味其道,自是不专攻诗道,志尚高远,不事窠臼中事。尚友古人,平居冠带,澹澹如也。③
>
> 余读陶诗而有味其言,子得《斜川》而愈慕其人,以吾味之之深,喜君慕之之笃,岂敢无说?④
>
> 读其书,味其言,想见其为人,则其感叹激励无异身游其间而目击之,不知千载之为远也,谓之尚友不其然乎?⑤
>
> 今味其言,亦可知其所自期者远矣,此又文字外一格也。夫人有一艺高世自足千古,况乎敛华就实、不为空言者乎?况乎日进未已、

---

① 李奎报:《东国李相国后集卷第一·论诗》,韩国古典综合数据库 http://db.itkc.or.kr/index。

② 金安国:《颜乐堂集跋》,韩国古典综合数据库 http://db.itkc.or.kr/index。

③ 南孝温:《秋江先生文集卷之七·师友名行录》,韩国古典综合数据库 http://db.itkc.or.kr/index。

④ 李民宬:《敬亭先生集卷之三·和斜川诗》,韩国古典综合数据库 http://db.itkc.or.kr/index。

⑤ 赵翼:《浦渚先生集卷之二十六·历代贤士录序》,韩国古典综合数据库 http://db.itkc.or.kr/index。

其志不可量者乎?①

诵其声律之和平,味其兴寄之幽闲,若可以继“二南”之遗风,而潇洒出尘之趣,逍遥自得之乐,又可与陶彭泽、林孤山诸作相上下。居穷守约,无慕乎芬华,此男子所难,而况于匪夫乎?②

余熟其书牍,味其篇咏,平居动静具见有诚孝养亲之实。然则公之慷慨死国,固自有本矣。③

呜呼!先生其真逸民也,先生平日存其诗,不存其文,故今集寔遵略若可憾。然读之者,即其诗,味其旨,其于知先生之为先生固有余裕。④

于此可见,“味”在朝鲜古典诗学批评中的普泛性特征,而朝鲜古代诗家在“味其诗”之后,所谓的“兴致闲远”“想见其为人”“敛华就实、不为空言”“潇洒出尘之趣,逍遥自得之乐”“平居动静具见有诚孝养亲之实”“即其诗,味其旨,其于知先生之为先生固有余裕”等,皆为有感而发,是接受主体在与审美观照物相遇的刹那间,自我心灵本真体验的自然流露。

由于“味”范畴在朝鲜古典诗学批评中的备受关注与认同,它又衍生或延展出一系列的范式与范型,笔者选择其中颇具代表性的“熟味”“玩味”与“深味”三个经典范畴加以判究。

首先,“熟味”。所谓“熟味”,即仔细体会。朝鲜古代诗家对“熟味”的理解、阐释与运用如下:

熟味圣言以求颜子之所用力,其机特在勿与不勿之间而已。自

① 林泳:《静观斋先生集跋》,韩国古典综合数据库 http://db.itkc.or.kr/index。

② 南九万:《药泉集第二十七·金夫人枕角绣诗序》,韩国古典综合数据库 http://db.itkc.or.kr/index。

③ 任相元:《恬轩集卷之二十九·花浦诗稿序》,韩国古典综合数据库 http://db.itkc.or.kr/index。

④ 金祖淳:《老稼斋集序》,韩国古典综合数据库 http://db.itkc.or.kr/index。

是而反则为天理，自是而流则为人欲；自是而克念则为圣，自是而罔念则为狂。特毫忽之间耳，学者可不谨其所操哉。①

西山真氏曰："温者和易之意，筑室者以基为固，修身者以敬为本，故此温温恭谨之人有立德之基也。"首章验其德之隅，此章立其德之基。熟味其辞，武公作圣之功于是在焉。②

东莱此说固以当初次辑之意为言，朱子亦尝云《近思录》首卷难看。某所以与伯恭商量，教他载数语于后，则此必当日烂熟消详之语，固非专出于东莱者。然考其言语气象，自是东莱规模，参以《小学·总论》中"东莱"说，深考而熟味之，则其意可见矣。③

且熟味，其词意近巧，似非先正语。今若遽然致祭，则岭南亦多老师宿儒，若质言其非先正所作，则朝家举措岂不贻笑士林，而亦恐有欠于尊敬先正之道。④

程子于此盖就疑似处剖析之，以发明君子之心耳。读者熟味而深玩之，则必当有自得处耳，更详经文之意。盖人能乐于及人，则其心已大公至正，宜可信其为君子矣！⑤

骤见之，但觉遗风余韵，熏然泠然有被人者矣。徐玩而熟味之，则皆可以劝忠兴孝、型家范世。微而至于吟弄风月，谈谐朋酒，亦皆划然，非衰俗耳目。如振雅弦于巴歈之席，峙古器于沽肆之筵，廉顽

---

① 李珥：《栗谷先生全书卷之二十一·圣学辑要·修己》，韩国古典综合数据库 http://db.itkc.or.kr/index。

② 金烋：《敬窝先生文集卷之五·朝闻补录》，韩国古典综合数据库 http://db.itkc.or.kr/index。

③ 林泳：《沧溪先生集卷之二十三·近思录》，韩国古典综合数据库 http://db.itkc.or.kr/index。

④ 尹光绍：《素谷先生遗稿卷之十八·孤舟录〔上〕》，韩国古典综合数据库 http://db.itkc.or.kr/index。

⑤ 任圣周：《鹿门先生文集卷之十三·杂著经义·论语》，韩国古典综合数据库 http://db.itkc.or.kr/index。

敦薄之意，阇然施于其间，向所谓道无精粗者非耶？①

星湖先生所著书百有余卷，皆明天理，尽物性，正人心，淑世教者也。传读之，熟味之，好之不足而悦之，悦之不足而乐之。②

朝鲜古代诗家认为接受主体只有“熟味”其接受对象，即融入对象之中，仔细地体验对象，才能更有效地展开文学接受活动。如其所言，“熟味”之，则具有“其机特在勿与不勿之间而已”“武公作圣之功于是在焉”“其意可见矣”“必当有自得处耳”“好之不足而悦之，悦之不足而乐之”等积极的功效。“熟味”的体验方式，为接受主体带来了积极的审美效益。

其次，“玩味”。所谓“玩味”，即“研习体味”之意。在朝鲜古典诗学批评中，“玩味”范畴也深为朝鲜诗家青睐，在诗学批评中的情形如下：

“内直质重兮大人所盛，心内所怀之操直而厚重”，此君子之所盛褒而嘉美者也。玩味此语则患难造次，变其所守，真小人之态也。③

杨士悰云：“莫道真游来此止，更从此去觅壶天。”顾应祥云：“更将清兴消斜日，风洞重寻一线天。”此等句皆以景致尽处，故更欲别寻一仙境以为究竟处。窃意先生初意亦只如此而已，而读者于讽咏玩味之余，而得其意思超远涵蓄无穷之义，则亦可移作造道之人深浅高下，抑扬进退之意看。④

所宜潜心熟讲，优游玩味，不徒诵其文，而必有以会其理；不徒会

---

① 李献庆：《艮翁先生文集卷之十九·李氏景远录序》，韩国古典综合数据库 http://db.itkc.or.kr/index。

② 许传：《性斋先生文集续编卷之四·冷窝遗稿序》，韩国古典综合数据库 http://db.itkc.or.kr/index。

③ 金时习：《梅月堂文集卷之二十三·骚注·怀沙赋正义》，韩国古典综合数据库 http://db.itkc.or.kr/index。

④ 李滉：《退溪先生文集卷之十三·答金成甫德鹍别纸》，韩国古典综合数据库 http://db.itkc.or.kr/index。

其理，而必有以践其实。察伦明物，极其所止，尽心知性，以达于天者，学之本也。①

淫泆咏叹，盖必须玩味而无穷；反复沈潜，愿庶几好学而不厌。取诸人，无曰苟矣；省厥躬，不在兹乎？兹乃致治之原，无非进德之事。“过则勿惮改”，虽曰无难，悔而知反躬，亦云不易。②

今是编之出，其能同我怀者有几？其能咀嚼玩味，得其言外之意者有几？其无乃口悦腹诽，簧鼓雌黄，传会于古昔椒兰绛灌而不知悔耶！今因识公之稿，辄敢奋笔，吐出胸中不平之气。③

老杜为万古诗祖，其造句法自有定式，学者勿为放过，每于造句安字处寻索玩味，自有长进之益。④

目视足行，同归一津。载道惟书，体道惟身。真切玩味，会之以神。⑤

若欲完养心气亦无他法，胸中无蒂芥，常置心于平平荡荡之地。读书更须玩味，不可有程督急迫之心。⑥

公知世道日艰，终必有消长之虞。拜官辄力辞，再分郡符，以至自遁于东冈，筑室灵芝洞中。为终焉计，于是益取六籍，洎夫程朱遗

---

① 李彦迪：《晦斋先生集卷之七・一纲十目疏》，韩国古典综合数据库 http://db.itkc.or.kr/index。

② 洪仁佑：《耻斋先生遗稿卷之一・拟弘文馆请写抑戒于屏以备燕闲之览笺》，韩国古典综合数据库 http://db.itkc.or.kr/index。

③ 郑弘溟：《畸庵集卷之十・体素集跋》，韩国古典综合数据库 http://db.itkc.or.kr/index。

④ 梁庆遇：《霁湖集卷之九・诗话・老杜喜用之文字》，韩国古典综合数据库 http://db.itkc.or.kr/index。

⑤ 崔鸣吉：《迟川先生集卷之十七・复箴》，韩国古典综合数据库 http://db.itkc.or.kr/index。

⑥ 李惟泰：《草庐先生文集卷之二十・答李锡之懿锡书》，韩国古典综合数据库 http://db.itkc.or.kr/index。

训，䌷绎玩味，未尝少懈。以谓天下之乐，无可易此者。①

余生五岁则知读书，从塾师受数卷书，已能通大义。既长，读经史外，诸子百家无不遍览。顾于诗嗜甚，取《诗》《骚》、汉魏六朝、李杜、初盛唐诸家沈潜玩味，积久融贯。其求之不以诗而以心，似觉有古人神气潜流，暗透于肺腑间者。窃谓诗者出于性情，达乎声音，讽之自然，有神动天随之妙者，斯为至矣。②

与“熟味”相较，“玩味”式接受体验的审美意味更为浓厚，如果说“熟味”更多的是感知体验，那么，“玩味”则更彰显出审美体验之深。如其所言，“玩味”之，则“得其意思超远涵蓄无穷之义”“必有以会其理”“得其言外之意”“自有长进之益”“会之以神”“求之不以诗而以心”等，进而有“神动天随之妙”的审美效应，其中的“求之不以诗而以心”则完全是一种超越性的自由之审美体验态势。

其三，“深味”。“深味”作为一个诗学批评范畴本有二意：一是指称文学文本的形态风格有深长的意味；二是指称接受主体对文学文本的深入体味。我们在此取其后者，展开分析。

崔猊山诗曰：“漏云残照雨丝丝”，牧隐深味之，有“脍炙猊山四句诗”之句。③

古之人论诗文得失备而详，其大要不过以识高而意远，气健而理胜，不卑鄙，不巧险，出于天然自真者为得。观公之诗文，玉韫山辉，春晴云霭，外淡而中腴，辞今而意古，坦坦然如履平地卒遇绝崄，跬步不失规矩，风恬波静，激石而涛浪拍天。可与啖蔗得深味者看，不可

① 朴世采：《南溪先生朴文纯公文正集卷第六十六·静观斋集序》，韩国古典综合数据库 http://db.itkc.or.kr/index。

② 洪世泰：《柳下集序·自序》，韩国古典综合数据库 http://db.itkc.or.kr/index。

③ 徐居正：《东人诗话》，韩国古典综合数据库 http://db.itkc.or.kr/index。

与刺口剧菱芡者论。①

占毕斋慕其昌歜，载得一句于《青丘集》："一鸠晓雨草运野，匹马春风花满城"，其气象如化工。深味十四字，足以知公之心矣。②

君自少喜为诗，谭者以为有作者韵格。而深味于竹牖之名，则其于去暗来明之道不为无助也，尹侯之意其亦有在也欤！③

中表弟全城李仁老资敏而嗜学，年甫弁文业已杰然。伏其伦类，风致散朗，不自拘拘而修外。每少醺辄侧冠哦诗，一有诗，诗至数十篇，横放自恣而不可当。又博综道家诸书，穷日夜亹亹不自休。深味乎其言之也，余深喜其蚤悟，且喜其趣之超也。④

坡诗云"籴米买束薪，百物资之市。不缘耕樵得，饱食殊少味"，此是缘耕而得者，劳苦中亦觉有滋味也。应先学忍饥，虽行不得。然近以深味此语之故，粝饭菜羹亦觉易饱，亦不可以徒嘲戏也。⑤

噫！公之可称者，其将在其文乎？抑将在其人乎？必有能辨之者而深味乎澹虚之意，则公之清德雅操庶可想象矣。⑥

（朴学官守庵枝华）《咏崔孤云》诗曰："孤云唐进士，初不学神仙。蛮触三韩日，风尘四海天。英雄安可测，真诀本无传。一去留双鹤，清风五百年。"深味之，有不尽之意。⑦

---

① 申用溉：《二乐亭集卷之八·三滩集序》，韩国古典综合数据库 http://db.itkc.or.kr/index。

② 周世鹏：《武陵杂稿卷之七·竹溪志序》，韩国古典综合数据库 http://db.itkc.or.kr/index。

③ 宋时烈：《宋子大全卷一百四十六·竹牖具君诗稿跋》，韩国古典综合数据库 http://db.itkc.or.kr/index。

④ 徐宗泰：《晚静堂集第十一·赠李弟仁老小序》，韩国古典综合数据库 http://db.itkc.or.kr/index。

⑤ 申靖夏：《恕庵集卷之七·尺牍·答昉》，韩国古典综合数据库 http://db.itkc.or.kr/index。

⑥ 宋秉璇：《渊斋先生文集卷之二十八·澹虚斋金公遗稿跋》，韩国古典综合数据库 http://db.itkc.or.kr/index。

⑦ 梁庆遇：《霁湖诗话》，韩国古典综合数据库 http://db.itkc.or.kr/index。

“深味”是“味”范畴序列中在体验中带有理性之思的诗学范式，它表明文学文本之“味”绝非纯然一色的主观审美体验，而是体验中糅合了理思的成分，这才是“味”的本相，也深契于文学的普遍思维规律，即在文学活动中感性思维与理性思维始终是相辅相成而相得益彰的。

指称接受主体审美体验的“味”范畴，除“熟味”“玩味”与“深味”等经典范型外，还有“详味”“吟味”“趣味”与“无味”等范式，如：

惜其无有微言至论著之于书，以诏来学于无穷也。诗则余事也，而其存者仅若干篇。然皆本之情性，该诸物理，往往有发其胸中之所得而不能自已者焉。后之人苟有知言者讽咏而详味之，则其洞见道体之妙，固已跃如于片言半句之中矣，岂无得先生之心于诗之外者？①

予尝谒文安公，有一僧持《东坡集》质疑于公，读至“碧潭如见试，白塔若相招”一联，公吟味再三曰：“古今诗集中罕见有如此新意。”近得李学士春卿诗稿见之，警绝新意颇多。其长篇，中气至末句而愈壮，如千里骥足，方展走通衢，未半途勒止也。②

且世人多有认意为情，认味为趣者，非也。情虚而意实，情清而意浊，趣远而味近，趣高而味俗，不可不辨也。③

得其平生所为诗若千百篇，大抵矜持太过，爱惜太甚，非良时佳景得接会心人，不浪吟咏酬酢，以故形于纸墨之间。数亦不甚多，细而味之，音节清亮，格调感慨，放浪诙谲。④

公逐幅有咏，令余和之。观其韵格，高古如玄酒大羹，寓至味于

---

① 卞季良：《圃隐先生诗稿序》，韩国古典综合数据库 http://db.itkc.or.kr/index。

② 崔滋：《补闲集》，韩国古典综合数据库 http://db.itkc.or.kr/index。

③ 吴光运：《药山漫稿卷之十一·诗指》，韩国古典综合数据库 http://db.itkc.or.kr/index。

④ 任希圣：《在涧集卷之二·许汝正烟客诗卷序》，韩国古典综合数据库 http://db.itkc.or.kr/index。

无味之中,与韩马二公《咏雪花庵》等作相类。①

“寓至味于无味之中”是朝鲜古代诗家对“味”之体验性质的高度发掘,“无味之味”即是“味”的终极形态,也是主体之“高峰体验”的出现,于是将主体接受的美感体验引至更深的理性反思之维。

三、“悟”:文学接受主体的理思范畴

关于“悟”范畴,在前文论释规范创作主体的范畴类型时已有详尽的阐发,此不赘言。毋庸置疑,创作主体之“悟”的心理机制也完全适用于接受主体。我们在此又提及“悟”范畴,是为了更有效地揭示与体认主体接受心理运行机制的内在逻辑关系,即由“观”而“味”,由“味”而“悟”,意在彰显主体的文学接受活动是一个有序渐进的流动过程,进而从另一个侧面揭示出接受主体的文学接受活动,实际上也是其个体生命本质自由自觉之灌注与流溢。“自由”指称其生命本质流贯的合目的性,“自觉”则指称其生命本质运行的合规律性,“合规律性”即为“真”,“合目的性”即为“善”,如果说合规律性与合目的性的有机统一是哲学的至境,那么,真与善的融合则为“美”的极致。

所以,“悟”意味着主体文学接受活动的完满实现,正如朝鲜朝诗家申翼相言:“诗固易言哉!然非言之难也,知之为难也。非有自得于心而妙悟于神化之境者,不能知也。”②但接受者妙悟诗的神化境界绝非等闲之事,洪万宗就曾言道:“余尝耳食于古人之所论,知诗之难甚于为诗之难。”③从文学接受意义上看,之所以“知诗之难”,是由于知诗者的体验

---

① 李埈:《苍石先生文集卷之十四·梧里李相公花草障后跋》,韩国古典综合数据库 http://db.itkc.or.kr/index。

② 申翼相:《醒斋遗稿册九·题季会诗跋》,韩国古典综合数据库 http://db.itkc.or.kr/index。

③ 洪万宗:《小华诗评》,韩国古典综合数据库 http://db.itkc.or.kr/index。

未能达于“悟”境。故而，佛家曰：“若心清虑静，缘文究义，依义寻文，则文义之舛错者不隐微毫，了然昭著。”①

在朝鲜古典诗学批评实践中，朝鲜古代诗家指称接受主体之“悟”，除直接以“悟”指称外，还有更为恰切的称谓，即朝鲜古代诗家常常以“心融”置换“悟”，这在朝鲜古典诗学批评中是一显著特色。“心融”者，顾名思义，即将主体的内在精神完全投射于对象之中，使主体与对象浑融无间，进而使主体全身心地体悟外在世界无穷无尽的美妙韵味，甚至激发出主体对宇宙人生的诗意求索。

吟啸耽玩，境与心融，不知泰山之为大而假山之为小也，一坳之为小而沧海之为大也。②

先生文章出于六经，根乎性理，明白正大，精紧恳到，深得濂洛之风。读之使人心融理透，亹亹不厌，真经世之文也。③

其自得于吟咏性情者，固亦异乎人之为诗也哉？比物托兴非不惬当也，摛藻琢辞非不华炼也，要不可以是求是观，而别有其沨沨浏亮于纸札之外者，伦清韵圆使人耳解而心融，宜其善读而审音者得之。盖即文而诗在乎斯，即诗而乐在乎斯。合而观之，是又所谓泯然一色者也。④

吉哉之为人孝友祥顺，平居循循然如静女之在闺，而当其酒酣哦

① 释信如：《金刚经序》，徐居正等：《东文选·卷八十三》，韩国民族文化促进会1982年版，第744页。

② 李承召：《三滩先生集卷之十一·石假山诗序》，韩国古典综合数据库 http://db.itkc.or.kr/index。

③ 李廷龟：《牛溪先生年谱卷之一·行状》，韩国古典综合数据库 http://db.itkc.or.kr/index。

④ 金昌翕：《三渊集卷之二十三·仲氏文集后序》，韩国古典综合数据库 http://db.itkc.or.kr/index。

诗风流萧散，见者心融，以为王谢辈人也。①

朝鲜古代诗家普遍地将“心融”视为“悟”的具体途径与呈示方式，认为在文学接受活动中，接受主体如果能以己之心全力包融对象，物与我则“泯然一色”也。如果“境与心融”并进而达到“心融理透”的境地，则“不知泰山之为大而假山之为小也，一坳之为小而沧海之为大也”，于是，接受主体之“悟”已完全超越了具象世界的物相本身，其精神已然如道家之“逍遥游”、佛禅之“舍筏登岸”，入于玄妙幽冥之境。

朝鲜古代诗家以为主体之“悟”之所以会达于如此至境，绝非仅仅“心融”使然，更需要主体在与外物“心融”的同时必须以“神”应之方可，于是便生发出“心融神会”（有时也称“心融神契”“心融神解”“心融神睟”与“心融意会”等）的范畴类型。所谓“心融神会”即是指接受主体在与对象弥合的过程中，使自我之心与对象浑融，自我之神与对象圆融。

读来读去，自有无限滋味渐次出来。久久精熟则心融神会，透彻贯通。非但晓得古人文字语句之法，并与作者言外之意而得之。良工之苦心，哲匠之能事，初亦不外乎陈篇蠹简之间矣。②

每吟到《武夷九歌》之“林间有客无人识，欸乃声中万古心。客来倚棹岩花落，猿鸟不惊春意闲。莫言此处无佳景，自是游人不上来。渔郎更觅桃源路，除是人间别有天”，《高山诗》之“杨柳和风日日吹，山花开尽小川湄。人闲不管身荣辱，客罕非关路险夷”“石潭春水满，沙头步屧缓。独卧听溪声，玲珑作幽伴”等句，自不觉心融

① 李天辅：《晋庵集卷之六 · 太华集序》，韩国古典综合数据库 http://db.itkc.or.kr/index。

② 成文浚：《沧浪先生文集卷之四 · 读书七诀》，韩国古典综合数据库 http://db.itkc.or.kr/index。

神会，手舞足蹈。①

读书意味有五等：仅解句读，而未能了了；寻摘言句以资受用，而犹未知意味；通贯文义无复疑晦，而犹未融会于言外；圣贤言语若固当然，心融神会，手舞足蹈；圣贤肠肚即我肠肚，达于言行无非此理。②

元灵之文洁而无陈腐语，深得韩子必己出务去陈言之意。且其言近世为文之弊，有曰"引经以证其说者，特蹈袭词章之文耳"，此亦可谓笃论。然考其文反或不能文从字顺，出于自然，使人有心融神会之意。③

其语明白深切，尤足以发明夫子言外之旨。读之不觉心融神会，手舞足蹈。④

先生之言见于书者，固为人之日用饮食矣。诚玩索深味，实体而精进焉。其宫墙之美，堂室之奥，有所向往而跂及，然后先生之乐，庶乎可以仿佛焉。于是而按图徐玩，必有心融神会而不自知者，其所得又不更深矣乎？⑤

朝鲜古代诗家认为接受主体妙悟对象的至高至美状态，就是"以我观物"或"以物观我"之时，"我"与"物"的"心融神会"。他们所言及的"久久精熟则心融神会，透彻贯通""自不觉心融神会，手舞足蹈""融会于

① 李端相：《静观斋先生集卷之十四·奉寄海西金按使序》，韩国古典综合数据库 http://db.itkc.or.kr/index。

② 金昌翕：《三渊集拾遗卷之二十九·漫录》，韩国古典综合数据库 http://db.itkc.or.kr/index。

③ 闵遇洙：《贞庵集卷之九·李元灵麟祥文稿跋》，韩国古典综合数据库 http://db.itkc.or.kr/index。

④ 任圣周：《鹿门先生文集卷之二十二·时习斋铭》，韩国古典综合数据库 http://db.itkc.or.kr/index。

⑤ 李象靖：《大山先生文集卷之四十五·武夷九曲图跋》，韩国古典综合数据库 http://db.itkc.or.kr/index。

言外”“足以发明夫子言外之旨”“必有心融神会而不自知者，其所得又不更深矣”等，表明接受主体之“悟”已进入叩问对象“言外之旨”的理性反思层面。同时，它也暗示着“心融神会”是主体接受达于“悟”之胜境的最佳途径与最有效的方法。

由此，我们可以认为，“心融神会”是“悟”范畴体系中指称接受主体接受程度的典型范式。当然，除此之外，朝鲜古代诗家有时也以其他同类或同质性的范型指称这种情形。如其所言：

> 盖“集注”则求放心为学问之本，“语类”则学问皆所以求放心，其旨义既异，意味悬别。试取《孟子》本文虚心讽读数三过，则可见语类说恰得孟子本意，使人心融神解，布乎四体，有不言而喻之妙。①
>
> 万物皆备于我矣，反身而诚，乐莫大焉。凡此之类皆平易发之，若寻常说话，而其发明道妙，通透洒落。使人读之心融神解，意味无穷，有不知手之舞之足之蹈者，非几与道为一者何以及此。②
>
> 后之人善读而有得焉，其必有心融神契，无异于摄齐登门而亲聆其音旨者矣。③
>
> 赏其文章，歆其行义，爱其气度风流之英爽弘长，为之颠倒而心融神醉，自以为桂塘之知己。④
>
> 吾友桂村李大衡，攻苦读书，尤喜为诗。凡平日游从往来，遇物触境，可喜可悲之事，举发于诗。观其体制好尚固不离于今，而间有

---

① 任圣周:《鹿门先生文集卷之十·与舍弟稺共》，韩国古典综合数据库 http://db.itkc.or.kr/index。

② 任圣周:《鹿门先生文集卷之十九·鹿庐杂识》，韩国古典综合数据库 http://db.itkc.or.kr/index。

③ 李象靖:《大山先生文集卷之四十四·鹤峰先生续集序》，韩国古典综合数据库 http://db.itkc.or.kr/index。

④ 安锡儆:《霅桥集卷三·桂塘遗稿序》，韩国古典综合数据库 http://db.itkc.or.kr/index。

心融意会，萧爽清远，意其有自得者乎？①

由上论可判知"心融神解""心融神醉"与"心融意会"，是"心融神会"的同质性范畴。

综合全章，朝鲜古典诗学批评体系中的文学接受论范畴，已如上所述。我们所论及的这些经典范畴主要是以文学接受主体与接受对象为主，沿着两个方向展开逻辑阐释：一方面是就文学接受主体而言，朝鲜古典诗学批评强调接受主体应"虚静""养气"与"澄心"，其中以"虚静"为基础，"虚以养气""虚以澄心"，为接受主体更有效地接受文学文本做好才学的积累与心里的清静；另一方面是就文学接受对象而言，即朝鲜古典诗学批评探讨接受主体应该如何接受文学文本的问题，实际上也就是接受主体接受文学对象的方法论分析，对此，我们梳理出朝鲜古典诗学批评的逻辑是由"观"而"味"，由"味"而"悟"，三者是逐层深入的逻辑递进关系，其中，"观"是接受主体的感知范畴，"味"是接受主体的体验范畴，"悟"则是接受主体的理思范畴，它们在诗学批评实践中彼此交叉，进而使主体的文学接受活动更趋于完善与完满。

由此可证，文学接受中的主体与客体名虽为二，而实则一体，相互浑融，密不可分。所以，我们可以说，虽然朝鲜古代诗家并未明确标示出文学接受过程中概念、范畴的逻辑联系，甚或是否可以构筑成一个完整的系统尚不明确，但是细细究察，朝鲜古典诗学批评关于文学接受的逻辑联系还是隐然存在的。

---

① 李种杞：《晚求先生文集卷之九 · 李桂村诗集序》，韩国古典综合数据库 http://db.itkc.or.kr/index。

第八章　朝鲜古典诗学范畴的“隐体系”化特征及其诗意呈示

本书的主旨就是以朝鲜古典诗学批评中的经典范畴为研究的对象，以现象诗学为理论基础，以阐释学理念为方法论指导，并结合其他有效的批评方式，在充分搜集与整理朝鲜古代文献资料的前提下，对朝鲜古典诗学批评中的经典范畴进行全面的阐释与精微的分析，进而寄望倾全力梳理与归纳出朝鲜古典诗学批评的范畴体系及其特征。但是，在构建论释内容的漫长过程中，虽然析理出了朝鲜古典诗学诸多方面的众多经典范畴，却始终未能找寻到朝鲜古代诗家对这些经典范畴之间的逻辑关系进行归纳、概括的任何明显表述。然而，通过对朝鲜古典诗学批评范畴的整理与探究，可清楚地发现不同类型、类别的范畴及范畴序列之间隐然有逻辑的勾连，已然构成了潜在的客观体系，并呈示出系统化的特征。我们姑且把这种以潜在状态存在的逻辑系统，称之为“隐体系”。

同时，我们也强烈地体悟到，正是由于朝鲜古典诗学批评范畴的“隐体系”化特性，即它的体系化特征是以直觉感性的方式表现出来的，因而具有某种模糊性与无序性，而完全有别于西方诗学体系的那种理性思辨的明晰性与有序性。这种直觉感性的特质，往往使其诗学范畴的呈示带有某种诗意的浪漫色彩。而朝鲜古典诗学范畴表现方式的诗意特色，又直接根源于其范畴体系的潜隐性存在。因此，朝鲜古典诗学批评范畴的隐体系化特征，与批评范畴的诗意呈示，存在着必然的逻辑关联。

第一节　朝鲜古典诗学范畴的“隐体系”化特征

通过对朝鲜古典诗学批评中的基干范畴、本质论范畴、创作论范畴、文本论范畴及接受论范畴的逐一梳理与归类、阐释与分析，我们可以真切地感受到，朝鲜古典诗学批评的各部分范畴中的范畴类型之间，的确存在着某种横向或纵向的逻辑关联，甚至可以说有迹可循。但是，朝鲜古代诗家在诗学批评实践中从未明确标示出不同范式、范型或范畴之间存在着某种必然的逻辑联系。没有明确指出其存在，并不能就证明其不存在。朝鲜古典诗学批评范畴的体系化特征可以从以下几个方面展开论证：

第一，同一范畴群或同一范畴序列中的不同范型之间有着内在的逻辑联系。例如，就“观”所统摄的范畴集群而言，其中的“博观”与“通观”等范畴，指称“观”的广度；“谛观”与“深观”等范畴，则指称“观”的深度。前者是“观”的横向拓展，后者则是“观”的纵向延伸，二者结合在一起，就隐然呈示出“观”这一范畴集群的体系化特征。

第二，同一领域的不同范式之间存在着某种必然的逻辑关系。通过对朝鲜古典诗学批评范畴的仔细整理与深入探析，我们发现每类范畴的不同范式之间的内在勾连，也都不同程度地寓涵着某种隐然存在的逻辑关系，并呈示出系统化的特征。如接受论范畴序列中的“观”“味”“悟”分别指涉文学接受主体的感知范畴、体验范畴与理思范畴，三者之间显然存在着一种循序渐进的逻辑联系，并进而构成批评接受主体的范畴体系。

再如“性”与“情”同属于主体本原范畴，在内在逻辑上，“性”与“情”名虽为二，而实际上是个体人格中休戚相关的两个方面。人之“性”必将借由人之“情”得以外露，而人之“情”则必须以人之“性”为准的。因此人之“性”以人之“情”为内容，而人之“情”则以人之“性”为基础。换言之，“性”是“情”之生命根因，“情”为“性”之生命形态。所以荀子言：“性者，天之就也；情者，性之质也；欲者，情之应也。”①在具体的文学批评话语实践中，批评者往往以“性情”或“情性”合而言之。

第三，不同部分的范畴类型之间也存在着某种必然的逻辑联系。在朝鲜古典诗学批评中，创作论范畴与接受论范畴往往有诸多的交叉，如“感兴”范畴既可以指称创作主体创作活动的发生，也可以指涉文学文本对接受主体的“召唤”；“妙悟”范畴既具有创作主体因体悟天地自然之道而激发起创作冲动的意指，如朝鲜朝诗家申钦言：“然其妙悟独契，超乎昭旷之旨，寓于恢诡谲怪之中者，有非后之占毕拘儒所闯其藩墙，岂可少哉？”②也具有接受主体因文学文本的诱发而妙悟天地自然之理，如朝鲜古代诗家言：“文章元无二致，在于自得妙悟。悟在于此，则可以推及于彼。故诗文亦往往有相袭转幻处。”③

同时，无论是创作论范畴还是接受论范畴，他们都共同聚焦于文学文本，因而又都与文本论范畴产生逻辑链接。再以“妙悟”范畴为例，在“妙悟”意义上，可以说文学文本的风格韵味，一方面，它是创作主体以“妙悟”的创作心理机制，在文学文本中营构出来的诗意空间；另一方面，它也是接受主体以“妙悟”的体验方式，从文学文本中开拓出来的审美境界。在这一层面上，文学文本的所有风格样貌都与“妙悟”潜在地串连在一起，同时也使得创作论范畴、文本论范畴与接受论范畴共同建构成一个潜在的逻辑网络，并在理性维度上呈示出体系化的特征。

第四，朝鲜古典诗学批评中的所有范畴，都可以被纳入现代性的诗学批评体系之中。换句话说，如果我们以当代的诗学批评体系加以衡量，那么，当代诗学批评体系中的所有构成要件，在朝鲜古典诗学批评范畴网络

① 《荀子·正名》，中华书局1982年版，第206页。

② 申钦：《象村稿卷之三十六·书齐物论后》，韩国古典综合数据库 http://db.itkc.or.kr/index。

③ 李祘：《弘斋全书卷百六十二·日得录二·文学〔二〕》，韩国古典综合数据库 http://db.itkc.or.kr/index。

中都能够找寻到其对应的内容。

美国当代文艺理论家艾布拉姆斯在《镜与灯：浪漫主义文论及批评传统》①中，提出了著名的“文学四要素”说，并获得了当代学界的普泛认同。艾布拉姆斯认为，文学作为一种活动始终是由世界（或生活）、作家、作品与读者这四个要素的不断循环往复构成的一个流动过程。同时，这四个要素之间的运动不是单向的流动，而是一种双向流动，并彼此交织在一起，进而形成了一个纵横交错的复杂网络系统。后来，有研究者据此概括出当代文学理论的基本框架体系，即本质论、文本论、创作论与接受论。本书的结构框架即有鉴于此。

第五，朝鲜古典诗学范畴的批评体系是一个具有张力的网络系统，并呈示出流动性的特征。通观整个朝鲜古典诗学批评范畴的结构状况，能够深深地感悟到朝鲜古典诗学批评的所有范畴，都被某种类似生命之流的张力运动牵引着，进而使朝鲜古典诗学批评范畴的隐在体系，始终流贯着某种勃勃而又绵绵的生命律动。如果我们把朝鲜古典诗学批评的本质论范畴、创作论范畴、文本论范畴与接受论范畴比喻为天空中自由飞翔的风筝，那么，系在这些所有风筝身上的线索都统统被基干范畴牢牢地掌控着。我们梳理与归纳出来的朝鲜古典诗学批评的几个基干范畴，对其他部分的全部范畴都具有这种至高无上的统摄权威。“道”“气”“象”与“自然”等基干范畴，都一直或隐或显地存在于朝鲜古典诗学批评的每一个环节。以“象”为例，它既是本质论范畴探讨的核心，也是创作主体倾情打造出来的形象；既是文学文本呈示出来的含蓄缊藉的意象，也是接受主体永远也无法穷尽的审美对象。

作为基干范畴的“气”亦是如此，它既是文学发生的一股原动力，也是创作主体先天秉持的生生不息的创作源泉；既是从文学文本自然流溢

① M.H.艾布拉姆斯：《镜与灯：浪漫主义文论及批评传统》，郦稚牛、张照进、童庆生译，王宁校，北京大学出版社 2004 年版。

出来的气势、气味、气韵，也是接受主体虚怀以待的灵气、神气。

“道”更是如此。文学的一个根本使命就是“载道”，如郑道传言：

> 日月星辰，天之文也；山川草木，地之文也；诗书礼乐，人之文也。然天以气，地以形，而人则以道，故曰：“文者，载道之器，言人文也。”得其道，诗书礼乐之教明于天下，顺三光之行，理万物之宜，文之盛至此极矣。士生天地间，钟其秀气，发为文章，或扬于天子之庭，或仕于诸侯之国。①

“道”在朝鲜古典诗学批评范畴体系中的统摄地位，是任何力量都无法撼动的。至于“自然”，更无须多言，它是文学孜孜以求的终极境界。

综上所述，朝鲜古典诗学范畴的构建，虽不具有西方式的明晰逻辑，但其潜在状态下的“隐体系”的存在，却是一个不争的事实。

第二节　朝鲜古典诗学范畴的诗意呈示

前已提及，朝鲜古典诗学范畴呈示方式的诗意特色，是由其诗学范畴体系的潜隐性存在直接造成的。所谓“诗学范畴的诗意呈示”，就是指朝鲜古典诗学范畴的存在，本身就是某种审美意蕴的灌注与流动。

所谓审美意蕴是一个具有模糊性的概念，它不是一个认识论的范畴，而是一个存在论的范畴。由于属于存在论范畴，存在先于本质，所以它在衍生的过程中非常注重审美活动中的当下体验。可以说，审美意蕴的发生是审美活动中审美主体在凝视对象的刹那间形成的一种感性直观的印象，是主体与审美对象交互运动的必然结果，是主体的感悟与对象的诸种

① 郑道传：《陶隐集序》，韩国古典综合数据库 http://db.itkc.or.kr/index。

审美素质相互作用而形成感应关系后，自然衍生出来的一种综合性的审美效应，或者说，审美意蕴是在审美活动中产生的一种总体审美效果。

我们说朝鲜古典诗学范畴的审美意蕴，是指朝鲜古代诗家以范畴形式进行诗学批评的过程中，由于偏重以自我的直观体悟为主，其话语的呈现往往留有诸多空白。这空白极大地拓展了接受者的想象空间，进而形成了一股强劲的审美张力。由此可见，诗学范畴的审美意蕴是相对于作为主体的人而言的，进一步说，是相对于作为主体的人的生命而言的。离开了人的主体性，离开了主体的生命体验，生发出的审美意蕴将成为无源之水、无本之木的空谈。因此，我们在此究思朝鲜古典诗学范畴的审美意蕴，即是体验其中潺潺流淌着的脉脉的人文情怀。

朝鲜传统文化在一定程度上属于一种具有鲜明的主体性的文化。这也在某种程度上造就了朝鲜古典诗学范畴的一个突出品格：就是以彰显人的主体性，特别是主体的活生生的直观生命体验为主。事实上，朝鲜古典诗学范畴批评在展开的过程中，也时刻遵循人文一体、品诗如品人的诗学传统理念。也就是说，朝鲜古代诗家在进行诗学批评时，习惯于把诗歌的生命当作诗人的生命来看待。由此，他们认为透过诗歌的生命体征就可以直接感知到诗人的生命体征。这种认识论与方法论，本身就带有浓浓的生命的味道，呈示出某种生命的情调或人生境界，体现了某种蓬蓬勃勃的生命律动，给人以绵延不绝的美感体验。

综上所言，试从以下几个方面来体悟朝鲜古典诗学范畴的审美意蕴。

一、朝鲜古典诗学范畴时时呈示出某种生命的情调或人生境界

清代诗家刘熙载在《艺概》中鲜明地指出“诗品出于人品”，这不仅是中国古代诗家的一种普适价值，也可以说是整个东方诗学的一个传统。朝鲜古代诗家无疑也秉持了这样的理念，他们在进行诗歌批评时自然而然地将诗与诗人融为一体，进行综合考量。由于擅长透过诗歌的中介追觅作为主体的诗人的气息，因而使其诗歌批评浸透着某种生命的情调或

揭示了某种人生境界。诗即其人,这也是朝鲜古典诗学批评范畴的一个普遍的价值取向。这种情形在朝鲜古代诗家的诗话批评中随处可见。南孝温在《秋江冷话》中曾言:

> 得天地之正气者人,一人身之主宰者心,一人心之宣泄于外者言,一人言之最精且清者诗。心正者诗正,心邪者诗邪,商周之《颂》、桑间之《风》是也。然太古之时,四岳之气完,人物之性全。樵行而歌吟者,为《标枝》《击壤》之歌。守闺而咏言者,为《汉广》《摽梅》之诗。初不用功于诗,而诗自精全。自后人心讹漓,风气不完。《风》变而《骚》怨,《骚》变而五言支离,五言变而律诗拘束。汉而魏晋而唐,浸不如古矣。虽以太白、宗元为唐之诗伯,而所以为四言诗者,所以为《平淮雅》者,犹未免时习。视古之稚人妇子,亦且不逮远矣? 是故士君子莫不于诗下功焉,如杜诗"读书破万卷,下笔如有神",欧阳子从"三上"觅之。而晚唐之士,积功夫或至二三十年,始与《风》《雅》仿佛者,间或有之。夫岂偶然哉?①

南孝温所谓"心正者诗正,心邪者诗邪",表明其把诗看作是人之本真心灵最真实的外化映射,由诗品可以直观人心之正与邪。这种以人为本、以人的品性为准的伦理化诗学批评趋向,使得朝鲜古典诗学范畴批评到处弥漫着一股浓郁的人性论色彩。让我们感觉到他们仿佛并不特别看重诗的文学性,而是把诗作为探讨人性、评判人心、追求理想人格的一种手段。因而在朝鲜古代诗家的诗学批评中常常流露出某种人生的意绪。李德懋在其《清脾录》中言:

---

① 赵钟业编:《修正增补韩国诗话丛编·第一卷》,韩国太学社 1996 年版,第 582 页。

> 读是诗者，净室洁席，焚香而玩，可得其趣。亦于古松流水之侧，高吟朗诵，与松声水音共具琤琮清冷之韵。甚至欲起舞，或恐舞而仍飞去也。①
>
> 有超世先生，万峰中雪屋灯明，研朱点《易》。古炉香烟，袅袅青立，空中结彩球状。静玩一二刻，悟妙忽发笑。②

李德懋认为鉴赏诗歌需先“净室”“洁席”“焚香”，首先要营构一个怡神静气的情绪氛围。如果是在室外的阅读，则主张应在“古松流水之侧”，伴随着“松声”“水音”高声吟读，兴之所至，甚而手舞足蹈。只有这样，方可领悟诗歌之妙趣，才会“悟妙忽发笑”。这种欣赏诗歌的方式，既体现了鉴赏者的某种生命情调，它本身也是一种人生的境界。而这种情调与境界并不是以感性直观的方式呈示出来的，是以隐喻的形式，需借助接受者想象和联想的心理机制，才能体悟到蕴藉于其中的寓意。这样的批评本身就给人一种美感体验的意味，蕴涵了绵绵不绝的审美意蕴。

二、朝鲜古典诗学范畴的阐释常常给人一种悠远缥缈的美感

生命的情调与人生的境界，是只可意会不可言传的个人性体悟，它本身就是一种飘忽不定的动态境像，不可能言语道尽。因此，在诗歌批评过程中，需要借助“象外之象”“景外之景”“味外之旨”“韵外之致”的隐喻手法呈现出来。所谓的隐喻手法相当于古人常言的“含蓄”，朝鲜古代诗家洪万宗认为“凡为诗，意出言表，含蓄有余为佳。若语意呈露，直说无蕴，则虽其辞藻宏丽、侈靡，知诗者固不取矣。”③诗歌创作以“含蓄有余”

① 李德懋：《青庄馆全书卷四十八·耳目口心书、卷六十三·蝉橘堂浓笑、卷四·婴处文稿、卷三十二·清脾录序》，韩国太学社 1996 年版，第 583 页。

② 李德懋：《青庄馆全书卷四十八·耳目口心书、卷六十三·蝉橘堂浓笑、卷四·婴处文稿、卷三十二·清脾录序》，韩国太学社 1996 年版，第 374 页。

③ 任廉：《旸葩谈苑》，韩国亚细亚文化社 1981 年版，第 783 页。

为佳，切忌“直说无蕴”。诗歌批评亦然。许筠在《惺所覆瓿稿》中亦云：“诗之理，不在于详尽婉曲，而在于辞绝意续，旨近趣远，不涉理路、不落言筌为最上。”①“辞绝意续，旨近趣远”意味无论是诗歌创作还是诗歌批评都要讲究含蓄蕴藉之美。

在诗学范畴批评的过程中，含蓄或隐喻手法的运用就会使得生命情调与人生境界的生成呈示为一个流动的过程，这一过程延长了人们感受和体验的时间；境界情调以象外之象、景外之景的方式呈现，又造成了人们接受时的距离感。这种时间上的延宕感与空间上的距离感，就使得诗学范畴的批评带有一种缥缈悠远的动态美。这样的美感无疑是由其审美意蕴所带来的。这种状况在朝鲜古典诗学范畴批评中也随处可见。徐居正的《东人诗话》言：

> 李相国诗：“轻衫小簟卧风棂，梦断啼莺三两声。密花翳花春后在，薄云漏日雨中明。”陈司谏澕诗：“小梅零落柳僛垂，闲踏清风步步迟。渔店闭门人语少，一江春雨碧丝丝。”两诗清新幻渺，闲远有味，品藻韵格如出一手，虽善论者未易伯仲也。②

徐居正面对这两首诗，鉴语简小，韵味无穷，极大地拓展了人们的想象空间。“闲远”是就其状态而言，属于视觉范畴；“有味”指其审美效果，属于味觉范畴；“韵格”则指其音律，属于听觉范畴。短短数语，竟充分调动了视、味、听诸种感官共同参与，最后才形成其总体印象：“清新幻渺”。这一方面体现了批评者高超的鉴赏水平；另一方面，它也会有效地使接受者的诸种心理功能充分活跃起来，参与其中，对文学文本进行二度创造。这

① 许筠：《惺所覆瓿稿卷四・宋五家诗抄序》，韩国亚细亚文化社 1980 年版，第 346 页。

② 赵钟业编：《修正增补韩国诗话丛编・第一卷》，韩国太学社 1996 年版，第 458 页。

样，整个鉴赏活动和接受活动都将具有一种无以释怀的生命张力，给人一种挥之不尽的、连绵杳渺的美感体味。

这种悠远缥缈的境界，其实现方式应是多种多样的，没有一定之规。但有一点是不容忽视的，其话语表现方式常常是“含蓄蕴藉”式的。因为批评话语的“含蓄”，能够将似乎无限的意味隐含或蕴蓄在有限的话语之中，使“小”中蓄“大”，让接受者在有限的话语形式中体味无限的韵味；批评话语的“蕴藉”，将会造成话语活动中多重意义生成的可能性，使“仁者见仁，智者见智”，让不同的接受者都能从中体验到精神的愉悦与个体生命的自由。这在朝鲜古典诗学范畴批评中也是极为常见的，如洪万宗在比较三位诗人的不同诗风时，就使用了含蓄蕴藉的批评话语：

> 溪谷文浑厚流畅，如太湖漫漫，威风不动；泽堂精妙透彻，如秦台明镜，物莫遁形；东溟发越后壮，如白日青天，霹雳轰轰。①

这段批评话语中的“浑厚流畅”“精妙透彻”“发越后壮”等范畴作为对三位诗人不同诗文风格的概括而言，都属于模糊性的话语。但模糊并不等于不知所云，无从谈起，也不会使人陷入不可知的境地。相反，它为接受者留下了更多的空白，提供了可供率性涂抹的广阔无垠的诗意空间。批评者虽然以“太湖漫漫，威风不动”阐释“浑厚流畅”；以“秦台明镜，物莫遁形”阐释“精妙透彻”；以“白日青天，霹雳轰轰”阐释“发越后壮”。但这种解释非但没有说明蕴涵的样貌，反而使这种模糊性本身更具某种生命的韵调。这即是朝鲜古典诗学范畴批评审美意蕴的最为生动、鲜明的呈示。

三、朝鲜古典诗学范畴往往呈现出一种蓬勃的生命律动

韩国哲学会编的《韩国哲学史》认为：朝鲜传统精神的原型之一就是

---

① 任廉：《旸葩谈苑》，韩国亚细亚文化社1981年版，第857页。

“风流”思想。新罗文人崔致远在《鸾郎碑序》中有言:“国有玄妙之道,曰风流。”把风流思想视为朝鲜传统文化的基石。中国学者李甦平在《韩国儒学史》中言:“笔者认为,在朝鲜文化中,‘风流’就是以‘歌’‘舞’的形式,表现人们的一种信仰。这种信仰就是神人一体观念……通过风流,使形而上的神(自然)的世界与形而下的人的世界相联结。在风流中,人们体悟到人类‘生命的根基’,是通过祖上的联结,最终都处于无限的自然之中。风流使人体验到生命的无限性,这就是风流思想的生命观。”①论者将风流思想看作是朝鲜古代的一种生命哲学。

作为一种生命哲学,源于新罗花郎道的风流理念,使得朝鲜传统文化惯于将大自然的生命力视为人间化的运动,进而在一切人类活动中都极力凸显人的主观作用与人的主体价值。由于以主体精神为核心价值取向,因此,我们可以称朝鲜民族文化是一种具有鲜明主体性的文化。

朝鲜民族文化的这种主体性特质,积淀成为传统朝鲜民族的一种集体无意识,即以“生”为大。这也决定了他们在一切的人类活动中都能体悟到生命的某种真义,处处洋溢着一种蓬蓬勃勃的生命律动。尤其是在各种各样的艺术活动中展示得最为明显。朝鲜民族文化的这一性质,在朝鲜古典诗学范畴批评中表现得也特别突出。如李仁老《破闲集》有云:

> 白云子弃儒冠,学浮屠氏教,包腰遍游名山。途中闻莺,感成一绝:“自矜绛觜黄衣丽,宜向红墙绿树鸣。何事荒村寥落地,隔林时送两三声。”吾友耆之失意游江南,闻莺亦作诗云:“田家葚熟麦将稠,绿树初闻黄栗留。似识洛阳花下客,殷勤百啭未曾休。”古今诗人托物寓意多类此。二公之作,初不与之相期,吐词凄婉,若出一人之口。其有才不见用、流落天涯、羁游旅泊之状,了了然皆见于数字

① 李甦平:《韩国儒学史》,人民出版社2009年版,第65页。

间。则所谓"诗源乎心"者，信哉！①

董仲舒在《春秋繁露》中云："诗无达诂。"这说明任何文本都不可能只有一个终极的阐释，但是任何一种解读却都标明一种确切而鲜明的态度。这两位诗人在诗中的意指可以有多种解读，但李仁老却从诗中窥知到了诗人"有才不见用、流落天涯、羁游旅泊之状"。将诗与诗的创造者——诗人的生命状态有机地联系在一起进行分析，那么，诗学范畴的批评过程也就转换为体悟生命的过程，这就赋予范畴批评以某种生命的张力，"诗源乎心"即诗源于生命，这种认知给人一种蓬勃盎然的生命律动感。

我们说朝鲜古典诗学范畴批评呈示出某种生命的律动，是指朝鲜古代诗家在进行范畴批评的过程中，常常把自我的生命体悟浑然无间地融入批评话语之中，甚至看不出造作与斧凿的痕迹。这不仅表现在诗歌鉴赏实践中，即便是阐释理念世界时，也能让我们聆听到生命之流的淙淙乐音。崔滋的《补闲集》在批评文体风格的范畴时就有这样一段精彩的话语：

> 文以豪迈壮逸为气，劲峻清驶为骨，正直精详为意，富赡宏肆为辞，简古倔强为体。若局生涩琐弱芜浅，是病。若诗则新奇绝妙，逸越含蓄，险怪俊迈，豪壮富贵，雄深古雅，上也；精隽遒紧，爽豁清峭，飘逸劲直，宏赡和裕，炳焕激切，平淡高邈，优闲夷旷，清玩巧丽，次之；生拙野疏，蹇涩寒枯，浅俗芜杂，衰弱淫靡，病也。
>
> 夫评诗者，先以气骨意格，次以辞语声律。一般意格中，其韵语或有胜劣，一联而兼得者尽寡。故所评之辞亦杂而不同。《诗格》曰："句老而字不俗，理深而意不杂，才纵而气不怒，言简而事不晦，

① 赵钟业编：《修正增补韩国诗话丛编 · 第一卷》，韩国太学社 1996 年版，第 52 页。

方入于《风》《骚》。"此言可师。①

在这些阐释诗文理念的精美文字中,处处流溢出某种生命的机趣。"豪迈壮逸"既为文之气,也是人之为人的浩然之气;"劲峻清驶"不只是文之骨,也是人之修身必具的品格;"生涩琐弱芜浅""浅俗芜杂"等不但是文之病,也是人之患;"理深而意不杂,才纵而气不怒,言简而事不晦"不仅是为诗之道,更是为人的准的;评诗要以"气骨意格"为先,品人也要先品其是否有"骨气"。凡此种种,无不将评诗与品人融为一体,二者"你中有我,我中有你",交融互渗,密不可分。在诗学范畴批评的背后,处处奔涌着无意识的生命冲动,让人从中体验到无限的生命自由。在这里,原本属于艺术的符号由于灌注了人的生气,那么,艺术的形式也就转化为人的生命形式。面对这样具有生命张力的生命形式,怎能不引发我们对自我生命的诗意诉求?这样,好古典诗学范畴的批评也就自然生发出无穷的美的韵味。

总之,关于朝鲜古典诗学范畴还有许多未尽的话题,朝鲜古典诗学范畴是一个庞大的集合,它本身就是一个开放的体系,永远都处于一种未完成的、不确定的状态,这或许恰是朝鲜古典诗学范畴的生命力与魅力所在。

---

① 赵钟业编:《修正增补韩国诗话丛编·第一卷·补闲集》,韩国太学社1996年版,第112页。

参考文献

中文著作:

赵钟业编:《修正增补韩国诗话丛编》1—17卷,韩国太学社1996年版。

李家源:《朝鲜文学史》,香港社会科学出版社有限公司2005年版。

蔡美花:《高丽文学审美意识研究》,延边大学出版社2006年版。

任范松、金东勋主编:《朝鲜古典诗话研究》,延边大学出版社1995年版。

柳长铉主编:《朝鲜哲学范畴史》,黑龙江朝鲜民族出版社1998年版。

韩国哲学会编:《韩国哲学史》,韩振乾等译,社会科学文献出版社1996年版。

赵润济:《韩国文学史》,社会科学文献出版社1998年版。

赵东一:《韩国文学论纲》,北京大学出版社2003年版。

金柄珉主编:《朝鲜—韩国的历史传统与人文精神》,延边大学出版社2004年版。

金台俊:《韩国汉文学史》,社会科学文献出版社1998年版。

金柄珉、金宽雄主编:《朝鲜文学的发展与中国文学》,延边大学出版社2003年版。

金柄珉:《朝鲜中世纪北学派文学研究——兼论与清代文学之关

联》,延边大学出版社 1990 年版。

崔雄权:《朝鲜朝中期山水田园文学研究》,吉林人民出版社 2000 年版。

徐东日:《李德懋文学研究》,黑龙江朝鲜民族出版社 2003 年版。

韦旭升:《朝鲜文学史》,北京大学出版社 1986 年版。

邝健行等:《韩国诗话中论中国诗资料选粹》,中华书局 2002 年版。

郑判龙主编:《韩国诗话研究》,延边大学出版社 1997 年版。

杨昭全:《中国—朝鲜·韩国文化交流史》,昆仑出版社 2004 年版。

李岩:《中韩文学关系史论》,社会科学文献出版社 2003 年版。

郑判龙主编:《朝鲜学·韩国学与中国学》,中国社会科学出版社 1993 年版。

张玄平:《中韩文学思潮比较研究》,延边大学出版社 1997 年版。

敏泽:《中国文学理论批评史》,吉林教育出版社 1993 年版。

张岱年:《中国古典哲学概念范畴要论》,中国社会科学出版社 1989 年版。

赵则成等主编:《中国古代文学理论辞典》,吉林文史出版社 1984 年版。

余虹:《中国文论与西方诗学》,生活·读书·新知三联书店 1999 年版。

汪涌豪:《中国古代文学理论体系:范畴论》,复旦大学出版社 1999 年版。

徐中玉主编:《文气·风骨篇》,中国社会科学出版社 1997 年版。

郭绍虞等主编:《中国历代文论选》,上海古籍出版社 1979 年版。

方孝岳:《中国文学批评》,生活·读书·新知三联书店 1986 年版。

袁济喜:《古代文论的人文追寻》,中华书局 2002 年版。

陈良运:《中国诗学体系论》,中国社会科学出版社 1992 年版。

朱炳祥:《中国诗歌发生史》,武汉出版社 2000 年版。

陈良运:《中国诗学批评史》,江西人民出版社1995年版。

曹顺庆主编:《东方文论选》,四川人民出版社1996年版。

蔡镇楚:《诗话学》,湖南教育出版社1990年版。

袁行霈等:《中国诗学通论》,安徽教育出版社1994年版。

王先霈、王又平:《文学批评术语词典》,上海文艺出版社1999年版。

詹福瑞:《中古文学理论范畴》,河北大学出版社1997年版。

王振复等:《中国美学范畴史》,山西教育出版社2006年版。

蔡镇楚等:《比较诗话学》,北京图书馆出版社2006年版。

邓新华:《中国古典诗学解释学研究》,中国社会科学出版社2008年版。

徐居正等:《东文选》,韩国民族文化促进会1982年版。

维谢洛夫斯基:《历史诗学》,刘宁译,百花文艺出版社2008年版。

黄药眠、童庆炳主编:《中西比较诗学体系》(上),人民文学出版社1991年版。

孙德彪:《朝鲜诗家论唐诗》,民族出版社2006年版。

蒋寅:《古典诗学的现代诠释》,中华书局2003年版。

刘顺利:《半岛唐风——朝韩作家与中国文化》,宁夏人民出版社2004年版。

马金科:《朝鲜诗学对中国江西诗派的接受:以高丽后期至李朝前期朝鲜诗话为中心》,民族出版社2006年版。

邹志远:《李睟光文学批评研究》,延边大学出版社2008年版。

赵钟业:《中韩日诗话比较研究》,台北学海出版社1984年版。

何劲松:《韩国佛教史》,社会科学文献出版社2008年版。

王小舒:《神韵诗学》,山东人民出版社2006年版。

张伯伟:《清代诗话东传略论稿》,中华书局2007年版。

谭雯:《日本诗话的中国情结》,中国社会科学出版社2007年版。

邓新华:《中国传统文论的现代观照》,四川出版集团巴蜀书社2004

年版。

许辉勋:《朝鲜族民俗文化及其中国特色》,延边大学出版社 2007 年版。

朱云影:《中国文化对日韩越的影响》,广西师范大学出版社 2007 年版。

韩文著作:

赵东一:《韩国文学思想史试论》,韩国知识产业社 1978 年版。

全永大等:《韩国古典诗学史》,韩国兴盛社 1979 年版。

金学成:《韩国古典诗歌研究》,韩国圆光大学出版社 1980 年版。

金奎泰:《韩国古典神话与原始意识》,韩国半岛文化社 1981 年版。

洪思重:《韩国人的美意识》,韩国殿艺苑 1982 年版。

印全焕:《高丽时期佛教诗的研究》,高丽大学民族文化研究院 1983 年版。

李炳汉:《汉诗批评的体例研究》,韩国通文馆 1985 年版。

李乙镐:《韩国思想的脉络》,韩国舍燕社 1986 年版。

车柱环:《韩国道教思想》,韩国同和出版社 1986 年版。

李英茂:《韩国的佛教思想》,韩国民族文化社 1987 年版。

李燕斋:《高丽诗与神仙思想的理解》,韩国成均馆大东文化研究院 1988 年版。

李炳赫:《高丽末性理学引进期的汉诗研究》,韩国太学社 1989 年版。

李钟初:《韩国古诗歌研究》,韩国太学社 1989 年版。

白琪洙:《现代美学研究》,首尔大学出版部 1989 年版。

白琪洙:《美学》,首尔大学出版部 1989 年版。

白琪洙:《美的思索》,首尔大学出版部 1990 年版。

白琪洙:《美学序说》,首尔大学出版部 1990 年版。

赵明基等:《韩国思想的深层研究》,韩国雨石出版社 1990 年版。

金相洪等:《韩国文学思想史》,韩国启明文化社 1991 年版。

郑大林:《韩国古典文学批评与理解》,韩国太学社 1991 年版。

丁奎福:《韩国古典文学的原典批评与研究》,高丽大学民族文化研究所 1992 年版。

金周汉:《韩国文学批评史论》,韩国学士院 1993 年版。

高敬植:《高丽时代汉文学研究》,韩国集文堂 1993 年版。

赵东一:《东亚比较文学论》,首尔大学出版部 1993 年版。

金文焕:《美学的理解》,韩国文艺出版社 1994 年版。

崔英成:《韩国儒教思想史(古代高丽篇)》,韩国亚细亚文化社 1994 年版。

权宁弼等:《韩国美学试论》,高丽大学韩国学研究所 1994 年版。

赵东一:《韩国诗歌的历史意识》,韩国文艺出版社 1994 年版。

崔成子:《韩国的风流》,韩国慧眼 1995 年版。

金炳国:《韩国古代文学批评理解》,首尔大学出版部 1995 年版。

牧亭培:《韩国文化与佛教》,韩国佛教时代社 1995 年版。

金成龙:《丽末鲜初的文学思想》,韩国韩吉社 1996 年版。

尹思顺等:《韩国儒学的自然哲学》,韩国艺文书苑 1998 年版。

赵南权、郑珉合译:《韩国古典批评方法论资料集》,韩国太学社 1998 年版。

郑尧一、朴成奎、李延世:《古典批评用语研究》,韩国太学社 1998 年版。

金春泽等:《朝鲜文学批评史研究》,朝鲜社会科学院出版社 1999 年版。

安大会:《韩国后期诗话史》,韩国昭明出版 2000 年版。

金炳国:《古典诗歌的美学探究》,韩国月印 2000 年版。

沈庆昊:《韩国汉诗的理解》,韩国太学社 2000 年版。

郑炳旭:《韩国古典诗歌论》,韩国新丘文化社 2000 年版。

东国大学韩国学研究所编:《佛教思想与朝鲜文学》,韩国亚细亚文化社 2001 年版。

李香培:《韩国汉诗批评论》,韩国梨花文化社 2001 年版。

林钟旭:《韩国汉文学诗论与状况》,韩国梨花文化社 2001 年版。

宋载邵:《汉诗美学与历史真实》,韩国创作与批评社 2001 年版。

郑大林:《韩国古典批评史》,韩国太学社 2001 年版。

李荧大:《韩国古典诗歌与人物形象的东亚变迁》,韩国昭明出版 2002 年版。

林荧泽:《韩国文学史的理论与体系》,韩国创作与批评社 2002 年版。

郑敬周:《汉文古典学概说》,韩国新知书苑 2002 年版。

崔珍元:《古典诗歌美学》,韩国月印 2003 年版。

韩国汉文学会编:《韩国汉文学与美学》,韩国太学社 2003 年版。

李炳赫:《丽末鲜初汉文学再照明》,韩国太学社 2003 年版。

李敏弘:《汉文化与汉文学的整体性》,韩国集文堂 2003 年版。

朴秀川:《韩国汉诗批评研究》,韩国太学社 2003 年版。

责任编辑:郭　娜
封面设计:刘　佳

图书在版编目(CIP)数据

朝鲜古典诗学范畴及其批评体系/张振亭 著. —北京:人民出版社,2018.7
ISBN 978-7-01-018902-4

Ⅰ.①朝…　Ⅱ.①张…　Ⅲ.①古典诗歌-诗歌研究-朝鲜　Ⅳ.①I312.072

中国版本图书馆 CIP 数据核字(2018)第 028896 号

朝鲜古典诗学范畴及其批评体系

CHAOXIAN GUDIAN SHIXUE FANCHOU JIQI PIPING TIXI

张振亭　著

人民出版社 出版发行
(100706　北京市东城区隆福寺街 99 号)

天津文林印务有限公司印刷　新华书店经销

2018 年 7 月第 1 版　2018 年 7 月北京第 1 次印刷
开本:710 毫米×1000 毫米 1/16　印张:24.75
字数:321 千字

ISBN 978-7-01-018902-4　定价:66.00 元

邮购地址 100706　北京市东城区隆福寺街 99 号
人民东方图书销售中心　电话 (010)65250042　65289539